AF275934

KING

Este libro es una obra de ficción. Los nombres, personajes, lugares y sucesos son fruto de la imaginación de la autora y se han utilizado con fines meramente ficticios. Cualquier parecido con personas reales, en vida o fallecidas, o sucesos es pura coincidencia.

Título original: *Matrimonio di convenienza*

© 2017, Newton Compton editori s.r.l.
© 2024, de esta edición por Antonio Vallardi Editore S.u.r.l., Milán

Todos los derechos reservados

Primera edición en esta colección: octubre de 2024
Segunda edición en esta colección: noviembre de 2024

Newton Compton Editores es un sello de Antonio Vallardi Editore S.u.r.l.
Pl. Urquinaona, 11, 3.º 1.ª izq. Barcelona, 08010 (España)
www.newtoncomptoneditores.com

Gruppo editoriale Mauri Spagnol S.p.A.
www.maurispagnol.it

ISBN: 978-84-19620-58-3
Código IBIC: FA
DL: B 14.043-2024

Diseño de interiores:
David Pablo

Composición:
Javier Sánchez Meco

Impreso en noviembre de 2024 en Puntoweb s.r.l., Ariccia (Roma), en Italia.

Queda rigurosamente prohibida, sin la autorización por escrito de los titulares del copyright, *la reproducción total o parcial de esta obra por cualquier medio o procedimiento mecánico, telemático o electrónico –incluyendo las fotocopias y la difusión a través de Internet– y la distribución de ejemplares de este libro mediante alquiler o préstamos públicos.*

Felicia Kingsley

Matrimonio de conveniencia

Traducción de Consuelo Gallego

Newton Compton Editores

Barcelona, 2024

Para quien siempre ha creído en los cuentos de hadas.
Para quien no ha creído en ellos nunca.

Capítulo 1

La versión de Jemma

Tengo la sensación de llevar horas esperando en este sofá, en el silencio de la sala de espera. Sobre la mesa hay una pila de periódicos, todos de finanzas, y viejos boletines del Colegio de Abogados sin ningún interés, al menos para mí.

Me colaron una cita entre la una y las dos, y mira que les expliqué que tenía que estar en el teatro para la matiné, pero no había otro hueco en la agenda de Derek Wharton.

Con toda franqueza, no sé qué estoy haciendo aquí, ni por qué me han convocado, pero la secretaria –mejor dicho, asistente, como ha especificado agriamente– no ha querido explicármelo.

Espero que mamá y papá no hayan sido denunciados por la policía de aduanas debido a las «hierbas aromáticas» que han traído de la India.

Por fin suena el chasquido sordo de la cerradura, las enormes puertas se abren de golpe y sale Derek.

–Jemma, por favor, toma asiento –me invita calurosamente.

Derek siempre ha aparentado más edad y, desde que ha tomado las riendas del despacho de su padre, este rasgo suyo es aún más evidente: amable, educado, sonriente, pero con el aire de un cuarentón. Los trajes de corte clásico y las camisas de rayas, además, no ayudan a aligerar su aspecto.

–Me encantaría ponerme a charlar y saber cómo estás y todo eso, pero en poco más de una hora los actores entran en escena y tengo que maquillarlos. Adriana me despedirá si hoy también llego tarde, así que no te andes por las ramas –le atajo.

Además de tener poco tiempo, de verdad estoy ansiosa, así que procuro ir derecha al grano. Quiero saber por qué estoy aquí, ya que, gracias a Dios, en veinticinco años nunca he necesitado un abogado.

–Claro, me imagino que sientes curiosidad. Seré breve, te he convocado por algo relacionado con tu abuela Catriona.

–Derek, no sé si estás al corriente, pero murió hace un mes.

—He sido informado. Precisamente de esto se trata. En su momento, ella nombró a mi padre como su albacea. En el ínterin yo me he hecho cargo de todos sus clientes. —Hace una breve pausa para asegurarse de que tiene toda mi atención—. Tu abuela ha dejado un testamento.

—No tenía ni idea.

Llevo años sin ver a mi abuela y las pocas veces en las que he estado con ella me ha hablado de cualquier cosa menos de estos temas.

—Son cuestiones bastante personales, tanto que a menudo los beneficiarios no saben nada.

—¿Beneficiarios?

Derek esboza una sonrisa mientras saca un folio de una carpeta brillante.

—Te lo diré claramente: tu abuela desheredó a tu madre por su elección de vida.

—Así dicho, mi madre parece una delincuente. Solamente quiso casarse por amor en lugar de hacerlo con un desconocido elegido por mis abuelos.

—Para tu abuela Catriona, desde ese momento, se hizo indigna del derecho de sucesión. No habría dejado su patrimonio, perdóname, cito sus palabras: «A esa perdida y a ese don nadie de su marido».

Luego me enseña el documento.

—¿Ves? Está escrito de su puño y letra.

Doy una ojeada a la letra ondulante.

—Siempre pensé que mi abuela era una mujer adorable —digo con ironía.

—No obstante, Catriona dispuso que su herencia fuera a parar a ti.

Me quedo con la boca abierta por la sorpresa. Se me cae el chicle, pero lo recupero enseguida y vuelvo a masticarlo.

—¿A mí?

—Sí, te designa heredera de sus bienes muebles e inmuebles.

—¿Muebles? ¡Maldita sea!

Yo vivo en un estudio, ¿dónde diablos voy a meter todos sus muebles?

—¡Sí, una enorme fortuna! Cuando tenga tiempo te haré un inventario.

Solo de pensarlo empiezo a rebullirme en el sillón como si me tuvieran atada a él y no me permitieran levantarme.

—He tenido que convocarte para preguntarte si tienes intención de aceptar o de rechazar la herencia.

—¿Me has tomado por loca? ¡Por supuesto que acepto! ¿Dónde tengo que firmar?

La expresión de Derek se pone seria.

—Existe una cláusula sobre la herencia.

—¿Una cláusula?

—Sí, un vínculo, una *conditio sine qua non* —continúa.

—No empieces con la jerga de los abogados…

—Tu abuela ha vinculado la herencia a tu matrimonio. Hasta que no te cases, no podrás tomar posesión de los bienes.

—¿Así de fácil? ¿Enseguida? ¿Ahora?

—No, Jemma. Tienes todo el tiempo que necesites.

—¡Menos mal! Tendré que convencer a Alejandro. Ya sabes, llevamos saliendo casi un mes, ¡pero quién sabe! ¡El amor obra milagros!

Echo un ojo al reloj sobre la chimenea que está a espaldas de Derek.

—Me tengo que ir volando. El director artístico ya debe de estar fuera de los camerinos para echárseme encima.

Y diciendo esto me levanto y me pongo apresuradamente mi chaqueta lila de polipiel.

—Disculpa, Jemma, ¿este tal Alejandro tiene algún título?

—¿En qué sentido?

No me gusta su tono indagador.

—Tu abuela te nombra heredera solo en el caso de que te cases con un hombre de noble cuna y con título.

—¡¿Cómo?! —exclamo estupefacta.

—Que eres libre de elegir a tu marido entre la aristocracia del Reino Unido… —luego Derek reanuda la lectura del testamento— y Bélgica y Dinamarca. Francia no, porque además es una república.

Derek debe de haberse vuelto loco. Por lo menos eso creo. Sin embargo, su semblante se muestra muy serio.

—¡En ese caso nunca seré su heredera! Entonces, ¿para qué me has convocado? ¡Esto es un absurdo!

—Mi deber es ponerlo todo en tu conocimiento. Tu rechazo es solamente el cincuenta por ciento de las probabilidades de respuesta. También podrías haber dicho que sí.

—¡Esto es ridículo! ¡Debería desheredarme a mí también! Es más, ¡ni me lo menciones! ¡Si mi madre no se casó por interés, menos lo haré yo!

—Tu abuela deseaba un futuro diferente para ti.

—¡Al diablo con mi abuela y con su obsesión por los blasones!

Derek procura tranquilizarme mientras me acompaña hasta la puerta.

—El testamento permanece vigente hasta que no renuncies a él formalmente. Acepta mi consejo: piénsalo bien, con la mente fría, mañana o pasado mañana…

Me despido distraída y pienso en mi abuela: estoy furiosa, ¡jamás me habría esperado una tomadura de pelo semejante!

Cuando llego al teatro, los actores ya están nerviosos por mi retraso de más de una hora. Sí, porque, después de salir del despacho de Derek, el metro se quedó atascado sin motivo en el túnel entre Embankment y Charing Cross. Londres no perdona en hora punta.

Intento colarme en los camerinos, pero Adriana me espera al acecho en el pasillo para echarme un buen rapapolvo. Es la directora artística, viene de Milán y todos la llaman «la falsa italiana»: carece de sentido del humor, nunca come y siempre trabaja.

—Gracias por dignarte a hacer acto de presencia. Me gustaría pasarme el próximo cuarto de hora diciéndote lo inepta e incompetente que eres, pero el espectáculo no puede esperar y tienes a toda la compañía por maquillar. Mué-ve-te. Y empieza por Angelique antes de que tenga un ataque de llanto y pierda la voz.

—Lo siento, Adriana.

Pero ella ya me ha dado la espalda para ir a hablar con Oliver, el director.

¡Histéricos actores! Maquillé a los veintitrés en tiempo récord, el último diez segundos antes de levantarse el telón.

Cojo el kit y me meto entre bastidores, atenta para retocarlos cuando lo necesiten. Ya llevo dos años trabajando en la compañía, con ocho funciones por semana, conozco el musical de memoria y sé exactamente cuándo y dónde los intérpretes salen de la escena. El primer año fue el mejor, lo pasábamos bien, había complicidad y formábamos un gran equipo.

Oliver sigue casado con Medea, soprano y prima donna del espectáculo; Michael, un escocés endiablado con una peligrosa propensión al alcohol, era el director artístico y Sarah, casi mi mejor amiga, se encargaba del vestuario .

Luego Michael tuvo un coma etílico, así que Adriana le despidió para siempre; Oliver y Medea se divorciaron; Medea se fue de la compañía y en su puesto llegó la inestable y emotiva Angelique; Oliver está en plena depresión y, para rematar, Sarah ha decidido probar fortuna en Broadway y se ha ido a Nueva York.

Yo, en cambio, me quedé aquí, remendando los trajes del vestuario en mi tiempo libre, con una prima donna histérica, un director artístico sádico y un director con ataques de pánico.

Creyendo haber adquirido experiencia suficiente, aunque en una producción de segundo orden, empecé a mandar mi currículum a los directores artísticos de los musicales más importantes del West End: *Mamma mia!*, *Los miserables*, *El fantasma de la ópera*...

Todavía estoy esperando una respuesta, me han asegurado que me avisarán. No creo que mi respuesta «¿Quién?» a la pregunta «¿Qué piensas del estilo de Andrew Lloyd Webber?» haya tenido mucho que ver.

Todavía estoy contratada por Sarah y me ha asegurado que, si encuentra algo bueno para mí allí en Nueva York, me lo dirá. Daría todo lo que tengo por ir a trabajar a Nueva York; Londres me agobia, con esa niebla, su seriedad y la monarquía... Claro que para Sarah es fácil, viene de una familia rica, no le supone un problema vivir a lo grande en Estados Unidos... Yo ya me aprieto el cinturón aquí.

Siempre he vivido con mis padres en una casita en Lewisham, uno de los barrios al sudeste de Londres, quizá de no muy buena reputación. Es cierto que a ningún londinense le gusta ir al sur del Támesis, pues bien, yo vivo justamente en el extremo sur. Cuando conseguí mi primer encargo, hice números y, al no poder permitirme un alquiler en una zona más céntrica, mis padres acordaron con el propietario del edificio arreglar el semisótano para hacer un estudio. No está tan mal, ¡incluso tengo una ventana! De acuerdo, de vez en cuando algún vagabundo se queda a dormir delante y no entra mucha luz, pero es lo que hay.

Sarah vivía en un apartamento impresionante, uno de verdad, todo nuevo, en Fulham, y a menudo me quedaba a dormir con ella, al menos hasta que empezó a salir con Derek. Sí, Derek, el abogado. Eran vecinos y él vivía en el piso de arriba, así que, cuando se hicieron novios, se fueron a vivir juntos a su apartamento, que era mucho más grande. Así conocí a Derek, aunque por aquel entonces era solamente un aprendiz en el despacho de su padre. No teníamos mucha confianza, pero, cuando Sarah se fue a Nueva York, solía venir al teatro, más que nada por costumbre, y de vez en cuando nos íbamos a tomar una cerveza. También íbamos juntos los domingos al fútbol para ver al Arsenal, luego le admitieron en el Colegio de Abogados y dejó de venir al estadio para no verse involucrado en alguna pelea. Acabo de enterarme de que es el abogado de mi abuela. ¡El mundo es un pañuelo! Mi abuela. Por la calle veo a un montón de abuelitas amorosas que pasean a sus nietos, los van a recoger al colegio, les compran un montón de regalos y les dan chucherías. Mi abuela Catriona siempre mantuvo las distancias conmigo. No era una abuela, era solo Catriona. Catriona y punto.

Tuve pocas ocasiones de verla y menos aún de hablar con ella. Mi madre la trataba lo imprescindible y ella no se esforzaba por estar conmigo. Tal vez la persona con la que menos trato tuvo fuera mi padre.

De Catriona me llegaban los sobres por Navidad y por mi cumpleaños. Solían contener una tarjeta de pergamino con un aséptico «Mis mejores deseos» y un cheque de quinientas libras. Me pagó la ortodoncia y la odié durante tres años. Estaba tan contenta de que mis padres no pudieran permitirse el dentista que no me importaba tener los dientes torcidos con tal de seguir masticando chicle y gominolas.

Y esto no es todo: cuando tenía seis años, Catriona se ofreció a pagar la matrícula de, como ella decía, un «buen colegio», al que asistí durante cuatro meses. Poco después de Navidad, mis padres se enteraron de que el consejo escolar lo formaban conservadores pro-Thatcher, así que me sacaron de allí y me mandaron a un colegio público, todo ello ante la absoluta desaprobación de mi abuela.

A partir de entonces, la veía una vez al año como mucho, para someterme a «examen»: cuánto había crecido, si estaba bien, si me iba bien en el colegio. Casi siempre la decepcionaba y, cada vez que abría la boca, levantaba los ojos al cielo.

Vivía en una de esas mansiones monumentales, cerca de Grosvenor Square. Si volviera hoy, seguramente llamaría a la puerta equivocada. Lo mismo me ocurrió en su velatorio. Llamé al timbre de una casa idéntica, pero en la calle de al lado. Catriona no era muy mayor, ni tampoco estaba enferma cuando murió. Tuvo un infarto de un día para otro, al menos eso dijo su doncella. No lloré. Hice lo que pude, ya sé que se debería llorar cuando se te muere una abuela, pero ni pensando en cosas tristes conseguí derramar una lágrima. Mi madre, en cambio, sí. Lloró durante días, quizá porque sabía que esta vez ya no tendría ocasión de hacer las paces. Se quedó en el velatorio durante largo rato; yo, en cambio, me escapé a toda prisa porque tenía que llegar a tiempo al teatro para la función nocturna. Igual que hoy.

Capítulo 2

La versión de Ashford

Detesto conducir por la ciudad. El tráfico es lento, las calles están invadidas por piratas que ignoran el código de circulación y me veo obligado a tener las ventanillas siempre cerradas por culpa de la contaminación. Especialmente en hora punta.

Así que aquí estoy, atrapado en el tráfico del mediodía, contando los transeúntes mientras espero a que los coches de delante se decidan a moverse.

Cuando llego al despacho, Derek está leyendo el *Times*.

–¡Ashford! ¡Entra y siéntate! ¡Llevo un rato esperándote!

–¿Estás de broma? He estado metido en un atasco por lo menos cuarenta minutos. ¡La próxima vez vienes tú a Denby Hall!

–A propósito de Denby, ¿todo en orden? ¿Y tu madre?

–Más o menos, todo como de costumbre. También mi madre, insoportable como de costumbre.

Derek conoce a mi madre y no puede aguantarse una carcajada.

–¡El tiempo pasa, pero ella no cambia!

–Ya –coincido–. Ahora está pensando en irse a Bath un par de meses para disfrutar de la temporada.

–¿A Bath? ¿A un balneario? ¡Qué suerte!

–No te creas. Mi madre jamás iría a un balneario abierto al público ni bajo amenaza. ¡Ni de broma! Irá a Upper Swainswick, nuestra finca en Somerset.

Derek parece confuso. ¿Finca en Bath?

–Sí, Derek. Está a apenas cinco kilómetros del centro, es un edificio georgiano, con cuatro acres de parque, ¿recuerdas?

Derek se muestra presa del pánico y se inclina muy concentrado para rebuscar entre una pila de documentos sobre su escritorio.

–¿Cómo has dicho que se llamaba?

–Bleech House –le recuerdo–. ¿Pero qué te pasa hoy?

–Bleech House… Bleech House… –repite para sí mismo una y otra vez como un mantra, luego, pasados unos minutos, con la mirada fija en un documento, arruga la frente–. ¿Bleech House? ¿En Upper Swainswick?

–Es lo que te acabo de decir –confirmo.

–Ashford, ¿estás seguro de que tu madre te ha dicho exactamente que irá a Bath a vuestra propiedad?

–No puede ser de otra manera...

No comprendo su desvarío.

–La razón por la cual te he convocado es tu situación económica. ¿Cuándo ha sido la última vez que te has visto con tu asesor financiero? ¿Hace mucho?

Su tono empieza a preocuparme, tanto que mi voz suena insegura cuando le respondo.

–¿La última vez que he hablado con Smith? Hace seis meses, cuando murió mi padre. Tenía intención de volver a verle dentro de un par de meses para ponerme al día.

El rostro de Derek se tensa con una expresión de alarma.

–Dentro de dos meses será demasiado tarde. Ashford, comprendo que delegar en Smith y en mí la gestión de tu patrimonio te exime de tener que ocuparte tú mismo, pero debo recomendarte que seas más diligente en tus reuniones periódicas.

Derek hace una pausa para después retomar la conversación con un tono aún más grave.

–Smith y yo nos conocemos desde que estudiábamos en Oxford y a menudo nos consultamos asuntos de trabajo. Me ha enviado un informe en el que me comunica que la situación se le está yendo de las manos y que tienes serios problemas financieros. Debes llegar a un acuerdo con el banco.

–¿Dificultades financieras? ¿De qué me estás hablando? ¡Hace seis meses no tenía ningún problema de dinero!

–Las cosas han cambiado. –Derek me mira confundido–. ¡¿Cómo es posible que nunca lo controles?!

–¡«Yo» no controlo! ¡Pago a Smith para que lo haga! ¡Y te pago a ti para que gestiones mis inmuebles! –me defiendo–. Smith me dice cuánto puedo gastar y del resto se encarga él. ¿Me puedes decir ahora dónde está el problema?

–Precisamente, cuando tu padre murió te convertiste en duque de

Burlingham, has heredado títulos, posesiones y todo lo demás. Además, las acciones en las que tu padre había invertido casi todo su capital han caído en picado en los últimos meses porque la sociedad que las emitió atraviesa una grave crisis. Ahora, como tu apoderado, he tenido que tomar medidas cautelares por tu bien y proponer al banco la propiedad de Bath como garantía para revertir el descubierto.

–Espero que no estés hablando en serio –digo incrédulo.

–Desgraciadamente sí, estás en números rojos.

Miro cada vez más atónito las cifras en negativo.

–Pero ¿dónde está el resto del dinero? ¡Mi padre no pudo haber invertido todo!

–Todos tus bienes generan gastos: los impuestos, el mantenimiento, los asesores, el personal, sin contar tu estilo de vida de despilfarro… El banco te ha concedido pagos en débito, pero ahora te pide que los devuelvas.

–¡Estamos hablando de tres millones de libras esterlinas! –protesto.

–Para ser exactos, el descubierto en el banco es de quinientas mil libras, el resto son las posibles pérdidas que podrían derivarse de un eventual impago de las inversiones que tu padre hizo en su día. El banco, no me preguntes cómo, pero que sepas que es posible, puede haber tenido conocimiento de la precaria situación de tu cartera de valores y por este motivo te pide que devuelvas inmediatamente el crédito en efectivo, amenazando con revocarlo y emprender acciones legales contra ti a no ser que les aportes una garantía conveniente.

–¡Maldita sea! –maldigo conteniéndome para no golpear la mesa con el puño.

–Por eso, cuando me has dicho que tu madre se iba a Bath, he comprendido que entre tú y Smith no había tenido lugar un intercambio de información. De entre todas tus propiedades, la finca de Bath creo que es la más oportuna para usar como garantía.

Doy un brinco hacia delante como si el respaldo de la silla estuviera ardiendo.

–¡No es posible! ¡A mi madre le daría un síncope si supiera que estamos arruinados!

–Entonces, Denby Hall –replica Derek lapidario.

Ahora sí que no me cabe duda de que mi abogado se ha vuelto loco.

–¿Denby? ¡Pero es la residencia histórica de la familia! ¡Eso no se toca!

–Ashford, necesitas dinero y lo necesitas ya –me dispara–. Deberías empezar a considerar la venta de alguna de tus propiedades; en caso contrario, y ante tu insolvencia, el banco podría proceder legalmente hasta llegar a un posible embargo de bienes.

–Derek, necesito tiempo.

–Tienes que ir al banco a hablar con el director –continúa.

–Lo pensaré, pero tú mientras tanto tienes que encontrar una solución.

–Son mis últimas palabras antes de abandonar su despacho.

Tenía intención de pasarme por el club para ver quién había por ahí y enterarme de las últimas novedades, pero se me habían quitado las ganas.

Soy un indigente. ¡Yo, el duodécimo duque de Burlingham, me encuentro con los acreedores llamando a la puerta de mi casa!

¿Con qué cara me presento?

Si me preguntan «Hola, Parker, ¿cómo te va?», no puedo responder «¡De maravilla, estoy arruinado!».

Por no hablar del hecho de que no puedo permitirme siquiera invitar a una ronda de *whisky* a mis amigos. Vaya una escena si me denegaran la tarjeta de crédito en público. No, ¡debe haber un error! ¡Tiene que haber una solución!

Conduzco apretando el acelerador más de lo debido para salir de Londres lo antes posible, como si mi problema estuviera ligado a la ciudad y quisiera dejarlo a mis espaldas con un puñado de kilómetros.

Cuando regreso a Denby Hall no consigo encontrar a un criado que me abra la verja.

¿Por qué esta maldita casa está llena de gente que nunca está cuando se la necesita? ¿Se puede saber a dónde va a parar mi dinero si tengo que bajarme yo mismo del coche para abrir la verja?

De acuerdo, me he hecho preguntas estúpidas. Nada más llegar a la puerta de entrada, me doy cuenta de que mi madre ha convocado a todo el mundo, desde los mozos de cuadra a las doncellas, pasando por las cocineras, el chófer y el jardinero.

–Buenos días, su excelencia, bienvenido –me saluda Lance, el mayordomo, concentrado en transportar lo que parece ser todo el mobiliario del ala este.

–¿Lance? ¿Me puedes explicar qué está sucediendo aquí? –pregunto abrumado por el torbellino de criados yendo y viniendo.

–Órdenes de la duquesa.

–Naturalmente, pero ¿por qué? –insisto.

–Para llevarlos a Bath –responde Lance sin dar muchos detalles.

Siento el taconeo sobre el mármol de la escalera de entrada.

–Hay que reorganizar la disposición de los muebles y de la decoración. Tanto en Bath como aquí –afirma una voz femenina con tono despótico, justo a mis espaldas.

Me doy la vuelta y veo a mi madre bajo el arco de la puerta principal, con los brazos cruzados, mirándome desafiante.

–¿Por qué es necesario? –le pregunto.

–Eres el nuevo duque de Burlingham, así que he dispuesto que se renueven todas las tapicerías y la ropa blanca de la casa con tus iniciales bajo el escudo. Ni que decir tiene que el cambio también afecta a los interiores.

–Nunca he pedido nada de esto –objeto.

–Yo sí. Ya he llamado al arquitecto; vendrá mañana y empezaremos a estudiar juntos la renovación de Denby Hall. Después, en un par de días, me iré a Bath y haré lo mismo con Bleech House y…

–¡No puedes ir a Bath! –la interrumpo alarmado.

–¿Cómo? –Me mira como si hubiera hablado en chino.

–Déjalo todo, no puedes ir a Bath.

¡Por Dios, haz algo! ¡Detenla, fulmínala, pero no dejes que vayá a Bath! Ella, en cambio, no parece tomarme en serio.

–En mi vida he oído una insensatez semejante.

¿Y ahora qué me invento?

–¡No puedes! ¡Esperamos invitados, te necesito aquí para ayudarme a recibirlos como es debido!

–Puedes recibirlos con Portia, quedarás estupendamente…

–¡No! Son invitados muuuy importantes, tienes que recibirlos tú.

–¿Y de quién se trata? ¡En seis meses no ha venido a verte nadie! –replica irritada.

Una espinita que se le clava a mi madre cada día que pasa: soy duque desde hace meses y todavía no hemos recibido visitas ilustres. Procuro darle largas.

–No te lo puedo decir, es un secreto.

Mi madre levanta los ojos al cielo, impacientándose cada vez más.

–¿Y cuándo llegarán si puede saberse?

–¡No! ¡Sorpresa! Ni siquiera yo lo sé. Podrían llegar en cualquier momento, por eso te necesito aquí.

El rostro de mi madre se transfigura, con los ojos como platos como si se le hubiera aparecido la Virgen.

–¡Es la reina! ¡Viene la reina! ¡Con toda la familia real! Por eso no me lo puedes contar, ¿verdad? ¡Es alto secreto!

¿Qué acabo de hacer? Llegados a este punto, no me queda otra que seguir el juego. Si salgo airoso de esta, soy un dios.

–Ejem… Ya, pero haz como si no te hubiera dicho nada.

–Escuchadme todos, dejad lo que estáis haciendo y poned todo donde estaba. Tenemos que planificar una visita real. ¡Margaret, ven conmigo! –dice mi madre a voz en grito, dirigiéndose con paso decidido hacia su despacho, seguida de cerca por su dama de compañía y su rehala de perros galeses con sobrepeso. Odio a esos perros.

Sí, mi madre también tiene una dama de compañía, pero a ella le gusta llamarla «secretaria particular», porque, con todas sus limitaciones, se da cuenta de que hablar de damas de compañía en el siglo XXI es ridículo.

Es inútil decir que apenas consigo contener una de sus locuras cuando se le ocurre otra peor.

Por lo menos, he puesto freno a los miles de libras que estaba por dilapidar.

Ahora, sin embargo, tengo cuestiones urgentes que afrontar.

Pongo patas arriba el despacho de mi padre intentando desesperadamente reconstruir mi situación económica para entender cómo ha podido acontecer este desastre. No hay nada. Nada de nada. Solo papeles y más papeles inútiles, viejos documentos enmohecidos, algunas facturas, pero nada útil. Además, él siempre confiaba en Smith, nuestro asesor financiero, y aquí no hay ningún documento importante. Ahora es cuando me doy cuenta de lo mal que he hecho delegando en otros algo tan delicado. Pensaba que, si mi padre se había fiado de otros, también podría hacerlo yo. Nada más lejos de la realidad. No, a partir de hoy me sentaré tras este escritorio, no quiero saber nada más de consejeros.

Mientras gateo entre montones de papeles amarillentos esparcidos por el suelo, Lance me sorprende por la espalda haciéndome dar un brinco.

–Su excelencia, le pido disculpas. Vi luz en la habitación y pensé que alguien se la había dejado encendida, no imaginaba que iba a interrumpir su trabajo. Son ya más de las dos de la mañana.

–No pasa nada, Lance –digo, abandonándome y apoyando la espalda contra la pared con los codos en las rodillas.

–Se le ve cansado, si me lo permite.

–Lo estoy… Lance, ¿mi padre nunca te habló de sus inversiones?

–Su padre a menudo me hacía confidencias, pero nunca sobre sus asuntos financieros. ¿Hay algún problema?

–Nada que valga la pena discutir.

–¿Puedo sugerirle un sueño reparador? Parece algo preocupado desde que regresó de Londres.

Asiento y le despido. Me quedo un rato más, preguntándome cómo diantre mi padre, siempre comedido y prudente, se dejó engañar por una inversión desastrosa.

Y que me haya arruinado. ¡Y encima tengo a mi madre respirándome en la nuca! Vuelvo al escritorio para exprimirme las meninges, tengo que idear un plan B.

Podría abrir nuestros castillos a los turistas. Solo de pensarlo, me dan escalofríos: la familia Parker, desde que posee el ducado de Burlingham, siempre se ha enorgullecido de no haber tenido que transformar sus propiedades en atracciones turísticas para gordinflones con chanclas, como se han visto obligados a hacer la mayoría de los aristócratas decadentes con el fin de conseguir el dinero necesario para reparar el tejado o la caldera.

Hago un cálculo rápido para evaluar esta estrategia, pero incluso en el caso de que funcionara llevaría demasiado tiempo: para reunir el dinero que debo al banco, más los intereses, tendría que organizar visitas guiadas por lo menos durante seis años. Demasiado tiempo.

Hago una bola de papel garabateado, la lanzo al otro lado de la estancia y golpea el revestimiento de madera tallada.

Mientras atravieso la galería de retratos hasta llegar a mi habitación, siento el peso de las miradas de mis antepasados. Severos y serios, me miran desde lo alto y me juzgan. Ya sé lo que están pensando: que yo, como duque de Burlingham, soy un desastre. Estoy poniendo en riesgo el nombre de la familia Parker.

¡La próxima vez debo acordarme de pasar por la galería de las armas! El camino es más largo, pero al menos evito las caras de enfado de mis «queridos» difuntos.

Esta noche no pegaré ojo.

Capítulo 3

La versión de Jemma

¡Adoro las sorpresas! Lo que más me gusta de la vida en pareja son las fechas señaladas y la organización de las fiestas sorpresa. ¿A quién no?

¿Y los regalos?

¿Y los bombones?

¿Y las rosas?

Lo sé, los que se quieren deberían celebrar cada día, no solamente los cumpleaños, los aniversarios y San Valentín, pero creo en los finales felices, en el príncipe azul y en los cuentos de hadas. Creo que, cuando Alejandro me vea con mi conjunto de lencería de encaje transparente, me lo arrancará con los dientes.

Le conocí en un local cubano en Camden, hace exactamente un mes. Me invitó a bailar salsa y no paramos hasta que cerraron. Tuvieron que echarnos y de allí nos fuimos a mi casa. Sí, lo sé, estaba claro que acabaría así, o en mi casa o en la suya.

Alejandro es de Caracas, alto, con el pelo largo, negro y despeinado, tiene unos ojos oscuros y penetrantes en los que me perdí apenas me sacó a la pista de baile. Tiene las manos fuertes y firmes y, cuando las posa sobre mi cintura, siento que le pertenezco. Sí, es amor, estoy segura. Debe serlo si me hace sentir así.

Hoy, que además es el día de descanso en el teatro, he decidido darle una sorpresa: estoy de camino hacia su casa, con mi modelito sexi bajo el abrigo, y comeremos tumbados en la cama las exquisiteces que he comprado en Fortnum & Mason (aunque no puedo permitírmelo, en ocasiones especiales gasto algo de mis ahorros), luego haremos algo superromántico, como darnos juntos un baño, rodeados de velas. Ahora que lo pienso, no sé si en su apartamento habrá bañera… También la ducha servirá, pondremos música de fondo muy sensual.

Su apartamento está en Barnet, junto al metro, al menos no tengo que andar mucho por la calle, porque el aire frío se me cuela por debajo del abrigo y tengo las nalgas heladas.

Hay un chico que está saliendo del portal que imagino debe de ser el de Alejandro. Le pregunto para confirmar. Está bien, lo admito, nunca he estado en su casa, pero en una ocasión compartimos un taxi del que él se bajó antes de llevarme después a mi casa.

–Disculpa, Alejandro vive aquí, ¿verdad? Un chico alto, moreno, con un fuerte acento latinoamericano…

Me mira inseguro.

–No sé si se llama Alejandro, pero hay un joven que responde a esa descripción en el cuarto piso.

Es Alejandro, estoy segura.

Me apresuro a subir por las escaleras, aun arriesgándome a caerme con los tacones.

Llamo a la puerta y mientras escucho pasos que se acercan me desabrocho a toda prisa el abrigo y, justo cuando veo girar el pomo, abro las solapas con orgullo.

Y enseguida me cubro horrorizada.

–¡No eres Alejandro!

No, decididamente no lo es. Quien me ha abierto la puerta es un señor de unos sesenta años que me mira estupefacto.

–No seré Alejandro, ¡pero eres bienvenida!

–Le pido disculpas, ¿no vive aquí Alejandro?

El señor se inclina hacia mí y señala con la cabeza hacia el pasillo.

–Esa puerta de allí, preciosa.

Me percato de que en el cuarto piso hay otros tres apartamentos y le agradezco con muda cortesía sus indicaciones.

–Un muchacho con suerte –le oigo comentar mientras avanzo por el pasillo.

Llamo de nuevo a la puerta, esta vez segura, y pienso que Alejandro en verdad tiene suerte.

Me abre, aparece imponente, con el torso desnudo todavía húmedo recién salido de la ducha.

–¿Jemma?

Me quito el abrigo y lo lanzo al suelo.

–¿Lo celebramos?

Él me mira dubitativo.

–Ejem… ¿Qué estabas diciendo, perdona?

¿Por qué no parece alegrarse?

–Es nuestro «mesiversario», ¿no? Nos conocimos hace un mes –procuro contagiarle mi entusiasmo y me meto dentro de la casa.

–No te esperaba.

–¡Obviamente! Si no, qué clase de sorpresa sería, ¿verdad? –digo.

Alejandro no hace ademán de entender el motivo de mi visita.

–Nunca te he contado dónde vivo.

–Tengo mis recursos. ¿Qué te parece si ahora nos relajamos un poco? Te ayudo a secarte…

Mi mano empuja la puerta de la habitación, pero, en lugar de tocar la madera, se apoya sobre algo cálido y suave.

–¿Ayudar a secarse a quién? –Ese algo cálido tiene voz de mujer.

Me giro y veo a una joven, también de rasgos latinoamericanos, desnuda, y noto con horror que tengo la mano sobre su seno. La retiro de golpe.

–¡Alejandro! ¿Quién…? ¿Quién es esta? –le pregunto horrorizada.

–Soy Shoanah.

–Es Shoanah –repite él haciéndole eco.

–He entendido que es Shoanah, pero ¿qué hace aquí, desnuda?

–Es mi mujer –responde de la manera más natural del mundo.

Tierra, trágame: aquí estoy, en tanga y liguero, con mi –creía– novio y su mujer desnuda.

–¡Nunca me habías dicho que estuvieras casado! –le acuso mientras recupero mi abrigo para cubrirme.

Alejandro me mira sin pestañear.

–Nunca me lo has preguntado.

Me quedo con la boca abierta, sin saber qué decir. Shoanah me observa e interviene:

–Por mí puede quedarse, es mona. Me gusta.

A él parece entusiasmarle la idea.

–Sí, puedes unirte a nosotros si te apetece, ya que estás aquí…

–¡Ah, qué asco! –exclamo, abotonándome el abrigo hasta el cuello, a toda prisa y furiosa–. ¡Alejandro, eres un bastardo!

Eso es todo lo que consigo articular antes de salir corriendo de allí por las escaleras y dejar esta grotesca escena a mis espaldas.

¡Feliz «mesiversario»! Me encanta dar sorpresas, ¡me está bien empleado!

Mientras me sube el frío por las piernas, no hago más que sentirme cada vez más estúpida. Me acurruco en el primer sitio libre que encuentro en el vagón del metro, estirándome el bajo del abrigo para taparme el encaje del liguero.

Me siento observada, como si todos a mi alrededor pudieran ver mis intimidades bajo el abrigo. ¡Me doy pena!

Mientras planeaba la sorpresa tan contenta, pensando en la noche de pasión que pasaríamos, ¡Alejandro estaba repasando el *Kamasutra* con Shoanah!

Cruzo el umbral de casa y piso con rabia cada escalón hasta el apartamento de mis padres.

—¡Soy una estúpida! —anuncio sin saludar, dejándome caer sobre uno de los cojines esparcidos sobre la alfombra.

Mi madre se asoma desde la cocina.

—¿Qué has dicho, tesoro?

—Que soy una estúpida —murmuro de nuevo.

—Ya sabes que no me gusta que emitas ondas negativas al atardecer. ¡Es casi la hora de la meditación!

Me corren lagrimones por las mejillas.

—¿Puedes hacerla más tarde?

—Puedo sincronizarme con el huso horario de las Azores. Pero ¿por qué lloras?

—¡Alejandro está casado!

Mi llanto roza la desesperación.

—¿Casado?

—He ido hasta su casa para darle una sorpresa por nuestro «mesiversario» y le he encontrado en la cama con otra. ¡Era su mujer!

Finalmente, mi madre sale de la cocina para abrazarme, pero me echo atrás.

—¡Mamá! ¡Por favor, vístete! ¡Ya he tenido bastantes desnudos por hoy!

Aparte del pañuelo de colores entrelazado en su larga melena castaña con algunos mechones canosos, no lleva nada puesto. Nota al margen: mis padres son nudistas, o naturistas, como se definen a ellos mismos.

Sería el momento de abrir un paréntesis sobre mis padres, pero en este momento no tengo fuerzas.

—De hecho, mamá, ¿no tendrás algo para prestarme? —Me empiezo a desabotonar el abrigo para darle a entender que no llevo nada más.

Vuelve de su habitación con dos caftanes bordados. Me enfundo en el verde ácido, impregnado de un fuerte olor a pachulí.

Ella se sienta en la posición de loto sobre el almohadón junto a mí.

—Ayúdame a recordar, ¿Alejandro…?

—El bailarín de salsa.

—¿No era Roberto? —pregunta mamá confundida.

—También. Pero él bailaba merengue.

—¿Merengue? Estaba convencida de que era Fernando…

—No, mamá. Fernando era el del pasodoble, el de la fiesta de Nochebuena.

—Todos me parecen iguales… ¡Bah! Será la edad. —Mi madre se encoge de hombros en señal de rendición—. ¿Entonces, Alejandro está casado?

—Sí. —Me quedo callada sin saber qué añadir y luego estallo—. Pero ¿qué es lo que me pasa? ¿Por qué huyen de mí los hombres?

—¡Tú eres perfecta! —suelta mi padre, entrando en casa de vuelta de la radio—. Te he oído gritar desde las escaleras. —Luego le da un beso a mamá—. ¿Qué ha pasado?

—Alejandro está casado —le comunica ella con tono grave.

—¿Pero no era Roberto? —pregunta papá.

—No, él se la pegó con una patinadora.

—¿La patinadora? ¿No era ella a la que pillaste con Fernando?

—No, Fernando era el que estaba enrollado con su hermana —le corrige mamá.

Papá se lleva una mano a la frente.

—¡Cómo he podido olvidarlo!

—No importa quién o cómo. Siempre es la misma historia: no consigo mantener una relación, ¡siempre me engañan con otra!

Mamá me hace una trenza, como cuando me quiere hablar de cosas importantes de la vida.

—Bien, Jemma, primero habría que considerar si algo que dura diez días puede definirse como relación.

—¡Un mes! —la corrijo—. ¡Y, además, papá y tú os casasteis sin apenas conoceros! —le respondo en tono acusatorio.

–Eran otros tiempos, éramos compañeros espirituales y lo compren-
dimos al momento.

Sus argumentos conmigo no se sostienen.

–¡También Alejandro y yo habríamos podido ser compañeros espirituales! ¡Solo que él tiene mujer! ¡Y ella encima me ha propuesto hacer
un trío! –protesto con indignación.

En cambio, mamá y papá se cruzan una mirada de comprensión.

–¿Se puede saber qué hay entre vosotros? –pregunto molesta.

Mamá procura explicarse.

–Jemma, tú estás muy apegada a la posesión física. Entiendes el amor
y las relaciones como un confinamiento de tu compañero.

La miro cada vez más desorientada.

También papá aporta lo suyo.

–Sí, Jemma, lo que quiere decir tu madre es que, en los años setenta, el amor era libre. Además, podías tener hasta cinco o seis parejas.

–El amor en grupo… –continúa ella.

Mi padre le dedica una sonrisa.

–El éxtasis del cuerpo te lo puede dar cualquiera, pero solo tu madre
me regala el éxtasis del espíritu…

–Y lo mismo me pasa a mí con tu padre. La monogamia, tal y como
tú la entiendes, es muy restrictiva.

–¡Esto clama al cielo! ¡Por favor! –Procuro eliminar de mi mente
la imagen de mis padres, en los años setenta, con poco más de veinte
años, en una orgía.

–Carly, a lo mejor lo que necesita es un poco de ayuda para tranqui-
lizarse.

–Tienes razón, Vance, le preparo ahora mismo algo caliente.

Mi padre pone en el tocadiscos *Imagine* de John Lennon, mientras
mi madre vuelve de la cocina con una bandeja y tres tazas llenas de té
humeante.

Apenas bebo un sorbo y lo escupo de inmediato.

–Jemma, tesoro, ¡está quemando! ¡Sé paciente! –me regaña mi padre.

–¿Qué has metido aquí dentro, mamá? Es una infusión de marihuana, ¿verdad?

Ella se encoge de hombros y me hace señas con la mano, juntando el
pulgar y el índice.

–Poco a poco…

–¡Mamá! ¡Algo relajante! ¡Una manzanilla era más que suficiente!

–¡De niña dormías tan bien!

Quiero a mis padres, pero en pequeñas dosis. Me levanto para bajar a mi cuchitril.

–¿A dónde vas?

–Abajo. Me duele la cabeza. Me daré una ducha y me meteré en la cama.

–¡Pero he preparado humus para cenar!

–Me tienta, pero no, ¡gracias!

Mi madre fue educada por mi abuela Catriona para convertirse en una dama de la alta sociedad inglesa y casarse con un noble. La familia de mi madre, de hecho, adinerada, pero sin títulos, aspiraba a ascender en la escala social y mi abuela Catriona siempre tuvo grabado a fuego en su corazón el tema de la nobleza.

Una vez alcanzada la mayoría de edad, escogió a un marido con título para mi madre, pero el matrimonio nunca llegó a celebrarse porque, estando mi madre de visita en Southampton en casa de una amiga, se escapó a un concierto y allí conoció a mi padre. Se casaron y regresaron a Londres, desencadenando la ira de mis abuelos. Para alguien que lleva más de un siglo fabricando armas y material bélico, tener en casa a una hija pacifista, y encima casada con un *hippy* de pelo largo hasta la rabadilla, es un drama. La repudiaron en el acto. Durante un tiempo vivieron en un kibutz en Wadi Ara, luego en una comuna en Goa y, solo cuando mi madre se quedó embarazada, regresaron a Inglaterra.

Mi padre trabaja como pinchadiscos en una emisora de radio independiente de *rock*, va en vaqueros y lleva su largo pelo gris recogido en una coleta. Mi madre da masajes holísticos para reequilibrar los chacras y prepara remedios naturales con las hierbas que cultiva en la terraza. Son *hippies* a todos los efectos y me han educado en la libertad más absoluta, sin gritarme jamás, porque son contrarios a las regañinas. A veces me pregunto cómo he podido sobrevivir hasta los veinticinco años.

Para que os hagáis una idea: mis padres estaban convencidos de que tendrían un varón, por lo que habían decidido llamarme Jimi, como Jimi Hendrix. Luego se vio que era una niña y entonces de Jimi me convertí en Jemma.

Cuando digo *hippy*, me refiero a lo anterior: en mi casa beber, comer y fumar marihuana era de lo más normal, tenían por vehículo una simpática furgoneta de color melón, son nudistas y siempre me han llevado a campamentos y playas nudistas, no tienen televisión, son veganos, ecologistas, animalistas y antimonárquicos. Digo «son» y no «somos» porque lo bueno de tener dos padres *hippies* es que siempre he tenido libertad para elegir. Y cuando a los catorce años fui al concierto de los Backstreet Boys, elegí comer en el McDonald's. Y le he declarado mi amor eterno a la carne de buey con queso.

Por desgracia, al haber participado mis padres en la revolución sexual, sobre la cuestión de la monogamia y las infidelidades –físicas, por lo menos– no puedo contar demasiado con su apoyo.

Después de pasarme al menos media hora apoyada en la pared de la ducha con el chorro de agua en la cara (que sale hirviendo si el inquilino del primer piso tira de la cadena o helada si lo hace el del segundo), me meto en la cama para enterrar esta desastrosa tarde bajo las sábanas.

Apenas me doy cuenta de que tenía un mensaje. De Derek.

Me dijiste que encontrara una solución a la cuestión de tu herencia. Puede que la haya encontrado. Nos vemos mañana para cenar en Berners a las ocho.

Capítulo 4

La versión de Ashford

Tal y como esperaba, no he pegado ojo en toda la noche. He estado pensando de todo para resolver la situación y encontrar dinero: cuando he llegado a pensar en transformar Denby en una casa de citas como Tom Cruise en *Risky Business* he visto la desesperación cara a cara.

A las cinco tiro la toalla y me levanto definitivamente. Al encender el móvil, encuentro un mensaje de Derek.

Ahí mismo, en la pantalla, se encuentra la respuesta a mis plegarias.

> Me dijiste que encontrara una solución a la cuestión de las deudas de tu padre. Puede que la haya encontrado. Lo hablamos mañana durante la cena en Berners a las ocho.

Si tengo que volver a Londres, no hay problema. Es un sacrificio, pero esta vez lo haré con gusto.

Como si todos mis músculos se hubieran relajado de golpe, me desplomo sobre la cama y esta vez me abandono en un pesado sueño.

Es Lance quien me despierta, ante la insistencia de mi madre.

Según ella, pasadas las doce del mediodía es inadmisible que yo siga en la cama cuando, en cualquier momento, podría hacernos una visita la familia real.

Algún día encontraré el valor de confesarle que no va a venir nadie. Pero ese día aún no ha llegado.

Me levanto, esta vez cargado de una energía que no tenía desde la final del campeonato de polo del año pasado.

Me pongo un jersey de cachemira, unos pantalones desgastados y cojo mi raqueta de tenis.

Sí, hoy, ahí fuera, hay diez grados, pero por dentro me parece tener un reactor nuclear, así que salgo a la cancha y lanzo dos reveses a la pared. Lo que más me gusta de la finca son los espacios al aire libre: cada rincón es distinto y siempre parece que estás en un lugar diferente, desde cualquier punto de vista. Los exteriores son un laberinto con un recorrido de jardines temáticos.

Denby Hall es una mansión del siglo XVIII, remodelada y ampliada a lo largo de los años por los distintos duques de Burlingham, sin un aparente proyecto común. Es ello precisamente lo que le confiere carácter propio y singularidad frente a las clásicas mansiones inglesas, diseñadas sobre el papel. La cancha de tenis se encuentra en uno de los patios interiores, rodeado en tres de sus lados por muros de piedra cubiertos de hiedra roja trepadora. El cuarto lado, abierto, da al lago. En el primer piso se abre una galería que sirve de tribuna de cara a la cancha.

Confieso que la tentación de golpear a mi madre cuando la veo ahí arriba es muy fuerte. Algún día me daré ese gusto.

Mi madre es como el dolor de estómago: lo mejor es cuando no lo tienes.

Mi padre fue un gran hombre, consiguió tenerla bajo control durante cuarenta años, tras los cuales pensó que lo mejor era pasármela a mí. Yo, a mis escasos treinta años, me estoy planteando irme al monte.

Mi madre es una maniática del control, no hace falta decirlo: antes dominaba a mi padre, ahora está concentrando todas sus energías en mí.

Sí, porque hacer de duquesa durante media vida no le ha sido suficiente; ahora está profundizando en su papel de duquesa madre.

Mientras no me case, la señora de Burlingham más importante es ella.

Me encuentro ante una encrucijada: o aguantar a mi madre toda la vida, o bien suplantarla con una mujer que se convierta en la flamante nueva duquesa. Y mi madre solo podría aprobar dos tipos de mujer para mí.

Tipo uno: tímida, sometida y sin carácter –aún mejor si fuera muda– que deje a mi madre el control absoluto.

Tipo dos: cómplice. Alguien tan parecida a ella que pudiera embaucarme, una a la derecha y otra a la izquierda, obligándome a hacer su voluntad. En la práctica, un acoso manifiesto.

Hace casi diez años que paso como una pastilla de jabón de las manos de una debutante a las de otra, con baronesas y condesas que ni siquiera han disimulado incluirme en sus planes de familia. El que todavía no me hayan puesto la soga al cuello en todo este tiempo lo considero un mérito. Deberíais estar presentes en cualquiera de los eventos a los que asisto: un desfile interminable de hijas/nietas/primas/hermanas de… a las que, según mi madre, no puedo dejar de conocer.

Claro que, si de verdad estuviera arruinado, como Derek ha vaticinado hace veinticuatro horas, ningún padre lanzaría a su hija a mis brazos.

Sí, el único lado positivo de la bancarrota es que podría ser un impedimento eficaz para las escaladoras sociales.

Una cosa es cierta, en cuanto Derek me diga cómo piensa proceder para recuperar mi dinero, envío a mi madre a Bath para no verla ni oírla en seis meses.

Espero que no se me malinterprete, la quiero, pero sus modales superan mi umbral de tolerancia.

Yo no estoy acostumbrado a vivir en familia.

Siempre he estado al cuidado de niñeras e institutrices y, en cuanto me salió el primer diente, ingresé en un internado hasta cumplir la mayoría de edad.

Mi vida en casa se reducía a las visitas por Navidad, la semana de Pascua y las vacaciones de verano; además, siempre había un montón de gente aparte de mis padres.

Podéis imaginar lo extraño que me resulta levantarme cada mañana en casa y encontrarme con mi madre encima a todas horas. Lo mío no es maldad, es que simplemente no estoy acostumbrado.

Además, se le ha metido en la cabeza que debe transformarme en el perfecto duque de Burlingham y, por tanto, su invasión en mi vida privada supera todos los límites.

De hecho, ahora está ahí, bajo la arquería de piedra, observándome y tomándome la medida. Estará evaluando si para mi retrato oficial debería posar de pie o sentado.

Cuando comienzan a caer las primeras gotas de lluvia, recojo las pelotas esparcidas por la pista con un golpe de raqueta y me dirijo a mi habitación.

Me siento en forma y me preparo para la velada como si fuera a recibir un premio.

Cuando llego a Berners, Derek ya está en la mesa esperándome.

—Ashford, ¡qué bien que has venido! ¡Qué puntual eres!

—No podría haber sido de otra manera. Verás, después de la noticia que me diste ayer, esta noche no he podido pegar ojo. Acudir raudo a tu llamada era lo mínimo que podía hacer, aunque…

Derek frunce el ceño ensombrecido.

–¿Aunque…?

–Aunque lo encuentro bastante inusual. Sí, en fin, habría acudido a una cita en tu despacho o, como mucho, a un almuerzo. Pero ¿a una cena?

–Sí, tienes razón. Una cena para hablar de trabajo es un poco particular, pero es que en realidad se trata de algo muy especial.

–Lo entiendo, lo entiendo –le interrumpe–. Has descubierto que mi padre tenía una cuenta en un paraíso fiscal –le confieso en voz baja.

–¿Paraíso fiscal? ¿Cómo? ¡No! Vamos, es decir, ¿lo tenía? –me pregunta con asombro.

–¡Diablos, qué sé yo! ¡Tú eres el abogado!

–No, no hay ninguna cuenta *off-shore*, que yo sepa.

Me encojo de hombros.

–Creía… ¡Has hablado de cosas particulares!

Derek asiente con la cabeza.

–Sí, es algo poco ortodoxo y quería hablar de ello así, de manera informal.

La camarera se acerca a la mesa y Derek se queda cortado.

–Aquí estoy. Llego tarde, pero llego –se excusa apresuradamente.

Yo no pierdo el tiempo y pido inmediatamente.

–Sí, ya llevamos sentados un rato. En fin, tomaré un Chateaubriand, espárragos a la plancha y puré trufado.

Ella me mira con extrañeza, enarcando una ceja.

–¿Qué no te ha quedado claro? –le pregunto.

Derek tose al otro lado de la mesa.

–Todo. –Es la seca respuesta de ella.

La observo incrédulo: zapatillas deportivas con brillantitos, *leggins* ajustados imitando piel, un ceñido jersey de leopardo y demasiado maquillaje. Totalmente fuera de su ambiente, aunque a lo mejor es su primer día de trabajo.

–Bueno, pues no es muy complicado. Un solomillo de buey Chateaubriand. Los espárragos diría que no suponen un problema y el puré trufado es simplemente puré aromatizado con aceite a la trufa.

Su reacción me deja de una pieza. Cierra un ojo, me extiende su brazo dejando la mano a dos centímetros de mi cara y baja los dedos uno a uno excepto el dedo corazón, que permanece levantado.

–Quédate quieto para que pueda enfocarte…

Derek se levanta y apoya las manos sobre los hombros de la camarera.

–Jemma, cálmate. ¿Qué tal si te sientas? No hagas eso, no estamos en el estadio.

–Derek, ¿qué estás haciendo? –pregunto aturdido.

–Jemma no es la camarera. Ha habido un error.

Estoy bastante desorientado.

–Perdona, si no es la camarera, ¿qué está haciendo aquí?

–¿Que qué hago aquí? –interviene ella con insolencia–. Pues que él me ha invitado, sí, aquí. Por cierto, podría decir lo mismo de ti.

–Sí, Ashford. Jemma es clienta mía. O, mejor dicho, su abuela lo era, pero técnicamente ahora lo es ella.

–¿Y cena con nosotros? –pregunto.

–Sí, si queremos pedir, está acercándose el camarero. El de verdad.

–Más te vale –le corto–. Yo tomaré…

Jemma me interrumpe:

–Él tomará un Chateaubriand con espárragos a la plancha y puré trufado. El solomillo es de buey, los espárragos son simples espárragos y el puré viene condimentado con aceite a la trufa –dice imitándome con la voz cargada de resentimiento.

–Tienes futuro –siseo yo, un poco picado.

–Una lubina a la plancha para mí –murmura Derek avergonzado.

–¿Tienen alitas de pollo fritas? –pregunta ella, examinando la carta.

–Si la señora desea pollo, podemos sugerirle un espléndido *coq au vin*.

Ella frunce el ceño y yo apenas contengo una carcajada. Estoy más que seguro de que no ha puesto en su vida un pie en un sitio como este.

–¿Se puede saber dónde está la gracia? –me pregunta, pestañeando.

Me encojo de hombros. Ella me ignora y se dirige de nuevo al camarero.

–Eso que me ha dicho, el coco-lo que sea me va bien. Con patatas fritas.

Después de irse el camarero, nos quedamos largo rato en silencio hasta que Derek decide romper el hielo.

–Jemma es maquilladora de teatro. Trabaja en un musical.

–Fascinante. –Es mi único comentario.

–Era la mejor amiga de mi ex, ¿recuerdas, la que se fue a vivir a Nueva York?

–Poco –respondo lacónico.

–¡Eres una gran compañía, Ashford! –observa sarcástica.

—Y tú muy educada. Los pies se ponen en el suelo, no en la silla —digo, lanzándole una mirada de desaprobación.

—Solo tengo un pie. Estoy cómoda así.

—Por favor, no seáis niños —nos reprende Derek.

Yo estoy perdiendo la paciencia.

—Derek, ¿podrías explicarme por qué estamos aquí cenando para hablar de mí y me encuentro con Tarzán en la mesa?

Jemma no se queda atrás.

—No, Derek, esta es «mi» cena, quería decir. ¿Y por qué me encuentro en la mesa con Adolf Hitler?

Los tres nos apiñamos en torno a la mesa y nos recomponemos solamente para permitir que los camareros nos dejen los platos.

Derek se toma su tiempo para trocear la lubina.

—Ahora os explico todo, pero dejadme terminar antes de interrumpirme.

Jemma y yo nos quedamos callados, somos todo oídos.

—Como iba diciendo, Jemma es la nieta de una difunta clienta mía. Ashford, además de amigo mío de toda la vida, es hijo del finado Henry Parker, también cliente de mi padre. Ambos os encontráis en situaciones bastante complicadas que, a menos que ocurra un milagro, y en el ámbito legal se producen pocos, temo no tengan solución.

A mí me saltan las alarmas: ¿por qué diablos me ha escrito en el mensaje que había encontrado una solución si no es cierto?

—Jemma podría, en teoría, beneficiarse de una inmensa herencia: la familia de su abuela se dedicaba a la industria bélica y a la producción de armamento, no obstante, su herencia está condicionada. En el caso de Ashford, se ha producido una situación inversa: es el legítimo heredero, pero su padre, a causa de ciertas inversiones no muy afortunadas, dilapidó la mayor parte de su fortuna y ahora debe hacer frente a numerosas deudas. La situación es la siguiente: si Jemma no se casa, no heredará nunca los bienes de su abuela; si Ashford no solventa su tesitura financiera, le embargarán sus propiedades, lo que sin duda provocaría una deshonra a su título. Mi solución, como os he prometido, no es muy ortodoxa: Jemma debe casarse con un hombre que posea un título nobiliario para que la herencia sea válida. Jemma, ¿tienes novio?

—No, desde ayer, ya no —mascula ella.

Nada más oír la introducción de Derek, he sentido escalofríos recorriéndome la espalda.

—Y ayer, Jemma —continúa Derek—, ¿estabas comprometida con un hombre en posesión de un título nobiliario?

—Era un bailarín de salsa.

—Bien. Jemma no puede heredar nada porque no está casada con un aristócrata. Tú, Ashford, eres oficialmente duque de Burlingham desde la muerte de tu padre. Sin embargo, como resultado del análisis financiero que hicimos ayer, muchos de tus bienes están en riesgo. ¿Es así?

Me pesa la cabeza.

—Así es.

—¿Confirmas que en las últimas veinticuatro horas no has encontrado el dinero que debes a los bancos?

—En efecto, no lo he encontrado —respondo molesto.

—¿Ni siquiera has pensado vender alguna de tus propiedades?

—Por supuesto que no. Si mi madre se enterara, me mataría.

—¿Confirmas también que, a excepción de ti, nadie tiene conocimiento de tu situación económica?

—Sí, hasta hace diez minutos, cuando has soltado todo delante de ella, Derek —le replico, señalando a Jemma con indignación.

—Si nos ponemos quisquillosos, ¡tampoco «mi» situación es ahora muy privada! —rebate ella.

—En este momento es un asunto secundario. A la luz de lo que os he expuesto, si Jemma se casa contigo, Ashford, podría disponer de su herencia y con una parte de su patrimonio podrías cubrir las deudas con los bancos y recuperarte. Tú sigues siendo duque, con todas tus propiedades, y nadie sabría nada. Tú, Jemma, heredarías y no tendrías que preocuparte nunca más por trabajar.

Aunque creo que Jemma es una auténtica lunática, parece tan alterada como yo, tanto que estallamos al unísono en señal de protesta.

—Para el carro. Ayer te pedí que me encontraras una solución, no un marido.

—Ambas cosas coinciden, Jemma —dice Derek lapidario.

—¡No estarás pensando que la única manera de pagar mis deudas sea casarme con una desconocida por su dinero!

—Ciertamente, Ashford. Puedes jugar a la lotería si crees que tendrás mejor fortuna. –Mi amigo no se muestra muy caritativo ni siquiera conmigo.

–Yo creo en el amor, en el amor a primera vista, creo en las palpitaciones, en las mariposas en el estómago, ¡creo en el príncipe azul! No puedes plantarme frente a un cheque, un testamento y decirme: cásate y serás millonaria.

–Multimillonaria –la corrige Derek.

–Me siento en venta, subastada –murmura ella.

Mi amigo se encoge de hombros.

–No he sido yo quien te ha metido en este embrollo, ha sido tu abuela.

–Qué maravilla de familia la tuya –no puedo evitar observar.

Jemma me suelta un gruñido:

–Mira quién fue a hablar, tu padre te ha dejado en calzoncillos.

–*Touché.*

A estas alturas, la situación es tan esperpéntica que he decidido tomármela a risa.

Derek permanece impasible.

–Creo que deberías considerar el asunto.

–Derek, pongamos, por absurdo que parezca, que aceptase: ¿la has visto? ¿Te la imaginas, a ella, duquesa?

Derek se encoge de hombros.

–¿Por qué no?

También se resiste a considerar el tema.

–No, Derek, pongamos, por absurdo que parezca, que «yo» estuviera de acuerdo: ¿cuándo se ha visto que la princesa salve al príncipe azul del cobrador del frac? ¡No! Y, además, permíteme que te lo diga, ¿qué gano yo? ¿Me caso con él para heredar «mi» dinero y acabar saldando «sus» deudas?

–Jemma, un día de estos, cuando quieras, te haré el inventario del contenido de tu herencia. ¡Las deudas de Ashford son una gota en el océano de lo que obtendrás!

Se hace el silencio en la mesa. Todo el mundo está absorto en sus propios pensamientos y Derek nos observa, esperando nuestra respuesta.

–Es ridículo –murmuro.

–Es absurdo –me emula ella.

–Nunca debería haber venido –manifiesto levantándome de la mesa.

Capítulo 5

La versión de Jemma

Yo, ¿casada con semejante?

Yo deseo pasión en mi vida, no cálculo y conveniencia. ¡Deseo el calor de un abrazo, el estremecimiento de un beso!

Con este tal Ashford estamos muy desencaminados. Tan íntegro, tan rígido enfundado en su inmaculada camisa, con el nudo de la corbata bien apretado y bien sentado como mandan los cánones. No, gracias.

Y, además, a mí me gustan los hombres latinos: morenos, bronceados, con los ojos oscuros, que respiren testosterona. Su cabello castaño y sus ojos verdes no me van.

No entiendo cómo diablos se le ha podido ocurrir a Derek eso.

Y, encima, ¡vaya carácter horrible que tiene! Trata a todo el mundo como si estuvieran a su servicio. Si esto no es arrogancia, que venga Dios y lo vea. Será duque y todo lo que tú quieras, pero eso no le da derecho a tratar a la gente como si fueran inferiores, además da la casualidad de que yo no me siento en absoluto inferior a él.

No sé cómo sentirme, si furiosa o abatida. Cuando ayer leí el mensaje de Derek, pensé que realmente habría una solución para superar el obstáculo del matrimonio y anoche ya me había hecho a la idea. Derek no tiene ninguna solución, exceptuando la de casarme con Ashford, y eso significa que jamás heredaré ni una sola libra.

No soy de las personas que se dejan sobornar, no creo que el dinero traiga la felicidad y nunca he barajado la hipótesis de hacerme rica, pero ahora, por lo menos, tengo que pensármelo. Con la herencia de la abuela podría hacerme con un bonito apartamento para mí sola en el centro, una casa de campo con muchos animales para mis padres y, tal vez, me compraría un buen coche, quizá un Porsche (quién sabe si los harán de color rosa). Podría comprarme ropa de firma, como la que veo en la revista *Cosmopolitan*, ¡ya está bien de mercadillos y tiendas de segunda mano!

¡Y además podría seguir al Arsenal a todas partes con los aficionados cada domingo!

¡Por no hablar de unas vacaciones en el Caribe! O, en cualquier caso, irme de vacaciones y punto.

Son cosas que siempre he soñado hacer y, ahora que estoy a un paso de conseguirlas, tener que renunciar a ellas es una verdadera tortura.

Sin embargo, si aceptara la propuesta de Derek, quedaría reducida a un trozo de carne en venta en la carnicería.

Yo deseo a mi lado a un hombre que me adore, quiero ser la niña de sus ojos, no un dedo en el ojo. Sí, porque Ashford me ha hecho sentir así: inútil, indeseada, superflua e irritante. Sueño con un hombre para el cual sea imprescindible, como el aire que respira.

Yo quiero al Reth que salva a Escarlata O'Hara en peligro, quiero al Jack que se ahoga por Rose; quiero al Romeo que se envenena por Julieta. Quiero el cuento de hadas. Siempre lo he querido y estoy convencida de que, si no dejo de creer en él, finalmente lo conseguiré.

Mis padres desafiaron a sus familias para estar juntos y al cabo de treinta años se quieren como el primer día.

Ashford no necesita una mujer a la que adorar, es obvio que se adora a sí mismo y con eso le basta y le sobra. Lo que él necesita es una bonita estatuilla para exhibir, un maniquí para sacar de paseo. Tal vez tenga razón: yo no valgo para ser duquesa, soy demasiado humana, quiero demasiadas cosas como para encajar en el papel de una muñeca de porcelana.

Durante el desayuno, mientras devoro galletas de trigo sarraceno hechas en casa por mi madre, pienso que, si les contara esta historia a mis padres, se morirían de la risa.

Es la una y media, así que, un poco a regañadientes, me quito el pijama y me visto para ir al teatro de los horrores.

Hoy, antes de la función de la tarde, hay una reunión de la compañía.

Espero que sea para comunicarnos que el año próximo pondremos en escena un musical más alegre, con vestuario nuevo, y que yo podré ser más creativa con el maquillaje. Este espectáculo que narra la separación de una familia en la época de la gripe española me está matando por dentro y lleva ya demasiado tiempo. Siempre me he preguntado qué impulsa a los espectadores para venir a verlo. Sinceramente, nunca hay cola en la taquilla y el porqué no es ningún misterio. Los musicales deben ser alegres, no deprimentes.

Por una vez, llego casi puntual o, mejor dicho, menos tarde que de costumbre, pero la culpa no es toda mía; yo hago todo lo posible, ¡pero siempre surge algún contratiempo entre el metro y el autobús!

Adriana pone los ojos en blanco cuando me ve, así que tomo asiento y me hundo para intentar huir de su mirada.

Oliver anuncia, con su manera de ser imperturbable, que ha pensado en un nuevo espectáculo: las últimas horas de Ruth Ellis, la última mujer condenada a la pena de muerte en Inglaterra en 1955.

La representación se centra en la protagonista, que cuenta la historia de su vida, en su celda. Todo con una escenografía desnuda y minimalista.

Siento la necesidad de dar mi opinión.

—Ruth Ellis tuvo una vida bastante agitada. Fue modelo, bailarina en un club nocturno, se vio envuelta en una red de prostitución, tuvo dos maridos, un montón de amantes y regentó un club… A mi parecer, una vida tan interesante puede llevarse al escenario con un espectáculo mucho más dinámico y atractivo. ¡Pongamos en escena el Londres de principios de los años cincuenta, con música pegadiza de la que no se te va de la cabeza!

La historia me anima y creo que en una producción de este tipo vendría a trabajar mucho más motivada.

Oliver no parece ser de la misma opinión.

—Quiero concentrarme en el drama interior.

Y con esas palabras me calla la boca.

Nada de escenografía, nada de música pegadiza, nada de nada.

El motivo: siente la necesidad de orientarse hacia algo moderno.

El productor: el anterior se jubiló, así que ahora el espectáculo estará autoproducido por Oliver asociado con Adriana.

El teatro: siempre el mismo.

El alquiler: más alto.

El presupuesto: reducido a la mínima expresión.

Una vez terminada la reunión, reúno el valor y voy a hablar con Adriana para hacerle algunas preguntas, aunque me observa con la mirada ausente.

—Adriana, ya que serás la directora artística, y considerando que tendremos que empezar a preparar el nuevo espectáculo, me gustaría pedirte algunas indicaciones sobre el maquillaje y el vestuario, para que podamos preparar propuestas.

—¿De qué estás hablando?

—De lo que me concierne a mí: el maquillaje de los actores y el vestuario.

—Los trajes serán muy sencillos y no necesitaremos maquillaje. El rostro desnudo transmite mucho mejor el tormento de los personajes.

—Entonces, perdona que te lo pregunte, pero si no hay maquillaje, ni tampoco vestuario… ¿yo qué haré?

Adriana tamborilea con los dedos en el marco de la puerta.

—Ya lo he hablado con Oliver, tu puesto en la compañía ya no es necesario. Considérate libre.

—Pero… ¿me estás despidiendo tal cual, a partir de ya?

El rostro pétreo de Adriana es indescriptible.

—No, si te despido ahora mismo equivaldría a hacerlo sin motivo. Ya te he dado las razones.

Y con estas palabras desaparece, metiéndose en el camerino y dándome con la puerta en las narices.

No doy crédito a lo que acabo de oír y mi cerebro se niega a asimilar la información que me acaban de dar, así que voy corriendo a buscar a Oliver y, cuando le encuentro, le asalto sin muchos preámbulos.

—Adriana me ha echado a la calle. Dice que lo habéis hablado entre vosotros y que ya no me necesitáis.

Oliver asiente con la cabeza, sacudiendo su melena grasienta.

—Sí, ya sabes, no te lo tomes así. Es una cuestión de presupuesto; hemos tenido que recortar los gastos superfluos…

—¿Superfluos? ¿Me estás diciendo que soy superflua?

—Jemma, tu papel no es indispensable para el nuevo espectáculo, debes admitirlo.

Le señalo con el dedo sin conseguir ofenderle como me gustaría, así que le doy la espalda, me encamino hacia la puerta y me giro en el último momento.

—¿Sabéis lo que os digo? Que la función anterior era un espanto y que la próxima será aún peor. Es como tirar una buena oportunidad por el desagüe. Tarde o temprano otro tendrá la misma idea que tú, ¡pero seguro que lo hará mejor! Solamente eres un «quiero y no puedo» y no necesito desearte que fracases ¡porque ya sé que ocurrirá! ¿Cuándo fue la última vez que tuvimos más de quince espectadores, sin contar a los familiares? ¿Me estás despidiendo? Pues bien, ¡me largo encantada de este velatorio!

Acto seguido, me encuentro sola, enfurecida, en la calle, bajo la lluvia, sin trabajo. Y sin paraguas.

Capítulo 6

La versión de Ashford

Ya van dos noches seguidas que me meto en la cama, insomne, y me la paso como un búho contemplando la oscuridad.

La bancarrota es lo más humillante que me podía haber ocurrido: es una de las razones por las que pueden expulsarme de la Cámara de los Lores –convirtiéndome en el hazmerreír del Parlamento– y poner en peligro mi propio título.

La cuestión es sencilla: el título nobiliario es honorífico y quien no es capaz de responder a sus propias deudas es deshonrado, ya que su palabra carece de valor.

La otra noche «solo» estaba nervioso por la noticia de la quiebra, esta vez puedo decir que estoy extremadamente cabreado con Derek. No ha encontrado una solución, ni siquiera lo ha intentado. Se sacó de la manga un caso humanitario más agobiante que el mío entre los expedientes desesperados y lo arrojó al montón sobre su escritorio para ver qué pasaba. Hombre más mujer, deudas más herencia, igual a matrimonio. ¡Enhorabuena! ¡Ha necesitado una licenciatura en Oxford para convertirse en un abogado mediocre! ¡Le habría bastado fijarse en Perry Mason para obtener mejores resultados!

¡Cómo ha podido siquiera imaginarse que yo podría casarme con esa!

¡Esa tal Jemma me ha desconcertado! Corramos un tupido velo sobre sus modales, me parecía estar sentado a la mesa con un camionero, con todos mis respetos hacia la profesión.

¿Y si hablamos de su aspecto? He vivido durante treinta años en la feliz creencia de que las mujeres se preocupaban por su físico y cuidaban de su apariencia, pero Jemma ha hecho tambalear todas mis convicciones…

Ese maquillaje de payaso, esa ropa penosamente combinada, demasiado provocativa incluso para una bailarina de cabaré, esa melena medio rosa hasta el trasero… Una Spice Girl frustrada. Y las Spice Girls son el *summum* de la basura de los años noventa. ¿Os imagináis a cualquiera de las Spice Girls convertida en duquesa?

No. Después de comprobar que Derek anda dando tumbos en la oscuridad, tengo que tomar las riendas de la situación.

Antes de desayunar, me enfundo en uno de mis mejores trajes de sastre, he decidido hacer la ronda por los bancos donde tengo cuentas en descubierto para un careo decisivo.

Justo cuando me estoy apretando el nudo de la corbata, oigo llamar a la puerta con insistencia: es Lance.

—Su excelencia, disculpe la molestia, pero se requiere su presencia en la planta noble.

—Diez minutos y bajo. Estoy seguro de que cualquier pretexto que se le haya ocurrido a mi madre puede esperar.

—En realidad, la señora duquesa está en el atelier del tapicero. Hay dos visitantes esperando en la entrada que requieren su presencia.

Resoplo mientras me abrocho el puño.

—Qué fastidio. Si han sido tan groseros como para presentarse sin previo aviso ni invitación, entonces que esperen todo el tiempo que haga falta.

—Dicen ser del Royal & Treasures Bank.

Las palabras de Lance tienen sobre mí el efecto de una sirena antimisiles.

Tiro los gemelos sobre la cama y salgo corriendo de la habitación atropellando a mi mayordomo.

Cuando veo al pie de la escalera a los dos banqueros con aspecto circunspecto, cada uno con su lustroso maletín en la mano, por un instante se me corta la respiración.

—Bienvenidos a Denby Hall, señores. ¿Vienen del Royal & Treasures Bank?

Ambos se intercambian una mirada antes de abrir la cerradura del portafolio y sacar un documento.

—Efectivamente, duque de Burlingham, nos envían del Departamento Legal. El banco ha mandado varios avisos a su asesor y a su abogado instando a la oportuna compensación de los descubiertos. ¿No ha sido informado?

—Algo me han comentado —insinúo, sin dar mucho detalle para no alarmarlos demasiado.

—Bien, entonces estará en su conocimiento el hecho de que, al no recibir respuesta al plan de devolución, nos hemos visto obligados a emprender acciones más hostiles. Por favor.

El más alto de los dos me entrega el documento.

Más que leerlo lo miro, porque me encuentro presa del pánico y soy incapaz de asimilar lo que me está pasando.

El empleado no espera a mi reacción y anuncia lo inevitable:

—Esta es la última notificación que informa de que el banco emprenderá acciones legales y no tomará otras medidas. Si el Royal & Treasures no recibe respuesta, se verá obligado a iniciar el procedimiento de cobro de las deudas pendientes, hasta obtener una sentencia ejecutiva del tribunal.

—¿Cobro de las deudas? Eso significa... —Se me hace un nudo en la garganta y ni siquiera puedo pronunciarlo.

—Significa un embargo de bienes.

—¿Cómo? No, ¡no pueden hacer eso!

No sé cómo oponerme.

—Podrá exponer sus objeciones al juez mismo cuando le convoque. Pero mi consejo es que aproveche esta última ocasión para satisfacer sus deudas. Una confiscación de sus bienes no beneficiaría a su imagen.

—Escúchenme. Soy consciente de que desde la muerte de mi padre la situación se ha complicado, esta mañana iba a personarme en su despacho para hablar de ello. Sentémonos en una mesa y encontremos una solución. Soy el duque de Burlingham, seguramente entre mis posesiones...

—Que según el Royal & Treasures Bank en este momento están claramente en riesgo... —manifiesta el empleado alto y delgado, con el entusiasmo de un sepulturero.

Al final del camino veo una ligera nube de polvo levantarse bajo las ruedas del coche de mi madre.

Mi madre y los del banco juntos, aquí, mientras me están hablando de un embargo.

—Cuarenta y ocho horas. Denme cuarenta y ocho horas y les devolveré el dinero con los intereses. ¡Detengan el procedimiento! Les doy mi palabra de que tendrán hasta la última libra esterlina.

—Cuarenta y ocho horas parecen pocas, vista la cifra de la que estamos hablando.

Piensa, Ashford, piensa deprisa.

—Estoy a punto de casarme —me oigo decir a vuelapluma—. Mi futura esposa es una mujer muy rica. Les garantizo cuanto les he dicho.

Los dos se miran levantando las cejas de manera elocuente.

—El banco va muy en serio con este asunto, reflexione sobre cuanto le hemos comunicado. La situación es muy grave. Ninguna de las partes implicadas en esta situación desea una exposición mediática. Usted el primero, me imagino.

Cuando los dos sepultureros hacen ademán de marcharse, mi madre, al hacer su entrada, se sobresalta.

—Ashford, ¿podrías decirme por favor quién es toda esta gente?

Me la llevo aparte para que los agentes no nos oigan.

—He llamado a un equipo de seguridad para que lleven a cabo una inspección. Puede que Denby Hall necesite vigilancia para esa visita —recalco bien la palabra «visita».

—La visita real —puntualiza ella con los ojos brillantes, como si eso lo hiciera aún más tangible y concreto.

—Exacto, los dos señores con traje y maletín son los agentes de la compañía, les he enseñado un poco la finca para que puedan valorar cómo implementar la seguridad.

—¡Oh, Ashford, qué esplendida iniciativa! Y yo que pensaba que no te interesaba.

—Bromeaba, mamá. Tú nunca me entiendes cuando estoy de broma.

«Gracias a Dios», me habría gustado precisar.

Mi madre se retira al invernadero mientras, con una mezcla de alivio y temor, observo cómo el coche de los banqueros abandona Denby.

Con el movimiento de un felino, Lance se me planta al lado.

—Su Excelencia la duquesa no deberá enterarse de nada de esto, ¿cierto?

—Es una de las cosas que te llevarás a la tumba, Lance.

—Me lo imaginaba.

Sorprendido y enfadado conmigo mismo, cojo el móvil para llamar a Derek.

Capítulo 7

La versión de Jemma

En el despacho de Derek reina un silencio sepulcral. Ashford y yo estamos sentados uno frente al otro, Derek en la cabecera de la mesa de madera bruñida y la secretaria en el lado opuesto.

–Jemma Pears, mediante el matrimonio con el aquí presente Ashford Parker, duodécimo duque de Burlingham, accede a su derecho hereditario sobre el patrimonio legado por su abuela Catriona. Dicho patrimonio consiste en una propiedad…

Sí, he procurado estar atenta, pero sin éxito. Derek está leyendo una por una todas las entradas del inventario, un expediente de ochenta y nueve páginas, lleno de números, palabras como Manor, Park, House, Monet, yate, acciones, participaciones… Y yo ya no entiendo nada.

Y mucho menos cuando me entrega una hoja con los extractos bancarios, lleno de pequeños números indiscernibles.

Cuando Derek se da cuenta de que me quedo mirando el fajo de papeles con los ojos vidriosos de un pescado, coge un bloc de notas, garabatea un solo número a gran tamaño y me lo entrega.

–De acuerdo, Jemma, dado que queda patente que no eres capaz de seguir lo que te estoy diciendo, esto es lo único que debes saber: el montante de la cuenta que, a partir de mañana, estará a tu nombre.

Abro los ojos como platos frente a la cifra: ¡jamás he visto una cifra como esta en toda mi vida! Parece un número de teléfono internacional. Tanto Ashford como yo nos inclinamos sobre la mesa incrédulos. Al ver su desconcertado semblante, cojo el papel y lo aprieto contra mi pecho.

–¡Aparta de ahí tus zarpas, que esto es mío! Pondrás tus manos sobre este dinero cuando y como yo diga –le amenazo posesivamente.

–Si no fuera por mí, ni en sueños podrías pensar en ese dinero.

Derek me arranca el folio, hace una pelota con él y lo lanza perdiendo la paciencia.

–Prosigamos. Ashford Parker, duque Burlingham, mediante el matrimonio que contrae con la aquí presente Jemma Pears, entra en posesión de la suma acordada para la compensación de la deuda acumulada con los bancos, de forma que se le devuelve la plena propiedad de sus bienes.

Derek nos mira a ambos para comprobar que nos ha quedado todo claro.

–Solamente queda un punto por definir –empieza a decir Ashford con su arrogante expresión–. La vida conyugal. Estamos cuatro personas sentadas en esta mesa y los cuatro sabemos que es un matrimonio de conveniencia, motivo por el cual consideraría oportuno, tras la firma en el Registro Civil del Ayuntamiento, que cada uno de nosotros continúe con su vida como la llevaba hasta el día de hoy.

–Estoy de acuerdo. No hay necesidad de que nadie sepa nada –repito, haciéndome eco de sus palabras.

Derek tose con nerviosismo.

–Está bien, Ashford, quizá a Portia deberías decirle algo, ¿no?

–¿Qué tiene que ver Portia?

–¿Quién es Portia? –pregunto con curiosidad.

–¿Podemos dejar a Portia fuera de esto? ¡No tiene por qué enterarse de nada!

–Como tú digas –acepta Derek, levantando las manos en señal de rendición–. Solamente suponía…

–Suponías mal, ¡como todo lo que haces últimamente! –le contradice Ashford.

–A mí también me conviene hacer como si no hubiera pasado nada. ¿Te imaginas que mis padres se enterasen de que me he casado por dinero? ¡Eso los mataría!

–¿Y mi madre? ¡Si viera a Jemma haría que la deportaran a las colonias!

–Ya no tenemos colonias –apunta Derek.

–Según mi madre, sí.

Derek pasa este comentario por alto apelando al lado positivo del asunto.

–¡Ánimo, amigos! Mañana todos vuestros problemas se habrán resuelto. Jemma, ya no tendrás que preocuparte por buscar trabajo en esos teatros de serie B. Tú, Ashford, podrás retomar tu lugar en la sociedad con la cabeza bien alta.

Ashford me mira directamente a los ojos.

–Y confío en que, a partir de pasado mañana, no vuelva a verte más.

Mi mirada le devuelve su resentimiento.

–Puedes apostar por ello.

¿Cómo se viste uno para una boda falsa? Quiero decir, la boda es verdadera, pero los motivos no. Yo no quiero a Ashford, él no me quiere a mí y no tenemos intención alguna de vivir juntos.

Estaremos solamente yo, Ashford, Derek y el funcionario público, en una sala anónima, y todo se resolverá en escasos quince minutos, así que se requiere un *look* sobrio, nada especial, nada que grite «novia radiante».

Cuando llego, Ashford se pasea de arriba abajo por las escaleras del Ayuntamiento con aire aburrido, mientras Derek está apartado, hablando por teléfono.

–Has tardado lo tuyo en llegar –me saluda Ashford, tan amable como siempre.

–He tenido que esperar a que mis padres salieran de casa para no tener que darles explicaciones.

–No es mi problema, no me interesaban tus motivos, solo deseo hacértelo notar.

Su comentario suscita en mí rabia en estado puro y me entran ganas de responderle con la misma moneda.

–Pues te diré algo: no hay diferencia si llego puntual o si llego tarde. He cambiado de idea. Puede que tenga que currar en los peores teatros de Londres y quizá no encuentre nada mejor que bailarines latinoamericanos con los que compartir una *pizza* para llevar en mi semisótano, pero siempre he sido pobre, estoy acostumbrada y no me da miedo seguir siéndolo toda la vida. Llevo pensándolo toda la noche y deseo un matrimonio por amor. Vas a tener que encontrar a otro que te dé el dinero. Por lo que a mí respecta, haré como si la herencia de mi abuela no hubiera existido nunca.

Su expresión de arrogancia en el rostro pasa a ser de auténtico terror.

Boquea, querría decir algo, veo que tiene problemas. Dios, gracias por este espectáculo. Por primera vez, este engreído aristócrata esnob se ha quedado sin palabras.

–Verás, Ashford, te he demostrado que no puedes ser siempre tú quien tenga la última palabra. Como después de hoy no te veré más, al menos me he dado una satisfacción. Y, por cierto, todavía tengo intención de casarme contigo, así que vamos dentro, acabemos con esto de una vez y hasta nunca.

Ashford me agarra por el codo y me arrastra hacia la entrada.

—¿Sabes lo que eres? El principio de un ataque de nervios.

—Cariño, sé delicado conmigo, ¡vamos a casarnos! —le tomo el pelo—. Amorrr míooo.

—No me lo repitas, me dan escalofríos.

Entregamos las copias de nuestros documentos de identidad y residencia y, mientras completamos los trámites burocráticos para el matrimonio, la funcionaria nos observa con los ojos como platos. Debemos parecer una pareja anómala para ser dos recién casados: expresión sombría, caras largas, voz distante y nos arrebatamos el bolígrafo como dos niños de primaria.

—¿Se van a casar? —nos pregunta la funcionaria.

—¿A usted qué le parece? —responde Ashford de manera agria.

—Quería asegurarme…

Ashford le pasa los documentos firmados, con un gesto seco.

—Ahora ya está segura.

—Jemma Pears y Ashford Parker. ¡Duque de Burlingham! ¡Vaya, nada más y nada menos! Jovencita, ¡has encontrado a tu príncipe azul! —exclama la mujer.

—Sí, azul. Como un bacalao —le respondo.

La funcionaria deja de hacer preguntas, visiblemente desorientada, y nos asigna un número.

—Pónganse en la cola. Cuando les llegue su turno, el oficial público los llamará.

Frente a nosotros serpentea una procesión interminable, así que nos unimos a la fila en silencio.

—Haciendo cola como su estuviéramos en el departamento de Inmigración. Cómo he podido caer tan bajo —murmura Ashford, a mi lado.

—Estoy de acuerdo, en lo que a ti respecta. Yo siempre he estado ahí abajo, así que no noto la diferencia, aparte de tu desagradable presencia.

Ashford resopla y se da la vuelta para mirar a otro lado.

Pasa una hora larga, una tortura insoportable para mí, con los tacones y sin una silla donde sentarme. Y, sobre todo, durante todo ese tiempo, Ashford no pronuncia ni una palabra. Derek se ha colado en el despacho de un procurador, por lo que no tengo a nadie con quien hablar para pasar el tiempo. Dejo a Ashford para entretenerme con los cochecitos de juguete de un niño de unos cuatro años cuya madre está en la cola delante de nosotros. Ella me cede encantada a su hijo durante un rato, así que me quito los zapatos y me pongo a jugar en el suelo con él. Hacemos como que yo soy el encargado de un garaje y él tiene que aparcar los coches. El problema surge cuando Kelib decide que el brillante zapato de Ashford es un badén por el que deben pasar todos los cochecitos.

Con la primera pasada, Ashford salta como un resorte.

–¿Se puede saber qué te pasa? Es solo un cochecito, ¡no una motosierra!

–Si has retrocedido al jardín de infancia, procura no arrastrarme a mí también.

–Deberías preguntarte por qué, después de pasar una hora en tu compañía, prefiero estar con un niño de cuatro años –le apunto.

Se encoge de hombros, aguantándose una carcajada.

–En realidad, no tengo que preguntármelo. Comprendo a la perfección por qué estás más a gusto con un niño de cuatro años.

La madre recoge a Kelib y desaparecen en una habitación, tras lo cual una voz metálica anuncia nuestro turno. Me levanto del suelo mientras Ashford ya ha entrado a grandes zancadas y, todavía descalza, me uno a él frente al funcionario público que oficiará el matrimonio. No me había fijado en lo alto que es. Es verdad que estoy sin tacones, pero Ashford es realmente alto. Por un momento me siento inexplicablemente intimidada al no poder ver por encima de sus hombros.

Derek nos entrega una carpeta con todos nuestros documentos.

–¿Y el otro testigo? –pregunta el oficiante sin siquiera levantar los ojos de la ficha.

Derek levanta la mirada al techo resoplando desesperado.

–No basta solo con usted, se necesitan dos testigos –puntualiza el susodicho.

Derek intenta ganar tiempo.

–Lo sé. Mi ayudante se está retrasando, pero llegará de un momento a otro…

–¡No tengo todo el día!

El funcionario está visiblemente irritado.

–Ahí está Claire, la secretaria. Ocurre muchas veces que las parejas vienen aquí sin haber leído los requisitos del reglamento. En estos casos, participan algunos de los empleados.

Derek vuela a las oficinas y regresa con Claire, la secretaria que nos hizo rellenar los papeles.

En un cuarto de hora el celebrante nos lee nuestros derechos, pregunta a Ashford si quiere (su «sí» no está precisamente cargado de entusiasmo) y luego me lo pregunta a mí (por un momento habría querido dejar pasmado a mi esposo diciendo «no»), firmamos el registro, luego nos declaran marido y mujer y, finalmente, nos echan fuera.

Ya está. Estoy casada.

¡¡Y soy rica!!

Capítulo 8

La versión de Ashford

No soy tan mezquino como para no sentir un ápice de vergüenza por haber aceptado dinero de una mujer. Mientras Jemma firmaba todos aquellos cheques, habría querido excavar un foso en el suelo del banco. Pero también hace falta racionalizar un poco: técnicamente, se trataba de una simple transacción. Yo le he, digamos, prestado mi título para heredar, por lo que considero su dinero como una compensación.

Esto es lo que pensaba hasta ayer, cuando regresé a casa de buen humor, en paz conmigo mismo y con los bancos.

Esta mañana me sentía, además, eufórico. Lo primero de todo ha sido asegurar a mi madre que la visita real me sería anunciada con una semana de anticipo y que, por tanto, podía irse a Bath tranquilamente tal y como tenía planeado. Así que, en menos de cuatro horas, entre ambos mediaría un maravilloso centenar de kilómetros de distancia.

Además, me he dado cuenta de algo extraordinario que ahora me coloca en una posición de predominio absoluto.

Antes de toda esta historia yo era un objetivo a pescar para cualquiera de las debutantes de Hertfordshire. Con intención o sin ella, alguna se las habría arreglado para echarme el lazo –incluso con la ayuda del cloroformo si hubiera sido necesario– y yo habría terminado llevando una vida muy parecida a la de mi familia. Ya no es así. Ahora estoy legalmente casado, pero libre *de facto*, por lo cual, de ahora en adelante, ya nadie podrá reclamarme nada.

Jamás pensé que diría esto, pero, gracias al matrimonio, soy un hombre libre.

Es cierto que mi madre tiene un carácter difícil de dominar, pero nada comparado con una esposa-duquesa, más duquesa que esposa. Si hay algo que detesto es tener todo el día un taladro vestido de Chanel que me diga a dónde ir, qué hacer y cómo hacerlo, todos los días del año.

No exagero, las duquesas-condesas-baronesas son todas iguales. Las princesas de los cuentos de hadas, que recogen flores y cantan, no existen. No son más que un hatajo de marimandonas petulantes dispuestas a competir con las demás gallinas como ellas: quién es la más elegante, quién organiza las fiestas más exitosas, quién baila mejor, quién está más delgada…

Estoy tan lleno de energía que me he levantado al amanecer para dar un paseo a caballo por la finca y, a mi regreso, me anticipo al opíparo banquete que he mandado preparar para el desayuno. Sin embargo, al entrar por la puerta, oigo lamentos desesperados de mujer.

Mi madre.

En el mejor de los casos, habrá descubierto que en la bodega se han terminado las botellas de Château Lafite del 1986, con una visita real en ciernes.

En el peor de los supuestos, sin embargo, no hay límite para la catástrofe.

Me la encuentro en su gabinete con Margaret, rodeada de sus perros galeses, presa de una agitación extrema.

Marchando de arriba abajo con un pañuelo en una mano y el periódico en la otra.

Dios, te lo ruego, ¡haz que no haya leído sobre una visita real a la mansión de alguna de sus rivales históricas!

—¡Algo así arruinará mi reputación para siempre! ¡Este tipo de cosas se planean, se estudian, no se hacen así, de repente! ¿Cómo voy a quedar yo? ¿Y la familia? ¡No nos enteramos de nada! —se desespera.

Margaret intenta hacerme señas para que salga mientras mi madre me da la espalda, pero ella es más rápida y se da la vuelta, bloqueándome.

—¡Hijo degenerado! ¿Cómo has podido hacerme algo así? ¡Mancillar de esta manera el buen nombre de los Parker!

La miro pasmado sin comprender.

—¿Mamá? ¿De qué estás hablando?

—¡Ah, ahora hazte el tonto! ¡Tampoco yo esta mañana sabía qué decir a lord Fairfax y a lady Westbridge cuando me han llamado por teléfono para darme la enhorabuena! Entonces abro el periódico —dice, tendiéndome el jirón de una página— ¡y tengo que leer esto!

Tras leer las primeras líneas me pongo blanco como el papel. Es un artículo comunicando *urbi et orbi* que yo, Ashford Parker, duodécimo duque de Burlingham, tomé ayer por esposa a la misteriosa y desconocida Jemma Pears.

56

–¡Mi hijo, heredero de una estirpe secular, casado por lo civil y en secreto! Con una doña nadie, Jemma Plum.

–Pears –la corrige Margaret.

–¡Fruta, al fin y al cabo!

Mi madre está fuera de sus casillas.

–¿Te das cuenta? Ni que fueras un gitano. Coges, te vas a Londres, te casas con una desconocida y encima no dices ni pío. Lo único que me estoy preguntando es cuándo me lo habrías contado si no lo hubiera descubierto yo antes por el periódico.

–Yo...

La respuesta es fácil: nunca.

–No, si yo ya me imaginaba que andabas tramando algo. En estos tres últimos días has ido y venido de aquí a Londres tres veces. ¿Qué te ha pasado? ¿Una cualquiera te ha hecho perder la cabeza?

–¿Pero me tomas por un estúpido?

No sé qué decirle, nada de esto formaba parte de mis planes originales. Llegados a este punto, mi único plan B es dejar que se le pase el calentón.

–¿Qué pasa, la has dejado preñada?

La vena inquisidora de mi madre no da muestras de aplacarse.

–No, mamá, no digas idioteces. Ahora cálmate y haz tus preparativos para irte a Bath.

–¡Cómo puedes pretender que me calme! ¡Tu boda tendría que haber sido un evento social de primer orden! Deberías haberte casado con una joven de buena familia, conocida en nuestro círculo, apta para convertirse en duquesa. Habría sido algo a lo grande, a la altura de tu título, de tu estatus social...

–Escucha, madre, el estatus siempre ha sido una de tus prioridades y toda esta fanfarria sobre la boda principesca siempre ha estado solo en tu cabeza, ¡no me involucres a mí también!

–¿Y qué pasa con Portia? –añade ella.

–¿A qué viene ahora traer a colación a Portia? –estallo.

–Ella habría sido una duquesa perfecta.

–¡Para cualquier otro, tal vez! –rebato yo.

–No me vengas a decir ahora que esta Jemma, en cambio, es la duquesa perfecta para ti.

–¡Ten por seguro que no tiene nada que ver con esas modelos aderezadas que me suministras fiesta tras fiesta, que me cubren de lisonjas y halagos, convencidas de que esa es la estrategia adecuada para pasar por el altar!

–Por lo menos sé quiénes son y de dónde vienen, conozco a sus padres y sé que son personas respetables –clama.

De repente, me encuentro defendiendo a Jemma, ya sabéis lo que se dice: el enemigo de tu enemigo es tu amigo.

–Entonces, pongamos que es así: te has enamorado perdidamente y te has casado. Bien, ahora que tienes una esposa, ¿puedes explicarme qué vamos a hacer?

–¿En qué sentido, madre?

–Tengo a mucha gente, amigos, conocidos, personas de alto rango, como nosotros, que vendrán a visitarnos, esperando ver a tu duquesa. ¿Qué se supone que vamos a hacer? ¿Cómo funciona esta ocurrencia tuya del matrimonio sorpresa?

No funciona. No funciona porque en mis planes no entraba un después. En mis planes no había un chismoso que corría a dar la noticia a los periódicos.

Mientras abandono el gabinete de mi madre agotado, me vibra el móvil en el bolsillo: es Derek.

No le doy tiempo a saludarme.

–¡Explícame inmediatamente qué diablos ha sucedido! ¡Está en todos los periódicos, por Dios santo!

–Una filtración de la noticia. La secretaria del registro se ha ido de la lengua. Habrá llamado a cualquier medio sensacionalista diciendo ser la testigo y tenía las copias de los documentos que demuestran que el matrimonio es real.

–En una hora me presento en tu despacho –zanjo la conversación sin muchas formalidades.

Capítulo 9

La versión de Jemma

M i madre y mi padre están realizando un rito propiciatorio a la diosa Parvati, protectora de las uniones matrimoniales.

Estoy sentada con las piernas cruzadas, con una venda en los ojos, en la mano derecha porto una vela y en la izquierda una pluma. Mis padres dan vueltas en torno a mí al ritmo de la pandereta que toca mi padre, mientras mi madre quema bastoncillos de incienso.

Me han hecho darme un baño –una ducha, para ser exactos– con aceites esenciales para iniciar mi nueva vida conyugal y ahora huelo casi como un bosque de coníferas.

Mis padres se lo han tomado bien. Están contentos de que haya encontrado a mi compañero del alma, aunque sea un lord.

Todo esto me ha dejado atónita: estaba durmiendo tranquilamente, cuando han irrumpido en mi apartamento. Mi madre había ido a comprar aguacates a la tienda de enfrente y el quiosquero le ha dado la enhorabuena por mi matrimonio, agitando ante sus narices el artículo con el certificado de matrimonio firmado por mí y por Ashford.

Que su reacción haya sido positiva es irrelevante. Ahora saben que estoy casada, se esperan que tenga un marido al uso, que me vaya de casa y me mude a mi nidito de amor. Esto es un problema, pero se suponía que esto no iba a pasar, así que no había pensado en ello. Veamos… Podría mudarme a una de las propiedades de mi abuela o alquilar un imponente ático con vistas a Hyde Park y fingir que mi amado marido está siempre ocupado viajando al extranjero. Los lores hacen este tipo de cosas, ¿no?

En cuanto siento vibrar el móvil y leo el mensaje de Derek convocándome a su despacho, aprovecho para soltar las velas y el incienso y salgo volando de casa como alma que lleva el diablo.

Veo que también está Ashford, para gran decepción mía, y Derek se muestra bastante azorado.

—Os pido perdón a ambos por lo que ha ocurrido, la filtración de la noticia a los periódicos ha comprometido parte del acuerdo.

–¿Qué es este olor? –pregunta Ashford olfateando el aire.

–Aceites esenciales –respondo áspera–. Continúa, Derek, por favor, estoy deseando oír tus disculpas.

–A la funcionaria que hizo de testigo no le faltó tiempo para ir a los periódicos. Por lo visto, está obsesionada con la prensa rosa y, cuando se ha encontrado frente al duque de Burlingham firmando su acta de matrimonio secreto relámpago, no daba crédito.

–Derek, por esta «filtración de la noticia» esta mañana mi madre estaba para ponerle una camisa de fuerza. Por no hablar de todos los que han llamado por teléfono para dar la enhorabuena pidiendo detalles de la historia que no tengo ganas de divulgar.

–Me lo imagino –comenta secamente Derek.

–A nosotros no nos ha llamado nadie –digo yo.

–Obviamente.

El tono de Ashford es siempre el mismo. Esnob y arrogante.

–Esta es la cuestión–corta por lo sano Derek–. El divorcio está descartado. Con el préstamo que te ha hecho, Jemma posee sus derechos, según los cuales en un divorcio puede reclamarte la devolución de todo con intereses, aquí y ahora. Equivaldría a imponer una buena hipoteca sobre una de sus propiedades y me atrevería a decir que esto queda descartado. En cuanto a ti, Jemma, divorciarte a las veinticuatro horas del matrimonio que te ha concedido una herencia multimillonaria sería un motivo más que suficiente para que cualquier juez te acusara de fraude.

Ashford murmura entre dientes:

–Cuando empieza a balbucear de esa manera, es que está pergeñando alguna de sus brillantes ideas.

–Perdona, ¿cómo dices? –pregunta Derek picado.

–Nada, continúa –dice Ashford, encogiéndose de hombros.

–No os queda más que poner al mal tiempo buena cara.

Los dos le miramos escépticos.

–¿Qué quieres decir con eso?

–Quiero decir que si tus padres, Jemma, se esperan que des comienzo a la vida conyugal con tu marido, y si tú, Ashford, estás rodeado de personas que están deseando conocer a tu flamante esposa, la única solución es fingir que vivís como una pareja. Al menos hasta que haya pasado un periodo de tiempo prudencial antes de la separación. Qué se yo, en un año tus rentas habrán generado lo suficiente como para devolverle a Jemma su dinero.

Nos quedamos sin palabras. Se masca la tensión en la sala.

–¡Anímate, Ashford, tu finca es inmensa! ¡Conseguiréis que pasen los días sin siquiera veros!

–¡Ni hablar! ¡No la quiero en mi casa!

–Ah, perfecto, eso quiere decir que te mudarás a casa de Jemma, a su estudio en el semisótano.

–¡Yo no quiero vivir con él! –Luego le digo a Derek en voz baja–: Estoy en plena madurez sexual, ¡no pienso enclaustrarme un año entero!

Ashford se echa hacia delante, entrometiéndose.

–Lo mismo digo. Tengo mi vida privada y pretendo conservarla como tal.

–¡No os resistáis tanto! Según tengo entendido, tus padres han vivido separados bajo el mismo techo durante toda su vida de casados, ¡deberías ser un experto en la materia! Será por poco tiempo. Nadie se escandalizará si, después de un matrimonio relámpago, en la vida cotidiana os dais cuenta de que no estáis hechos el uno para el otro y os divorciáis. Mientras tanto, procurad mantener las apariencias, ¡de este modo podrás salvaguardar tu honor!

Nos tomamos unos minutos de reflexión, luego Ashford declara:

–Es factible, pero tengo mis condiciones.

–También yo –me apresuro a puntualizar.

–Habitaciones separadas –anuncia él.

–No estaré obligada a decirte nada de lo que hago ni a dónde voy.

–En los eventos públicos serás mi mujer; en privado, tú harás tu vida y yo la mía.

–Quiero tener libertad para salir con otros hombres –reivindico.

–De acuerdo, pero no lo harás en mi propiedad. Tengo muchos criados, no quiero que empiecen a chismorrear.

–Y con tu madre, esa de la camisa de fuerza, no quiero tener nada que ver.

–Mi madre ya está de camino a Bath, ni siquiera la verás, y, si tenemos suerte, con la crisis de nervios que ha tenido esta mañana se quedará allí lo suficiente como para no tener que verla en una buena temporada.

–Entonces estamos de acuerdo –anuncia Derek–. De ahora en adelante viviréis en Denby Hall; privadamente haréis vuestra propia vida, en público os presentaréis como una pareja.

Luego nos mira satisfecho.

–También esta vez hemos hecho un trabajo impecable.

Capítulo 10

La versión de Ashford

Me han engañado. Todos mis planes se han ido al garete. Apenas puedo contener los espasmos de ira cuando Jemma se sube a mi coche camino de Denby.

La he acompañado a su casa, donde ha recogido sus cosas y las ha metido en una bolsa de deporte que ha lanzado al interior del habitáculo, y ahora está sentada a mi lado, envuelta en una nube de incienso, como si fuese un fumadero de opio en Shanghái.

–¿Vives lejos? –me pregunta de repente.

–Depende de lo que entiendas por lejos.

–No sé, lejos. Lejos normal.

–¿Lejos respecto a qué? –insisto.

–¿Siempre tienes que enjuiciarlo todo?

Ignoro su intento de pincharme y luego, al volverme para mirarla, siento un escalofrío de terror.

–Eh, quita los pies del salpicadero, lo vas a estropear.

–No pasa nada, ¡es un coche viejo!

–¡No te pases de la raya! ¡Es de época! No viejo.

Jemma se encoge de hombros.

–Lo que tú digas.

–No es lo que yo diga, es así y basta. Es un Jaguar Roadster de 1956. Lo dice el certificado.

–¿Por qué no te compras un coche nuevo? –me pregunta insolente.

–Porque me gusta este.

Parece no querer darme tregua.

–¿Cuánto falta?

–¿No vas a parar de hablar en todo el viaje?

–Y aquí, ¿cómo se enciende la radio?

–Estate quieta, déjame a mí –digo, apartando su mano, peligrosamente cerca de los botones.

Igual que un niño, en cuanto suena la música se tranquiliza en el asiento, como hipnotizada.

¿Por qué no entiende que me gustaría que fuese invisible?

Poco antes de llegar a la finca, me siento en el deber de hacerle una pequeña introducción. No se necesita ser un premio Nobel para darse cuenta de que jamás en su vida ha pisado ciertos ambientes.

—Escucha, Jemma, casi hemos llegado y debo informarte de algunas cosas. En primer lugar, Denby Hall es la residencia de la familia e incluye la mansión y los jardines. Entre guardeses, jardineros, sirvientes y cocineros, hay casi una veintena de personas. Esto significa que nunca estaremos solos, sino que habrá ojos y oídos por todas partes, así que más te vale prestar atención a lo que dices y a no dejar escapar nada. Quiero que sepas que nunca te va a faltar de nada y siempre estarás servida y serás respetada, podrás llevar una vida más que cómoda, de la cual, ya verás, no tendrás ninguna queja. Solamente te pido que seas discreta, que no montes escenitas y que, aunque haya animadversión entre nosotros, procures mantener un perfil neutral. Nunca me contradigas abiertamente y no crees conflictos, estaría en juego la credibilidad de la historia que hemos montado. Funcionará si yo respeto tu espacio y tú respetas el mío. Espero que estés de acuerdo conmigo.

Cruzo los dedos esperando que haya comprendido mi discurso.

—Sí, sí, he entendido la historia del servicio y todo lo demás, pero, ¡oye!, yo no monto escenitas. ¿Por quién me has tomado?

No tengo fuerzas para responder.

Jemma, en cambio, parece estar en vena.

—Mira, pongamos las cartas sobre la mesa: tú no me gustas, yo no te gusto y, tal y como yo lo veo, te estoy haciendo un favor, así que te agradecería enormemente que dejaras de sermonearme.

Es una guerra perdida.

Cuando entramos en la propiedad, durante todo el camino hasta la puerta de entrada, Jemma no despega la cara de la ventanilla.

—Caray, ¿todo esto es tuyo?

—Sí.

—¿Y cuánto se tarda en verlo todo?

—Días.

—Estate tranquilo, Ashford, si eres de tan pocas palabras, no hay peligro de que tú y yo nos peleemos.

¿Entonces esta es la táctica?

¿Mutismo absoluto?

¿En serio?

Dejo las llaves del coche a Paul para que lo aparque en el garaje, mientras Lance se apresura a recibirnos.

—Su Excelencia, sea bienvenido. Veo que trae a una invitada.

Muestro mi tristemente famoso semblante pétreo, que últimamente he aprendido a poner con naturalidad.

—Permíteme que te corrija, Lance. No se trata de una invitada, sino de alguien que ha venido a quedarse. Estamos hablando de Jemma Pears, mi esposa.

—Entonces, por lo que veo, eran ciertos los rumores que han llegado a mis oídos.

—Absolutamente —confirmo arrogante.

—En ese caso, que no les quepa duda de que ahora daré la bienvenida también a la duquesa.

Y con estas palabras se inclina levemente en dirección a Jemma.

Ella no lo capta y se gira a derecha e izquierda mirándose por encima del hombro.

—¿A quién? —musita.

—Tú, eres tú —le susurro.

—Ah, de acuerdo —dice ella sorprendida, tendiendo la mano a Lance—. Mucho gusto.

Lance la contempla, atónito, luego me mira a mí interrogante para saber cómo proceder.

Le hago un gesto con la cabeza y entonces también le estrecha la mano a Jemma.

—¿Puedo ocuparme de su equipaje si me lo permite?

—Pues no, si no le importa, son mis cosas y quiero saber dónde van a parar. La última vez que di mi neceser a una azafata no lo volví a ver. Preferiría no caer otra vez en la trampa.

—No estamos en un aeropuerto, Jemma —apunto.

—Da igual, mis cosas van a donde voy yo.

Mal empezamos…

De repente, oímos un ruido de tacones en lo alto de la escalera y una voz demasiado familiar llega a mis oídos.

—Ashford, no habrás recogido a una autoestopista en la carretera, ¿verdad? ¿No sabes que son todos unos psicópatas con antecedentes penales?

Mi madre nos observa desde lo alto como si fuera Dios en la Tierra.

—¡Mamá! ¿No deberías estar de camino a Bath? —pregunto como el que no quiere la cosa.

—Camisadefuerza —susurra Jemma.

Mi madre espera a bajar las escaleras y ponerse delante de nosotros antes de responder:

—Pensé que no sería prudente dejar a tu nueva esposa instalarse sola en la finca, con la visita real a la vuelta de la esquina. He decidido quedarme para instruirla en sus tareas y deberes. Por cierto, ¿para cuándo la esperamos? —Hace una breve pausa y luego mira a Lance, señalando a Jemma—. ¿Es la nueva ayudante del mozo de cuadra? Lance, llévala donde John para que la ponga a trabajar enseguida.

—Madre, te presento a Jemma, mi esposa —le comunico impasible.

El rostro perfectamente maquillado de mi madre se hace pedazos. Acaba de darse cuenta de que quien tiene delante no es la moza de cuadra, sino la nueva duquesa de Burlingham.

—Hola. —Es la fórmula de presentación de Jemma.

Mi madre la mira pasmada sin pronunciar palabra.

Las personas de rango inferior la saludan con una ligera inclinación, mientras que los burgueses hacen una reverencia completa. Jemma, con la cabeza alta, le tiende la mano sonriendo desenfadada.

—Ashford… —empieza mi madre sin saber cómo continuar.

—¿Sí, mamá?

—Aquí hay mucho, mucho trabajo por hacer.

A duras penas puede controlarse.

—Mamá…

Procuro anticiparme a ella, porque sé que una palabra equivocada podría convertir a Jemma en una bomba de relojería.

Es más que obvio que no tiene ni idea de cuál es su papel, de la posición de nuestra familia, del comportamiento que debe observar en sociedad y Dios sabe de qué más. Me temo que se va a convertir en una caja de Pandora. Ashford, tu elección ha sido peligrosa.

—¡Haced como si yo no estuviera! —ironiza Jemma.

—Por supuesto.

Esa es la gélida respuesta de mi madre.

—A lo mejor, mamá, esa no es la actitud correcta para afrontar la situación.

—La espero en mi gabinete para examinarla.

Dicho esto, mi madre gira sobre sus talones y se marcha.

Capítulo 11

La versión de Jemma

Me siento pequeña. Todo aquí es gigantesco. La finca es inmensa, el edificio es mastodóntico, las habitaciones son enormes, Ashford es alto y su madre es una bruja de oro olímpico.

—Bienvenida a Denby, Jemma —me anuncia Ashford.

—Tu madre, Camisadefuerza, no entraba en el trato —le echo en cara.

—Pronto te darás cuenta de que mi madre se escapa a mi control y que es bastante frustrante.

—Pero ¿la has oído? Ha dicho que se quedará aquí para instruirme. No parecía estar dando saltos de alegría ¡y no creo que sea culpa de la artrosis!

Ashford resopla.

—Admito que no tiene la espalda como en su día, pero ponte en su lugar, ¡imagínate la sorpresa que se ha llevado!

—La misma sorpresa que me he llevado yo. Oye, Ashford, escúchame bien: ¡la que suscribe no tiene necesidad ni ganas de ser instruida sobre una mierda! —protesto, cruzando los brazos.

Ashford enarca de nuevo una ceja de esa manera suya tan odiosa.

—Sobre las ganas no albergo ninguna duda, sobre la necesidad, permíteme que te lo diga, tengo algunas reservas.

Lance, viendo que entre nosotros crece la tensión, se siente en el deber de intervenir.

—¿Puedo sugerir que los duques, tal vez extenuados por el viaje, se permitan descansar y quizá tomar un baño caliente?

Ashford exhala un profundo suspiro.

—Gracias, Lance.

Lance hace un gesto con la cabeza y nos invita a seguirle por las escaleras. Dicho sea, las escaleras de mi casa son tan estrechas que solamente se puede subir de uno en uno, tienen los escalones con el borde desconchado, el pasamanos se tambalea y falta un balaústre de cada tres. Esta parece la escalera de un centro comercial: amplias curvas, alfombra roja y esculturas en los parapetos. Se podría decir que es un monumento.

–Me he tomado la libertad de preparar los aposentos principales en el ala este –dice Lance con un atisbo de orgullo.

Nos encaminamos a la primera planta por un largo pasillo con el suelo de mármol a cuadros blancos y negros, al cual se abren pesadas puertas talladas. No consigo dejar de pensar en el castillo de *La bella y la bestia*. Miro a Ashford, a un paso detrás de mí, taciturno y malhumorado. La bestia ya la tenemos. Lance abre una de las puertas con un gesto teatral y nos conduce al interior de la estancia.

–Este es el aposento de lady Jemma.

–Jemma a secas es suficiente –digo yo para romper el hielo.

Lance, sin embargo, no se inmuta.

–Debo insistir, lady Jemma.

Ashford interviene antes de que yo pueda rebatir.

–No trates de trastocar una orden que te supera. Nadie de la servidumbre te llamará Jemma, aunque lo escribas en las paredes.

Lance carraspea para llamar la atención, mientras abre de par en par los pesados cortinajes.

Me quedo con la boca abierta. ¡Es realmente el castillo de *La bella y la bestia*!

La habitación es grande, salpicada de alfombras de un palmo de grosor, con dos grandes ventanales arqueados y poyetes acolchados; a mi derecha hay una cama con dosel de al menos ¡tres plazas! ¡Al diablo con Ashford! Podría quedarme meses en esta habitación y morir feliz.

–¿El alojamiento es de su agrado?

–Maldita sea, Lance, ¿cómo se te ocurre preguntarme eso? ¡Tendrías que haber visto dónde vivía yo! Tenía una ventana del tamaño de una bandeja de café y, encima, ¡los transeúntes dejaban mear a los perros en el marco!

Lance se da la vuelta, perplejo, hacia Ashford, quien le hace un gesto de indiferencia con la mano.

Empiezo a abrir las puertas. La que está a la derecha de la cama da a una pequeña habitación llena de estantes.

–El vestidor, milady.

–¡No me lo puedo creer! Oye, Lance, hazme caso, ¡esto sí se parece más a mi antiguo apartamento! –suelto, arrojando mi bolsa con la ropa en el inmenso armario vacío.

–Ahí está el cuarto de baño. –Me muestra Lance, indicando la puerta a la izquierda de la cama.

¿Baño? ¡Si parece un balneario! Hay una bañera de dimensiones olímpicas, una ducha interior y un tocador digno de una diva de cine.

–Creo que empezaré por esta habitación –decido, examinando los botecitos de productos para el baño y pensando en zambullirme cuanto antes para relajarme.

–Bien, veo que te has instalado y que pareces satisfecha. Te dejo para que te acomodes. Nos veremos para la cena, tengo asuntos que despachar –manifiesta Ashford saliendo de la habitación seguido de Lance.

–Un momento, ¿y esta? –pregunto, indicando hacia una puerta de doble hoja en la pared opuesta a la cama.

Lance se gira impasible para responderme.

–Esta puerta corresponde al dormitorio de Su Excelencia, el duque.

Ashford tiene la cara como si le hubieran despertado con un jarro de agua helada.

–Disculpa, Lance, ¿y mi habitación en el ala oeste?

–La duquesa, su madre, ha dispuesto que se preparasen los aposentos principales para Su Excelencia y su consorte. Naturalmente, depende de ustedes, ejem, decidir cuál de los dos dormitorios prefieren usar.

Para salir del atolladero, Lance cambia de tema.

–Hemos recibido orden de preparar para los invitados todas las estancias del ala oeste en vista de la… –luego baja la voz, apenas un susurro– «visita real».

Ashford empieza a dar vueltas sobre sí mismo como un león enjaulado.

–¡En esta casa todo el mundo ha perdido la cabeza! Nunca he dicho nada de cambiar de habitación. ¿Me queda algo de autoridad bajo este techo?

Lance no se anda con rodeos.

–Parecía lo más sensato.

Ashford atraviesa mi habitación a grandes zancadas para abrir de mala gana la puerta comunicante. Hay otra puerta de doble hoja idéntica a la mía, que abre con la misma rabia.

–Todo es cierto –murmura para sí mismo iracundo, constatando que todos sus efectos personales han sido transferidos a ese dormitorio.

También yo compruebo con horror que Ashford, quien debería estar a kilómetros de distancia, dormirá en la habitación de al lado.

Ashford la cierra de nuevo violentamente y sale hecho una furia.

Lance y yo nos quedamos plantados en mitad del dormitorio, mirándonos con estupor.

—Si lady Jemma lo permite, yo me retiro. La duquesa madre la espera en su gabinete para una breve entrevista.

—¿Camisadefuerza tiene también un nombre?

—¿Cómo, disculpe?

—Camisadefuerza, la madre de Ashford, ¿se llama de alguna otra manera?

Puedo ver, por la expresión contraída de Lance, que está intentando aguantarse una carcajada.

—Lady Delphina.

Estoy segura de que mientras Lance se marchaba, iba repitiendo para sí «Camisadefuerza» entre risas.

Tras telefonear a mis padres y anunciarles mi traslado, asegurándoles que volvería a visitarlos lo antes posible, hago acopio de toda mi fuerza interior para enfrentarme a Camisadefuerza.

¡He tardado tres cuartos de hora en encontrar el gabinete!

He descubierto que no existe solamente una escalera, sino que hay una cada veinte pasos y estoy convencida de que cuando he llegado no estaban. ¡Y los pasillos! ¡Hay más que en la estación de King's Cross!

Me tropiezo de nuevo con Lance, que me guía con amabilidad hacia el dichoso gabinete de Camisadefuerza.

Me anuncia y luego me entrega a lady Delphina.

La encuentro sentada en una butaca junto a la ventana y detrás de ella hay una mujer alta con el pelo recogido en un moño muy tirante.

Delphina es inexpresiva. Su rostro se ve tirante como la goma de un tirachinas (cirugía plástica, sospecho), su melena de color rubio ceniza (recién teñida) está inmóvil, calcificada por la laca, y de su traje de chaqueta blanco sin una sola arruga, que parece tallado en yeso, emergen dos piernas secas con las rodillas puntiagudas (¿comerá algo?).

—Jenna. —Me hace señas para que me siente en el sillón frente al suyo.

—Es Jemma. Con «eme». Se suponía que iba a ser un niño y llamarme Jimi, como Hendrix. Cuando la comadrona anunció que era una nena, Jimi se convirtió en J-e-m-m-a –aclaro, deletreando mi nombre.

Lady Delphina levanta una ceja con aire escéptico.

–Podemos empezar.

–¿Usted quién es? –pregunto, señalando a la mujer que se encuentra a sus espaldas.

–Margaret. Mi secretaria particular. –Hace una pausa, observando mi reacción–. Levántate y date la vuelta, despacio.

–¿Por qué?

Mi suegra me lanza una mirada fulminante.

–Porque lo digo yo y basta. Quiero verte mejor.

Estos nobles se dan muchas ínfulas, pero las palabras mágicas «por favor» las ignoran por completo.

Me levanto a regañadientes y empiezo a girarme de mala gana.

–¿Te queda mucho? –Es la pregunta ácida de Camisadefuerza.

–Me estoy dando la vuelta lentamente –le explico.

¡Ella me lo ha pedido!

–Demasiado –resopla.

–No se me ha especificado cuánto de lento –digo, siguiendo con mi pirueta.

–Ya está bien, siéntate. Margaret, toma nota: hay que rehacerlo todo. Cabello, manos, cara, ropa, compostura. Todo.

Vuelvo a sentarme en el sillón, apoyándome lentamente en el brazo. Cuando Delphina se vuelve hacia mí, se le salen los ojos de las cuencas.

–¡Esa butaca es de la reina Victoria!

–Cuando he entrado no he visto sentada a ninguna Victoria.

Camisadefuerza me ignora de nuevo para dirigirse a Margaret.

–Anota esto también: sin educación y falta de modales.

–Cuántos elogios, todos de una vez –comento con ironía.

–¿Qué me dices de tu familia? ¿Padre, madre, abuelos?

–Mi madre se llama Carly, es profesora de yoga y trabaja en un centro de masajes holísticos. Mi padre Vance es pinchadiscos en una emisora de radio de *rock* independiente. Nunca he conocido a los padres de mi padre. Murieron cuando él era muy pequeño, pero sé que mi abuelo era escocés.

–¿Esco… cés? –La voz de mi suegra se entrecorta.

–Sí, el apellido de mi padre es MacPears, pero la funcionaria del Registro Civil se confundió y me inscribió como Jemma Pears. Pears a secas, el «Mac» está olvidado.

–¡Por una vez, la displicencia de un funcionario fue providencial! A menos que lo pregones a los cuatro vientos, podemos omitir tus orígenes paternos –suspira la arpía.

–Mi abuelo era de Edimburgo –prosigo indiferente, pero ella continúa ignorándome.

–Margaret, anota: ningún vínculo paterno relevante. –Luego me mira de nuevo–. ¿Abuelos maternos?

–Mi abuela murió hace poco, Catriona Straw.

–Ese nombre me suena.

–Su familia producía armamento. Fusiles, sobre todo…

Camisadefuerza se lleva la mano a la cabeza desconsolada.

–El príncipe Carlos es pacifista, ecologista y defensor de los animales. ¿Cómo vamos a explicarle que mi hijo se ha casado con una joven proveniente de una familia belicista?

Aprovecho para pincharla un poco.

–No descarto que entre mis parientes hubiera algunos criminales nazis.

–Haré como si no hubiera oído nada. ¿Y tus estudios? ¿A qué internado has ido?

–¿Internado? Ninguno. Mis padres prefirieron la escuela pública, porque así podía volver a casa después de clase y estar en familia.

–¿Universidad? ¿Oxford, Cambridge…?

–Nada de universidad –respondo brevemente.

–¿Qué quieres decir?

–No he ido a la universidad. Hice un curso de Cosmetología tras graduarme en el colegio.

Suspira pesadamente, intercambiando miradas con Margaret.

–Tiempo desperdiciado, por lo que veo.

–De eso nada, hasta hace unos días me dedicaba a ello. Trabajaba como maquilladora de teatro en un musical.

Delphina reacciona como si le hubieran dado una descarga de mil voltios.

–Maqui… ¿maquilladora de teatro?

–¡Sí! Preparaba a los actores para salir a escena –replico.

–Inconcebible… –murmura para sí mi suegra.

Es la gota que colma mi personal vaso de paciencia.

–Sí, ciertamente es inconcebible, para una mujer como usted, que alguien trabaje para ganarse la vida. Agárrese fuerte porque voy a decirle algo que la sorprenderá: la persona que tiene delante, la susodicha Jemma Pears, nunca se ha avergonzado de su trabajo y no va a empezar a hacerlo ahora.

Delphina me fulmina con la mirada, cruzándose de brazos.

–Seré breve. Mi hijo se ha casado contigo, pero no comprendo el porqué. ¿Amor? Lo dudo. ¿Capricho? Es probable. En cualquier caso, se dará cuenta, cuando te conozca mejor, de que no estás hecha para él. Ya tengo una larga lista de deficiencias tuyas y solo he pasado diez minutos en tu compañía. En cualquier caso, hasta que mi hijo entre en razón, tengo que asegurarme de que no avergüences a la familia más de lo que ya lo estás haciendo.

¿Familia? ¿Estamos en la película *El padrino*?

–Les puedo prometer una cosa –digo amenazante a Delphina y a su dama de compañía–. No les conviene iniciar una guerra contra mí.

Me pongo en pie de un salto y me dirijo hacia la puerta.

–Ahora, señoras, voy a dedicarme a mí misma y a darme un largo baño y, si no me queda más remedio, las veré en la cena.

Y con estas palabras, pongo pies en polvorosa.

¿Cómo vuelvo a mi habitación ahora?

Capítulo 12

La versión de Ashford

Una vez me regalaron un libro titulado *En el peor de los casos*. Era un manual que daba instrucciones breves y concisas para arreglártelas en situaciones de emergencia: desactivar una bomba, aterrizar un avión o ayudar a dar a luz a una parturienta en un taxi, pero ninguno de los capítulos contemplaba este escenario: madre extremadamente controladora conoce a su nuera salvaje casada por sorpresa.

¡Lo que daría por tener las instrucciones en este momento! Estoy más que seguro de que, si existiera un capítulo sobre el tema, la solución sería: huye y vete lo más lejos posible.

No hace ni dos horas que Jemma y mi madre se han conocido y ya se ha instaurado el mismo clima suave y sereno de la Franja de Gaza: misiles tierra-aire y hombres armados hasta los dientes. Lance y yo, para ser exactos.

Me siento confundido. Normalmente, suelo estar bastante seguro de mí mismo, pero los acontecimientos recientes me han desorientado: demasiado caos, demasiadas amenazas, demasiados ultimátums. Si tuviera que describir cómo estoy, no sabría qué decir.

Aliviado: no tengo más deudas con los bancos.

Secuestrado: estoy casado con el equivalente humano de una cabeza nuclear activada.

Desplazado: ninguna mujer competirá para sentarse a mi lado en las cenas.

Blanco móvil: mi madre no me dará tregua quejándose de Jemma.

Vengado: con Jemma como nuera, mi madre va camino de tener una úlcera de estómago.

Desautorizado: en mi propia casa no consigo imponerme. Soy el duque, pero por lo que parece a nadie le importa.

¿Cómo he llegado a complicarme la vida de esta manera?

Con el agravante de que, en un castillo de dos mil metros cuadrados, entre Jemma y yo no media más que una pared de separación.

Ah, y encima mi madre ya no se marcha a Bath.

Es lo único que se me ocurre pensar mientras esperamos a Jemma para cenar.

Yo me siento en una cabecera de la larga mesa, mi madre en la otra, como de costumbre.

Entre nosotros hay nada más y nada menos que siete sitios.

Lo normal sería que ella se sentara a mi derecha, pero esto es una señal evidente del hecho de que no quiere ceder ni una brizna de su autoridad bajo este techo, aunque sea la viuda de mi padre y yo sea el duque.

El lugar para Jemma se ha dispuesto exactamente a mitad de camino entre mi madre y yo, con tres sillas vacías por un lado y otras tres por el otro, un equilibrado término medio que la sitúa cerca de los dos y de ninguno. Por lo menos, no habrá peligro de entablar conversación.

—Mirad, tenéis que darme un mapa, una guía, hacerme un plano con dos flechas o lo que os parezca, porque no tengo manera de orientarme en este caserón. Gracias a Dios que tengo baño en mi habitación, ¡porque si no me lo habría hecho en un jarrón!

Jemma ha llegado. Sus entradas en escena siempre son triunfales. Yo estoy preparado, pero a mi madre la ha cogido por sorpresa.

—Llegas tarde, Jemma. Nos sentamos a la mesa al dar las seis y media —subraya, de hecho.

—¿A qué hora se desayuna? Porque si duermo debajo de la mesa, mañana estaré puntual sin falta, ¡parece que hay sitio suficiente!

Decido intervenir antes de que se me adelante mi madre, que ya está echando espumarajos por la boca.

—Jemma, mañana bajaremos juntos a desayunar, así no te perderás.

Claro, al fin y al cabo, estamos casados, ¿qué impresión daríamos si después de la primera noche en Denby cada uno desayunara por su lado?

Jemma hace amago de sentarse en la primera silla libre, la que está junto a mi madre, quien, horrorizada, se pone rígida contra el respaldo.

—Lady Jemma, hemos preparado su sitio, por favor, tome asiento —la invita Lance, retirando su silla.

—Vaya —comenta Jemma—. ¡Me habéis colocado justo a la distancia de seguridad! ¡Y eso que me he duchado!

—No estoy interesada en saber los detalles de tus abluciones, porque sé que serán habituales. En lo que respecta a las comidas, acostumbramos a disponer los sitios en la mesa de esta manera.

Es mi madre la que habla, en un intento de expandir su autoridad como un reguero de pólvora.

–¿Con tres sitios libres entre una persona y otra? Y, cuando tenéis invitados, ¿cómo hacéis? ¿Alquiláis el estadio de Wembley?

–En esos casos el protocolo es distinto. Si has terminado con las preguntas, puedo mandar servir los platos. Lance, procede, por favor –ordena mi madre.

Mientras ataco mi áspic, miro por el rabillo del ojo a Jemma demorarse con su plato.

–¿No es de tu agrado? –le pregunto sin mirarla. Si le sostuviera la mirada, podría pensar que realmente estoy interesado en sus gustos.

–No estoy segura, ¿debería?

Aquí está, respondiendo a una pregunta con otra pregunta, parece programada para entablar una discusión.

–Decir que sí sería la respuesta más adecuada –apostillo.

–Me serviría de ayuda saber qué tengo en el plato –dice, dando una toba al cilindro de gelatina frente a ella con serias dudas.

–Es áspic. Un pastel de ternera, huevo y alcachofas recubierto de gelatina.

–Si muevo el plato tiembla como el trasero de mi tía Jean cuando sube las escaleras –observa Jemma, cada vez menos atraída por el entrante.

Mi madre suelta ruidosamente el tenedor en el plato, desconcertada.

–Dios mío, lo que hay que oír.

–¡Pero es cierto! –objeta Jemma.

Decido intervenir con una solución diplomática.

–Tráigale el siguiente plato a mi mujer. No le gusta el áspic.

Cuando le ponen delante el segundo plato, aplaude con entusiasmo.

–¡Alitas de pollo! ¡Qué maravilla!

–Es codorniz –la corrijo.

Jemma coge una con la mano y la observa escéptica.

–De lejos parecían alitas.

Y le da un mordisco. Sí. La agarra firmemente entre sus manos y le hinca el diente.

Mi madre casi se desmaya, hasta tal punto que hace que le expriman limón en el agua.

–Jemma.

Intento que me preste atención y le hago gestos, moviendo el tenedor entre los dedos, para que use los cubiertos. Me viene solamente una palabra a la cabeza: neandertal.

Jemma se entretiene con el tenedor y el cuchillo mientras la oigo murmurar: «Huesitos de mierda». Luego, tira la toalla y abandona los cubiertos, apartando el plato.

—Servidle el postre —ordeno secamente, aliviado en parte porque, gracias a Dios, con esto pondremos fin a la cena.

Jemma hunde la cuchara en la copa de espuma blanca, la olfatea y vuelve a dejar caer la cuchara.

—¿Y dónde está el postre de verdad?

—Ahí mismo lo tienes, Jemma —siseo irritado.

—Mira, yo también solía hacer la broma de la espuma de afeitar en el helado, ¡pero tenía cuatro años!

—Es *syllabub*. Forma parte del recetario histórico de la familia Parker —replica mi madre en tono sarcástico.

—¿Tenéis algo de chocolate en el recetario de la familia?

Mi madre respira profundamente para mantener el control.

—Esta noche no.

Pelo una manzana con el deseo de que el suelo del comedor se los trague a los dos.

—¿Entonces, mañana? ¿Bizcochos rellenos de dentífrico? ¿O helado de jabón de fregar los platos?

Mi madre estalla:

—No toleraré que una fanática del pollo frito se burle de nuestra tradición culinaria.

—¡Mejor el pollo frito que el pajarito todo huesos!

El semblante de mi madre se contrae del disgusto.

—Señorita, antes de decidir lo que debe servirse, es necesario aprender a comportarse en la mesa. ¡No estoy acostumbrada a tener salvajes como comensales!

—Señoras —la interrumpo, levantándome—. Me voy al club.

¡Estoy fuera! ¡Fuera! ¡Fuera! ¡Fuera de esa jaula de locos o, más bien, de locas! Me agarro al volante del coche durante todo el trayecto igual que un prisionero se aferra a la sábana de la que cuelga mientras escapa.

Me parecía imposible que existiera una mujer con un carácter peor que el de mi madre, pero me he visto obligado a rectificar. Y ahora estas dos mujeres viven bajo el mismo techo: el mío.

No pueden estar calladas, tienen que opinar sobre todo y sienten el irrefrenable deseo de compartirlo conmigo. Medio día más así y estaré acabado.

Nunca pensé que tendría que llegar al extremo de esconderme en mi casa, pero para evitarlas debo inventarme todo tipo de artimañas.

Ah, pero esta noche me he zafado de las dos, he cogido la chaqueta, las llaves y hasta luego. Me voy al club. Un círculo estrictamente reservado a los caballeros.

—Duque de Burlingham —me saluda con una inclinación Furber, el mayordomo del club, cuando le entrego la gabardina y el paraguas.

—Furber, ¿qué se cuenta por aquí? ¿Quién ha venido esta noche? —pregunto, lanzando una ojeada rápida a los salones semivacíos del primer piso.

—No un número excesivo, por ahora.

—¿Ha venido Harring?

—El vizconde aún no ha llegado. ¿Le espera?

—Sí, hemos quedado. Qué raro. Bueno, creo que iré arriba, a la sala de billar. Cuando llegue, dile que le estoy esperando.

—Así lo haré, Su Excelencia.

Subo los peldaños de la escalera de caracol de tres en tres hasta alcanzar el largo pasillo de puertas blancas. Abro la de la sala de billar y, cuando giro el pomo, me quedo atónito: gente subida sobre las mesas, filas de hombres alzando copas de coñac en la esquina del bar y sus palabras aderezadas con las notas de *Just a Gigolo/I Ain't Got Nobody*. Los que están sobre la mesa improvisan un baile grotesco.

Una mano pesada se posa sobre mi hombro y me pilla por sorpresa.

—¡Ashford Parker! ¡Maldito seas! ¡Te casas y no nos dices nada!

—¡Harring! —exclamo mientras mi amigo me abraza con fuerza.

—¿Qué es todo esto? Tocata y fuga en Londres, sin contar nada a nadie, encuentras a tu beldad ¿y te casas con ella en veinticuatro horas?

Al cuerno con los periódicos.

—En realidad, Harring…

—Deberíamos retirarte el saludo.

–Lo sé, tendría que haberos invitado a la ceremonia... –digo, echando las manos hacia delante.

Harring me interrumpe.

–¡Que le den a la ceremonia! ¡Estoy hablando de la despedida de soltero! Si lo hubiéramos sabido antes, te habríamos organizado una fiesta sin par. Esta noche estamos aquí para remediarlo.

Entonces me sube a la mesa de billar con los demás.

–I... *Ain't Got Nobooody*... ¡Furber! ¡Champán! –pide con desparpajo.

–¿Y entonces? ¿Qué has hecho con Portia, eh? ¿La has mandado a paseo? ¿Sabes lo que te digo, amigo? Has hecho bien. –Luego se vuelve hacia los demás–. ¡Hay más para todos!

Y desde la muchedumbre salvaje se eleva un clamor ensordecedor.

Dejadme que os explique cómo funciona este delicado mecanismo: en los eventos sociales, en las veladas oficiales, en los actos públicos, todos los presentes en la sala son un ejemplo de contención y buenas costumbres, pero entre las cuatro paredes del club de caballeros –definiciones aparte– se transforman en una horda de vándalos que se dejan llevar por las peores vilezas de prostíbulo. Precisamente como esta noche.

Me arrastran de un grupo a otro y me sirven generosas copas de coñac, me meten puros habanos en la boca y me dan palmadas en el hombro y en los brazos, como si fuera un saco de boxeo.

–¿Entonces? –continúa Harring dominado por el entusiasmo–. ¿Cuándo nos la vas a presentar? ¿La tienes escondida?

Sinceramente, sí.

–Pues, Harring, cuando llegue el momento, la conocerás.

–¿Pero por qué siempre te haces el interesante? ¡Qué reservado es este muchacho! ¡Oye, sírvele algo más de beber, a ver si se suelta un poco! ¡Champán, coñac, brandi, gasolina..., lo que sea!

–Harring... –intento frenarlo.

–No te guardes para ti las dichas del matrimonio. Si alguien como tú, que parecía que nuuunca iba a casarse, de la noche a la mañana se presenta con un anillo en el dedo, ¡es que debe de haber ocurrido algo excepcional! ¡Todo un acontecimiento!

Seguro, ¡la bancarrota! En momentos así me dan ganas de estrangularle.

–Algunas cosas ocurren y punto, no se pueden evitar.

–¡Chicos! El viejo Ashford está enamorado, ¿habéis oído? Todos en corro en torno a mí me cogen en volandas y me lanzan por los aires acompañando la escena con mofas vulgares.

–Oye, Ash, ¿sabes lo que te has perdido? Vuelo privado a París, fiestón en el Crazy Horse con las preciosas amazonas salvajes francesas desnudas, luego el Concorde y... Río de Janeiro. Y, antes de volver a Londres, una última escala en Tailandia. Idiota, si nos lo hubieras dicho antes de casarte, no te habrías olvidado de esta despedida de soltero ni después de muerto.

Desde que salimos de la universidad, Harring está obsesionado con Río de Janeiro, y sabía que no tardaría en mencionar la ciudad ni media hora. Harring solo tiene una cosa en mente.

Le doy una palmada en la espalda a mi amigo.

–¿Qué puedo decirte, Harring? ¡Lo reservaremos para ti!

–No, amigo, ¡todavía no ha nacido la mujer que me lleve al altar!

–¿Tienes alguna foto? –me pide Samuel Coulsen.

–¿De quién? –pregunto.

–Pues de tu mujer, ¡de quién va a ser! ¿Cómo que de quién? –replica, dándome una colleja.

–No, lo siento –admito, levantando las manos.

–¡Vamos! ¡Enséñanosla!

–¡Enséñanosla! ¡Enséñanosla! ¡Enséñanoslaaa! –se alza un coro de estadio dirigido por Samuel y Harring.

–Tíos, que no tengo ninguna foto –repito.

Salmuel se vuelve hacia la masa que tiene detrás.

–¡Chicos! ¡No tiene ninguna foto!

–¡Nooo! –Su decepción se eleva como un rugido.

–¡Castigo! ¡Castigo! ¡Castigo! –gritan todos.

–¡Baño en el Támesis! –canta Harring.

–¡Basta, chicos, tranquilos! ¿Qué es esto de baño en el Támesis?

–¿Qué clase despedida de soltero sería sin un arresto por bañarse en zona prohibida?

Los caballeros, o supuestos caballeros, con Samuel y Harring a la cabeza, me levantan por las piernas, otros dos por los hombros, me sacan del club y me llevan en procesión a lo largo del Strand al grito de «El recién casado Ash va a darse un baño».

Tengo que reconocer que no recuerdo mucho más.

Capítulo 13

La versión de Jemma

He vagado por toda Denby durante más de una hora después de cenar. La idea era volver a mi habitación, pero me acordé de que esta noche era el partido de la Champions, Borussia Dortmund-Arsenal. ¡Tenía que encontrar un televisor!

Me metí por un pasillo al azar y empecé a abrir puertas: cuadros, estatuas, instrumentos musicales, escritorios, libros, más mesas de comedor, alfombras, pero nada parecido a un televisor.

Luego di con una escalera y subí. Más sofás, sillones, chimeneas, camas, camas y más camas (¿pero qué diantre es este lugar? ¿Un hotel?).

Estaba empezando a ponerme nerviosa, el pitido de inicio del partido ya había sonado hacía cinco minutos y ¡no me podía creer que no hubiera ni un mísero aparato de televisión en todo este castillo!

He subido otro tramo de escaleras y ahora me encuentro en un pasillo más estrecho, con más puertas.

Sin demasiadas expectativas, comienzo a abrirlas hasta que por fin encuentro un pequeño televisor de esos con el tubo catódico. El habitáculo está bastante desangelado, con escasos muebles, pero cuenta con todo lo que necesito: un sofá y un enchufe.

Agarro triunfante el mando a distancia e intento sintonizar, con la esperanza de que no sea uno de esos partidos que empiezan marcando un gol en el primer minuto. Suspiro con alivio cuando en la esquina superior de la pantalla aparece un tranquilizador 0-0. Todavía no me he perdido nada. Dios, ¡lo que daría ahora por unas alitas de pollo!

¡Que se fastidie Delphina, ella y todo su recetario de porquerías gomosas!

Despotrico contra el centrocampista, que parece no tener intención de tocar el balón. De repente, oigo detrás el crujir de la cerradura.

—¿Y bien, Martin? ¿Les damos su merecido a estos cabezas cuadradas? Alvin apuesta a que uno de ellos se hará expulsar antes de que acabe el primer tiempo… Oh, perdón, lady Jemma, ejem, no sabía que estuviera aquí… yo… —balbucea una voz masculina.

Me doy la vuelta, sorprendida. Es Lance. Se ha deshecho del uniforme y ahora lleva un cómodo chándal con el escudo del Arsenal cosido en el pecho.

–No me eches, Lance. Es la única habitación en la que he encontrado un televisor. Por favor, esta noche es el partido de la Champions. Solo noventa minutos y me largo.

–¡Faltaría más, si lo prefiere le dejaré el uso exclusivo de la habitación!

–No, Lance. Ver el partido yo sola es realmente triste. Me gusta animar en compañía, ¡es como si mi apoyo llegase más lejos! –Le hago señas para que tome asiento a mi lado–. ¡Lo he conseguido por los pelos! ¡Casi me pierdo el primer tiempo! No hay quien encuentre un televisor aquí dentro.

–Estas son las dependencias de los criados –comenta Lance con un deje de indecisión.

–Pues bien, ¡dejadme deciros que estáis mejor que los de ahí abajo! Entonces, ¿estamos solamente nosotros dos? ¿No viene nadie más a animar a los Gunners? Vamos, jugamos fuera de casa, ¡los vítores valen el doble!

–También vienen Campbell y Bowen.

Lance no había terminado de hablar cuando ambos asoman jadeantes por la puerta.

–Bueno, ¿cómo vamos? ¿Hemos metido ya alguno?

Hago un breve resumen del juego.

–Cero a cero desde que he encendido la tele. Ni de los amarillos ni de los rojos. Solamente un tiro libre por encima del travesaño. El portero alemán ni se ha inmutado –comento sin apartar los ojos de la pantalla.

–Árbitro, ¿necesitas un perro guía? ¡Todo el mundo ha visto que era falta! –Luego me dirijo de nuevo hacia Bowen y Campbell, todavía plantados en el umbral de la puerta.

–Vamos, ¿no os sentáis?

Me observan petrificados.

–Lady... lady Jemma.

–No pasa nada, sentaos –los insta Lance.

Reina un silencio sepulcral en la sala y por primera vez en mi vida, durante un partido de fútbol, veo a tres hombres de mediana edad más tiesos que la mojama.

–¡Mirad, que no pasa nada, soy una mujer a la que le gusta el fútbol, no un bicho raro de barraca de feria con tres ojos en la frente! Sí, entiendo el sencillo mecanismo de dos equipos con camisetas de distinto color que tienen que lanzar un balón a la red del equipo contrario. ¡Podéis relajaros!

Me miran aún más estupefactos que antes y apenas se atreven a mover los ojos. Solo cuando Lance les hace una seña con la cabeza se animan a apoyarse en el respaldo.

–¡Pásala, por lo que más quieras! ¿No ves que Sánchez ya está delante de la portería? –grito, provocando un salto de los otros tres con los que comparto el sofá. Campbell, un hombrecillo de pelo cobrizo de unos cuarenta años, está tan alterado que suelta sin querer una bolsa de papel que ahora yace a sus pies. Al caer produce un tintineo conocido.

–¡Campbell! ¿Traes cervezas y no ofreces? ¡Eso no se hace! ¡Los aficionados somos una gran familia! ¡Compartimos todo! –le tomo el pelo.

Se pone colorado hasta la punta de las orejas.

–Ejem, bueno, sí, pero no pensaba que le gustara la cerveza.

Alcanza la bolsa y me da una botella.

–¿Le vale?

–¡Guinness! ¡Qué maravilla! –La cojo y le quito el tapón con el canto de la mesa, luego la levanto a su salud.

–¡Muchas gracias, Campbell, por los nuestros! ¡Por los Gunners!

Los otros tres levantan sus birras, uniéndose a mí.

–¡Por los Gunners!

No habíamos dado ni un sorbo cuando…

–¡GOL! –gritamos al unísono, poniéndonos en pie como si hubiera pasado una descarga eléctrica bajo el sofá.

Ahora que vamos ganando, nos sentamos más tranquilos y disfrutamos del juego hasta el final del primer tiempo.

–Así que ¿lady Jemma es una forofa del fútbol? –pregunta Lance cuando empiezan los anuncios publicitarios.

–¿No se me nota? –pregunto, subrayando lo obvio.

–Digamos que es un rasgo inesperado.

Paul Bowen por fin abre la boca.

—Sí, bueno, ¡no es que las duquesas aparezcan por aquí muy a menudo! Y desde luego no para ver un partido de fútbol. Cuando Camp y yo hemos entrado, ¡casi nos da un síncope!

—Ya, Bowen, me he dado cuenta. Por mi parte yo tampoco pensaba encontrar tantos fans del Arsenal entre estas frías paredes.

—¿Desde cuándo es aficionada al fútbol? —me pregunta Bowen, curioso.

—Desde siempre.

Lance, por primera vez, me sonríe abiertamente.

—¿Tu padre también es un aficionado?

—No. A decir verdad, mi padre no es un loco del fútbol y en casa ni siquiera tenemos televisor. En el colegio casi siempre estaba con los chicos, porque las chicas decían que apestaba, así que en el recreo siempre jugaba con ellos. Hablábamos de los partidos, de los jugadores, de los equipos, y por eso empezó a apasionarme.

Campbell apenas puede aguantarse la risa.

—Lady Jemma, disculpe la impertinencia, pero… ¿Ha dicho que apestaba?

—Sí, mi madre es ecologista y nunca ha querido utilizar jabón ni detergentes industriales. Hace la colada solamente con productos biológicos cuyo único resultado es que la ropa huela a perro mojado. Por eso las niñas no querían que jugara con ellas. A los chicos no les importaba porque siempre estaban sudados y sucios de barro y hierba igualmente. Me mimetizaba…

—A mí también me pasaba lo mismo en la escuela, pero con la merienda. Mi madre me hacía bocadillos con el queso Stilton… —dice Bowen riendo y tocándose la redonda panza—. ¡Y se nota que he comido lo mío!

En la pantalla aparece de nuevo el estadio y dejamos de hablar, como si estuviéramos en misa. Al menos hasta que marcamos otro gol, de pura casualidad, en el minuto noventa. Al tercer pitido del árbitro nos lanzamos unos sobre otros, abrazándonos como si hubiéramos ganado una guerra. Una vez finalizadas las entrevistas en los vestuarios, apagamos el televisor y nos miramos a la cara. O, mejor dicho, veo que Lance, Campbell y Bowen intentan hacer tiempo. Sí, es hora de levantar el campamento, aquí yo soy la intrusa. Aunque, para hacer honor a la verdad, me he sentido más en casa en medio de la servidumbre, en una salita desnuda durante noventa minutos, que en todo el día en las lujosas estancias del palacio.

–Yo... Tal vez... –empiezo.

–¿Desea que la acompañe a sus aposentos? –pregunta Lance.

–Eh, vale... Pero, Lance, acabamos de ver un partido y de beber cerveza juntos, ¿qué tal si me tuteas?

–El protocolo me lo impide.

–Me hace sentir incómoda –admito.

–Ya se acostumbrará –me responde él comprensivamente, tras abrir la puerta y hacerme señas para que le siga.

Les doy las buenas noches a Campbell y Bowen y sigo a Lance mientras me guía por los pasillos.

Denby Hall se encuentra inmersa en el silencio y la penumbra, los interminables pasillos están iluminados por luces tenues de candelabros colgados en las paredes, seguramente con velas en su día, pero ahora montados con bombillas en forma de llama.

Lance va por delante dando pasos largos y silenciosos y yo, sintiéndome demasiado ruidosa, me quito los zapatos de tacón y camino descalza sobre el frío mármol.

–Gracias por la compañía, Lance, de verdad. He disfrutado el partido doblemente. Estoy acostumbrada a estar en primera línea en las gradas con los aficionados. Os pido disculpas, sin embargo, por haber invadido vuestro espacio. ¡Es absurdo que seáis los únicos con televisor en esta casa!

–No se trata de ninguna invasión. Ha sido un placer también para mí y creo que puedo decir lo mismo de Campbell y Bowen. Será bien recibida siempre que quiera venir.

–¡Reservo ahora mismo todas las próximas jornadas del campeonato y de la Copa!

–Me encargaré de reservarle el mejor sitio y Bowen nos proveerá de cerveza. ¿Guinness o prefiere alguna otra?

–La Guinness es perfecta –respondo.

Acto seguido, me hundo en la cama, sintiendo por primera vez en todo el día un destello de vida.

–Bien, entonces le deseo que pase una buena noche, Su Excelencia.

–Buenas noches, Lance, hasta mañana.

Lance, a punto de cerrar la puerta tras de sí, entra de nuevo.

–Una última cosa. Le desvelaré un secreto.

Luego pulsa un interruptor junto a la mesilla de noche y con un «ziiin» aparece, desde dentro de la cómoda, una enorme pantalla de televisión del tamaño de un cuadro de museo.

Capítulo 14

La versión de Ashford

Entro en casa a hurtadillas, como si fuera Arsène Lupin. ¿Por qué? Porque todavía tengo toda la ropa mojada con agua del Támesis y emana un hedor a cloaca indescriptible, tanto que para conducir hasta Denby sin ensuciar el asiento he tenido que quitarme los pantalones.

Cojo uno de los manteles adamascados que adornan el vestíbulo y me envuelvo con él.

No soy la viva imagen de la virilidad con toda esta seda color salmón enrollada alrededor de mis caderas; de hecho, parezco Mata Hari en plena misión, pero no me van a pillar con el culo al aire, o perdería la última pizca de autoridad que me queda entre estas paredes.

Si Harring no fuera mi mejor amigo desde el internado, después de esta noche le habría dado una paliza. Pero también es la única persona en este mundo cruel que es capaz de sacarme una sonrisa, aunque no sea el momento. Sí, el punto fuerte de Harring son las bromas fuera de lugar en los eventos reales, en misa o en los funerales, y siempre está dispuesto a escuchar. Cada uno tenemos nuestro papel: yo soy el que tiene sentido del decoro y le pone freno.

La verdad es que se sintió dolido cuando se enteró de mi boda; ambos teníamos una especie de acuerdo tácito para no casarnos nunca o, por lo menos, hacerlo lo más tarde posible. Ha sido un poco como una puñalada por la espalda. Quizá yo no sea tan imprudente como él, ni tan agresivo, pero podría decirse que éramos cómplices de nuestros crímenes. Crímenes que han llegado a su fin, por eso le produjo un placer especial tirarme al río. Hizo falta toda mi buena voluntad, una vez que estuvimos solos de vuelta en el club, para convencerle de que yo seguía siendo el Ash de siempre.

—Así que ¿me dejas solo en el camino del eterno soltero impenitente?

—No me hagas sentir culpable, te las arreglarás…

—No estoy hablando de mí. Lo siento por ti. ¡Tienes treinta años y ya tienes el cepo puesto! No esperes acudir a mí en busca de ayuda. Ya te lo advertí en otros tiempos.

Harring disimula bien su decepción tras una máscara cómica.

—Te diré algo, en caso de necesidad, no serás tú a quien acuda.

—Claro, si hablas como el enamorado…

Ya está, quería una prueba, tenía que oírlo de mi boca. Y el instinto de Harring no se equivoca a la hora de detectar una mentira mía. Si hubiera dicho que amaba a Jemma no me habría creído.

—Harring, ha ocurrido y punto. Me he casado. Ha sido un impulso del momento. Lo he hecho porque he querido y ya está. Tengo una esposa, pero nada es como tú crees. En tu cabeza tienes la idea de un matrimonio convencional, una vida en pareja típica con todos sus impedimentos. Pero quiero que sepas que no me he casado con una mujer convencional y que nuestra historia tampoco lo es. Es tan turbulenta como inverosímil, y tal vez sea esto lo que la convierte en la única mujer con la que haya podido casarme alguna vez. Otra cualquiera habría deseado un matrimonio de manual. Pero Jemma no.

Con estas últimas palabras mías Harring levanta una ceja con escepticismo.

—¿Y eso qué significa?

—Que es inconformista y está completamente a favor de las relaciones abiertas. Es esto lo que quiero que entiendas cuando te digo que nada ha cambiado.

La expresión de Harring ha pasado de escéptica a incrédula.

—Para que yo lo entienda: te has casado, «Quieres tomar por esposa…, etcétera… Hasta que la muerte os separe», ¿y luego me dices que a fin de cuentas es un matrimonio abierto?

Me limito a asentir para no correr el riesgo de mostrar mis cartas. He omitido el detalle de que nos hemos casado por dinero, que en realidad nos despreciamos, que no compartimos nada y mucho menos la cama.

—Te ha besado la fortuna, amigo mío. No sé cuántos pobres diablos querrían estar en tu lugar.

Mierda, ¡debo de haber sonado sincero!

—Sí, pero, Harring, esto queda entre tú y yo y no puede salir de esta habitación. Bastantes habladurías hay ya sobre mi matrimonio como para difundir esta clase de detalles.

—Viejo amigo, nunca he estado tan deseoso de conocer a tu esposa. ¡Quiero ver con mis propios ojos esa maravilla!

¿Maravilla? No consigo dejar de pensar en las palabras de Harring mientras me desplomo en la cama. Jemma ronca como un tren de mercancías. Uno de los aspectos negativos (suponiendo que haya alguno positivo) de las habitaciones comunicantes es que lo único que me separa de Jemma y de su pesado sueño es una puerta.

Harring está ansioso por conocerla. Estoy convencido de que en su cabeza imagina un monumento de feminidad de los que paralizan el tráfico y estas no son precisamente las palabras que utilizaría para describir a Jemma. Tan grácil y delicada como un camión de cuatro ejes.

Solo me queda esperar que aturda a Harring con su parloteo y que él pierda interés al cabo de tres minutos y un apretón de manos. Un segundo antes de caer dormido, me asalta un pensamiento terrible: mañana los criados harán nuestras habitaciones y, aunque las habitaciones están separadas, podrían encontrar insólito, si no sospechoso, que la primera noche bajo el mismo techo, como duque y duquesa recién casados, cada uno haya dormido en su cama, encerrado en su propia habitación. Por lo menos debería haber ropa tirada por todas partes, sábanas arrastradas en las esquinas más recónditas y señales tangibles de pasión irrefrenable. Ergo, al menos una de las camas no debe estar deshecha.

No puedo dormir en la cama. Es absurdo, estoy en mi casa, pero no puedo pasar la noche cómodamente en mi lecho de tres plazas. Es lo único que pienso mientras intento acomodarme en el sofá.

A ver si Jemma y yo podemos ponernos de acuerdo en esto, no puedo pasarme los próximos meses durmiendo peor que mi rehala de perros de caza; una noche yo y una noche ella me parece más que democrático.

Esto al menos durante las primeras semanas, cuando es normal que una pareja de recién casados dé rienda suelta a sus pasiones. Luego podremos pasar a la media políticamente aceptable de un par de veces a la semana.

Por fin, una vez organizado el calendario mental creíble de nuestras simulaciones sexuales, consigo conciliar el sueño.

Oigo llamar a la puerta y es como si me golpearan el cráneo. Al diablo Harring y todo su brandi mezclado con champán. El *brandán*, como él lo llama. Tengo que acordarme de decirle que el sabor es tan asqueroso como el nombre. Si no cadáver, esta mañana me siento, como poco, de pronóstico reservado.

—Adelante —rezongo.

Nada.

Me arrastro con paso pesado para abrir la puerta, pero en el pasillo no hay nadie. ¿Está tan comprometida mi credibilidad que incluso los criados juegan a llamar a la puerta y salir corriendo?

Los golpes continúan y empiezo a pensar que solo sea producto de mi imaginación, hasta que me doy cuenta de que el sonido está a mis espaldas: la puerta entre mi cuarto y el de Jemma. La abro y me la encuentro en el espacio que comunica las dos habitaciones; una especie de tierra de nadie que, preveo, se convertirá en nuestro campo de batalla particular.

—Estás horrible. —Es su apaciguado comienzo.

—Me acabo de levantar, todavía tengo que darme una ducha. ¿Cuál es tu excusa? —digo, fijándome en su acentuado maquillaje y su cabello rizado en tirabuzones inverosímiles.

—Yo ya estoy lista —replica sin captar mi nota sarcástica.

Me encojo de hombros.

—Claro.

—Bien, si no recuerdo mal, anoche dijiste que bajaríamos juntos a desayunar. Preferiría que mantuvieses la promesa, porque no creo que pueda soportar otra cantinela de tu madre sobre la puntualidad, los horarios, la etiqueta y todas esas cosas que tanto os gustan a los nobles.

—Dame cinco minutos.

Me dirijo hacia la ducha maldiciendo y, un segundo antes de tirar mi ropa al cesto de la colada, se me ocurre una idea brillante: la vuelvo del revés y la esparzo por el suelo de la habitación de Jemma, dejando un claro rastro desde mi cuarto hasta su cama.

—¿Qué tienes en mente? —protesta, ya preparada para la polémica.

—¿Dónde está tu ropa de anoche? ¿Puedes dármela?

—No, si no me dices qué estás haciendo.

—¿Y tú qué crees? —digo, señalando la indumentaria tirada por el suelo de manera ostensible.

Levanta las manos en señal de rendición.

—En breve los criados harán las habitaciones y, si queremos justificar

91

nuestro matrimonio de amor a primera vista, será mejor dar la impresión de haber hecho las acrobacias del Circo del Sol. Claro está, siempre y cuando no seas uno de esos raros ejemplares de mujer que practica sexo vestida como un esquiador de fondo en las Olimpiadas de invierno. ¿Tendrías la amabilidad de darme tu ropa?

—¡Espera y verás!

De hecho, Jemma no solo tira su ropa por el suelo junto a la mía, sino que empieza a deshacer la cama con vehemencia, desgarrando las almohadas y las sábanas. Por lo menos ha estado receptiva. Me ha hecho sudar, pero ha estado receptiva.

Un momento. ¿Qué está haciendo con esa sábana? ¿Por qué la está atando al poste del dosel?

—Jemma, ¿qué diablos es eso?

—¿No has oído hablar nunca del *bondage*? —replica con toda la naturalidad del mundo.

—¡No! ¡Bueno, sí, pero no! —protesto—. Escucha Jemma, aprecio el esfuerzo, pero me basta con que los criados imaginen que hemos practicado sexo normal, ¡no hay necesidad de iluminarlos con detalles sobre mis gustos eróticos!

—Entonces, ¿nada de esclavitud?

—No —respondo lapidario.

—¿Y esto qué te parece? —dice ella, enseñándome dos llamativos zapatos rojos con tacón de aguja.

—No, mucho menos fetichismo.

—¡Eres un sieso! —protesta ella, lanzándolos de nuevo al vestidor.

—No te preocupes, son detalles que nunca descubrirás.

—Eso espero, de verdad —replica Jemma con una mueca de disgusto.

—El disgusto es mutuo.

Bajo las escaleras precediéndola y nos encontramos a Lance esperándonos frente al invernadero.

—Jemma —susurro entre dientes—. ¿Podrías, sin protestar ni polemizar, poner una gran sonrisa de recién casada satisfecha y complacida?

—¿Para sentirte un macho alfa tienes realmente necesidad de tratarme como si fuera retrasada?

Ya estamos, sabía que terminaríamos discutiendo.

Capítulo 15

La versión de Jemma

Se está convirtiendo en algo más difícil de lo previsto. Se suponía que iba a ser una prolongada estancia en la intimidad de una mansión campestre, uno lejos del otro, y en cambio me encuentro metida en una carrera de obstáculos con los tobillos atados.

¿A qué me estoy refiriendo? A ser obligada a mantener la farsa de los recién casados, con el entusiasmo de una misa de difuntos. En mi casa, el desayuno es el mejor momento del día: crema de chocolate untada en el pan, leche caliente y cereales con miel, revistas de moda y la televisión puesta en algún canal de cotilleo. No, no en Denby. Hoy he descubierto que para desayunar toman jamón ahumado y salmón, zumo de zanahoria y café aguado. Y encima nada de revistas, solamente periódicos que Ashford utiliza, estoy segura, más para atrincherarse detrás de ellos que para leerlos. ¿Quién habría de leerlos? Son muy aburridos, en blanco y negro, escritos con letra pequeña y sin fotos.

Delphina se mantiene a la distancia de seguridad, nos saluda con un seco «buenos días», sin despegar los ojos del plato y, apenas nos sentamos, lo aleja de ella y se prepara para marcharse. Lance entra en el comedor con su habitual compostura y anuncia:

–Lord Davenport y su esposa han venido a hacerles una visita. ¿Puedo decirles que esperen en el salón azul hasta que puedan ser recibidos?

Delphina se derrumba en la silla como si se le hubieran derretido las piernas.

–¿Murray y Audrey Davenport? ¿Solo ellos? –pregunta sorprendida.

–Exactamente. Acaban de volver de su último viaje y han pasado por aquí para saludar –confirma Lance con una ligera inclinación.

–Que tomen asiento –susurra ella en voz baja y luego, por primera vez, nos dedica una mirada–. Yo los recibiré. Iré allí, haré los honores de la casa y procuraré darles una versión creíble de vuestro matrimonio. En media hora, y solo entonces, cuando se hayan bebido hasta la última gota de mis palabras, os uniréis a nosotros para saludar de manera educada, pero con celeridad, y volveréis a vuestros quehaceres.

No os quedaréis, al menos hasta que podamos hacer vuestra presentación oficial en sociedad.

Es su decidida estrategia.

Por el contrario, Ashford permanece atrincherado detrás del *Times* y se limita a despacharla con un:

—Haz lo que te parezca.

Delphina sale del comedor gruñendo.

—¡Claro, «Haz lo que te parezca», dice! ¡Y a mí me toca pagar los platos rotos! ¡Me toca apagar los incendios, me toca a mí contener los ríos embravecidos!

—Para cuando llegues al deshielo de los polos y al agujero de la capa de ozono, los Davenport se habrán marchado, mamá —la hiere Ashford.

Hay algo que compartimos: el incordio que supone Delphina.

Observo la escena entre madre e hijo hasta que Ashford dobla el periódico y me arenga secamente:

—Cuando vayamos a saludar, déjame a mí hablar con los Davenport. Tú limítate a saludar, del resto me encargo yo.

—Está bien, me lo apunto en la agenda de las cosas que me importan un bledo —respondo con una falsa sonrisa.

—Antes o después, Jemma, tendrás que hacerlo. Los Davenport no son más que los primeros de una larga procesión que, con la excusa de un saludo informal, llamarán a la puerta para ver a los felices recién casados. Los Davenport son amigos de la familia desde hace años y, créeme, es mejor que los conozcas así, en pequeñas dosis, que en un recibimiento oficial junto a otros doscientos extraños desfilando frente a ti.

—Ashford, el acuerdo era que yo hacía mi vida.

—El acuerdo es dar una imagen verosímil de nuestro matrimonio. Y debo pedirte que no vuelvas a sacar este tema. Las paredes oyen.

—Me siento como un rehén.

—No te hagas la víctima, Jemma.

—Si de verdad quieres que cumpla el papel de feliz esposa podrías tratarme, al menos en público, sin ese aire de superioridad, o como si fuera estúpida.

—No te trato como si fueras estúpida —refuta Ashford, dando un sorbo a su café.

–Ah, ¿no? Solamente te diriges a mí para criticarme, humillarme o darme órdenes como a un perro.

–Y tú solo para pincharme o para discutir. Todo sería mucho más fácil si hicieras lo que te digo sin presentar inútiles objeciones.

–Inútiles objec... Muy bien, no tenía intención de hacerlo tan pronto, pero me veo obligada a jugar esta carta. –Me remango para dar más importancia a mi frase–. Ashford, debo recordarte que es «mi» dinero el que cubre tus deudas en el banco, así que me debes un mínimo de respeto.

Él se levanta, quitando migas imaginarias de su jersey azul de cachemira.

–«Tu» dinero está ligado a «mi» título, por tanto, si de momento has terminado con el drama, podemos ir yendo para allá. Te estaría muy agradecido si consiguieras no provocarles un infarto a los Davenport.

Y se dirige a la salida sin esperarme.

En el gabinete o, mejor dicho, *parlour*, como lo llaman los nobles –una sala dedicada solamente a pequeñas reuniones de amigos para charlar, una habitación solo para «hablar», ¿os dais cuenta?–, Delphina está dándolo todo, entreteniendo a los invitados en el papel de madre amantísima.

–Y cuando ya me había resignado a tener a un solterón merodeando por la casa, ¡me ha dado una sorpresa! Ashford entró en Denby con su esposa del brazo, ¡sonriente como un niño la mañana de Navidad! A decir verdad, hacía un tiempo que había notado en él un cambio. Iba a Londres con frecuencia sin motivos aparentes, volvía a horas intempestivas, siempre envuelto en esa aura misteriosa y soñadora. A una madre no se le escapan ciertas cosas, intuía que había un *affaire* de por medio, pero jamás habría imaginado que pudiera tratarse de matrimonio. Ella es una joven un tanto peculiar. Es artista, muy involucrada en el teatro. ¡La compañía la lloró destrozada cuando se enteró de que mi Ashford se la llevaba!

La mujer sentada junto a Delphina en el sofá sujeta la taza de té sin beber.

–Y, sin embargo, todos habríamos apostado nuestra fortuna a que Ashford se habría casado con Portia.

–¡No entiendo cómo ha podido ocurrir! –comenta mi suegra.

¡Embustera! Y continúa dando su versión de los hechos.

–Ashford es un joven de gustos complicados, que a veces no entiendo ni yo, pero con Portia no… Son solamente amigos, lo han sido durante tantos años que ahora podrían ser casi como hermanos. –Y suelta una carcajada que, al menos para mí, suena de lo más falso. Luego se da la vuelta hacia nosotros, a un metro de la puerta.

–¡Oh! ¡Aquí están los recién casados! Ashford, Jemma, entrad a saludar a nuestros invitados.

Caray con Delphina, que está desempeñando el papel de suegra perfecta. Al menos es capaz de actuar, Ashford es negado o, al menos, no pone mucho empeño.

Ashford me pone la mano tras la espalda sin tocarme, pero lo suficientemente cerca como para dar la impresión de que me está guiando con suavidad dentro de la sala. Me pregunto qué sucedería si me echara hacia atrás hasta rozar su mano. ¡Creo que daría un salto hasta el techo, gritando presa del pánico!

–¡Audrey, Murray, qué sorpresa vuestra visita! –los saluda Ashford en tono cordial.

–¿Y tú hablas de sorpresas, muchacho? ¡Regresamos de la India y descubrimos que el hijo de mi mejor amigo ha tomado esposa!

–Dejadme que os la presente, entonces. Es ella, mi Jemma. –Y con un gesto de cabeza me invita a dar un paso hacia delante.

–¡Hola! –Pero enseguida me doy cuenta, por los ojos entrecerrados de Ashford y Delphina, de que algo va mal. Ashford susurra entre dientes:

–Se dice «Es un honor».

–Es un honor –repito, sumiéndome en una reverencia como tantas veces he visto hacer a los actores de teatro.

Ashford me aferra por el codo, levantándome en posición erecta.

–No seas ridícula –continúa siseando.

La señora Davenport se ajusta las gafas en la nariz.

–Qué joven tan peculiar.

–Desde luego, no se ven por ahí muchos… ejemplares de este tipo. Naturalmente se nota que es una artista –continúa Murray–. ¿Crees que echarás de menos el teatro?

Intento sofocar una sonora carcajada y secundo la versión de Delphina.

–Ha sido parte de mi vida cada día y todavía no estoy segura de haber hecho bien renunciando. ¡Es Ashford quien tiene que demostrarme que he tomado la elección adecuada!

Me giro para mirar a mi marido, guiñándole un ojo.

Sin embargo, su semblante se muestra impasible.

—Creo que ya te lo he demostrado, cariño.

—Puedes hacerlo mejor —susurro.

Murray nos mira confuso y vuelve al tema del teatro.

—¿Trabajabas en algún espectáculo que podamos haber visto?

Depende. ¿Tenéis tendencias maníaco-depresivas? No. Diría que no.

—Obras alternativas, trabajos comprometidos, contenidos potentes…

Ante mi vaga respuesta se hace un breve silencio, luego Audrey me formula otra pregunta.

—¿Os iréis en breve de luna de miel?

—Sí.

Esa es la respuesta de Ashford.

—No.

Y esa la mía.

Murray se aclara la voz como para cubrir nuestra ambigua contestación.

—¿Y habéis decidido ya a dónde ir?

—Cuba —replico.

—Atenas —proclama Ashford al mismo tiempo.

Delphina interviene para echar un capote.

—¡Todavía lo están decidiendo, estaban hablándolo durante el desayuno! La verdad es que les gustaría recorrer todo el mundo, pero no saben en qué lugar dar inicio a su periplo. —Y sigue con otra carcajada falsa.

—Hacen bien. También mi Audrey y yo adoramos viajar. Llevamos casados más de treinta años y todavía no nos hemos cansado de coger aviones, trenes y de cambiar de huso horario.

—¿Cómo os conocisteis? —pregunta Audrey para cambiar de tema.

—En el teatro. —Es la respuesta de Ashford.

—Bailando —digo yo.

Tanto Murray como Audrey y Delphina se miran perplejos. Ashford se apresura a poner remedio.

—Yo había ido al teatro y cuando fui a saludar a un amigo al camerino ella estaba allí.

Luego continúo yo, para apoyar su historia:

—Efectivamente, aunque no se puede decir que nos conociéramos allí. Nos vimos, nos presentaron, pero fue después, cuando alguien propuso ir a un local argentino a beber algo todos juntos, cuando realmente nos conocimos. Hablamos, reímos y bailamos un tango.

Los tres parecen recuperarse de su estupor, aliviados con nuestra explicación.

Murray de manera especial.

—¡Ashford! ¿Sabes bailar el tango?

—Insospechado, ¿verdad, Murray?

—¡Me encantaría que mi marido también supiera bailar el tango! —suspira Audrey.

—Amor mío, lo he intentado para contentarte, ¡pero soy negado!

Después, Murray se dirige de nuevo hacia mí.

—¿De dónde eres, Jemma?

—De Londres. Mi madre es de Londres, mi padre en cambio es esco…

Pero, antes de poder terminar la frase, Ashford me coge otra vez por el codo y me arrastra hacia la puerta.

—Nosotros nos vamos. Tenemos que hablar de los detalles de nuestro viaje de bodas.

A duras penas consigo captar las últimas palabras de la conversación.

—¿Su padre es esco…? –quiere saber Audrey.

—Es corresponsal de guerra–explica Delphina–. Es una triste historia, una desgracia terrible. Pero no estropeemos un día tan feliz. ¿Alguien quiere más té?

Capítulo 16

La versión de Ashford

Me gustaría entrar en coma y despertarme por la mañana. O caer en una especie de trance. O cualquier cosa que me haga perder la consciencia durante las próximas cuatro horas.

No, no está llegando el Armagedón. Peor aún. Está a punto de tener lugar la cena de presentación oficial de Jemma y mía, los duques de Burlingham, en sociedad.

Mientras observo el tramo de escaleras que debo bajar, tengo la tentación de tirarme de cabeza con una triple pirueta, pero llegaría derecho al salón lleno de invitados, a quienes mi madre está entreteniendo mientras aguardan nuestra llegada. Y Jemma no se deja ver. Sin más preámbulos, llamo a su puerta. Nada, no contesta.

Es mi casa, ¿no? Es la habitación de mi mujer, ¿no? ¡Por tanto tendré el derecho a entrar si quiero (lo sé, debería decir «cuando» quiero, y no «si», pero nunca quiero)!

Abro la puerta y no encuentro un alma, aparte del televisor sintonizado en el canal MTV, con Nicki Minaj paseándose con elegancia.

—¿Jemma? —la llamo.

—¡Estoy aquí dentro!

¡Caramba! Un armario que habla.

Por una décima de segundo he tenido la esperanza de que se la hubiera tragado la tierra.

—¿Quieres salir de ahí? ¡A este paso, si nos retrasamos un poco más llegaremos directamente a recibir el año nuevo! —digo, llamando con insistencia.

—Todavía no estoy lista. ¡Dame diez minutos! —me ruega Jemma, con su voz caprichosa de siempre.

—También puedes salir sin las diez capas de maquillaje en la cara. No me he casado contigo por tu belleza.

—Lo sé. Te has casado por mi dinero.

—Sí, Jemma. Tú también.

«Tú también te has casado conmigo por dinero» se ha convertido en nuestro mantra cotidiano. Lo dejamos caer como el que no quiere la cosa en las conversaciones, en lugar de los signos de puntuación. No sé cómo empezamos, pero es algo habitual. Tal vez para darnos un baño de realidad y tomar distancias tras todos los nauseabundos «amor mío» y «cariño» que estamos obligados a intercambiarnos por exigencias del guion.

Yo prescindiría de ello, pero es tan irritante que consigue sacar lo peor de mí. Cada día que pasa me siento más como un barril de bilis.

Apoyado en la jamba de la puerta, observo su habitación: está todo patas arriba. La apoteosis del caos. ¡No me extraña que siempre lleve esas pintas tan… tan… de Picasso! Sí, cuando la miro, parece que estoy viendo un cuadro de Picasso: todo descompuesto, anguloso, distorsionado. Solo que, en el caso de Picasso, se trata de un lenguaje artístico y con Jemma creo que es casual: ropa llamativa, demasiado provocativa o inadecuada para la ocasión, el pelo de un color artificial y el maquillaje excesivo. De verdad que no entiendo por qué se pasa las horas empeorando su aspecto.

—Jemma, ¡me estoy haciendo viejo de esperarte!

—Imposible —me responde su voz con tono sarcástico—. Más viejo imposible.

Ashford, tranquilo. Debo estar tranquilo. No.

—¿Sabes lo que te digo? ¡Que me voy yo solo! —amenazo, haciendo amago de salir de la habitación.

—¡Venga, que ya estoy lista! —dice por fin, saliendo del vestidor—. Vamos.

Me paro a mirarla desconcertado.

—¿Vas a ir así?

Se ha recogido el pelo en una cola de caballo muy alta y, aunque parezca imposible, su rubio teñido con mechones rosa fucsia parece aún más fosforescente de lo normal. Una maldita luz de neón. Por lo demás, el vestido que le hice traer del atelier yace en la caja y en su lugar lleva puesto uno morado brillante, con mucho escote y tan corto que gran parte de las piernas están al descubierto. Por no hablar de la bisutería de mal gusto que se ha sacado de los peores mercadillos de Londres.

—¿Algo que objetar? —me responde desafiante, moviendo la cabeza para menear la coleta y los enormes pendientes de aro. Qué enervante.

Levanto la ceja de manera automática.

–¿Tú qué opinas?

–Diría que voy a ir así vestida.

–¡Te he mandado hacer ex profeso un traje perfecto para esta noche! –exclamo, al límite de la desesperación.

–Lo he visto, pero prefiero este. No te preocupes, ¡ya tendré otras ocasiones para ponérmelo!

–¿Como por ejemplo?

–¡En un funeral! –responde Jemma con naturalidad.

La agarro con poca delicadeza por la muñeca, le enrollo de cualquier manera un pañuelo en el escote y la arrastro hasta el pasillo.

–Vamos. Podríamos estar discutiendo toda la noche. Sé que eres perfectamente capaz, ¡así que dejémoslo aquí!

Ella no me responde, pero resopla enfadada hasta el final de la escalera.

Mientras los invitados se arremolinan fuera del gabinete, oímos a mi madre anunciar:

–Bien, tras esta prolongada espera, aquí está mi hijo Ashford, el duque de Burlingham

Lance, a sus espaldas, carraspea de manera ostensible.

–Y su mujer, la adorable Jemma –añade ella secamente, esta vez con un tono sumiso y molesto.

La entrada ha provocado un silencio absoluto y creo que no es de admiración, sino más bien de desconcierto. Ya sé lo que todos piensan: esta velada no debería haber tenido lugar después de la boda, sino antes, para anunciar el compromiso. La futura duquesa debería haber sido presentada con mucha antelación, con un elegante vestido hecho a medida. Todos se esperaban otra mujer a mi lado, pero es Jemma, les guste o no.

Ella está aquí y le deben el máximo respeto, porque cualquier ultraje hacia ella sería una ofensa para mí.

La miro con disimulo y noto que su actitud ha cambiado. Ya no está tan despreocupada e indiferente como hace un momento, en el pasillo. Está rígida, tiene los ojos muy abiertos y se aferra a mi brazo con todas sus fuerzas. El pasillo está abarrotado y todos los ojos se posan en ella.

–Me vas a destrozar el brazo –siseo.

–¿Quién diablos es toda esta gente? ¿Se trata de un desfile? –murmura Jemma.

—No exageres, mi madre ha invitado a unos cuantos íntimos, algo informal.

Sí, habrá unas cuarenta personas, pero los recibimientos formales suelen llegar sin problema al centenar, y hasta ciento cincuenta invitados. Aunque no es que me guste. Mi madre ha reunido a todas sus piezas de museo. La más joven es Celia Fansworth, la mujer de lord Fansworth, y, a juzgar por la impaciencia con la que agita la invitación y por sus mejillas coloradas, diría que ha entrado de lleno en la menopausia. Después están los Davenport, los Porter (teniendo en cuenta que Antonia es la reina del cotilleo no entiendo por qué mi madre la ha invitado… Para hacerse daño, quizá, por masoquismo puro), los Norfolk, lord Balfourt con su tercera mujer y, al toque de trompeta, el duque de Mouthmour y Whilmshire, su alteza real lord Cedric Neville. Mi madre lleva toda la vida intentando impresionar a lord Neville. Está lejanamente emparentado con la familia reinante y, en la cabeza de mi madre, esto es un vínculo suficiente para llegar hasta la reina. En consecuencia, invita al pobre Neville a cualquier evento, que él declina con una regularidad casi infalible.

Me sorprende verle esta noche, pero tiene al lado a su agitada mujer, lady Laetitia, que, si cabe, es aún más cotilla que lady Antonia. Ahora me queda bastante claro por qué él se encuentra hoy aquí, y ni siquiera está muy contento, a juzgar por su expresión: mi matrimonio es el escándalo del momento y todo el mundo quiere venir a hacerse con un pedazo de la historia para llevárselo a casa como recuerdo, algo así como los turistas con los fragmentos del muro de Berlín. Sé que estos nombres no os dicen nada, pero desde el día en que vine al mundo son personajes que, me guste o no, siempre han formado parte de mi vida y esta constante solo me recuerda que estoy aprisionado en un círculo vicioso del que no tengo esperanza de escapar.

Todo sería más soportable si al menos estuviera Harring, pero en este momento está volando con su equipo para la próxima etapa de Fórmula Uno. Una vez al pie de la escalinata, mi madre atrapa a Jemma como un buitre para mantenerla bajo control, mientras lady Antonia se aferra a mi brazo derecho con la excusa de ser escoltada al salón.

—Así que ¿el soltero más codiciado del reino nos da una sorpresa? Había muchas apuestas sobre cuándo decidiría tomar una esposa.

–No es de extrañar, lady Antonia. Desde que tengo memoria ha sido una ávida corredora de apuestas siempre que se presenta un acontecimiento digno de una apuesta.

–Nadie ha ganado.

En su voz detecto una velada decepción.

–La banca siempre gana –me voy por las ramas.

–¿Y no tienes curiosidad por saber quién era la favorita?

El tono de lady Antonia es cada vez más estridente.

–Sorpréndame. –Me juego un riñón a que el nombre empieza por P.

–Portia.

–¿En serio?

¿Será capaz de entender mi tono sarcástico?

–Todos apostaban por ella.

–Entonces nadie ha arruinado a la banca.

–Sin embargo, todo el mundo estaba convencido de que la llevarías hasta el altar al final de esta temporada. Yo misma…

La siento en la mesa.

–Lady Antonia, ha sido un placer, pero, si me lo permite, me voy con mi mujer, me temo que mi madre la está monopolizando demasiado –corto por lo sano, alejándome–. ¿Sabe? Ella la adora –no puedo resistirme a añadir.

Capítulo 17

La versión de Jemma

Es un circo. ¡Un maldito y jodido circo!

Y yo soy el oso que baila. O la foca con la pelota, lo que prefiráis.

Por donde quiera que mire tengo ojos fijos en mí y Delphina tira de mí de un lado para otro presentándome a todos los cadáveres que ha invitado. ¡Y encima esta noche es el previo del campeonato! Es un partido importante y, si nos llevamos los tres puntos a casa, estaremos a un punto de los líderes, nos jugamos la temporada, y yo… ¡tengo que estar aquí estrechando las arrugadas manos de estúpidos aristócratas mientras el Arsenal salta al campo para un partido crucial! ¡Dios no existe o, si existe, me odia!

Delphina exhibe una inquietante sonrisa, más parecida a una mueca o a una parálisis facial, si me apuras, y cuando no la ve nadie me tira del dobladillo de la falda para abajo y me sube el borde del escote para arriba.

No me deja hablar, apenas puedo articular palabra, ella contesta en mi lugar.

Pero no envidio a Ashford. Está rodeado por un corrillo de señoras que le vapulean de un lado para otro emitiendo grititos histéricos cada vez que abre la boca. Muestra un semblante desesperado. Bueno, no va a ser una noche de mierda solamente para mí; es el karma, cariño.

Hay un caballero de aspecto huraño y taciturno que Delphina me ha presentado más pomposamente que a los demás. Un nombre larguísimo, Neville no sé qué más, que ha respondido con un gruñido y nada más. Después de intercambiar unas pocas palabras sobre el tiempo, Neville va a sentarse a su sitio en la mesa y Delphina emite un gemido de desilusión.

–¿Qué te pasa, Delphina? ¿Será que está enamorada de ese tipo y está decepcionada porque no se ha dignado a mirarla?

Delphina, molesta, abre los ojos de par en par.

–¿Has perdido la cabeza? ¡Aquel es el duque de Mouthmour y Whilmshire! ¡Está casado!

–Vaya excusa. ¡No sería el primero! –Me viene a la mente Alejandro.

—¡Oh, cállate! Cuanto menos abras la boca, mejor —gruñe Delphina.

—Cuánto alboroto por una broma. ¡Como os encabronáis! ¿Siempre estáis así?

Ella no me responde y corta por lo sano.

—Es hora de sentarse a la mesa.

Me siento frente a Ashford, entre lord Murray y una tal lady Valéry Fraser. También ella debe de haber vivido las dos guerras mundiales, a juzgar por cómo aprieta los labios para mantener la dentadura. Gracias a Dios, Delphina se encuentra a distancia de seguridad, desempeñando el papel de señora de la casa, tan contenta ella, sentada entre sus preciosos duques de Mouthmour.

Noto que mi querida suegra pone un mohín de niña caprichosa cada vez que el duque se levanta de la mesa; cosa que, de hecho, ocurre a menudo. Bah, ¡debe de ser la próstata! ¡Los duques también sufren!

¡Esto me recuerda que es hora de ir a comprobar el resultado del partido!

Acaban de retirar el plato del entrante (vistas las dimensiones de la ración, no entiendo la necesidad de un plato), así que tengo por lo menos quince minutos de propina para llegar hasta la cocina. Allí estoy segura de que Lance tiene ya sintonizado en el televisor el canal de deportes.

—Si me disculpan. —Retiro la silla y me deslizo hacia la salida antes de que Ashford pueda hacer preguntas.

A excepción del comedor, el palacio está desierto, por lo que me quito los tacones y echo a correr por el pasillo hasta la cocina. Dentro, todo el mundo está afanado en sus tareas y Lance, previsor, como de costumbre, está justo detrás de las puertas batientes, atento para entregarme un cucurucho de papel con patatas fritas.

—Uno a cero para el Arsenal. Si hubiera llegado diez minutos antes, lo habría podido ver, cuánto lo siento.

—No importa. ¡Lo que cuenta es el resultado!

Me siento en la encimera de acero entre las pilas de platos para disfrutar un rato del partido hasta que Lance se me planta delante, cariacontecido.

—Siento interrumpirla, pero estamos a punto de servir la sopa.

Sigo la fila de camareros hasta el vestíbulo y me cruzo, en dirección contraria, con el duque, malhumorado. De repente, me doy cuenta de que estoy descalza, entonces mis manos, de manera mecánica, sueltan los zapatos al suelo para ponérmelos a la velocidad del rayo, pero me tropiezo torpemente y choco contra una de las armaduras que se alinean a lo largo del pasillo. El duque sigue su camino, lanzándome una mirada desaprobatoria. Puf, aburrido como todos los demás.

—«Cariño», ¿te has perdido otra vez? —quiere saber Ashford nada más sentarme. Su tono sin duda denota irritación.

—¿Me has echado de menos, «amor mío»? —Siempre acentuamos las palabras «cariño» y «amor mío».

Ashford imprime una sonrisa en su rostro.

—He contado los segundos.

Lady Valéry se entromete en nuestro guion.

—Qué bonitas son las parejas de recién casados. ¡Me recordáis tanto a Harold y a mí, siempre buscándonos! ¿Te acuerdas, Harold? —pregunta, dando un codazo al búho disecado que se sienta a su izquierda.

La conversación prosigue con comentarios sobre los eventos de la próxima temporada social, caballos, regatas, sobre el uso de un *pitch* o un *lob* en un dieciocho hoyos, todos temas que no me interesan.

En cuanto retiran los platos de la sopa, vuelvo de un salto a las cocinas, con Ashford que me mira torvo.

Lance me está esperando de nuevo con alitas de pollo humeantes mientras me recoloco en mi sitio. Gruño enfadada al ver que el partido está bloqueado con un empate.

Lance prepara un perrito caliente con una generosa cantidad de mostaza y le hago sitio en la encimera.

—¡Venga, hazme compañía!

Él niega con la cabeza y se coloca junto a las puertas.

Justo un segundo después, estas se abren y entra el duque de Neville. Me quedo petrificada con una alita de pollo sobresaliendo entre mis labios.

—Ilustrísima —dice Lance, entregándole el perrito caliente.

—Gracias, Lance.

—Si desea tomar asiento en la encimera, la señora duquesa ya estaba siguiendo el partido.

Esta vez el semblante del duque no muestra la habitual expresión de desaprobación, sino más bien curiosidad.

−¿Manchester United? −me pregunta cauto.

−¿Bromea? ¡Del Arsenal de toda la vida! −exclamo, haciendo una bola con el papel grasiento del pollo.

El duque sonríe relajado.

−Muy bien, en este caso me sentaría de buena gana junto a usted, pero temo que mi cadera protestaría −dice, acomodándose en la silla junto a la puerta−. Qué agradable sorpresa descubrir que la nueva propietaria de Denby Hall es hincha de los Gunners.

−Hasta la médula, señor duque.

−Llámame Cedric −dice, guiñándome un ojo.

−A Delphina no le va a gustar un pelo −comento.

Cedric sonríe con los ojos fijos en la pantalla del televisor.

−Apuesto por ello.

Lance se aclara la voz y me indica la puerta.

−Han pasado más de diez minutos.

Cedric me hace señas para que nos vayamos.

−Yo me quedo guardando el fuerte.

Cuando vuelvo a mi sitio, Ashford me arrea una patada en la espinilla que recibo exhibiendo una sonrisa de oreja a oreja.

Él sonríe a su vez y me susurra entre dientes:

−¿Es que voy a tener que encolarte a la silla, «cariño»?

−Tendrás que sentarme encima de tus rodillas para que no me vaya.

−Si vuelves a desaparecer, ten por seguro que lo haré. Ahora cómete tu solomillo Voronoff.

−¿Y si no lo hago? ¿Me lo vas a dar de comer tú?

Debo haber pronunciado el final de la frase con demasiado énfasis porque Ashford, como respuesta, pincha con el tenedor un trozo de carne y me lo mete en la boca.

−Tus deseos son órdenes para mí, amor mío.

Para asegurarse de que no abandono mi puesto, Ashford me sujeta la mano clavada en la mesa durante toda la cena. La aprieta con una mano de hierro, que es cualquier cosa menos afectuosa.

Nuestros vecinos se deshacen en cursilerías y comentarios empalagosos sobre el romanticismo de mi marido.

Me dan ganas de abrazar a Delphina cuando anuncia que los postres y el café se servirán en el jardín de invierno.

Nada más empezar a dispersarse los invitados por el pasillo, me encamino en dirección opuesta, asegurando a Cedric que volveré con el resultado final del partido.

Esta vez será algo rápido, el tiempo justo para entrar, preguntarle a Lance cómo va el marcador y salir, porque ya se ha cumplido el minuto noventa. ¡Si este vestido tuviera un bolsillo, habría traído conmigo el teléfono!

—¿Cómo van? —pregunto, irrumpiendo en la cocina presa de la histeria.

—Dos a uno para el Arsenal. Gol en el minuto ochenta y seis. Un partido de infarto —me comunican.

—¡Gracias! —grito y salgo corriendo por el pasillo hacia el jardín de invierno.

Entro con cautela, rozando las paredes y entre el follaje de las plantas, pero siento que alguien me agarra del brazo.

—Jemma, mi paciencia tiene un límite.

—¡Suéltame, que ya no me iré a ninguna parte! ¡El partido ha terminado!

Ashford parece despertar de un trance.

—¿Te ibas a controlar el resultado del partido?

—Enhorabuena, Einstein —me burlo.

—Ahora te quedas aquí conmigo y haces de esposa.

—Sí, amo.

Busco a Cedric entre las cabezas cardadas de las señoras y en cuanto le encuentro le hago señas del resultado con los dedos y los pulgares arriba. Casi se le cae la taza de café de la sorpresa, entrecierra los ojos y levanta las cejas de manera imposible. Se ha puesto incluso morado de la alegría.

Ahora, sin embargo, ha empezado a emitir sonidos ahogados y gesticula con las manos, golpeándose el pecho.

Se hace el silencio en la sala, todo el mundo se agolpa en círculo rodeándole y yo solamente consigo escuchar los gemidos.

—El duque no se encuentra bien.

—Se le ha atravesado una almendra garrapiñada.

—¡Por el amor de Dios! ¡Llamen a un médico!

Me subo a una silla para ver mejor y, en efecto, Cedric tiene toda la pinta de estar ahogándose.

–Quítense del medio –digo, metiéndome entre los invitados, con Ashford todavía detrás de mí, agarrándome del brazo.

–Llamad a una ambulancia –grita una de las señoras.

–No hay tiempo para la ambulancia. Ya lo hago yo.

Me coloco detrás de Cedric y le ciño por la cintura. Le golpeo rítmica y enérgicamente en el abdomen con los puños hasta que la almendra culpable cae a los pies de lord Murray y Cedric respira aliviado. Menos mal que el duque no es muy alto y es lo suficientemente delgado como para que yo lleve a cabo la maniobra. Si le hubiera ocurrido al mastodonte de lord Murray, habría renunciado desde un principio. Delphina está alucinada y corre a arrodillarse a los pies de Cedric.

–Alteza, os pido disculpas por la impetuosidad de mi nuera, ¡no sé qué decir!

Cedric toma un sorbo de café como si no acabara de escupir el Apolo 13 en público.

–Debería ser yo quien dijera algo. Su agilidad y su instinto me han salvado la vida. Bienvenida sea la impetuosidad si los resultados son estos.

Delphina le mira desconcertada.

–Ejem… Claro… Ella…

Intervengo en mi defensa antes de que pueda decir algo horrible.

–Desde que Doug, el líder de los aficionados, estuvo a punto de atragantarse con cacahuetes en el partido fuera de casa contra el Everton, el club ha hecho obligatorio que todos los aficionados de las esquinas asistan a un curso de primeros auxilios. ¿Tenéis idea de cuánto tarda un médico en llegar a un paciente en las gradas?

Los invitados nos miran estupefactos, primero a mí, luego a Ashford, a mí y de nuevo a Ashford, hasta que un aplauso, no muy enérgico pero inconfundible, llama la atención. Lord Murray aplaude en dirección a mí y poco después se une a él lady Laetitia, la mujer de Cedric y más tarde todos los demás. Ashford sonríe, aliviado, mientras todos los presentes dirigen hacia él sus miradas.

–Como veis, me he casado con ella porque es una mujer llena de recursos.

Una vez terminada la velada y después de despedir a todos, me voy a mi habitación y me tiro en la cama.

De repente, oigo llamar a la puerta comunicante.

Es Ashford, en el pasillo entre nuestras habitaciones.

–Debo darte las gracias. Has salvado a lord Cedric de atragantarse. Bien hecho.

–¿No he avergonzado el apellido Burlingham? –pregunto sarcásticamente.

–Sí, por supuesto. Tienes una cantidad de defectos imposible de contar, eres inoportuna en casi todas las situaciones y parece que no filtras en tu cerebro nada de lo que dices, pero eres espabilada y parece que una buena acción ha hecho olvidar una noche desastrosa.

–Sé lo difícil que te resulta hacer un cumplido, ¡así que gracias! Por favor, déjalo y no me insultes más de lo que ya lo has hecho.

–Entonces, buenas noches.

–Sí, buenas noches.

Y, aliviados, cerramos las puertas entre nosotros.

Capítulo 18

La versión de Ashford

Ha pasado una semana desde aquella cena surrealista.

Al día siguiente, mi madre se retiró malhumorada a su estudio para meditar sobre cómo deshacerse del cadáver de Jemma. Entonces llegó el cartero.

Aparte de la publicidad y de mi correspondencia habitual, había también una nota escrita por lord Cedric de su puño y letra en la que agradecía a mi madre la agradable velada y se deshacía en elogios hacia Jemma. Mi madre sigue queriendo matarla, pero esta vez sin hacerle sentir dolor.

Ahora que Jemma ha sido acogida bajo la impenetrable ala protectora de Neville, parece que la sociedad ha aceptado su anómala presencia, no sin antes haber tragado un poco de quina. Pero quien se sienta en el lugar más alto del podio de la escala social dicta las reglas y Lord Cedric ha dado su aprobación.

¿Y si digo la verdad? Pensaba que la velada sería un desastre total y lo creía hasta el último cuarto de hora, cuando ya presagiaba un destierro público inapelable. Tampoco me hubiera importado.

Siempre he estado convencido de que, de todos los defectos de Jemma, el de su apasionada afición por el Arsenal es uno de los más irritantes: no se puede decir que sea un modelo en lo que a feminidad se refiere, imagínatela gritando vulgaridades en medio de un montón de gordinflones sudorosos. ¿Me entendéis?

En cambio, parece que su pasión por el Arsenal ha sido precisamente lo que le ha abierto el corazón de lord Cedric.

A partir de su nota de agradecimiento, no ha parado de sonar el timbre incesantemente, además de otros reconocimientos e invitaciones a todos los eventos más importantes de la temporada.

De hecho, cuando bajo a desayunar, encuentro la mesa dispuesta, sí, pero con invitaciones de pergamino de todas las formas y tamaños, que mi madre y Margaret estudian con la misma atención que dos estrategas planeando el desembarco de Normandía.

–Si vamos a la fiesta en el jardín de los Walsingham, no podemos declinar la invitación a tomar el té de los St. Jermyn, tienen el mismo título, pero el de St. Jermyn es más antiguo. Lady Paulson ha programado el concierto de cámara la misma noche en que los Baxter-Coleridge han organizado los *tableau vivant* y no me sorprende, vista la rivalidad entre sus familias, por lo que aceptar la participación en uno u otro sería una clara toma de posiciones, debemos pensar en ello. Marca todas las fechas importantes, porque en la próxima reunión de la asociación tendremos que establecer el calendario de actos benéficos para no solaparnos con otros eventos. Por no hablar de las fechas prohibidas: la regata de Henley, Ascot, el Derby de Epsom, la final de Wimbledon, la exposición floral de Chelsea, los estrenos de teatro, la gala anual de Serpentine…

–Y mis torneos de polo –me entrometo–. Tenía la intención de desayunar –manifiesto, lanzando una mirada desinteresada a todas las invitaciones.

–Claro. He dispuesto que se sirva en el salón privado. Aquí tenemos cosas que hacer, ¿es que no lo ves? –Señala la carpeta forrada de cuero sobre la cual está tomando notas. Parece que el mundo no puede prescindir de nosotros. ¡A saber lo que tendré que organizar para corresponder a todas estas invitaciones!

Antes de que intente involucrarme en sus tramas, me dirijo hacia la puerta, pero mi huida no la detiene.

–También tengo una tarea para ti. Esa cosa con la que te has casado, Jemma, aunque totalmente inadecuada, ha recibido la aprobación. La de lord Cedric, al menos, porque la de los demás no me importa. Si a él le gusta, a los demás también les gustará, pero no podemos dejar que nos avergüence y que la gente hable de nosotros.

–Mamá, tengo hambre –la corto, pero ni siquiera me oye.

–Instrúyela. Debes enseñarla a montar a caballo y a bailar correctamente. No quiera Dios que se suba a una mesa y se ponga a bailar y a sudar como si estuviera en un promiscuo club del East End.

–Contrataré a un instructor –la despacho.

–De ninguna manera. ¡No puede enterarse nadie de que tu mujer es una incompetente!

Me veo obligado a posponer mis dieciocho hoyos con Harring por una tediosa tarde con Jemma.

–¡Haz! Hola, soy yo. Escucha, hoy por la tarde no voy a poder quedar. Tendrás que encontrar a otro par jugar al golf.

Por el teléfono oigo el rugido de un motor de fondo.

–¿Haz? ¿Me has oído?

–Sí, ya te he oído, estoy en el taller. Estoy probando algunos ajustes para el coche. Anticiparé mi cita con el sastre. –Momento de pausa–. Oye, ¿pero por qué? ¿Qué tienes que hacer hoy?

–Estaré ocupado con Jemma. La estoy enseñando a montar.

–¡Parker! Nos conocemos desde hace veinticinco años, ¡conmigo no necesitas usar estas metáforas! Te entiendo, cabrito, ve a que tu mujercita te monte. ¿Quedamos mañana para jugar al *squash*?

Si Harring no fuera mi mejor amigo le odiaría, pero es una de las pocas personas que me hace soportable esta rutina.

–Mañana no puedo. El martes tengo entrenamiento con el equipo de polo.

–Entonces podemos vernos en el club y nos tomamos algo cuando termines.

Se despide y cuelga.

Tengo que subir a Jemma en la silla, pero se resiste, es obstinada hasta decir basta. La mandé llamar tres veces antes de que bajara.

–Están echando *Friends* otra vez. ¿Qué es de tan vital importancia que requiere mi presencia?

Ya estamos con su insolencia habitual.

–Sígueme.

Su actitud me quita las ganas de responderle.

–Enhorabuena, Ashford, la comunicación es tu fuerte, ¿no te lo han dicho nunca? –replica con ironía a mis espaldas.

Llegamos a los establos sin matarnos y la hago desfilar entre los boxes mientras emite exclamaciones de asombro, saludando a los caballos y apodándolos de «tiernas criaturas».

–Estos son de raza purasangre, todos hijos de campeones. No son «criaturas», no son los miniponis de la granja a los que hacer trencitas.

Jemma no me hace ni caso, está muy entretenida atiborrando de zanahorias a Westfalia, la yegua árabe favorita de mi madre.

—La temporada social está repleta de eventos que implican el uso o la presencia de caballos, por lo que debes estar lo más familiarizada posible con ellos. No espero verte liderando la caza del zorro, pero por lo menos tendrías que aprender a permanecer en la grupa del caballo en la línea de salida y mantener la dignidad.

—Qué generoso por tu parte darme la posibilidad de elevar mi condición de origen humilde.

—No hay de qué —respondo.

—Ashford, estaba bromeando —puntualiza ella.

—Yo no —objeto.

—Sí, sí, tú nunca bromeas, ya me he dado cuenta.

—John ya nos ha preparado los caballos. Tú montarás a Poppy y yo iré a tu lado con Agincourt.

—¡A mí me gusta aquella! —protesta Jemma, señalando a Westfalia.

—Westfalia es la yegua de mi madre. Y, además, no hables así, vas a ofender a Poppy —la reprendo, acariciando el morro del caballo para tranquilizarlo.

Jemma se une a mí murmurando para sí misma:

—¡Vaya nombres tan absurdos!

—Todos tienen un significado. Poppy, como la amapola en homenaje a los caídos en la guerra, y Agincourt, como la gran batalla ganada por Enrique V en 1415.

—¿Y Westfalia?

—Allí la compramos.

John la ayuda a montar en la silla mientras me pongo a su lado sobre Agincourt.

—Mantén las riendas bien sujetas y las piernas apretadas en los flancos del caballo. Tira de las riendas hacia ti para pararte, a la derecha o a la izquierda para girar. No te bandees en la silla, mantén el centro de gravedad: el caballo es muy sensible a los cambios de peso, podría ir en la dirección equivocada. No te preocupes, por ahora iremos al paso hasta el picadero.

Mientras me dirijo hacia el vallado y entro en el campo, oigo el restallido de cascos a gran velocidad, me giro y detrás de mí no veo más que una nube de polvo.

—¡Jemma! —grito.

Parto al galope siguiendo su estela. Santo cielo, ¿qué diantres habrá hecho para que Poppy salga disparado al galope?

Cabalgo como si estuviera en el Derby de Epsom y la agarro un segundo antes de que se meta en la espesura del bosque de la finca.

—Jemma, ¿estás bien? ¿Qué ha pasado? ¿Has asustado a Poppy? —le pregunto, sujetando sus riendas.

Tiene el rostro pintado con una expresión socarrona, casi retadora. Y Poppy está quieto y tranquilo como de costumbre.

—Pero ¿qué…?

—Mi querido duque-sabelotodo, te has largado sin siquiera dejarme hablar, pero ya he comprendido que contigo es inútil intentarlo. He decidido dejarte perorar todo lo que quisieras y después hacer mi voluntad. Mientras divagabas sobre mi ineptitud y mis discapacidades, podrías haberme preguntado si había montado a caballo alguna vez, pero es evidente que, o no te interesa, o eres tan arrogante que te crees que lo sabes todo. —Hace una pausa, mirándome a los ojos—. Cuando era niña, mi madre trabajaba como psicóloga de animales en una granja de Kent. Pasé cada momento libre que tenía, cuando no estaba en la escuela, encima de la silla y, créeme, puedo montar sin tus valiosos consejos a prueba de imbéciles.

Me siento como si hubiera perdido completamente el control de mi mandíbula, que ahora cuelga a merced de la gravedad.

—Me gustaría tener un espejo para enseñarte la cara de merluzo que se te ha quedado. Pero debo darte las gracias; en esta vida tan aburrida, hoy me has proporcionado un pasatiempo de los buenos. Vamos, ¿te vas a quedar ahí tragando moscas?

Y con estas palabras retoma las riendas y se dirige con Poppy al interior del bosque.

Querría dar media vuelta y volver a los establos. Sí, soy susceptible y, sí, me corroe haber hecho el ridículo. Pero la sigo a pesar de que ya me saca un buen trecho.

En el denso bosque le pierdo la pista, así que cabalgo por intuición imaginando qué caminos podría haber tomado. ¡Jemma no tiene ni idea de lo grande que es la finca!

Voy a parar cerca del lago, un enorme espejo de agua rodeado de sauces llorones donde solía venir de niño a jugar con barquitos.

Por un instante creo estar solo, pero el reflejo sobre el agua me dice que Jemma está en la otra orilla, bajo las cascadas de glicinias. Increíble, con la boca cerrada y, vista de lejos, no está tan mal.

Un momento… Pero ¿qué diablos estoy pensando?

Capítulo 19

La versión de Jemma

Tal vez no es la morgue que imaginaba. Entre Lance, el personal y los caballos, podría afirmar que hay vida inteligente también en Denby Hall.

Me muero de aburrimiento y paso la mayor parte del tiempo encerrada en mi habitación viendo programas de cocina y reposiciones de series televisivas.

Ahora, a falta de otra cosa, me he dado un buen paseo a caballo y por lo menos he encontrado algo que hacer en el futuro. Cuando no pueda más con Delphina o Ashford, iré a los establos a coger un caballo y desapareceré en el bosque durante unas horas.

Pero no soy feliz. Mis padres están completamente chiflados, se quedaron anclados flotando en un limbo entre los años setenta y ochenta, pero son las personas más generosas y buenas del mundo, y los echo de menos a rabiar.

Delphina es tan maternal como una mantis religiosa y Ashford la evita como la peste, excepto en esos raros (aunque no tanto) momentos en que la usa como ariete y me ataca con ella solamente para fastidiarme.

El paseo a caballo me ha recordado que cuando era niña seguía a mis padres a su lugar de trabajo. Para mí eran héroes. Terapeutas para animales, ¿os dais cuenta?

A las personas raras como yo, que han crecido de un modo aún más extraño, les cuesta encontrar amigos; todos los que he tenido han entrado y salido de mi vida con bastante rapidez y casi ninguno me ha dejado huella. A excepción de Sarah. Durante todo el tiempo que hemos trabajado juntas en el teatro, hemos sido inseparables, pero desde que se fue a Nueva York es como si se hubiera evaporado. Al principio la llamaba por teléfono, pero siempre andaba con prisas, decía que ya me llamaría, pero después nunca lo hacía.

A simple vista, en Londres tengo muchos conocidos, por llamarlos de alguna manera, pero ningún amigo de verdad. Es el precio que hay que pagar cuando se es diferente, también lo decía Jim Morrison en *People*

Are Strange. Entre estos gruesos muros de piedra de Denby, echo tremendamente de menos a mis chalados padres.

Me acurruco en el banco acolchado del mirador para contemplar el paisaje a través de la ventana, intentando sacudirme la melancolía. Cuando oigo llamar a la puerta, el desánimo aumenta: no deseo ni que Ashford me sermonee ni que Delphina me juzgue. De mala gana doy permiso para entrar.

Gracias al cielo, es Lance.

–He venido para preguntar a Su Excelencia la duquesa si tiene alguna disposición que darnos para la cena.

–No está aquí. Estará en el invernadero torturando a sus begonias –respondo evasiva.

Lance se aclara la voz y se me acerca.

–¿Me permite unas palabras?

–Por supuesto.

–Cuando los demás criados y yo hablamos de Su Excelencia, o la duquesa, está claro que nos referimos a usted –dice, señalándome.

Enarco una ceja, escéptica.

–Para dar mayor claridad, la duquesa de Burlingham es aquella que está casada con el duque de Burlingham. Lady Delphina estuvo casada con el antiguo lord Henry Parker y, al morir él, el título de duque ha pasado a su único hijo, Ashford Parker, que es el actual duque de Burlingham. Usted, lady Jemma, como esposa suya, es, por tanto, Su Excelencia la duquesa. Única y sin par, me atrevería a decir.

–¿Única y sin par? ¿Y Delphina? –pregunto incrédula.

–Desde el momento del fallecimiento de lord Henry es solamente lady Delphina Parker o, más formalmente, duquesa viuda.

–¿Eso significa –pregunto para asegurarme bien– que la duquesa de Burlingham soy yo y solamente yo?

–Exactamente.

–¿Y a todos los efectos soy la señora de la casa?

–A todos los efectos.

Antes de que Lance pueda salir de la habitación, le detengo.

–Lance, es obvio que no querías instrucciones por mi parte para la cena. ¿Por qué has venido?

–Su Excelencia, esta ambigüedad que ronda por la casa debe tocar a su fin. Los criados están sometidos a una gran tensión al no saber si hacer caso a lady Delphina o a la nueva duquesa, quien, es más que evidente, nunca ha sido informada del valor de su cargo. Es una cuestión de orden y yo, como mayordomo, tengo el deber de restablecerlo siempre que sea necesario.

Con estas palabras hace una leve inclinación y sale.

La duquesa soy yo. Yo y solo yo. Delphina es solamente la duquesa viuda. Pues bien, empiezo a tener algunas ideas.

Capítulo 20

La versión de Ashford

Las cuentas empiezan a cuadrar. Observo los extractos de los bancos alineados sobre el escritorio de cuero y, por fin, ninguna cifra negativa amenaza mi serenidad. Es cierto que era más cómodo dejar que fueran Smith y Derek los que se ocuparan de mi patrimonio, pero, visto el desastre acontecido, me he propuesto no perder las cosas de vista nunca más.

Mi padre se fio y, aun siendo un hombre sensato, al no tener un control directo de la situación provocó que su patrimonio fuera invertido de manera imprudente.

Unos suaves golpes me distraen de mis pensamientos.

–Adelante.

–Ashford.

Es Jemma. Estoy francamente sorprendido de verla. No es una persona muy delicada cuando llama a la puerta.

–¿En qué puedo serte útil?

Jemma no contesta inmediatamente, se pasea lentamente por el estudio, recorriendo con los dedos las tapas encuadernadas de los libros de contabilidad y los archivadores, y luego se sienta en el pequeño sillón frente a mí.

–Entonces es aquí donde te escondes para mantenerte alejado de mí.

–Hay montones de sitios en Denby para mantenerme alejado de ti, no te creas que has hecho el descubrimiento del siglo.

–No es que me disguste. No tengo ningún motivo para quererte cerca.

–¿Puedo saber qué te trae por aquí?

Jemma juguetea con un bolígrafo que ha encontrado en el estante.

–Tengo que ser presentada oficialmente en tu alta sociedad, participar en las fiestas y los bailes…

–Naturalmente, eres mi esposa.

–Pero ha llegado el momento de que tú también conozcas a mi familia.

–¿Perdón? –pregunto perplejo.

–No te pido que tomes parte en pomposas veladas dando la mano a piezas de museo, sino que vengas a cenar a mi casa y que conozcas a mis padres.

Me habría gustado responderle, pero solo me sale un mudo resoplido.

—Es lo mínimo. Cualquier marido normal conoce a los padres de su mujer. Yo he conocido a Delphina suficientemente, ahora te toca a ti.

—Nosotros no somos una pareja al uso.

—Haz un esfuerzo, Ashford. —El tono de Jemma empieza a elevarse unas octavas.

—¡De acuerdo! ¿Cuándo?

—Esta noche —dispara ella, segura de sí misma.

—¿Esta noche? —protesto.

—Proponerte la cena con una antelación razonable te habría dado la posibilidad de inventarte cualquier mentira para dejarme plantada. Esta noche sé que no tienes ningún compromiso.

—Juego sucio.

Jemma se pone en pie y se apoya en el escritorio, con la mirada baja.

—¿Son estas las cuentas del banco? —me pregunta, exhibiendo una sonrisa de treinta y dos afilados dientes.

Las recojo y las guardo en el cajón.

—Esto, Ashford, es jugar sucio. Como ves, puedo hacerlo si me obligas a ello.

—Jemma…

—Es una cuestión de respeto, Ashford. Piensa en mis padres: su única hija se casa en veinticuatro horas y su marido se la lleva a vivir lejos de su hogar sin siquiera querer conocerlos.

—Tienes razón. Lo haremos. Diles entonces que esta noche cenaremos con ellos —acepto.

—También vendrá tu madre.

No consigo aguantarme una carcajada.

—¿Dónde está ahora el problema?

—Jemma, eres realmente una ingenua. Yo puedo arreglármelas para, por una noche, tratarte como si fueras la única mujer en el mundo, pero invitar a mi madre equivaldría a cavarte tu propia tumba.

—Es como deber ser. Es su consuegra.

—Como quieras. —Me levanto del escritorio, encogiéndome de hombros, y me giro para salir.

–¿Y ahora a dónde vas?

–A los establos. Dentro de veinte minutos mi madre estará tomando el té; voy a pedirle a John un tranquilizante para caballos.

–Mamá, esta noche no cenaremos en casa –anuncio.

–¿En serio? ¿Vais a salir? –pregunta más con miedo que con interés. Teme que lleve a Jemma a un lugar público, a la vista de todos nuestros conocidos, y que haga quedar mal a la familia Parker.

–No «vais» a salir. «Vamos» a salir. –Hago una pausa preparándome para el drama que está a punto de estallar–. Los tres.

–No creía que esta noche hubiera ningún evento programado en el calendario. ¿He olvidado algo?

–En absoluto, madre. Se trata de una velada totalmente inesperada. Estamos invitados a cenar en casa de los padres de Jemma, en Londres.

Mi madre abre tanto los ojos que podrías confundirla con Chucky, el muñeco diabólico.

–No es posible.

–Pues yo creo que sí –corto en seco.

–¿Nosotros quedando con los padres de Jemma? Es ridículo. Vuestra boda habrá sido relámpago y, si tienes tantas ganas de conocer a tus suegros, adelante, ¿pero «yo»? –Y comienza a remover el té, provocando un tintineo con la taza de porcelana.

Jemma estalla:

–Y, sin embargo, así están las cosas. Me he casado y vivo en un castillo donde el viento da la vuelta y mis padres llevan sin verme un montón de tiempo y ni siquiera saben qué cara tiene mi marido, por lo tanto, no creo que sea mucho pedir que vayamos un par de horas a cenar a su casa para que os conozcáis.

–No estoy interesada en conocerlos. No me meteré en un cuchitril con unos ignorantes. Ya hago suficientes obras de caridad.

El semblante de Jemma es una máscara de estupor y rabia, hasta yo reconozco que la respuesta de mi madre ha ido más allá de la grosería.

–Mis padres tampoco estarían interesados en conocerla si supieran que mi suegra tiene cara de culo, pero no me gusta inculcar prejuicios en las personas, así que dejaré que sean ellos los que se hagan una idea de qué parte del cuerpo se parece más a su cara. A lo mejor son más generosos que yo.

Jemma tiene muchos defectos, pero no se puede negar que tiene una fértil imaginación. Efectivamente, después de tantos estiramientos faciales, la cara de mi madre podría malinterpretarse.

—Ashford, tu mujer me ha ofendido, ya lo has oído.

Jemma ha hecho aquello que yo no he tenido el valor de hacer en treinta años, no seré yo quien le diga que retire sus palabras.

—Bueno, mamá, si he oído bien, tú la has ofendido primero, tanto a ella como a su familia, así que en lo que a mí respecta estáis a la par.

—Todo esto es absurdo.

Mi madre hace amago de salir del salón.

—Ashford —susurra Jemma—. ¿Recuerdas aquella cuestión del respeto que comentamos? Pues bien, si no convences a tu madre para que venga a cenar a casa de mis padres, le suelto toda la verdad sobre el hecho de que estabas a punto de terminar bajo un puente antes de casarte y, si todo este caserón está aún en pie es solamente gracias a mi dinero, así que debería besar el suelo por donde piso, ¿he sido lo suficientemente clara?

—Mamá. —Me levanto de un salto—. Esta noche iremos a cenar a casa de los Pears, los tres, te guste o no. Conocerás a tus consuegros, te interese o no. Serás amable y educada con ellos, sean nobles o no. Y pedirás disculpas a Jemma, porque no tienes ningún derecho a insultarla, ni a ella ni a su familia.

—No haré nada de lo que me pides.

—Espléndido. Entonces venderé inmediatamente tu propiedad de Bath, hoy mismo. Me importa un bledo esa descomunal mansión que solamente usas para quedar bien delante de tus amigos. Y no devolveremos ni una sola de las invitaciones recibidas, de manera que tu reputación quedará en entredicho irremediablemente.

—No te atreverás —amenaza, apretando los dientes.

—Sí me atreveré. Y, para rematar, suspenderé también la visita real aquí en Denby. Su Majestad la reina encontrará las puertas cerradas, sabe Dios que lo haré.

Al oír hablar de la visita real, mi madre titubea. Esta historia totalmente inventada ha arraigado profundamente en su mente, tanto que ahora espera ver a la familia real en nuestra puerta de un momento a otro. Este deseo se ha convertido en mi baza ganadora.

—Que así sea —susurra derrotada—. Iremos a casa de los Pears.

—Y será amable —subraya Jemma.

—De acuerdo —se rinde mi madre.

—De acuerdo —replica Jemma para tener la última palabra.

Y justo cuando las dos furias salen en direcciones opuestas del salón dejando la mesa aún sin retirar, Lance llama su atención.

—Su Excelencia la duquesa.

Jemma y Delphina se dan la vuelta, respondiendo al unísono.

—¿Sí, Lance?

Y la habitación se cubre de escarcha.

Lance y yo no nos atrevemos a mirarnos. Las dos se miran fijamente, llenas de rencor, en ese único instante perfecto en el que cada una se percata de la posición la otra.

Mi madre siempre ha sabido que el título de duquesa de Burlingham pasaría a mi esposa, exactamente igual que lo obtuvo ella al casarse con mi padre, pero, cómplice de su apego al título y de la aversión a su nuera, se ha aprovechado de la ignorancia de Jemma y ha seguido ejerciendo sus derechos como duquesa.

Jemma se toma su tiempo, pero parece haber tenido una inesperada revelación y me sorprende con una afirmación que jamás pensé que escucharía.

—Estoy segura de que Lance, con «Su Excelencia», se estaba dirigiendo a mí. Y creo que será lo mismo para duquesa «de Burlingham» y todos los demás títulos que me pertenecen.

—«Mis» títulos... —replica mi madre, molesta.

—Que son lady Delphina, o duquesa viuda, según prefiera.

Con esta estocada final, Jemma lanza una mirada furtiva a Lance, que está muy recatado en el umbral.

Mi madre echa chispas, parece un dragón soltando fuego por la nariz y, enfurecida, se dirige hacia la escalinata, rígida como un bloque de mármol.

Esta noche, durante el viaje en coche a Londres, mi madre no pronuncia palabra. Llegamos frente a la placita donde viven los Pears, ubicada en un barrio a las afueras, de aspecto descuidado y con gente de dudosa reputación por la calle.

Jemma sale del coche de un salto con todas sus energías.

–Hogar, dulce hogar.

–No veo nada que pueda llamarse hogar por ninguna parte –murmura mi madre, observando al vecindario desde su asiento.

–Mamá –la reprendo.

–Un lugarcito encantador. Una bombonera –comenta con falsedad.

Jemma mete la llave en la cerradura, pero es en vano.

–Deben de haber cambiado otra vez la cerradura. Malditos rateros. –Luego da un fuerte silbido y, del último piso, como llovida del cielo, cae una llave nueva.

Esta vez la cerradura hace clic y la puerta se abre con un chirrido, arañando el suelo.

–Esta puerta siempre ha estado abarquillada. Sujetadla bien que si no se os cierra en las narices.

El vestíbulo está prácticamente despojado de decoración, salvo un paragüero y una bombilla que cuelga del techo.

–Último piso. Coged aire porque no hay ascensor, ¡pero veréis qué vista!

Mi madre mira a su alrededor, parece confundida como una niña perdida en la estación.

–Pero ¿es seguro?

Jemma ya se encuentra a mitad de la subida.

–Exceptuando un tiroteo que hubo en 1997, aquí todo está tranquilo. En el segundo piso vivía un camello, pero desde entonces tienen más cuidado a la hora de elegir a los inquilinos.

–Mi madre se refería a la escalera –especifico.

–¡Claro! Hay que fijarse un poco porque la barandilla está suelta en algunos sitios, así que será mejor agarrarse a la cuerda. Xien siempre dice que la va a arreglar, ¡pero lleva años así y nada!

No tengo fuerzas para preguntarle quién es Xien.

No sé cuántos peldaños subimos, pero estoy seguro de que hemos subido bastante. Jemma abre la puerta del apartamento.

–Mamá, papá, ya hemos llegado. Oh, Dios mío. –Y enseguida vuelve a cerrar la puerta–. No podemos entrar.

–¿Qué pasa? –pregunto.

–¿Se cancela la cena? Qué lástima.

Mi madre está lista para bajar las escaleras de vuelta. Jemma susurra:

–Mis padres están desnudos.

–¿Llegamos demasiado pronto? No me lo parece.

Miro el reloj por si acaso.

–¡No! Desnudos, desnudos. Ya sabes, son nudistas, y casi siempre andan sin ropa por la casa.

Quién sabe por qué, en lugar de azorarme, la cosa me divierte.

–Por favor, deja entrar a mi madre primero.

–De ninguna manera, entro yo ahora mismo y les digo que se vistan.

Esperamos en el descansillo y al cabo de unos minutos Jemma nos abre la puerta.

–¡Entrad! ¡Os presento a mi padre Vance y a mi madre Carly!

–¡Bienvenidos! –Los recibe una señora envuelta en un sari indio.

–Poneos cómodos, como si estuvierais en vuestra casa. Quitaos los zapatos.

–En nuestra casa, solemos quedarnos con los zapatos –responde mi madre con sequedad.

–Por supuesto, entonces quedáoslos. Lo importante es que os sintáis a gusto.

–Yo soy Vance, el padre de Jemma. ¡No veíamos el momento de conoceros! Naturalmente, no hemos ejercido ninguna presión sobre Jemma, sabíamos que algún día llegaría este momento, todo a su debido tiempo.

Doy un paso adelante para presentarme.

–Ashford, el marido de Jemma.

Mi madre tiene la mano con la palma hacia abajo, como suele hacer en los besamanos.

–Lady Delphina Parker, duquesa viuda de Burlingham.

Pero Vance no solo le coge la mano con fuerza, sino que le lanza el otro brazo alrededor del cuello y la atrae en un caluroso abrazo. Espero que haya un hospital por aquí cerca.

–¡Nuestra consuegra! ¡Carly, ven a conocerla!

–¡Estoy escurriendo el bulgur! ¡Dame un minuto!

–Así que venís del campo, ¿eh? ¡Qué maravilla! Carly y yo echamos de menos la libertad de los espacios abiertos.

Mi madre carraspea.

–Venimos de nuestra finca familiar, Denby Hall. No es campo abierto.

–Lo que quiere decir mi madre es que vivimos, efectivamente, en el campo, en contraposición a la metrópolis londinense y con mucho más verde y tranquilidad que aquí, aunque la zona está bastante poblada y tenemos numerosos vecinos. No estamos aislados en el páramo, vamos.

Vance parece una persona simpática, no me apetece que mi madre, con sus comentarios fríos y ácidos, le haga sentir a disgusto en su propia casa.

Sí, es verdad, no es el tipo de ambiente que nosotros llamaríamos hogar, pero somos invitados, así que la cortesía debe prevalecer sobre cualquier prejuicio.

Jemma y Carly entran en la sala con una enorme ensaladera.

–¡A cenar!

Y con estas palabras mi suegra apoya la comida sobre una mesa baja rodeada de cojines de todas las formas y tamaños.

Jemma y sus padres se arrodillan en el suelo, luego Vance nos invita a unirnos a ellos.

–¡Adelante, no pensaréis que nos lo vamos a comer todo nosotros!

Me siento entre Jemma y Vance, mientras Carly atrae a mi madre hacia ella como si se tratara de su hermana.

–¡Ven aquí, Delphina! Este es el cojín más cómodo. ¡Viene de Kazajistán! –Y empieza a servirle la comida en el plato–. ¡Eso es! Una buena cucharada.

Jemma y Vance también se sirven generosamente sin hacerle ascos.

–¿Esto qué es? –pregunta mi madre con reparo, removiendo con el tenedor el contenido del plato de madera.

–Tabulé –explica Jemma–. Es un plato típico libanés a base de bulgur, un cereal integral. ¡Se condimenta con una mezcla de especias y verduras!

Mi madre aparta el plato.

–Podría ser alérgica.

Frente a este segundo gesto descortés suyo, cojo el cucharón y me sirvo una ración más que abundante.

–Así tocamos a más, entonces. En el ejército, cuando estaba destinado en Kandahar, comía cosas mucho más raras; creo que sobreviviré a un cereal integral.

Capítulo 21

La versión de Jemma

Pensaba que estaría a gusto, al fin y al cabo estoy en mi casa, pero no es así y los motivos los tengo muy claros en la cabeza, como si estuvieran escritos con luces de neón: uno, temo que Delphina tenga alguna salida desagradable de las suyas; dos, tengo miedo de que mis padres me pongan en algún aprieto entrando en detalles íntimos entre Ashford y yo que ellos, veteranos de la revolución sexual, tratan con la misma ligereza con la que hablan del tiempo; tres, incomprensiblemente, me gustaría causar una buena impresión en Ashford.

No consigo entender por qué, pero estoy alerta para captar cualquier señal que me ilumine sobre qué está pensando.

Sobre este último punto estoy bastante descolocada. Nuestro duque, el libro abierto en el que he aprendido a leer cada matiz de odio, repulsión, desagrado e indignación, no transmite ningún tipo de reacción esta noche.

Está ahí sentado, mirando a su alrededor, responde cortésmente a mi padre, alaba la cocina de mi madre (¿estamos de broma?) y no lanza puyas de ningún tipo, como es su costumbre. Casi se diría que está a gusto.

Durante la cena, mis padres hablan de sus viajes de juventud, de los conciertos en los que han estado, de la vida en las comunas y en los kibutz y Ashford escucha con interés. Luego, visto que Delphina apenas ha tocado la comida, mi madre le ha diagnosticado una alteración de la frecuencia vibratoria del aura y se la ha llevado a la terraza para mostrarle sus plantas de flores de Bach y prepararle una infusión.

Ashford, en cambio, se queda en la mesa sirviéndose rebanadas de pan de centeno y queso de arroz.

Temiendo que todo sea un montaje relacionado con mi presencia, porque sabe que si se comporta de forma mezquina le daré el peor cuarto de hora de su vida, voy a la cocina con la excusa de enjuagar los platos y me pongo detrás de la puerta para escuchar a escondidas.

Oigo la voz de mi padre fuerte y clara.

—¿Sabes, Ashford? Eres muy distinto al tipo de hombre que atrae a Jemma.

—No me cabe la menor duda.

—Suele tener inclinación por tipos de poco fiar y mentirosos patológicos que desaparecen al cabo de un par de semanas.

—¿Ella los hacía huir?

¡Lo sabía! Estaba esperando a que su gilipollez aguda saliera a flote.

—Probablemente.

Me muerdo la lengua por no irrumpir en el salón y estallar. ¡Papá! ¿Qué estás diciendo?

—Nuestra hija nunca ha sido fácil. Carly y yo lo sabemos bien porque también es un poco culpa nuestra, por la educación que le hemos dado. Es impetuosa e instintiva y, cuando toma una dirección, corre en línea recta sin mirar a su alrededor. Entrega su confianza de modo incondicional desde el primer momento, pero a menudo es malinterpretada.

—No es ningún misterio, somos dos personas muy diferentes y venimos de familias muy diversas —responde evasivo Ashford.

—No hay dos personas iguales en el mundo, no importa el pasado, pero el futuro construido juntos es lo que hace una verdadera pareja. Mirar constantemente hacia atrás, de vuelta al lugar de donde se viene, es la mejor manera de no ver hacia a dónde se camina, y se corre el riesgo de terminar chocando contra un muro. Carly y yo nunca habríamos tenido un futuro. Lo digo con el corazón en la mano: cuando la conocí, Carly era una chica cansada de una vida hecha de formalidades y exigencias por parte de su familia, pero no sabía cómo escapar de las expectativas que todos tenían puestas en ella desde su más tierna infancia. No voy a negar que hemos tenido nuestros altibajos y no siempre nos ha ido bien, pero al final Carly tuvo que elegir: vivir en el pasado ligada a las expectativas de su familia o forjar su propio camino. Yo trabajaba en una fábrica y por las noches tocaba en un garaje con mi banda, ¿qué podía ofrecerle a una chica de Mayfair?

—Un concierto —contesta Ashford bromeando.

—Y eso hice. ¿Te das cuenta ahora de que me comprendes?

—No estoy seguro —responde Ashford, dudoso.

—Quizá ahora no, pero en unos años lo entenderás. Si te has casado con Jemma de forma espontánea, significa que ya lo has comprendido, solo necesitas tiempo para madurarlo.

—Espero tener ese privilegio.

—Ahora debo decirte algo como padre: si haces sufrir a Jemma, te lo haré pagar. Has visto donde vivimos, ¿no? Conozco a un montón de gente dispuesta a echarte el guante gratis y, en el mejor de los casos, te encontrarían en un contenedor de latas de atún. Y eso son un montón de latas, para un ajuste de cuentas.

—No es mi intención —se defiende Ashford.

—Nunca lo es al principio.

Creo que la conversación ya ha durado bastante y decido volver al salón.

—¿Me habéis echado de menos?

—Eres la mujer de nuestra vida, por supuesto que te hemos echado de menos —me responde Ashford con una radiante sonrisa.

Bastardo. Si no fuera tan asquerosamente falso, casi podría creérmelo. Dios mío.

—¿Entonces? ¿Papá te ha enseñado su colección de discos? —procuro desviar la conversación para que no sospechen de que los he estado espiando.

—¿Discos? —pregunta Ashford.

—Más de los que podrías escuchar en toda la vida.

Papá se levanta y Ashford y yo le seguimos hasta el altillo, donde tiene amontonadas cajas y cajas de vinilos.

—Mira esto. Lo mejor de la música que jamás ha sonado sobre la tierra.

—Debe de haber centenares de ellos.

Ashford mira a su alrededor estupefacto.

—Tres mil cuatrocientos setenta y dos —digo yo.

—Setenta y tres —me corrige papá—. La semana pasada llegó a mis manos este bebé —dice, ondeando el *Space Oddity* de Bowie de 45 rpm. El sencillo con *Wild Eyed Boy*.

Antes de que pueda cogerlo, Ashford me lo arrebata.

—¡No puede ser! —Le da vueltas en la mano, mirándolo por delante y por detrás—. La versión con la carátula original es rarísima.

—¡Y lo bien que suena todavía! —se regocija papá mientras rebusca entre las cajas—. Veo que entiendes. ¿Qué me dices de esto? —Y le pasa uno de sus santos griales.

—*Tinkerbells Fairydust.* —Ashford no sale de su asombro—. ¡De 1969! ¡Pero nunca se publicó oficialmente!

—Tenía varios amigos ociosos que se pasaban el día en Decca Records y en los depósitos se encontraba de todo.

—Alucinante.

Y así me encuentro también a Ashford agachado entre las cajas hurgando entre los álbumes de mi padre.

—¡El postre! —llama mi madre desde el salón.

Cuando volvemos a sentarnos, ya ha cortado un trozo de tarta para cada uno.

Delphina, después de haber rechazado toda la comida, decide abordar el postre, que de todos los platos servidos es el único que le resulta conocido y de fiar.

Al dar el primer mordisco, percibo un aroma conocido y me doy cuenta de que la textura no es la típica de la masa quebrada.

Preocupada, devuelvo mi pedazo de tarta al plato y con la mano impido que Ashford pruebe el postre.

—Cariño, ¿qué haces? —me pregunta.

—Ejem, estás a dieta… ¿Recuerdas? —contesto, evasiva.

—No, no lo recuerdo. —E intenta de nuevo llevárselo a la boca.

—Tienes que hacerte análisis de sangre, ¡es mejor que evites el dulce! Mi madre se echa a reír.

—¡No seas ridícula, Jemma!

—Eso —replica Ashford—. De algo hay que morir.

—Pero no de comer tarta, ¡de eso estoy segura! La he elaborado con ingredientes naturales producidos en casa, ecológicos y sostenibles.

—Precisamente ahí está el problema —susurro—. Ashford, ¿te importaría acompañarme a la cocina un momento?

—Por supuesto, corazón mío, lo que tú quieras.

Una vez en la cocina, Ashford me sermonea:

—¿Cuál es tu problema? Estoy siendo amable con tus padres, ¿no? La velada también parece ir bien y, por extraño que parezca, tengo más cosas en común con tu padre que contigo. ¡Quiero comerme la tarta que ha hecho tu madre y acabar con esta farsa!

—¡No puedes comerte la tarta!

—¿Y por qué razón?

–¡Porque mi madre ha usado harina de peyote! ¡Por eso! Si te la comes, ¡en un cuarto de hora te subirás al tejado para cantar *Lucy In The Sky With Diamonds* con una corona de flores en la cabeza, creyendo ser el quinto miembro de los Beatles!

A Ashford le entra tal ataque de risa que tiene que apoyarse en la pared.

–¿Se puede saber qué tiene esto de gracioso?

Ashford no responde y continúa retorciéndose de las carcajadas.

–Por lo menos deberías darme las gracias... –le reprocho.

Me tira del brazo hacia la puerta para que eche un vistazo al salón.

–Demasiado tarde, Jemma.

Delphina está rebañando el plato y se está sirviendo otro pedazo.

–Señora Pears, tengo que felicitarla. Este postre está delicioso, esta mermelada de higos de la India es sublime.

A Ashford se le saltan las lágrimas.

–Mi madre está hasta arriba de peyote.

Volvemos a la mesa intentando controlar la evolución de la situación, pero a lo mejor me he preocupado más de lo debido, porque la velada parece desarrollarse con toda tranquilidad.

Mi madre, que es la viva imagen de la serenidad, parece satisfecha con la reunión.

–¿Alguien quiere una tisana digestiva? Delphina, en la tuya añadiría una pizca de pasiflora relajante.

–Aquella noche con Mick Jagger no tenía una mierda de relajante –suelta Delphina.

Todos nos quedamos con la boca abierta sin entender nada.

Ashford se la queda mirando abochornado.

–¿Mamá? ¿Qué tiene que ver Mick Jagger con las tisanas?

–Los Rolling Stones estaban de gira y yo estaba en París para la puesta de largo de una amiga. La fiesta era en el Ritz y yo la seguí en privado en mi habitación con Mick –nos cuenta Delphina con la mirada perdida en el vacío.

Nos miramos atónitos los unos a los otros.

–¿Mamá, te das cuenta de lo que estás diciendo?

–¡Por supuesto que sí! Mira que yo a los dieciocho años era un pibón. En realidad, todavía no los había cumplido, pero ¿a quién le importa? Tratándose de Mick Jagger, la edad es irrelevante.

—Tu madre se ha acostado con Mick Jagger —subrayo, mirando a Ashford con los ojos como platos.

—A saber si es verdad —murmura conmocionado.

—¡Tenemos aquí a otra admiradora de la buena música! —dice mi padre, procurando quitarle hierro al asunto.

—Los Rolling Stones pueden quedarse con su música. Lo importante era verlos sin camiseta y, en mi caso, sin algo más también. —Delphina pone los ojos en blanco al recordarlo—. ¡Vaya noche!

—Papá y tú todavía no os conocíais, ¿verdad? —Se detecta en el tono de Ashford un filón de preocupación.

—¡No! ¿Pero y qué si hubiera sido así? Mick Jagger era Mick Jagger, ¡algunas ocasiones solo se presentan una vez en la vida! ¡Y, además, lo que sucede en París se queda en París!

Ashford está anonadado.

—Con esto inauguramos las Turbias crónicas de París. Capítulo primero: habría podido ser hijo de Mick Jagger.

—¡O de Keith Richards! —añade Delphina.

Ashford brama:

—¡Mamá!

—La harina de peyote —digo, golpeándome la frente con una mano.

Ashford levanta a su madre y la empuja hacia la puerta.

—Señor y señora Pears, ha sido un placer. No los molestamos más. Jemma, ¿nos vamos?

Capítulo 22

La versión de Ashford

Esta tarde se inaugura la temporada de polo y tengo el primer partido con mi equipo. Es la primera salida en sociedad de Jemma.

Como vencedores del campeonato del año pasado, tenemos todas las miradas encima, yo especialmente, porque ahora todo el mundo sabe lo mío con Jemma. Muchos acudirán al evento exclusivamente para verla.

Una parte de mí querría que se quedara en casa, pero no puedo mantenerla escondida eternamente.

Los invitados «íntimos» a la cena «íntima» han hablado lo suficiente como para desatar la curiosidad general.

Estoy en el club de campo, en los establos, preparando mi caballo. Falkland es un hermoso criollo argentino de color chocolate oscuro, musculoso y ágil, y he recibido más de una oferta para venderlo. Sobre todo, después de su actuación del año pasado.

Me ocupo de él en persona, a diferencia de otros jugadores, que prefieren delegar esa tarea a los mozos de cuadra.

Mientras lo cepillo antes de ensillarlo siento que golpean en la pared del box.

—¡Oh, capitán! ¡Mi capitán! —Es Harring.

—¡Haz! ¡Has vuelto! —Voy a su encuentro y le doy un apretón de manos.

—Enhorabuena por la *pole position* en el Gran Premio de Rusia.

Él se encoge de hombros.

Nada fuera de lo normal. Harring es piloto de Fórmula Uno. Como heredero del título de vizconde, llevaba una vida aburrida. Al igual que su tío, que era tan excéntrico como él, creó su propia escudería, Harring creció apasionado por los motores, hasta que tuvo edad suficiente para pilotar los coches él mismo.

En las carreras, siempre es muy teatrero. Por ejemplo, una vez, cuando lideraba el circuito de Silverstone, superando a los McLaren hasta en cuarenta segundos, a falta de una vuelta, entró en boxes y, cuando le entrevistaron los periodistas, respondió: «Me estaba aburriendo».

Otra vez, en Bahrein, le impusieron una penalización por saltarse los entrenamientos (había estado muy ocupado con una modelo de lencería) y al día siguiente, en la carrera, remontó desde el penúltimo puesto hasta el segundo.

No será muy profesional, pero cuando corre, gana. Es una extraordinaria combinación entre talento puro, suerte descarada y ausencia total de sentido del peligro.

Un par de veces ha estado a punto de dejarse el pellejo.

No es constante, no da garantías, pero es tan espectacular que las grandes marcas se pelean por patrocinarle y en el carenado de su coche de Fórmula Uno ya no hay más espacio. Y encima corre con el escudo de la familia en el alerón.

—¿No deberías estar hoy en el circuito? ¿Te saltas las pruebas libres? —le pregunto.

Harring se encoge de hombros.

—Desde el inicio del campeonato he ganado todas las carreras. Esta ronda no estoy corriendo. También dejo que otros suban un poco al podio, si no, ¿qué gracia tendría?

—Siempre tan modesto…

—Y además tenía que ir al sastre.

—¡Si vas todos los miércoles! —apunto.

—Ya sabes cuál es mi lema: «¡Al que no le siente bien la chaqueta, que se muera!» —vocifera orgulloso.

En nuestra época universitaria, Harring y yo tuvimos un paréntesis de dandismo que culminó en una obsesión maníaca por los trajes a medida. Solo que yo, como todas las personas normales, cuando abro un paréntesis, luego lo cierro. Harring en cambio los acumula. Haz entra y sale del box.

—¡Por cierto, el martes por la noche estuve en el club esperándote! ¿Cómo es que no viniste? Siempre sueles pasarte después de una sesión del Parlamento.

—Después de la reunión volví a casa. Ahora que han empezado los compromisos sociales, mi madre está como un tigre enjaulado. Además, está Jemma…

—Ya, claro, ahora te has convertido en un fiel maridito, nada de noches locas con tus amigotes, ¿eh? A propósito de tu mujer…

—¿Qué pasa? —pregunto preocupado. ¿Habrá dado ya el espectáculo?

–Hoy me la presentarás, ¿verdad?

–Bueno…, sí –dudo.

–Mis padres acaban de volver de Cancún y mi madre se ha encontrado con lady Laetitia, quien le ha hablado de la –repito sus palabras– extravagante cena en Denby Hall.

–Más que extravagante diría surrealista.

–Dijo que tu mujer dejó con la boca abierta a todo el mundo. Incluso el duque de Neville se quedó fascinado. Después del principio de asfixia, al menos.

–¿También te lo han contado?

–Especialmente eso. Mira, Parker, no soy de los que juzgan y me importa un bledo con quién te cases, mientras seas feliz, pero lo que voy a decirte probablemente lo sepas mejor que yo.

–¿Entonces por qué te cuesta tanto decírmelo?

–Porque a veces se necesita subrayar lo obvio.

Harring me mira directamente a los ojos y hace un gesto con la cabeza señalando a los espectadores que empiezan a llenar el entoldado.

–Esa gente es capaz de merendarse a tu mujer.

–No conoces a Jemma. –Me echo a reír.

–Pero los conozco. Desprecian a cualquiera que no tenga sangre azul y para ellos lo único que cuenta es el dinero que tienes en el banco. Podrás estar enamorado de esta adorable Cenicienta de Lewisham, pero ellos la harán trizas. En lo que a mí respecta, ya es mi mejor amiga, pero para ellos no: es un parásito, lo cual es bastante paradójico si piensas que la nobleza ha vivido a costa de este país durante siglos.

–¿Y qué me quieres decir con esto?

–Que tendrás que parar los golpes. Bastantes.

–Gracias, Haz.

–No hay de qué –dice mi amigo, haciendo amago de encender un pitillo.

–¡Ni se te ocurra encender ese maldito cigarrillo! ¡Esto está lleno de paja, gilipollas!

–La fuerza de la costumbre.

Harring se lo quita de los labios y se asoma desde los boxes para observar a los invitados que van llegando.

–No falta ni uno.

–¿Hay algo más que quieras decirme?

Después de tantos años de amistad, sé perfectamente cuándo Harring le da vueltas a algo que debe decirme, pero que no quiere decirme.

—Todos a excepción de Portia —añade.

Levanto una ceja con auténtico asombro.

—¿En serio?

—Te diré más: parece que cuando se extendió la noticia de tu casamiento, hizo las maletas y se fue a Sudáfrica a casa de unos parientes.

—¿A Sudáfrica?

—Se ve que no conocía a nadie en algún lugar más lejano —replica Haz.

—Me cuesta creerlo...

—¿El qué? ¿Qué tenga parientes en Sudáfrica?

—¡No! ¡Me cuesta creer que se haya ido a Sudáfrica por mi culpa, quiero decir!

—No, espera. La versión oficial es que ha ido allí con el propósito de participar en un proyecto para censar leones en la reserva de Shamwari.

—¿Y la oficiosa? —pregunto escéptico.

¿Portia defensora de los animales? ¿Desde cuándo?

—Existen varias versiones, pero tú no sales muy bien parado.

—Escucha, pongamos las cosas claras: Portia y yo no estábamos juntos y nunca la he hecho creer que me casaría con ella.

Harring levanta las manos.

—Eh, que yo te creo, no es a mí a quien tienes que aclarárselo.

—A nadie más. Soy dueño de mi vida y de mis decisiones, y al infierno voy como me da la gana.

—Sabes que estarás en buena compañía, Parker.

Le tiendo mi mano enguantada a Harring.

—¿En el infierno?

—En el infierno —responde con lo que se ha convertido en nuestro lema.

Capítulo 23

La versión de Jemma

Ha habido una gran agitación en casa preparando mi primera salida oficial: el primer encuentro del campeonato de polo en el cual participa el equipo de Ashford. Y cuando digo «de Ashford», quiero decir que él es nada menos que el capitán. ¿Podría acaso desempeñar otro papel? Desde luego que no, no es de extrañar que alguien como él ocupe siempre la posición más importante.

Asistiré como amante esposa y seguiré el partido en primera fila.

—¿Como Victoria cuando iba a los partidos de David Beckham? —pregunto durante el desayuno.

—¡Por supuesto que no! ¡No te vestirás como una vulgar «advenediza» a la cual le ha caído un título nobiliario de la noche a la mañana!

Esa es la respuesta asqueada de Delphina. No era mi intención ofender a nadie, ¡solamente quería hacerme una idea!

—Te he encargado un traje a medida perfecto para ti y, naturalmente, intentaremos arreglarte el pelo para que ese tinte fucsia pase desapercibido.

Y aquí estoy, enfundada en el «traje a medida perfecto para mí»: ¡le sobran por lo menos dos tallas y el color contiene todos los tonos de las gachas! ¡Qué asco! Además, el sujetador es uno de estos de bandas cruzadas reductoras, no vaya a ser que se note que soy una mujer.

Los zapatos son tremendos: bailarinas de esas que solo he visto puestas en los pies de las personas pertenecientes a órdenes religiosas.

Me miro en el espejo, con el pelo recogido en un moño, y resoplo abatida. No quiero creer que realmente tenga que salir por ahí de esta guisa.

Y, sin embargo, sí. Cuando se detiene el coche para que nos bajemos Delphina y yo en el club de polo, creo morir cuando me doy una última ojeada en el espejo retrovisor.

Es un bonito y soleado día y nos cobijamos bajo enormes carpas;

nada que ver con un circo, son elegantes cenadores de hierro forjado con ondulantes cortinas de inmaculado lino y organza. Hay pequeños grupos de personas sentadas en sillones de mimbre esparcidos aquí y allá, y los camareros pululan alrededor ofreciendo copas de champán y fruta fresca.

Delphina parece conocer a todo el mundo. Saluda con la mano a diestro y siniestro, y cada vez que gira la cabeza tengo que esquivar las enormes alas de su sombrero.

¿Hablamos de sombreros? ¡Todas las mujeres llevan un monumento en la cabeza! El mío también es un auténtico desafío y hasta hace un segundo me sentía como una perfecta idiota con esta barcaza a escala uno a uno en la cabeza que no para de escurrirse por todos lados, pero ahora me doy cuenta de que estoy incluso entre las más modestas.

Cojo sitio en uno de los asientos de dos plazas en el borde del campo, rodeada de las cariátides amigas de Delphina. Por lo menos lady Audrey Davenport y lady Valéry son muy amables conmigo y, cuando se acerca el duque de Neville a saludarme, se agitan nerviosamente en sus asientos.

–¡Jemma, querida, qué gran honor! ¡Su excelencia el duque de Neville ha venido a saludarte en persona! –gorjea lady Audrey.

–¡Y te permite llamarle Cedric! –le hace eco lady Valéry.

–Nuestra Jemma tiene este don innato de hacerse adorar a primera vista –comenta Delphina con una sonrisa falsa–. Desde luego, Neville es realmente un hombre encantador. Siempre ha profesado un enorme respeto por nuestra familia, pero, desde que Ashford se ha casado con Jemma, podría decirse que estamos incluso aún más unidos que antes.

Delphina se deshace en elogios hacia Cedric, quien, a decir verdad, ni siquiera la ha saludado. Me pregunto cómo toda esta tontería puede resultar verosímil.

–¡Hablando de Ashford! ¡Todavía no le hemos visto! –dice lady Valéry mirando a su alrededor.

–No hemos venido juntos. Él ha venido antes para preparar su caballo en las cuadras.

¡Esta es mi oportunidad para zafarme!

–Si no les importa, iré a buscarle, ¡así le podré saludar antes de que salga al campo!

Lady Audrey aplaude.

—¡Qué magnífica idea!

Pregunto a un camarero cómo llegar a las cuadras y lo que allí me encuentro es un continuo ir y venir de hombres atareados alrededor de los caballos.

En uno de los boxes reconozco la voz ya familiar de Ashford y me paro sorprendida: ¿es imaginación mía o se está riendo? Me asomo al interior del box y obtengo la confirmación: se está riendo de verdad. Está con alguien, pero no veo bien quién es, porque está del otro lado del caballo.

En cuanto nota mi presencia, Ashford deja de reírse y me saluda aclarándose la voz, rígido como de costumbre.

—Jemma. Estás aquí.

¡Vaya, gran observación!

—Sí, he venido a buscarte. Las señoras bajo mi carpa querían saludarte antes de que salgas al campo.

De detrás del caballo asoma un joven de la misma edad de Ashford, con el cabello rubio oscuro despeinado (el típico despeinado fruto de horas de peluquería), ojos azul grisáceo y aire travieso.

—La flamante novia de Parker, supongo —dice, acercándose a mí y estrechándome la mano—. Kenneth Harring, Kid para los amigos. O Harring. O bastardo con suerte, para los que me odian.

No puedo contener una carcajada.

—Soy Jemma.

Luego se vuelve hacia una chica que cruza el carril entre los boxes con un poni.

—Hola, ¿nos hemos puesto guapas hoy?

La chica se sonroja.

—No ha cambiado nada desde anoche.

—Me refería a la yegua —replica Harring.

La chica le mira con los ojos entrecerrados.

—Qué cabrón.

Miro intrigada primero a Ashford y luego a Harring sin entender nada, luego Ashford me explica.

—Harring es un consumado *playboy* sin inhibiciones de ningún tipo.

—Con un don especial para los chistes groseros, vulgares y políticamente incorrectos —señala su amigo.

–Nos conocemos desde el internado y luego estuvimos juntos en Oxford y en todo lo demás.

–No llevas el uniforme de jugar al polo –observo.

–¡Debes estar de broma! Soy piloto de Fórmula Uno, no puedo arriesgarme a caerme del caballo y romperme una muñeca –objeta, ajustándose la chaqueta color caqui sobre su conjunto de lino blanco y bajándose las gafas de sol.

–Es una de las muchas contradicciones de Harring. Cada vuelta del circuito podría ser la última, pero le preocupa caerse de un caballo.

–El riesgo es mío, ¿no, Parker?

–Todo tuyo, te lo dejo para ti.

–Bien, ¡así que esta es tu Jemma! No parece londinense, si quieres que te diga la verdad sin paños calientes.

Con Harring me siento libre de hablar con franqueza.

–A su madre no le gusta mi aspecto y ha probado con esta penosa transformación en su versión más joven.

Y con estas palabras, me quito las horquillas del pelo, dejando caer la melena por la espalda.

–Igual que no consigue digerir esto –digo, señalando las puntas fucsias.

–¡A Delphina le habrá dado un infarto! –comenta Harring, observando mis mechones.

–No, por desgracia –responde Ashford.

Un toque de trompetas llama a los jugadores al campo.

–El partido está a punto de comenzar –dice Ashford.

–Ya que no juegas, podrías unirte al grupo de vejestorios para ayudarme a bajar la media de edad –invito a Harring.

Es simpático y creo que podría contarme anécdotas divertidas sobre Ashford.

–En realidad, tenía en mente otra cosa –dice, alargando el cuello para mirar a alguien detrás de nosotros–. ¡Alicia Trahern hoy está deslumbrante!

Ashford le mira con escepticismo.

–¿La Trahern? ¡Pero si siempre has dicho que tenía las orejas de soplillo, más grandes que una antena parabólica!

–Pero hoy lleva el pelo suelto, no se le ven.

Y, diciendo esto, Harring se escabulle entre la multitud.

Ashford se encoge de hombros.

–Este es Harring.

Mientras Ashford entra en el campo con el equipo y yo intento reunirme con mi simpático grupo geriátrico, me topo con un escuadrón de chicas de más o menos mi edad y… ¡Dios mío, tierra trágame!

La tonta de Delphina me hizo creer que tenía que salir a pasear envuelta en una tapicería rancia, mientras que todas estas chicas van a la última, con trajes cortos de colores y faldas de volantes: ¡es como estar mirando una portada de *Vogue*!

Cuando se percatan de mi presencia, agrandan el círculo y me encuentro en el centro.

–Lady Burlingham, supongo. La nueva señora de Denby Hall –dice la más alta, mirándome–. Sophia Skyper-Kensitt. Conozco a Ashford de toda la vida. –Me evalúa de nuevo–. ¡Qué elección tan sorprendente!

–Original –añade otra–. Todas estábamos deseando conocer a la nueva duquesa.

–Y qué *look* tan delicioso –agrega una tercera.

–También vosotras vais genial vestidas. He visto trajes parecidos en los saldos de Selfridges.

Enmudecen y Sophia (creo) dice:

–Yo no voy a Selfridges. Este vestido me lo ha hecho mi modisto.

Las miro desconcertada y dudo: ¡no quiero volver con los abuelos! Quiero quedarme aquí hablando con estas chicas de fiestas y de moda.

–Oh, bueno, entonces podríamos ver el partido juntas, no sé, charlar, tal vez me podáis recomendar un buen modisto, ¡así en la próxima recepción podré estar en compañía de gente que no vivió la Primera Guerra Mundial!

En el rostro de Sophia se dibuja una expresión de maldad en estado puro.

–Nuestro cenador está al completo, normalmente siempre falta alguien, pero hoy es el primer partido del campeonato y ha venido TODO el mundo –puntualiza con énfasis–. No cabe ni un perro. Ni uno pequeñito.

Y todas las demás de alrededor se ríen como si hubieran oído el chiste del siglo.

¿Pero era una ofensa?

–Entonces tendremos que esperar a otra ocasión –digo, colocándome de nuevo el odioso sombrero que me resbala por la frente.

–No vemos la hora –responden, encaminándose hacia su cenador.

Yo vuelvo con la tercera edad.

El sujetador se me ha desenganchado y lo siento suelto en la espalda, lo que me provoca un enorme desasosiego, pero está claro que no puedo abrochármelo aquí, así que, en cuanto termina el primer tiempo, me voy de un salto al baño.

Encerrada en el cubículo del váter, me quito la chaqueta y la blusa para intentar abrocharme el corchete. Maldigo a Delphina y su sujetador reductor de talla equivocada. Mientras me lo quito para acortar los tirantes, se abre la puerta del baño y oigo ruido de tacones y risitas.

¿Cómo diablos se llama la escoba tiesa del apretón de manos blandengue que conocí antes? Sophia. Sí, debe de ser ella, reconozco su estudiada voz impostada y seguramente está en compañía de alguna otra de esas muñecas de porcelana que iban en su séquito.

–Ha valido la pena venir solo para verla. ¡Es un espectáculo!

–¡Un fenómeno de barraca de feria, diría yo! –dice una segunda voz desconocida.

–¡O más bien un ejemplar del zoo! –se hace eco una tercera.

Procuro sofocar una carcajada, pensando en la incauta víctima del chismorreo.

–En serio, ¿os habéis fijado en cómo camina? ¡Se tambalea como si se estuviera recuperando de una resaca!

–¡Por no hablar del vestido! Se ve de lejos que la han obligado a ponérselo. ¡Se sacude como si quisiera quitárselo de encima!

–Pensaba que Ashford tenía mejor gusto. ¡Esa Jemma es definitivamente ordinaria!

–¡Apuesto a que ni siquiera habla francés! ¡O alemán! –comenta una voz más chillona.

Al darme cuenta de que soy yo el blanco de sus burlas, la sonrisa que apenas podía contener se muere en mis labios. ¡Dios, qué rabia siento crecer dentro de mí! Me gustaría salir ahí fuera y cantarles las cuarenta, cogerlas por los pelos y despelucharlas. Sí, si estuviéramos en el estadio, resolveríamos las cosas a mi manera. Si tuviera mi propia ropa, podría defenderme. Pero encima llevo un saco que me da una vergüenza que me muero y para más inri tengo que darles la razón: efectivamente, la han elegido por mí y, sí, me han obligado a ponérmela. Del mismo modo, no hablo francés y ni mucho menos alemán. ¡Pero no soy una zorra como vosotras!

El comadreo y las risotadas se ven interrumpidas por la repentina apertura de otro de los retretes; una cuarta voz extraña se entromete.

–Sabes, Linda, he tenido el disgusto de tratar con tu alemán, tanto oral como escrito, y eres bastante deficiente en ambos. En cuanto a tu francés, no haré comentarios. Es mi lengua materna, así que sería una comparación desigual.

Las tres cotillas enmudecen cuando, tras un breve chorro de agua y el soplido del secamanos, sale del baño la cuarta persona.

–Solo nos faltaba esta otra zampabollos.

–Cécile Loxley es una de esas personas que me gustaría que se la tragara la tierra a su paso. Esa Jemma no, por lo menos hace reír. ¡La mujer inadecuada de Ashford Parker!

Trago saliva con dificultad, aguzando el oído para escuchar el resto de la conversación, aún semidesnuda en el retrete, con el sujetador sobre la tapa del váter y los brazos apretados contra el pecho.

–Yo habría jurado que se casaría con Portia –comenta una.

–Sí, todos pensaban lo mismo.

–Yo hablé con Portia antes de Navidad ¡y estaba convencida de que Ashford le propondría matrimonio en primavera!

–Bien, pues no ha estado lo suficientemente rápida. La pescadera ha llegado antes.

–Era maquilladora de teatro, creo –comenta la otra.

–Y qué más da –dice Sophia con indiferencia–. Pues bien, ya que Ashford ha dejado de ser de Portia, dejadme que os diga algo. –Su tono se vuelve notablemente más bajo–. ¡Sus pantalones de polo son tan ajustados que no dejan nada a la imaginación! Se le nota todo, ¡y vaya si está bien dotado! ¡Tiene para divertirse un rato!

El grupo estalla en una carcajada histérica.

–¡Cuánta bondad de Dios desperdiciada!

–Apostaría a que la tal Jemma ni siquiera sabe por dónde empezar!

–¿Por qué? ¿Tú sí? –pregunta una de las zorrillas.

—¿Me estás desafiando, Linda? —replica Sophia con picardía.

Siento mis mejillas enrojecer. ¡Esas tres encuentran a Ashford atractivo! Es más, ¡se han fijado en su paquete descaradamente! Ahora lo veo claro: ya sé a qué vienen todas estas mujeres a los partidos de polo, y con los prismáticos. No es por la competición, ¡sino para mirar a hurtadillas las dotaciones de los jugadores a través de los pantalones ajustados!

Vuelvo a mi sitio en cuanto se despeja el panorama. Observo la platea de espectadores bajo la carpa. Sophia y su cohorte de arpías están arremolinadas junto a la valla con su pelotón de esnobs, bebiendo champán y riéndose, probablemente de mí.

Yo, en cambio, estoy confinada en medio de las piezas del Museo Británico que cada dos palabras mueven la dentadura como castañuelas.

El segundo tiempo empieza dentro de unos minutos, el público aplaude cuando entran los jugadores. Contra todo pronóstico, sigo el partido con mucho más interés. Si durante el primer tiempo he estado contemplando el cielo con aire distraído, ahora estoy concentrada en el juego, especialmente en Ashford. Le observo cabalgar seguro, dar indicaciones a sus compañeros y motivarlos. Es el único que está de pie sobre los estribos y, con las riendas en una mano y la maza en la otra, cambia de dirección con paso ágil y se yergue sobre la silla para golpear. Es mi marido, pero nunca se me había ocurrido pensar en él como un hombre, ni que otras mujeres lo encontraran interesante. O atractivo. O sexi. Y, sobre todo, que conocen la consistencia de su «herramienta» mejor que yo.

Lady Valéry se sienta a mi lado con el bastón en la mano izquierda y los prismáticos en la derecha, absorta en el partido como si nunca hubiera visto nada más interesante.

—Disculpe, lady Valéry, ¿podría pedirle un favor? ¿Me prestaría sus prismáticos un momento?

—Por supuesto, querida —dice, pasándome la vara de plata con un guiño—. Y... ¡felicidades, mi niña!

Cuando termina el partido, me quedo en el rincón del cenador donde se han preparado los refrescos. ¡Al menos estos pomposos nobles son insuperables en los banquetes! Yo a los eventos que suelo acudir son las inauguraciones de tiendas, donde tengo que pelearme para conseguir dos canapés; o bien los de los bares donde, para comer, tengo que pedir al menos un cóctel de diez libras y luego conformarme con los bocadillos cortados en tiras y recalentados que han sobrado de la comida. ¡No entiendo por qué aquí nadie aprovecha el bufé! A lo mejor vienen comidos de casa.

Ashford se halla en los establos preparando su caballo para que lo devuelvan al castillo, así que mientras espero dejo la copa de vino blanco vacía en la bandeja y cojo otra. Aparte de comer y beber, no hay mucho más que hacer aquí, nadie me habla y en el círculo de la tercera edad me siento patética.

Entonces una mano me roza el hombro y oigo una voz, la misma que escuché en el baño mientras las tres cotillas me despellejaban.

–Jemma.

Me giro lentamente, con cautela.

–¿Sí?

–Cécile Loxley –se presenta la joven frente a mí. Vaporoso cabello rojo cobrizo, tez muy blanca, pómulos altos, grandes y penetrantes ojos grises, físico atlético y, curiosamente, una sonrisa sincera. Y es la única de las presentes que viste de oscuro. Traje color bronce y sombrero con velo.

–Jemma Pears, ejem, Pa... Pa... Parker –balbuceo inexplicablemente.

–Dime, Jemma Pa-Pa-Parker, ¿cuánto tiempo llevabas encerrada en el baño escuchando las maldades de las «6-6-6»?

–¿Estabas tú en el baño hace un rato?

Levanta una ceja, como si hubiera hecho la pregunta más obvia del mundo.

–¿Tú qué crees?

–¿Las «6-6-6»? ¿Qué significa? –pregunto sin comprender.

–Sophia Skyper-Kensitt, Linda Rickson y Julia Bromley. Nacidas respectivamente el 6 de abril, el 6 de junio y el 6 de julio. Para mí es mucho más cómodo referirme a ellas como las «6-6-6».

¡El número de Satanás! ¡A esas tres les va al pelo!

Mientras pienso algo que decir a la única persona que se ha dignado a dirigirme la palabra, Cécile hace señas a alguien detrás de mí, después de lo cual coge una tarjeta del bolso y me la coloca en la mano.

–Aquí tienes mi número. El de casa y el móvil. Llámame un día de estos. También está mi dirección, ¡pero no te pases sin avisar porque corres el riesgo de no encontrarme en casa! Ahora debo irme, hasta pronto.

Se marcha y yo me quedo ahí, plantada, contemplando la elegante tarjeta rugosa de papel verjurado color crudo con letras esmaltadas y un emblema heráldico grabado en relieve.

CÉCILE MARGAUX LOXLEY
MARCHESA DE HUNGEFORD
FOWEYARD MANOR - UPTON HILL - GLOUCESTER
OLSTROM HOUSE - GREELEY ROAD - HERTFORDSHIRE
2, HANOVER SQUARE, LONDRES

Capítulo 24

La versión de Ashford

Ni siquiera hoy, después de la sesión en la Cámara de los Lores, he pasado por el club.

Es mi costumbre quedar allí con Harring para tomar algo y charlar, pero está de viaje. Se encuentra en Mónaco para el Gran Premio.

Si no hay tráfico llegaré a Denby justo a tiempo para ver el Roland-Garros.

Lance ya está aleccionado: no estoy para nadie excepto para mi *pizza*.

Dejo el coche frente a la entrada y le lanzo las llaves a John mientras subo las escaleras de tres en tres hasta la puerta. Me quedo paralizado en el vestíbulo al oír la cháchara femenina acercándose en dirección a mí.

Es mi madre con el comité de beneficencia al completo.

—¡Oh, Ashford! ¡Qué bueno verte! —pía lady Laetitia.

Lady Antonia no se queda atrás:

—¡Sí, vaya sorpresa! ¿Qué haces por aquí?

¿Pero tan descerebrada es?

—Esta es mi casa —contesto sin sonreír.

—¡Ah, claro! Quería decir… —rebate algo, azorada al darse cuenta de lo poco afortunado de su comentario, y sin saber cómo terminar la frase.

—¿No estabais reunidas? —pregunto para cortar cuanto antes.

—De hecho, sí —confirma mi madre—. Hoy tenemos que definir el calendario de los eventos benéficos y asignar una organizadora para cada uno.

—Estoy seguro de que haréis un magnífico trabajo —procuro no darles cuerda.

—Ashford, ¿ya te vas? —pregunta Sophia desde el fondo del grupo de madrinas. —La verdad es que acabo de llegar de una reunión en la Cámara.

La Comosellame que está al lado de Sophia grazna:

—Ah, ¿y habéis hablado de algo interesante?

—Solamente de la implementación de medidas de seguridad antiterrorista. —Apenas puedo contener un resoplido.

—¡Oh, pues entonces es una suerte que tú estés en el consejo! ¿Cuándo ha sido la última vez que lord Connors ha prestado sus servicios?

¿Durante la guerra de Crimea? —pregunta Sophia, provocando una nube de risitas histéricas.

Pobre viejo Connors.

—El almirante Connors tiene la máxima estima tanto del Parlamento como de la Corona y, en mi opinión, su larga experiencia en el campo no es más que un valor añadido.

No hablaría con estas gallinas ni del tiempo, no digamos de planes estratégicos.

—Bueno, tenía entendido que tu punto de vista es evidentemente más moderno y dinámico —replica Comosellame.

La miro fijamente sin responder. Sé reconocer un patético intento de pegar la hebra.

Reconozco que es más interesante pelear con Jemma; al menos, ella me dice lo que piensa sin tapujos.

—¡Entonces, si acabas de llegar, puedes unirte a nosotras! —propone Sophia ante el aplauso de las demás.

—¡Qué idea tan espléndida! —corrobora Chelsea.

¡No! ¡No me pueden hacer esto!

—Yo… En realidad…

—¡Bien dicho, Sophia! —se entromete también la idiota de mi madre—. ¡Únete a nosotras, así podrás recordarnos cuándo están programados los otros partidos de la liga de polo para no solapar compromisos!

—Está todo registrado en tu calendario de eventos, mamá —gruño, apretando los dientes.

Pero ella finge no oírme.

—¡Dios nos libre de hacer alguna chapuza con las fechas!

—¿Y Jemma? ¿No participa? —pregunta lady Audrey.

—Creo que Jemma no está muy interesada en la organización de este tipo de eventos —objeto.

Ni siquiera yo puedo soportar todo el carrusel de veladas benéficas organizadas por la Union Jack Charity Society, conque no digamos Jemma. Desde luego, no la soporto, pero no le haría esto ni a mi peor enemigo.

—¡Vamos, Ashford, no seas así! ¡Es algo benéfico! ¡Y además es la nueva duquesa de Burlingham! ¡Organizar una velada para recaudar fondos es casi una obligación moral si quieres formar parte del panorama mundano!

Lady Audrey está cada vez más convencida de su idea.

Mi madre pone los ojos en blanco, aterrorizada ante la posibilidad de admitir a Jemma en su preciada sociedad de fanáticas filántropas, pero lady Antonia y lady Audrey se muestran inflexibles.

—Pues bien, Ashford, ¿tendrías la gentileza de acompañar a Jemma al salón de té? La esperamos dentro de cinco minutos.

Subo las escaleras maldiciendo contra todos los santos. Estos son los momentos en que no me siento dueño de mi propia casa. Solamente quiero dedicarme a lo mío, pero parece que a cada paso me encuentro a alguien que quiere algo de mí.

Encuentro a Jemma con su albornoz de felpa rosa y el pelo envuelto en una toalla, tumbada en la cama, hojeando un ejemplar de *Cosmopolitan*.

Se anticipa a todas mis premisas:

—¿Por qué motivo has venido a molestarme en este precioso momento de reflexión?

—Por algo que te hará odiarme. —No puedo evitar admitirlo.

—Ya estás a mitad de camino, para que lo sepas —comenta sin ni siquiera mirarme.

—Mi madre está reunida con su comité de beneficencia. Quieren que te unas a ellas.

—Eh, mira, que soy millonaria. No sé qué les habrá metido en la cabeza, pero no necesito la caridad de vosotros los esnobs —me responde Jemma con tono ofendido, sentándose de un salto en la cama.

—Jemma, no es contigo con quien quieren ejercer la caridad. Quieren que participes en la organización de sus eventos. Como nueva duquesa de Burlingham consideran que debes implicarte activamente en la sociedad, como todas las buenas esposas o aspirantes a ello.

Jemma me lanza una mirada cargada de rabia.

—En mi defensa diré que me opuse a que participaras.

—Vaya, estoy segura de que has puesto todo tu empeño en oponerte.

Bueno, puede que no haya estado demasiado espabilado.

—Si te sirve de consuelo, también me han liado a mí. No me explico cómo han llegado a la conclusión de que mi presencia es necesaria.

—Dios existe, entonces.

—¿Entonces bajamos? —le pregunto por enésima vez.

—Dame un minuto. Me visto y voy.

El minuto se convierte en un cuarto de hora y con un resultado, como siempre, bastante discutible.

Jemma hace su entrada en el salón de té vestida con un ajustado mono de felpilla plateada y con el pelo aún húmedo cayéndole sobre los hombros, ante la mirada perpleja de las invitadas.

Procuro sentarme en una de las sillas más apartadas, cuando oigo a Chelsea decir con voz chillona:

—¡Aquí en el sofá junto a mí hay sitio de sobra! ¡Estarás más cómodo!

—Prefiero participar de oyente. —Y me siento a distancia prudencial, no vaya a ser que me confundan con un participante activo. No escaparía jamás.

Durante la hora siguiente diez mujeres graznan intentando imponerse la una sobre la otra. Apenas acierto a captar algunas palabras como «tafetán», «*tableau vivant*», «esculturas de hielo», «*memorabilia*», sin que consiga elaborar una frase lógica combinándolas.

Desde la silla donde se encuentra encaramada con las piernas cruzadas, Jemma me lanza miradas siniestras y cargadas de aburrimiento.

No puedo culparla, yo también me odio. ¡Si hubiera llegado a casa cinco minutos más tarde!

Mi madre llama a todas al orden con una irritante campanilla.

—Señoras, yo diría que hemos conseguido establecer un excelente calendario para los actos de recaudación de fondos. Ahora solo queda repartir la organización. Un evento por cabeza me parece más que razonable. Yo me ofrezco voluntaria para la velada inaugural. La temporada está ya a las puertas y no querría que ninguna anduvierais con el tiempo justo.

Así que, siguiendo el orden de las agujas del reloj, cada una de las presentes elige un evento para organizar, hasta que le llega el turno a Jemma, que cae del guindo con aire distraído.

—¿Jemma? —la insta mi madre—. ¿Y bien?

—¿Y bien qué? —replica ella.

—Tu velada para el calendario de beneficencia…

Jemma se encoge de hombros.

—Estaba pensando en una fiesta.

Sophia exclama:

–¡Todo son fiestas!

Sophia está empezando a ponerme nervioso, además es culpa suya que yo esté aquí, así que me siento obligado a intervenir para ponerla en su sitio.

–¿Te sientes obligada a comentar todo lo que se dice, Sophia?

Es evidente que no se lo esperaba.

–Yo solamente quería…

–No te lo he preguntado porque me interese. –Acto seguido me dirijo a Jemma, que me mira boquiabierta–. Por favor, Jemma, termina con lo que estabas diciendo.

–¿Qué noches quedan en el calendario? –pregunta extrañamente sumisa.

–Veamos, la velada de los coros gregorianos me parece un poco complicada… –Mi madre y lady Venetia dan un repaso a la lista–. La cena del vigésimo aniversario está demasiado estructurada…

Están tan concentradas que parecen dos cirujanos operando a corazón abierto.

–¡Pues claro! –exclama lady Venetia–. El desfile benéfico es perfecto.

–¿Estás segura de lo que dices? –pregunta mi madre escéptica.

–¡Segurísima! ¡Todos los años se sigue el mismo esquema! Jemma solamente tendrá que preocuparse de clasificar los vestidos que serán donados y decidir en qué orden deberán desfilar.

Mi madre suspira.

–¿Te animas?

Jemma se encoge de hombros.

–¿Por qué no? Es un desfile, ¡ni que tuviera que desactivar una bomba!

–¡Pues que sea el desfile! –concede mi madre, apuntando de mala gana el nombre de Jemma en la ficha.

Una vez disuelta la reunión, Jemma y yo abandonamos el salón.

–Dime, Ashford. ¿Me has defendido públicamente o ha sido una impresión mía?

–Por irritante y molesta que seas, no dejas de ser mi mujer y quien te falta el respeto a ti me falta el respeto a mí. Además, por culpa de esa imbécil de Sophia me he perdido los partidos de hoy del Roland-Garros gracias a su feliz idea de hacerme partícipe de la reunión. Se merecía un castigo.

—Defenderme me parece lo mínimo, después de haberme lanzado al circo con los leones.

—No tengo excusa, lo admito.

—Desde luego. No la tienes. Te debería quitar la paga por esto.

Lance viene hacia nosotros.

—El correo. —Y empieza a clasificar los sobres en la bandeja—. Estas son para el duque —dice, entregándome un buen montón— y esta para la duquesa. —Y le da una carta a Jemma.

Es un elegante sobre de papel apergaminado con un escudo de armas, por lo que no debe de ser de alguno de sus conocidos londinenses.

—¿Quién te escribe?

Jemma aparta el sobre.

—¿Me meto yo en tus asuntos?

—No —corto tajante.

Jemma se refugia en el rincón dándome la espalda para no dejarme verla. Enseguida me pongo detrás. Me adelanto unos palmos y no dudo en echar un vistazo a la nota.

Escritura elegante, inclinada. Rápida pero precisa. Pluma estilográfica con tinta china negro ónice.

En el partido de polo te dije que dieras señales de vida. ¿Dónde diablos te has metido? ¿Has perdido mi tarjeta de visita? Me encantaría tomar un té en tu compañía, ¿qué te parece si nos vemos en Olstrom House el viernes por la tarde? No acepto un «no» por respuesta. Te espero.

Cécile Loxley

—¿Cécile Loxley? —pregunto en voz alta con una mezcla de sorpresa y desaprobación.

—¡No me lo puedo creer! ¡La has leído! ¡Esto es una violación de mi privacidad!

—¡Tranquila! ¡No te ha revelado el tercer secreto de Fátima!

Jemma me mira desafiante, poniéndose las manos en las caderas.

—Pues sí, Cécile Loxley. ¿Pasa algo?

¿Cómo que si pasa algo?

—¡Pasa que es Cécile Loxley!

De acuerdo, quizá no sea un argumento convincente, pero si conocierais a Cécile Loxley, os bastaría. ¡Es rara como ella sola! Es la persona más lunática que he conocido jamás. Polémica, neurótica, siempre llevando la contraria, imposible e insociable. No hay nadie que pueda llevarse bien con ella… Nadie excepto quizá, bueno…, Jemma.

Capítulo 25

La versión de Jemma

A rmstrong, el mayordomo de Olstrom House, me guía hasta el *orangerie*.

Lady Loxley está sentada junto a una mesa de hierro forjado pintado de blanco sobre la cual hay servido un abundante bufé. Siempre va vestida de oscuro, lleva un largo kimono de seda negro.

—Buenos días, lady Loxley —la saludo con deferencia; no es mi costumbre, pero ha sido la primera, de entre todos los nobles que he conocido, que me ha invitado a su casa.

—¡Jemma, siéntate! —me invita calurosamente, casi con familiaridad.

—Gracias. —Me siento rígidamente frente a ella, en silencio. También lady Loxley calla, pero me estudia con atención con esos profundos ojos azules suyos.

—No me has reconocido, ¿verdad Jemma?

—Sí, nos vimos en el partido de polo…

—Cierto. Pero tampoco en esa ocasión me reconociste. Es comprensible, han pasado muchos años, casi veinte —comenta, levantando los ojos al cielo tras el rápido recuento.

—No, diría que no…

—Saint Francis Primary School. El primer año. Estábamos juntas en clase, tú dejaste de venir después de las vacaciones de Navidad porque tus padres te cambiaron de colegio.

Asiento.

—Así es, me sacaron de allí para llevarme a una escuela pública.

—Los bravucones de la clase me robaban a diario el postre y tú siempre compartías tu merienda conmigo. Nunca te pedía nada, eras tú quien me ofrecías espontáneamente la mitad de tu trozo de tarta de trigo sarraceno, y lo seguiste haciendo cada día hasta que te marchaste. Escarbo en mis recuerdos de cuando estaba en primaria. No hice muchos amigos en el colegio privado donde me había matriculado mi abuela. Todos me veían rara porque iba a pie o en bicicleta, en lugar de ir acompañada por el chófer, no tenía una institutriz en casa y pasaba las vacaciones de acampada. Pero había una niña, menuda para su edad, a la que el cocinero de casa, francés, le preparaba siempre unos dulces deliciosos, y todos los días había alguno que le robaba la cesta de la merienda.

–¡Eres tú! –exclamo con sorpresa. Bajo esa larga cabellera pelirroja oscura perfectamente peinada, se esconde mi asustadiza antigua compañera de colegio.

Ella me mira y asiente.

–Llámame Cécile de ahora en adelante, y tutéame. ¡No hay razón para tanta formalidad!

–¡No me lo puedo creer! ¡Es increíble! ¡Jamás te habría reconocido! Eres…, bueno, sigues siendo pelirroja y tienes los ojos azules… ¡Pero estás más alta! –Vaya una tontería que acabo de decir, han pasado veinte años desde entonces, ¡cómo no iba a haber crecido!–. Eres atlética y tienes pinta de no dejarte avasallar.

–He aprendido tanto…

–¿Cómo es que has querido verme? –pregunto confundida.

–¿Y tú me lo preguntas? No pensaba que volvería a verte y, paf, ¡de repente te encuentro casada con Burlingham!

La expresión alegre de Cécile es contagiosa y, aunque esté hablando del hombre que me está condenando el alma, no puedo hacer otra cosa que sonreír con ella, como si fuera algo divertido.

–Ya, creo que nadie se esperaba que Ashford se casara con alguien como yo.

–Antes de saber quién eras ya me habías llamado la atención. Cuando escuché los primeros cotilleos, ya me caías bien. No se oía otra cosa más que «¿Te has enterado de la noticia? ¡Ashford Parker se ha casado! ¡Amor a primera vista con una chica de Londres! Una plebeya, sin títulos, ni de familia noble». Fui al torneo de polo a propósito para verte en persona. Todo el mundo hablaba de Jemma. Jemma esto, Jemma lo otro… Y luego, cuando te vi, ¡me acordé de ti!

–Lo recuerdo bien. ¡Ese día muchos hablaban de mí o, mejor dicho, me criticaban! –digo con velado rencor pensando en el comadreo del cuarto de baño.

–¿Te refieres a las 6-6-6? ¡Oh, Dios mío! No hagas caso de esos espantajos.

—¡Desde luego que no! ¡Son solo unas esnobs aburridas! —coincido, haciendo como si no me hubieran afectado sus pullas.

—Tienen sus limitaciones —dice ella, tocándose la sien con un dedo—. Tacharlas de esnob me parece poco.

—Entonces, Cécile, ¿no eres su amiga? —Quiero asegurarme.

Ante semejante pregunta, Cécile abre los ojos como si hubiera dicho un disparate.

—¿Debería serlo?

—¿Y yo qué sé? Pertenecéis al mismo ambiente, conocéis a la misma gente... Tenéis mucho en común, desde luego más que yo.

—Jemma, no tengo nada en común con ellas. —Hace una pausa para dar un sorbo de limonada—. De hecho, hubo un momento en que creí que éramos amigas. Íbamos al mismo colegio y siempre estaba con Sophia, Linda, Julia y, naturalmente, Portia, su abeja reina. Compartíamos la misma habitación y por fin parecía formar parte de un grupo unido. Después descubrí que hablaban mal de mí y que hurgaban entre mis cosas cuando yo no estaba. Son unas zorras, así que no les hagas caso, se alimentan de mezquindad. Dieta equivocada.

—Que hablen mal de mí lo entiendo, no es ningún secreto, pero no me explico por qué lo han hecho contigo.

—Te lo diré en pocas palabras. Soy marquesa de Hungeford, es uno de los pocos títulos que puede heredar una mujer. Mis padres han muerto, desgraciadamente, pero es un hecho, y yo poseo un título sin necesidad de tener ningún vínculo matrimonial. Ellas, en cambio, están a la carrera por asegurarse un título vitalicio mediante el matrimonio. Por tanto, punto primero: tienen envidia. Además, mi familia es mitad francesa desde hace tres generaciones y estas estúpidas piensan que el marquesado se ha adulterado con sangre francesa. Qué se le va a hacer, los varones Loxley se vuelven locos con las parisinas. Ergo, punto segundo: son xenófobas.

—Guau, de todas formas quiero que sepas que son prejuicios que no me conciernen. Jamás en la vida he pensado en un título nobiliario y todo lo que tengo es solamente consecuencia de mi matrimonio. Me he casado con Ashford y me he convertido en duquesa. ¡Como las ofertas de «dos por uno» del supermercado!

Cécile suelta una sonora carcajada.

–¡Pobre Burlingham! ¡Dos por uno del supermercado! ¡Más que un ahorro, regalado!

Me encojo de hombros.

–El racismo no supone un problema para mí. En el edificio donde vivía había una familia turca, otra vietnamita y otra italiana, y más que vecinos éramos amigos, ¡por no decir casi familia!

Mientras doy un sorbo a mi limonada, me pongo a pensar en que, por primera vez desde que llevo esta doble vida, me siento a gusto.

–¿Y tú qué hiciste después de la primaria? –quiero saber.

–La secundaria y el bachillerato –luego esboza una sonrisa por el chiste– y la universidad. Me licencié en Periodismo y ahora escribo bajo pseudónimo en *The Guardian*. Tengo una sección que se llama «Miseria y nobleza» en la que cuento las luces y las sombras de la aristocracia, virtudes públicas y vicios privados. ¿Y tú? ¿Cómo has acabado en este círculo infernal?

–Trabajaba como maquilladora en un musical de serie B. Conocí a Ashford después de una función y saltó la chispa. No sabía quién era, ni que tuviera un título. Al cabo de una semana tenía el anillo en el dedo y entré en Denby Hall ante las miradas atónitas de todo el mundo.

–Es verdad que no eres de las que pasa desapercibida.

–El asombro está en el ojo del que mira –replico.

–Sabia reflexión.

–Incluso me han metido en la sociedad de beneficencia de mi suegra. ¿Y sabes quién forma parte de ella? Las 6-6-6.

–¡Ya las estoy viendo! Verdes de envidia al verte hacer los honores en Denby.

–Hablando de las 6-6-6, esta noche hay otra insufrible velada elegante en casa de una de ellas. La yegua… Sophia.

–No te envidio.

–¿Cómo? ¿Tú no vas? –le pregunto desilusionada.

–No me han invitado. Entre mi familia y la de Sophia hay una cortés antipatía.

–¿Tendré que afrontar al trío satánico yo sola?

–Obviamente no. Cada vez que se metan contigo, agárrate bien al brazo de Ashford y pasa de ellas. Echarán espumarajos de envidia.

«Echarán espumarajos», dice Cécile. No estoy segura de ello, pero dentro de la duda existe una certeza: esta vez no me pondré la ropa de Delphina ni muerta. Usaré la mía. Me he comprado de rebajas en el Soho por solo once libras uno igual que el que llevaba una vez Kim Kardashian: superajustado, verde manzana con escote en la espalda hasta la cintura y cruzado por delante. Precisamente para acompañarlo tengo un bolso de mano de lentejuelas doradas y unas sandalias de flecos color frambuesa perfectas. No, esta vez no me enfundaré en una bolsa de basura.

—Me gustaría encontrar palabras para calificar tu vestimenta, pero estoy petrificado —dice Ashford secamente mientras nos dirigimos hacia Crane House.

—Explícame por qué absurda razón se ha organizado la cena de esta noche —le pregunto, desviando la conversación. Ya sé que no le gusta cómo voy vestida, no necesito profundizar en el tema.

—Es la fiesta de aniversario de los Skyper-Kensitt —responde telegráficamente.

—¡Qué ridiculez! ¡Un aniversario es una celebración privada! Yo, si tuviera que festejar «mi» aniversario, querría celebrarlo exclusivamente con mi marido, no con otras cincuenta personas a las que no les importa un bledo si «también este año hemos conseguido no divorciarnos». Una cenita romántica solos él y yo, con intercambio de regalos, noche de pasión…

—El marido está ahora mismo a tu lado y no comparte tu versión —observa él, señalándose.

—¡Por supuesto que no me estaba refiriendo a ti! Hablaba de mi próximo marido.

—¿Crees de verdad que encontrarás a otro loco dispuesto a casarse contigo?

—Si no es por mí, será por mi dinero. Ya he encontrado uno —le contesto, mirándole fijamente a los ojos.

—¿Cuándo acabarás?

—Nunca. ¡Tú me provocas continuamente! —replico.

—Es un vicio que no consigo quitarme.

—Volviendo a lo de antes, me parece absurdo reunir a cincuenta personas para festejar algo tan íntimo.

—La han llamado «fiesta de aniversario» porque «venid todos a contemplar nuestro salón recién redecorado por doscientas mil libras» parecía feo.

–¿Doscientas mil libras por pintar un techo? En mi opinión los han estafado.

Ashford, extrañamente, se echa a reír.

–En la mía también.

Cuando entramos en la mansión de los Skyper-Kensitt, el vestíbulo ya está lleno de invitados. En cuanto avista a Ashford, Sophia sale a nuestro encuentro.

–¡Ashford! ¡Lo has conseguido! –exclama con un gritito.

–¿El qué? –pregunta él.

–¿Cómo que qué? ¡Venir!

–Sí, he logrado la increíble hazaña de viajar las escasas veinticinco millas desde Denby hasta aquí con éxito, incluso sin matarme, si es eso a lo que te refieres.

Me ha sorprendido la agilidad mental de Ashford y la ironía de sus comentarios hacia Sophia. Pensaba que todos estos lameculos se caían bien entre ellos.

Sophia esboza una sonrisa, apoyándole la mano en su brazo.

–¡Siempre bromeando! ¿Tu madre no ha venido?

–Tenía un concierto en Londres. Toca Stanev Kucera.

–¡Menuda ocasión! Si no hubiera sido por esta fiesta, ¡no me lo habría perdido por nada del mundo! ¡Pero mis padres tenían tantas ganas de celebrar su aniversario que incluso adelantaron el final de la reforma del salón! ¿Te has fijado en el estuco del techo?

–Hum… Es algo simplemente… –Ashford levanta la vista para hacer un comentario, pero no parece muy convencido– bonito.

–Todavía huele a pintura –observo.

–¡Vaya, Jemma, tú también estás aquí!

Sophia por fin se digna a mirarme.

–¡Pues sí! ¡He llegado a la vez que Ashford!

Él nota la tensión entre nosotras. Sophia será simpática con él, pero conmigo no es muy amable que digamos.

–¿No es hora de sentarse a la mesa? –pregunta, conduciéndome hacia nuestros puestos.

Casi todo el mundo ha encontrado su sitio mientras que yo todavía estoy buscando el cartelito con el mío. Apuesto a que esta zorra se ha olvidado «accidentalmente» de incluir mi nombre entre los invitados.

–¡Oh, no! –nos interrumpe Sophia, entrometiéndose entre nosotros dos–. ¡Las tarjetas de los comensales están equivocadas! Ayer mandé preparar la disposición, pero esta tarde el barón Reinhard von Hofmannsthal nos ha hecho el honor de aceptar la invitación en el último momento. ¡Ha venido desde Norimberg expresamente!

Y con estas palabras coge la tarjeta con el nombre del «duque de Burlingham, lord Ashford Parker» y lo sustituye por el del barón.

–Entonces, ¿dónde nos sentamos Ashford y yo? –pregunto con la sospecha de que Sophia quiere humillarnos y mandarnos de vuelta a casa como invitados no deseados.

–Pero, ¡querida! ¡Aquí! He tenido que apresurarme a hacer un arreglo en la distribución ¡y se me ha ocurrido que podría ser muy tentador para ti que conocieras al barón! ¡Es un invitado muy ilustre! ¡Tú, Ashford, puedes sentarte ahí entre lord Windham y yo! –dice, apoyando de nuevo la mano en el brazo de Ashford con toda la confianza del mundo.

Miro de reojo la tarjeta de la persona que se sienta a mi izquierda, «Carter Willoughby», está escrito. ¿Quién diablos es Carter Willoughby? ¡Genial, estoy sentada entre dos perfectos desconocidos! Es cierto que no conozco a todo el mundo, pero a los demás invitados los he visto por lo menos una vez.

–¡Ashford podría sentarse en lugar de este de aquí! –digo, señalando la silla de Willoughby.

–¡Oh, vaya, Jemma! ¡Imposible! –exclama Sophia como si acabara de oír un chiste.

–¿Y por qué? –quiero saber con enfado.

–Bueno, porque en la tarjeta pone… –Sophia mira a su alrededor como evitando mis preguntas–. Déjame que te presente al barón. ¡Es una persona realmente interesante!

Sophia se pierde un instante entre la gente y reaparece junto a un hombre muy alto, calvo y con los ojos azules, casi transparentes.

–*Lassen Sie mich Inhen die Herzogin von Burlingham vorstellen, die Sie noch nicht kennen.*

–*Die Herzogin von Burlingham! Es ist schön, Sie endlich zu Treffen*

–dice el barón, dirigiéndose a mí y cogiéndome de la mano con una inclinación.

¿Qué habrá dicho? Miro a Ashford presa del pánico, pero Sophia ya se lo ha llevado a toda prisa. Ahora lo entiendo. Esta era su estrategia: dejarme con el barón a propósito sabiendo que no entendería ni una palabra.

El barón me mira amablemente, pero con aire interrogativo, esperando mi respuesta.

–Ejem… ¡*Hallo*, Barón!

Dios mío, ¿y ahora qué le digo? ¡Aparte de «Sachertorte» no sé decir nada más!

El mayordomo anuncia el comienzo del servicio y mientras los invitados se dirigen a sus puestos, el barón me retira la silla para que me siente.

–*Bitte*.

Yo le doy las gracias con una inclinación de cabeza. Me siento como si se me hubiera comido la lenga el gato.

Busco a Ashford en el otro extremo de la mesa y le lanzo miradas desesperadas en busca de ayuda, pero Sophia y sus vecinos le tienen enzarzado en una acalorada discusión a propósito para que me ignore.

El barón comprende enseguida que no es por timidez por lo que no le hablo, sino porque no sé una palabra de alemán, así que empieza a hablar con su vecino, el conde Warlock.

La cena es aburrida, todos me ignoran. La mesa es tan ancha que los comensales sentados frente a mí están a un kilómetro de distancia y, además, entre nosotros hay unos monumentales centros de mesa con flores que me impiden verles la cara. Mi otro vecino de al lado, el tal Carter Willoughby, no se ha presentado. Empiezo a pensar que es un invitado imaginario creado a propósito por Sophia para mantenerme aislada.

Capítulo 26

La versión de Ashford

Me duele la cabeza. Sophia no para de hablar y cada tres palabras sus amigas se echan a reír con estridentes carcajadas. El resto de los invitados, por otra parte, son tan participativos como los filetes de lenguado que están en el plato.

Harring no está, mañana tiene la carrera.

Y ese maldito techo es hortera a más no poder. Un triunfo del falso barroco dorado y trampantojo en un edificio de época neoclásica tardía. Me encantaría poder expresar mi opinión libremente y decir que todo ese estuco dorado hace daño a los ojos, pero la cortesía y el buen gusto me obligan a callarme y a sonreír.

Y a asentir a todo este cacareo al cual no estoy prestando atención.

Estoy preocupado por Jemma. Ha acabado sentada junto al barón Von Hofmannsthal y no habla alemán, así que me imagino que estará intentando sobrevivir como puede.

Una vez terminada la cena, los hombres pasan a la sala de billar para beber licores mientras que las señoras se retiran al gabinete privado para tomar deliciosos dulces e intercambiar chismes.

Adoro no ser mujer.

Excepto por los dulces. Me los tomaría encantado.

Si fuese mi madre, paradójicamente, estaría más tranquilo porque Jemma tendría una compañía capaz de guiarla durante la velada y bien preparada para mantenerla encarrilada, pero mi augusta progenitora, como de costumbre, no está cuando se la necesita.

Propiciado por la conversación poco interesante y mi escaso entusiasmo desde el principio para participar en la velada, en cuanto el reloj marca una hora razonable para abandonar el evento, me despido de todo el mundo y me doy a la fuga para recoger a Jemma y regresar a Denby. Solo que, cuando llamo al gabinete donde están reunidas las señoras, Jemma no está.

—¡Jesús bendito! ¿Dónde andará haciendo de las suyas?

Capítulo 27

La versión de Jemma

Sigo de mala gana a las señoras hasta el gabinete, donde la madre de Sophia ofrece con entusiasmo café y bombones para rematar los horribles platos que me he tenido que comer a la fuerza.

Al diablo con el trato injusto de costumbre: bandejas y bandejas de exquisiteces, pero prohibido tocarlas.

Las invitadas se encuentran ya reunidas en pequeños grupos y cuchichean entre ellas.

Especialmente las 6-6-6. No tardo mucho en quedarme sola al final de la cola que recorre el pasillo.

Enseguida pongo pies en polvorosa. No me apetece recluirme en un rincón haciendo de observadora. No veo el momento de que termine esta velada.

Me dirijo hacia un pasillo secundario y luego tomo una escalera que sube a una galería. No sé a dónde voy, lo único que sé es que no deseo continuar la noche entre ese nido de víboras.

Echo un vistazo y después decido abrir una puerta al azar para esconderme y quedarme un rato a mi aire. A lo mejor doy una cabezadita; la cena ha sido más pesada que un bloque de cemento.

Entro en una estancia que parece una mezcla entre despacho, biblioteca y salón. Tiene una chimenea, sillones, mesas y vitrinas con libros.

Si algo he aprendido, es que todos estos palacios están llenos de estancias muy parecidas las unas a las otras, de un uso incierto.

—Buenas noches —me saluda una voz proveniente de detrás del alto respaldo de un sillón.

Es una voz de barítono, con un tono áspero, pero inconfundiblemente masculina. —Eh…, ejem… Bue…, buenas noches.

¡Mierda! Pensaba que estaría sola.

—Un pedazo de velatorio fúnebre el de ahí abajo, ¿cierto?

El comentario me coge por sorpresa. ¿Cuál de los demás invitados podría emitir una opinión tan parecida a la mía?

—¿Perdón?

El sillón se gira hacia mí y mi interlocutor me da la cara.

–La recepción. Es de ahí de donde vienes, ¿verdad?

–Sí…

Mi respuesta se queda suspendida en el aire. Estoy atónita, no me esperaba encontrar a nadie o, al menos, a nadie tan joven. Ni tan atractivo.

Mi interlocutor tiene unos hipnóticos ojos azules como el hielo, labios que denotan experiencia y rasgos sutiles. Su fino rostro está enmarcado por una masa de pelo rubio ceniza que le llega hasta los hombros, con un mechón despeinado que le cae sobre la frente. También su vestimenta se sale de los esquemas habituales: sí, es elegante y seguro que su ropa no viene de un mercadillo o de las rebajas de algún gran almacén; no, bajo la chaqueta hecha a medida se deja ver una camiseta blanca; una bufanda de seda le envuelve el cuello suavemente en lugar de la requerida corbata. No se encuentra sentado en el sillón rígido y como es debido, sino que tiene la pierna izquierda cruzada sobre la derecha, los brazos apoyados descuidadamente sobre los reposabrazos y entre los dedos de la mano derecha tiene un cigarrillo colgando.

–Sí, un velatorio –confirmo, procurando dar forma a mis pensamientos.

–Exactamente, no me sorprende que te hayas escapado. –El desconocido se levanta y se me acerca dando grandes zancadas–. No te quedes ahí en la puerta. Siéntate. Esta habitación es tan tuya como mía. Hagamos como si estuviéramos en nuestra casa.

Me sonríe y, pasándose la mano por su rubia melena, me señala el mapa-bar. El minibar con forma de mapamundi.

–Supongo que habiendo sido el primero en entrar en la habitación tendré que hacer los honores de la casa. ¿*Scotch*?

–Ejem…

¿Pero en qué me he convertido? ¿En un títere? ¿Por qué no soy capaz de articular ninguna palabra con sentido? No pretendo emitir ninguna frase, me conformo con algún vocablo.

–Le pido disculpas, el *whisky* no es una bebida de señora. Quizá un Shirley Temple sería más de su agrado.

–El *scotch* es perfecto. Solo. Doble.

–¡Señoras y señores, tenemos un estómago fuerte entre nosotros! –Y empieza a servirlo con soltura en el vaso–. Tiene que haber sido una cena verdaderamente insoportable la de esta noche –comenta divertido.

–¿No estabas entre los invitados? –quiero saber extrañada.

–Sí, pero en el último momento he decidido cambiar de planes. He preferido acompañarme a mí mismo. –Luego me tiende la mano–. Carter Willoughby.

–¡Carter Willoughby! ¡El que tenía que sentarse a mi lado en la mesa! Yo soy Jemma –le respondo mientras le doy la mano.

–Bien, Jemma –dice, levantando su vaso para encontrarse con el mío en un brindis –. Por las recepciones insoportables.

–Satisface mi curiosidad: ¿tienes por costumbre presentarte a los eventos para después esconderte?

–Con menos frecuencia de la que querría. Por desgracia, la mayoría de los eventos requieren mi presencia y no puedo zafarme de los apretones de manos, pero esta noche ha sido una agradable excepción. Y en los últimos cinco minutos, más agradable todavía.

Le ilustro sobre cómo se ha desarrollado la velada.

–Los caballeros se han retirado al salón de juego para tomar *brandy*, mientras que las damas tomaban café en el gabinete. Que desde luego es solamente una excusa para cotillear a rienda suelta en corrillos de tres o cuatro.

–¿Y tú formas parte de algún corrillo de tres o cuatro?

–De ninguno, pero soy, con toda probabilidad, el tema de conversación que tienen en común todos los grupos.

–No es que me importe, así que no te preguntaré el motivo, pero déjame que te diga una cosa: si hiciera caso de todo lo que dicen de mí, a estas alturas estaría internado en una clínica psiquiátrica.

–Soy consciente de que son personas aburridas hasta la médula y que yo, con mi humilde presencia, he traído un soplo de aire fresco a sus vidas, aunque se nieguen a reconocerlo.

Carter se me queda mirando con esos enormes y profundos ojos azules.

–No me cabe la menor duda.

–Además, debería estar resentida contigo.

–¿En serio? ¿Y por qué, si puede saberse? –pregunta él con curiosidad.

–En la mesa estaba sentada entre dos personas: el señor Carter Willoughby, que no se ha presentado, y el barón Von Hofmannsthal, que gruñía vete tú a saber qué en alemán, idioma del que no entiendo ni una palabra.

Carter inclina la cabeza en señal de disculpa, haciendo caer una cascada de hilos dorados sobre su rostro.

–Lo siento en el alma. Si hubiera sabido que en la cena me esperaba una compañía tan agradable, seguro que no me la habría perdido. Estoy en deuda.

–Y, dime, ¿tengo alguna esperanza de volver a verte en algún otro evento de este tipo? –no puedo por menos que preguntarle.

–La probabilidad es bastante alta.

–Entonces creo que afrontaré las invitaciones de otra manera. Descubrir que existe algún otro sufridor como yo ha sido la revelación de la noche.

Cuando estábamos a punto de hacer otro brindis para sellar nuestro pacto, oigo el clic de la manilla de la puerta.

–Jemma, ¿estás…? –Es la voz de Ashford Cuando me ve, su pregunta se queda suspendida en el aire– ¿Estás aquí? –Y tras una pausa aún más grave–: Willoughby.

La mirada de Ashford se desvía de mí hacia Carter, fulminándole con una mezcla de frialdad y desprecio. Qué raro que Ashford desdeñe a alguien, se lleva bien con todo el mundo.

El engreído de siempre.

–Sí, Ashford, como ves, estoy precisamente aquí –afirmo, atrayendo su atención.

–¿Os conocéis? –me pregunta Carter.

–Es mi mujer –ataja cortante Ashford con su vileza habitual.

Carter me esboza una sonrisa enigmática, por un segundo me hace temer que su simpatía se haya transformado en antipatía.

–Si hubiera sabido que estaba frente a la duquesa de Burlingham habría utilizado un tono más respetuoso. –Tras lo cual hace un gesto con la cabeza y abandona la habitación.

–Parker –se despide de Ashford, devolviéndole la frialdad de hace unos momentos.

Ashford no le corresponde y, una vez que Carter está a una distancia prudencial en el pasillo, se vuelve hacia mí con un tono casi furibundo:

–Se ha hecho tarde, es hora de marcharse.

–Como ordene el patrón.

Y abandono la habitación saliendo delante de él.

Mientras salgo, siento cómo Ashford me agarra del bajo del vestido y murmura entre dientes:

—Este puto vestido.

John nos está esperando frente a la escalinata de entrada y nos subimos al coche en dirección a Denby.

Durante un rato Ashford permanece callado y de repente estalla:

—¿Qué hacías en esa habitación con Willoughby?

—Lo que nadie quiere hacer conmigo: conversar.

—¡No seas ridícula, has desaparecido después de la cena! ¡Podrías haberte unido a las demás para intentar socializar!

—¿Ridícula yo? ¿Acaso te escuchas cuando hablas? Tú también estabas en la mesa y no me digas que no te has dado cuenta de que no he podido abrir la boca porque a mi izquierda había una silla vacía y a mi derecha tenía a un barón alemán, ¡y sabes perfectamente que yo no hablo ni una palabra de alemán!

—¡Bien, pues ya es hora de que lo aprendas! No es culpa mía que no lo hables.

—Claro, ¿a ti qué te importa? Tú estabas a un mundo de distancia de mí, en la otra punta de la mesa, con tu camarilla de estirados. ¿Sabes qué? ¡Estoy convencida de que esa zorra de Sophia lo hizo a sabiendas para dejarme incomunicada!

—¡Siempre haciéndote la víctima! —me culpa Ashford.

—¡No me hago la víctima, lo «soy»! Toda tu amada alta sociedad no hace más que criticarme, tanto a mis espaldas como delante de mis propias narices, y parece que tiene la intención de ponerme en situaciones lo más comprometidas posible.

—Si no pones de tu parte para integrarte, nadie te aceptará jamás, ¿por qué no quieres entenderlo? ¡Te quedas ahí en tu rincón, esperando que alguien se apiade de ti y de tu desagrado y vaya a hablar contigo! Pues voy a darte una noticia fresca para que lo tengas bien clarito: ¡a nadie le importan un bledo tus berrinches!

—Pues te voy a dar otra noticia fresca: a Carter sí.

—No metas a Carter en esto —rebate él con un tono despreciativo.

—Ya te gustaría, ¿eh? ¿Estás celoso? Te da envidia que Carter no le dé tanta importancia a la alta sociedad como tú, pero, créeme, de esta manera él vive mucho mejor.

–Mira, Jemma, no tienes «ni idea» de lo que estás hablando –intenta restar importancia con sarcasmo.

–Típica reacción tuya: cuando en una discusión estás contra las cuerdas, la cierras de un plumazo.

–Por esta noche ya hemos discutido suficiente.

Ashford vuelve la cabeza sobre su ventanilla, yo hago lo mismo y zanjamos la discusión mirando a nuestros respectivos reflejos.

–¡Créeme, no puedo estar más de acuerdo!

Imagínate las ganas que tengo yo de enfrentarme a este cabrón.

–Y yo más. Para una vez que te quedas callada.

–Siempre tienes que decir la última palabra a toda costa, ¿verdad?

–No soy el único, por lo que parece.

–Está bien –gruño.

–Bien.

Capítulo 28

La versión de Ashford

Encima, Willoughby.
Otra vez.
Mierda.

Capítulo 29

La versión de Jemma

Esta noche es la enésima recepción. ¡Todavía no entiendo bien para qué diablos sirven!

Siempre voy de mala gana, como de costumbre, pero por lo menos esta noche la velada será más soportable: también vendrá Cécile y podré ser algo más que un pasmarote.

Y, luego, ¿quién sabe? Puede que Carter también esté entre los invitados. No consigo quitarme de la cabeza su mirada aguda y penetrante. La recepción tendrá lugar en la residencia del conde Warlock y, por lo que tengo entendido, dará un concierto una soprano rusa, Olga Višnevskaja. Me he escrito el nombre en la mano para no confundirme, en caso de que alguien me lo pregunte.

Cuando llegamos, por una vez, nos reciben con simpatía y no puedo dejar de percibir que todos los invitados reunidos en el salón enmudecen cuando el duque Neville –mi amigo Cedric– viene a saludarme y a charlar un rato conmigo.

–No estoy de humor como para escuchar los chillidos de una gallina soviética después de una semana tan terrible como esta –me suelta.

–Ni yo tampoco, por la misma razón. Haber perdido la final de la Champions League todavía me escuece. ¡En Denby estábamos todos preparados para celebrar la victoria! Ni por lo más remoto imaginábamos que perderíamos por un tres a cero. Lance y yo llevábamos un mes soñando con esta gran final entre el Arsenal y el Real Madrid. Teníamos preparado un coro triunfal para arrasar Denby Hall –coincido.

–¿Cómo está el viejo Lance?

–Todavía no se ha repuesto –comento, meneando la cabeza.

–Disculpadme, me voy con mi mujer, si no deja de hacerme señas con el abanico, temo que pueda decapitar a alguien.

Mientras Ashford y yo nos dirigimos hacia los sillones, una voz nos sorprende a nuestras espaldas.

–¡Parker! ¿Has traído las cuchillas? –Es Harring, que da una palmada en el hombro a Ashford–. ¡Esta noche será para cortarse las venas!

Veo una cabeza pelirroja conocida y rizada y me abro paso entre la gente.

—¡Cécile! —Le hago señas para que venga hacia aquí.

Lleva un vestido largo de noche negro, siendo fiel al que ya he comprobado que es su estilo particular.

—Hablando de suicidarse… —escucho comentar a Ashford en voz baja al oído de Harring.

—Cécile, este es mi marido Ashford y su amigo Harring —le digo, presentándole a ambos.

Ninguno dice nada. Ninguno excepto Harring.

—¡Vieja arpía! ¿Has salido de la cripta? —Ashford le da un codazo, pero Harring no se da por aludido—. Veo que has venido a traernos un soplo de alegría, como de costumbre.

—Y tú un soplo de ignorancia —replica ella fríamente.

—¿Os conocéis? —pregunto sorprendida por el intercambio de ocurrencias.

Ashford interviene para explicarlo:

—Verás, hemos nacido y crecido en los mismos lugares, hemos hecho las mismas cosas, hemos ido a los mismos colegios. Imposible no conocerse.

—Imposible evitarse. —Es el comentario de Cécile.

—¡Veo que sigues siendo sociópata! —le echa en cara Harring sin perder su habitual sonrisa despreocupada en el rostro.

—Veo que sigues sin inhibirte en tus comentarios —sisea mi amiga.

Harring parece divertirse cada vez más.

—Es uno de mis mejores defectos.

—También es modesto —observa Ashford con ironía—. Estos dos no se soportan. Están en pie de guerra desde secundaria.

—Tampoco tú me caes muy simpático —dice Cécile, señalando a Ashford.

—Por favor, como si me importara.

Harring se entromete con la delicadeza que lo caracteriza.

—¿Todavía sigues saliendo con tu cerebrito de Palo Alto?

—Por supuesto —asiente mi amiga.

—¿Cerebrito de Palo Alto? —pregunto.

—Sean Page —me informa ella.

—Ha inventado *Razorstreaming* —continúa Ashford—, la plataforma de *streaming* y *download* pirata.

–¿Estás comprometida? –pregunto a Cécile atónita. No lo había considerado; parece tan despegada e independiente que no tiene pinta de ser la clase de mujer que necesita relaciones estables.

Ella confirma:

–Desde hace dos años. ¡Pareces sorprendida!

–Sí, yo también estoy sorprendido de que te haya durado tanto –se hace eco Ashford, respaldando a Harring.

–No nos vemos nunca. Por eso dura –replica Cécile.

–¡Vuestra vida sexual debe de ser realmente intensa! –comenta sarcástico Harring.

–El sexo me da asco –corta tajante Cécile.

–¿No será porque tiene un micropene? –pregunta él, cada vez más animado.

–Esta conversación ya ha durado demasiado. Jemma, ¿vamos a beber algo? –propone Cécile, volviéndose hacia mí.

–Por supuesto que sí.

Mientras nos alejamos, oímos gritar a Harring:

–¡Dale recuerdos a tu micropene americano!

–No hay muy buen rollo que digamos entre tú, Harring y Ashford –observo.

–No hay muy buen rollo entre la mayor parte de las personas que llenan este salón y yo. Odio ancestral. Empezamos a detestarnos desde niños y la cosa con los años ha ido a más. Pero prefiero a la gente que me desprecia abiertamente a las zalamerías de las 6-6-6. Ashford y Harring siempre han sido equipo; por lo que a mí respecta, más que dos individuos, para mí constituyen una entidad única. Ashford representa la fatuidad y la arrogancia de quien se siente mejor sin méritos aparentes; Harring es vulgar, consentido y exhibicionista, y juntos forman un cuadro bastante insoportable, capaz de sacar lo peor de las personas.

–Veo que, respecto a mi marido, ambas pensamos de igual manera –se me escapa.

Cécile se lo toma como una broma.

–¡Vaya, vaya, vaya! Para casarte con él al menos habrás tenido un buen motivo.

–Sí. Su título.

Si mi respuesta de antes la ha hecho reír, con esta se desternilla.

–Conozco a la perfección el carné de identidad de la típica trepa social y, créeme, tú no respondes a la descripción.

Viendo que estoy arriesgándome a hablar demasiado, cambio de tema.

–¡A quién le importa, hablemos de cosas más interesantes! ¡No sabía que estuvieras con Sean Page! ¿No es el ermitaño californiano megamultimillonario de la informática? ¿Cómo diablos os conocisteis?

Cécile minimiza con tono ligero:

–Vi su foto en un periódico. Me gustó.

–¿Y cómo diste con él?

–Le puse una demanda. –Es su respuesta, como si fuera lo más natural del mundo.

La observo y llego a la conclusión de que, siendo como es una persona fuera de todos los esquemas, en realidad es una manera de actuar que le va como anillo al dedo. Mientras el camarero prepara los cócteles a los invitados, examino de reojo entre las cabezas sentadas que escuchan los agudos de la soprano.

Me paro en seco en dos ojos de color azul piscina que miran directamente a los míos. ¡Es Carter! Él enarca una ceja y con un imperceptible gesto de cabeza me invita a sentarme junto a él.

–Lady Burlingham –me saluda en voz baja en cuanto me siento.

–¡Por favor! Dicho así parece un insulto.

–Quizá me lo habría tomado mejor si me lo hubieras dicho antes –rebate él.

–Si tú me hubieras preguntado: «¿Estás casada con Ashford Parker?», yo te habría respondido que sí. No me lo preguntaste, así que no consideré necesario pregonarlo… No me parecías especialmente interesado en los títulos.

–Ni tú tampoco.

–Siento que hayas tenido esa impresión, pero no es así.

–Me debes un *scotch*. Solo, doble –replica él.

–¡Pero aquel *scotch* era de los Skyper-Kensitt!

–Sí, pero te lo ofrecí yo –susurra jocosamente.

–Segunda fila, ¿eh? No quieres perderte ni un detalle del concierto, por lo que veo –observo yo.

–No he podido rechazarlo.

—Ni yo tampoco —comento, volviendo la mirada en dirección a Ashford.

Carter me enseña el lector MP3 que se saca del bolsillo y señala al auricular que lleva en su oreja derecha.

—Obligado a estar presente, pero no a escuchar.

—Genial.

Me da el otro auricular.

—Para salvarte esta noche solamente puedo ofrecerte a los Dire Straits.

A lo largo de mi vida he llegado a imaginarme de todo: rosas, bombones, globos en forma de corazón, pero jamás había pensado en lo romántico que podía ser el ofrecimiento de compartir un auricular. No prestamos atención a las notas de *Romeo & Juliet* que suenan en el salón y aplaudimos mecánicamente cada vez que lo hacen nuestros vecinos.

Carter y yo no hablamos, de vez en cuando nos intercambiamos alguna mirada cómplice y empiezo a pensar que a lo mejor es hora de poner en práctica la cuestión del matrimonio abierto.

Que le intereso a Carter es evidente, de otro modo no se entretendría tanto con una mujer casada.

¡Y además es la segunda vez que me salva del aburrimiento!

Hacia el final de los grandes éxitos de Dire Straits siento el ligero toque de una mano en el hombro. Es Cécile.

—Me marcho, quería despedirme. Ten presente que Ashford está allí arriba, en el mirador —dice, señalándole—, apoyado en la barandilla dorada. Y está que trina. No es por meterme donde no me llaman, pero creo que deberías ir con él.

Por un segundo cruzo mi mirada con la de Ashford y veo que tiene los ojos entrecerrados de rabia, el ceño fruncido y los labios apretados. Me está desafiando abiertamente: levántate del asiento y sube, o te las verás conmigo.

Yo tengo una tercera opción.

Mi giro hacia Carter y le digo:

—Hablando de ese *scotch* doble que te debo, ¿qué me dices si nos lo tomamos? Esta noche me siento generosa.

—¿Ahora? —pregunta él, más divertido que inseguro. Él no parece inseguro nunca.

—Has venido con tu coche, ¿verdad?

—Como siempre.

—Entonces perfecto —digo, devolviendo una mirada provocadora a Ashford, que me mira fijamente desde la galería.

En cuanto me subo al Porsche de Carter le escribo un mensaje a Ashford.

Voy a tomar algo con Carter. Disfruta de la mona
aulladora siberiana. No me esperes despierto.

—¿Vamos al Mason's Head? —me propone.

No sé ni dónde está.

—Perfecto.

Capítulo 30

La versión de Ashford

—**V**eo.

—¿El qué? —clama Harring.

—Veo —repito.

—¿Te has vuelto loco? Primero sales con una pareja ¿y ahora me ves con un as y una figura en la mesa sin siquiera subir la apuesta? —pregunta con incredulidad.

—Mmm —suspiro mientras miro el reloj por enésima vez.

Harring me arrebata las cartas de la mano.

—Tienes un *full* —me dice, lanzándolas por los aires—. Pero ¿dónde diantres tienes la cabeza esta noche? ¿Quieres jugar sí o no?

Después del concierto de la rusa y, sobre todo, después del mensaje de Jemma, no tenía ninguna gana de quedarme en la recepción, así que invité a Harring a Denby para jugar un rato al póquer.

—Sí… No… No lo sé.

Harring recoge el mazo de cartas y empieza a barajarlas.

—¿Quieres hablar conmigo y decirme qué coño te pasa?

—No me pasa nada —gruño.

—Desde que hemos vuelto tienes la mirada ausente y no quitas ojo al reloj.

—¡Está bien, entonces! —me rindo—. Si no te lo cuento me volveré loco.

—¡Habla! ¿Para qué estoy yo aquí?

—Jemma ha salido.

—Lo sé.

—¿Recuerdas aquella historia que te conté? ¿Que ella y yo nos casamos, pero que habíamos acordado ser una pareja abierta y demás?

—Claro como el agua.

—No es exactamente así: mi padre me dejó un mar de deudas y los bancos me estaban acosando con embargarme hasta los calzoncillos. Jemma, en cambio, para heredar los millones de su abuela y largarse de ese agujero en Lewisham tenía que casarse con un noble. Mi abogado que, mira qué casualidad, era también el de su abuela, organizó nuestra boda, de manera que ella, al convertirse en duquesa, pudiera heredar y que yo, con parte de su dinero, pudiera saldar mis deudas. Ha sido un matrimonio de puro interés, pero algún chismoso se fue de la lengua y entonces decidimos vivir juntos durante un tiempo razonable para dar credibilidad al asunto. Para mantener nuestra vida amorosa y los negocios separados, acordamos que ella podría tener sus historias y yo las mías.

Harring se levanta sin dar crédito a mis palabras.

—Necesito una copa. ¿Tienes *brandy*?

—¿Podrías mantenerte sobrio hasta que acabe?

—Esta historia se está poniendo cada vez más apasionante —comenta él.

—En cumplimiento de este acuerdo, Jemma no ha perdido el tiempo. Después del concierto se ha ido con…

—¡Una mujer de palabra!

—… con Carter Willoughby.

Harring rebota en la silla en la que se estaba columpiando.

—¿CÓMO? ¿Y tú la has dejado marcharse?

—¿Y cómo podía impedírselo?

—¿Diciéndole que es un bastardo, por ejemplo?

—No tengo derecho a hacerlo. ¡Entonces pensaría que lo hago por celos!

—¿Y es así?

—¡NO! —grito impetuosamente, casi aturdido por la pregunta de Harring.

—¡Ese capullo de Willoughby! En fin, si no te molesta la idea de que la coja de la mano, le rodee la cintura con el brazo, le baje los tirantes del vestido…

—No me molesta, no. ¡Me enloquece! Me provoca náuseas, me cabrea y me entran ganas de romperlo todo.

Mi amigo pone los ojos en blanco.

—Qué raro en alguien que se ha casado solamente por dinero…

—¿Y qué me dices de mi amor propio? ¿De mi orgullo? Esa que es oficialmente mi mujer sale y coquetea con mi némesis. Cualquiera, menos él.

—Entonces, ¿los celos no tienen nada que ver? —arremete Harring.

—¡No!

—De acuerdo, te creo. Haré como que no tengo cerebro y te creeré.

—Te he pedido que me escuches, no que saques conclusiones.

—Ahora que te has desahogado, presumo que has recuperado tu lucidez para jugar otra mano de Hold'em, ¿o me equivoco?

—No estaré lúcido hasta que vea a Jemma cruzar el umbral de esa puerta, ¡por Dios! —bramo, golpeando con el puño el alféizar de la ventana—. Como si tengo que esperar toda la noche —murmuro para mis adentros.

La idea de tener que lidiar de nuevo con ese canalla de Willoughby me hace hervir la sangre.

Capítulo 31

La versión de Jemma

Después de la noche del concierto me esperaba una reacción tipo explosión nuclear por parte de Ashford y, sin embargo, nada. Al día siguiente se limitó a preguntarme qué tal me había ido anoche y a invitarme a ser más discreta, ya que, aunque tenía derecho a llevar mi propia vida y mis historias, por lo menos debía intentar no ser tan flagrante.

Puede que tenga razón, pero me muero de ganas de ponerle en su sitio. Cada vez que me obligan a participar en esas pomposas veladas siento el deseo de vengarme con él, porque está completamente en su salsa, en su elemento, y parece que le importa un bledo el vacío al que me someten y mi consiguiente amargura. Y el hecho de que no le guste Carter es un incentivo más para salir con él.

A Carter le caigo bien, tengo la confirmación. Tras el famoso *scotch* que nos tomamos después del concierto en aquel *pub* semidesierto, me acompañó a casa y casi me besó. Nos despedimos y él me plantó un beso debajo de la oreja (demasiado preciso para ser fortuito) y otro en la comisura de los labios. Si no hubiera tenido tantos impedimentos, quizá habría avanzado un poco más. Esta mañana habrá una batida de *drag hunting*, es decir, tal y como me ha explicado Lance, se trata de una cacería simbólica durante la cual cazadores a caballo, con sus jaurías de perros, persiguen un rastro que simula el olor de un zorro en un veloz recorrido de unos quince kilómetros a través del bosque. Por lo que tengo entendido, la temporada de caza se abre oficialmente en octubre, pero, tratándose de la enésima actividad en la que pueden lucirse, el mundo de los aristócratas no se lo pierde ni en la estación estival.

Ni que decir tiene que Ashford es el maestro de caza nominado para la temporada, así que para la familia Parker hoy será un evento de primer orden. La caza no goza de mis simpatías y, por lo que a mí respecta, estoy de parte del zorro, aunque esta vez no esté presente. Por lo menos no quedaré mal, ya que montar a caballo se me da bastante bien.

¡Además tengo un conjunto de *cowgirl* que alucinas! Las botas tejanas y el cinturón son un hallazgo histórico de mi padre (las botas me van un poco grandes, pero con dos pares de calcetines me quedarán perfectas); el chaleco de cuero con flecos en la espalda lo encontré en un puesto del mercado de Brick Lane y el sombrero de vaquero estaba de oferta en una tienda de disfraces. ¡Quién me iba a decir que tendría la oportunidad de usarlo!

La batida tendrá lugar en la finca de los Danbury, en Avon House. Cuando me uno a los miembros del círculo de caza después de cambiarme y Ashford me ve, casi se atraganta con el champán.

—Nunca dejas de sorprenderme. En negativo —gruñe entre dientes cuando me acerco a él.

—No tengo intención de ponerme en la cabeza ese colador que lleváis todos. Y con esas casacas rojas parecéis un pelotón de pequeños ayudantes de Papá Noel.

—Y tú pareces recién salida del rodaje de una película de Sergio Leone.

También está Harring, que, cuando me ve, aplaude divertido.

—¡Ojalá se me hubiera ocurrido a mí!

—Tú no puedes hablar. ¡Ni siquiera participas en la cacería! —le acusa Ashford.

—Cierto. —Harring se encoge de hombros—. Yo he venido solamente por el bufé.

—¿No está Cécile? —pregunto.

—No, ya no es bienvenida en las cacerías desde que escondió a los zorros en las tres últimas batidas… —Luego Harring se interrumpe para dar un codazo a Ashford—. Cara de culo a las once.

Ashford se pone lívido y yo me doy la vuelta para ver de quién está hablando.

Es Carter, quien, en cuanto me ve, me saluda y viene hacia mí.

—Hola, Jemma. —Luego se vuelve hacia los otros dos—. Harring, Parker.

—¿No tenías nada mejor que hacer? —pregunta Ashford.

—Parece que lo mejor está aquí. —Es la respuesta de Carter.

No querría ser presuntuosa, pero creo que me ha lanzado una mirada.

—Aquí no hay nada para ti.

—Qué raro —dice Carter, sacándose una tarjeta de la chaqueta—. Mi invitación dice lo contrario.

Ashford y Harring se quedan boquiabiertos.

De acuerdo, ayúdate y te ayudaré, dicen… ¿Verdad? Bien, sabía que jamás en la vida Ashford invitaría a Carter a la cacería, así que cogí una de las invitaciones en blanco, la metí en un sobre con su dirección y la escondí entre las que había que enviar.

—Pareces sorprendido —observa Carter.

—De mí mismo —responde Ashford, agarrando la invitación con rabia.

Los participantes en la cacería se están reuniendo en el patio, así que Ashford le devuelve de mala gana la invitación a Carter.

—Es hora de irse.

Ashford se encarama a la silla y al grito de «Tally oh» se pone a la cabeza del grupo.

Capítulo 32

La versión de Ashford

–**M**i invitación dice lo contrario.

Jodido Willoughby.

Yo no he mandado una mierda. Por lo que parece, Jemma está completamente embelesada con este parásito.

Le mira con los ojos pasmados como si fuera la octava maravilla del mundo, pendiente de cada una de sus palabras como si fuera un gurú. Si supiera lo que yo sé, se mantendría a kilómetros de distancia.

Un momento.

¿Dónde diablos se han metido?

Capítulo 33

La versión de Jemma

Cabalgamos a todo trapo porque Ashford ha decidido seguir su juego, seguro que para demostrar que es el mejor, como de costumbre. Presuntuoso. Y, además, ningún hombre que esté realmente seguro de sí mismo tiene necesidad de demostrar nada a nadie.

Carter cabalga a mi ritmo y, cuando el grupo está a punto de adentrarse en el denso bosque, aminoramos la marcha hasta encontrarnos prácticamente al paso.

—¿No te reúnes con tu marido? —me pregunta.

—Le daré algo de ventaja.

—No se la des. Es un Parker, luego creerá que es mérito suyo —replica Carter, poniéndose a mi lado.

—No lo dudo.

—No tienes demasiados cumplidos para Ashford.

—¿Y tú precisamente quieres que le aprecie? —pregunto.

Carter se me acerca peligrosamente, con su rostro frente al mío.

—No, diría que no.

Entonces mi caballo se encabrita. Pasa de estar tan tranquilo como una vaca en el prado a rebelarse relinchando aterrorizado y sin permitirme apenas sujetar las riendas. Hace caso omiso a mis «está bien, está bien, no pasa nada», me tira de la montura y sale al galope hacia el bosque. Carter acude en mi ayuda y, cuando vuelvo a ponerme en pie, me doy cuenta de que la pierna izquierda no soporta mi peso.

—¡Qué dolor! —me lamento.

—¿Te has hecho daño?

—Al caerme he debido de darme un golpe en la rodilla. No puedo apoyar la pierna izquierda.

—Desde luego, así no puedes continuar con la cacería.

—¡Y Poppy ha salido huyendo despavorido al bosque! No entiendo qué ha pasado, estaba tan tranquilo.

—Algo debe de haberlo asustado. Esto es lo que haremos: te acompañaré a Avon House, donde podrás tenderte en un diván con hielo.

Carter me extiende los brazos para ayudarme.

—Estoy en tus manos —respondo, dejándome subir a la silla.

Me siento verdaderamente mimada. Carter me ha cogido en brazos para llevarme al gabinete privado, donde me ha echado suavemente sobre un diván lleno de almohadones. También me ha traído hielo para la rodilla y champán para aliviar el dolor.

—Quédate aquí, descansa, brinda a tu salud mientras yo llevo mi caballo a los establos. Volveré enseguida.

Y con estas palabras, antes de irse me da un fugaz beso que no deja lugar a dudas.

¡Me ha besado! Ha durado un segundo, pero me ha plantado un beso en los labios con confianza, como si fuera absolutamente su intención. ¡Le gusto! ¡No me equivocaba!

Me quedo todo el tiempo con una mano sobre la boca como queriendo conservar la sensación de la presión de sus labios sobre los míos.

En mi cabeza siento una vocecita que me enumera todas las razones por las cuales Carter es el candidato número uno para el podio del príncipe azul: guapo, inteligente, caballeroso, estoy a gusto con él, ingenioso… Es perfecto.

¡Malvado! Me ha dejado aquí torturándome con mi imaginación.

Sin embargo, su «enseguida» se me está haciendo un poco largo. Hace casi una hora que se ha marchado.

Cojeando, con el hielo en la mano, recorro una desierta Avon House en busca de Carter.

¡Por favor, que no esté en el piso de arriba, no puedo subir las escaleras!

Paso por delante de una serie de puertas cerradas hasta que oigo voces provenientes de una de ellas. Distingo timbres masculinos, jóvenes, y uno parece el de Carter. Se están riendo a mandíbula batiente. Me inclino para espiar por la cerradura y ver si realmente es él y, efectivamente, tengo razón. Está sentado de espaldas, pero reconozco su melena dorada despeinada. No conozco a los que están con él, pero veo que sostienen un abanico de cartas en la mano.

¿Por qué no ha vuelto conmigo?

Me gustaría entrar para llamarle, pero la enésima carcajada me detiene. Decido escuchar la conversación para averiguar qué les hace reír tanto.

Carter es el primero en hablar:

—¡Parker casi me da pena! Está tan apegado a su blasón que no ve más allá de sus narices.

—Entonces es una suerte que estés tú para cuidar de sus cosas por él, ¿eh, Carter?

—¿A qué te refieres, Wandsworth?

El pelirrojo a su izquierda replica entre risitas:

—A su mujer, ¿no?

—Sí, hace tiempo que te conocemos, ¡pero no sabíamos que tuvieras debilidad por las mujeres casadas! —comenta el otro.

—¿Debilidad yo? ¡Venga, hablemos en serio! ¿Os parece mi tipo? ¡Como si no me conocierais!

—No sé si ella será tu tipo o no, pero sin duda tú sí pareces ser el de ella. ¡Cada vez que apareces, te mira con adoración! —comenta uno que responde al nombre de Wandsworth. Ya me resulta antipático.

—Bueno, no podemos culparla, ¡está casada con esa estatua de sal de Parker! —Es la respuesta de Carter.

—¡Entonces lo reconoces! ¡Ya es algo!

—No, no reconozco nada porque no hay nada. Sí, tal vez Jemma se ha enamorado de mí. Yo me limito a seguirle la corriente, así es como están las cosas. No hay nada en el mundo que me satisfaga más que humillar a Parker y no sería la primera vez que una mujer me prefiere a mí. Claro, por lo que me había dicho Portia, parecía una empresa más difícil, ¡pero ha caído como fruta madura!

—¿Portia? —preguntan los dos amigos al unísono.

—Sí, hicimos una apuesta, de la cual no voy a daros detalles. Solamente puedo deciros que mi reto era seducir a la mujer de Parker y que ya estamos en la línea de meta.

—¡Me gustaría estar en la cabeza de Parker solo para sentir cuánto le pesan los cuernos! —Estalla el tercero entre risotadas.

Carter está cada vez más divertido con el intercambio de bromas.

—Créeme, mejor que no. ¡A veces pienso cómo diablos se le ha ocurrido casarse con una pobre maquilladora sacada de algún barrio obrero! Va arreglada como un travesti de algún bar gay de Hackney y cuando abre la boca dan ganas de ser sordo. Si no tuviera buenas tetas, ya habría renunciado a la apuesta y le habría dado a Portia la victoria sobre la mesa.

Siento mi rostro regado por las lágrimas. No como aquella vez durante el partido de polo. Cuando tomé los comentarios de las 6-6-6 como calumnias de esnobs envidiosas, pero Carter… Me parecía sincero. Creía que le interesaba de verdad.

¿Y qué significaba esa apuesta? ¿Y esa Portia otra vez? ¿Y las otras mujeres de Ashford con las que ha estado?

Con los ojos nublados por el llanto me arrastro de nuevo hacia el diván, pero esta vez cierro la puerta a mis espaldas y giro la llave varias veces para asegurarme de que Carter no pueda entrar.

Capítulo 34

La versión de Ashford

Durante la batida me paro varias veces para mirar a mis espaldas buscando a Jemma, pero ni ella ni Willoughby están en el cortejo.

Por mi mente pasa un pensamiento terrible que me hace sudar frío. Recuerdo mis otras carreras con Willoughby e instintivamente doy la vuelta con el caballo. Paso a Davenport el liderazgo del grupo y regreso sobre mis pasos para buscarlos.

En el bosque recojo a Poppy, que corre a mi encuentro nervioso y con una herida de espuela en el cuarto trasero. Me pasan por la mente miles de escenas dramáticas y peino el bosque con la esperanza de encontrar a Jemma. Nada.

Llego a Avon House, pero ni rastro de ella. Cuando estoy a punto de regresar al bosque, oigo unas carcajadas irritantemente conocidas: Willoughby. Abro de par en par las puertas del salón de juego y me encuentro a Carter con Wandsworth y Branagh o, como yo los llamo, su cojón derecho y su cojón izquierdo. Él, el capullo, está obviamente en el medio.

El muy mamón se da la vuelta con una sonrisa estampada en la cara.

—¡Hola, Parker! ¿Ya has atrapado al zorro?

—¿Dónde está Jemma? —pregunto sin muchos preámbulos.

El último en verla ha sido él, pongo la mano en el fuego.

—Es obvio que no contigo —responde él con su habitual rostro pétreo—. Siéntate con nosotros, Parker. Hay una silla libre y Wandsworth está cortando el mazo. Póquer.

—No apuesto dinero. Yo no necesito sablear a nadie.

—¿Qué te pasa? ¿Tienes miedo de perder? —me reta Willoughby.

Es la pregunta ante la cual ningún hombre puede echarse atrás… Sin decir palabra me dirijo a la mesa con el tapete verde, aparto la silla arrastrándola por el suelo y me siento.

—Yo reparto.

Carter lanza una mirada cómplice a su par de capullos y luego dice, como el que no quiere la cosa:

—Veo que te has convertido en un maridito feliz.

—Creo que no me equivoco si te digo que no es asunto tuyo.

Él mira fijamente sus cartas y se mantiene imperturbable, provocándome.

—Cierto, no será asunto mío, pero por lo que parece Jemma no tiene la misma opinión.

—Te aconsejo que te mantengas alejado de ella –gruño.

—Y, si no, ¿qué me harás, Parker?

Acto seguido, se inclina sobre la mesa hacia mí y sisea:

—Nada, como las demás veces.

Y vuelve a su sitio con aire satisfecho.

Es verdad, siempre lo he dejado pasar, porque siempre me he sentido superior a cualquier forma de venganza respecto a él.

—No eres digno de merecer mis esfuerzos, Willoughby.

Él sigue dando rienda suelta a su fanfarronería.

—Pon dinero en lugar de palabras. ¿Quieres apostar o no?

—Aquí está –digo, empujando una pila de fichas sobre la mesa–. Tres mil.

Wandsworth y Branagh se dan cuenta de que no está el horno para bollos y de que es una cuestión entre Carter y yo, así que se pliegan y abandonan la partida. El cabrón también empuja sus fichas al centro de la mesa.

—Veo tus tres mil y subo la apuesta con otros tres.

No podía esperar otra cosa de él.

—Diez.

No me gusta hacer apuestas temerarias, pero tengo una mano que me da seguridad y espero que, por una vez, la suerte no esté de su parte.

—¿Sabes qué? Que esta puja de tres en tres me aburre, podríamos seguir así hasta el infinito. Pongamos sobre la mesa algo más apetecible –me desafía.

—Estás arruinado, ¿eh, Willoughby?

—Me gustan las emociones fuertes. Apuesta algo que te importe, algo que te identifique. Algo que no querrías poner en peligro. –El tono de Willoughby es irritante.

—Yo tengo una larga lista, pero, en lo que a ti respecta, no tienes nada más que a ti mismo y no querría quedarme contigo ni aunque estuvieras recubierto de oro.

–¿Has venido con tu Jaguar? –Señala con la cabeza hacia la ventana.

–Sí.

–Precioso. Roadster, de 1956, doscientos trece caballos. Llama la atención, buen motor, versión de competición. Una pieza para entendidos –observa sibilinamente.

–No es para ti –comento en respuesta a sus insinuaciones.

–Nunca he dicho que lo fuera.

Luego me mira directamente a los ojos.

–¿Aceptas?

Todo está entre líneas, solo hay que saber leer: ¿tengo las agallas suficientes para arriesgarme a perder algo que me importa, algo único? Sí, estamos hablando del Jaguar, pero la alusión es sutil: también se refiere a Jemma.

Efectivamente, si fuera mi mujer por amor, no dudaría. ¿Quiero de verdad hacerlo? ¿Y cómo quedaría si me echo atrás? Sería como darle permiso a Willoughby para hacerme quedar como un pringado públicamente.

Si acepto, le demuestro que no tengo miedo de poner en juego algo que me importa, pero me arriesgo a perder mi Jaguar, y ver a Willoughby al volante podría provocarme un infarto fulminante.

Él escupe más veneno.

–Si te echaras atrás, en el fondo no sería ninguna novedad.

Para pedirme el Jaguar, Willoughby debe apostar al menos su valor: o tiene unas cartas espléndidas o está tirándose un farol.

Parece estar seguro de que me retiraré; si así lo hiciera, se llevaría el bote (en el que hay veinticinco mil libras) y el Jaguar. Por no hablar de mi humillación. Sé cuánto le gusta apropiarse de lo que es mío.

Me saco las llaves del bolsillo y las lanzo sobre la mesa.

–Ahora descubre tus cartas.

Sobre la mesa hay un cinco, un seis, más un siete, un ocho y un nueve. Tiene una escalera, solo una jodida escalera.

Me pongo en pie, lanzando las mías sobre la mesa.

–Full. –Y recojo mis llaves, triunfante.

Precisamente en este momento veo a Jemma, cojeando, en el umbral de la puerta. Tiene los ojos hinchados y aspecto de haber estado llorando.

–¿Nos vamos a casa?

–Sí. –Voy hacia ella y la cojo en brazos, haciéndole caer el hielo al suelo–. Vámonos a casa.

Antes de salir le lanzo una última mirada a Willoughby.

–Y quédate con el dinero.

Jemma parece destrozada. La miro por el rabillo del ojo, se encuentra a mi lado, extrañamente bien sentada, muy rígida, con la mirada baja y sorbiendo de vez en cuando por la nariz.

Una parte de mí ha liquidado ya el asunto atribuyendo su sufrimiento al dolor de la caída, otra siente que de por medio está Willoughby, pero no me apetece preguntar. No creo que me guste oír su respuesta.

Lo único que se me escapa, en tono aséptico, es:

–Apriétate con el hielo, o no se te pasará el dolor.

Ella asiente, sin protestar. Tras unos minutos de silencio, me dirige una pregunta que casi me estremece:

–¿Estás enfadado conmigo?

Además de la pregunta, lo que me deja estupefacto es su tono sumiso, tanto que casi me entran ganas de consolarla.

–No. Por una vez, no tiene nada que ver contigo.

–No debería haber abandonado al grupo de caza. Y debería haber llevado el uniforme como todos los demás. Si no me hubiera puesto estas estúpidas botas no me habría pasado nada.

–Eres una amazona experta, sabes montar a caballo con cualquier par de botas.

Después de otros tantos minutos de silencio, me coge nuevamente por sorpresa con otra pregunta:

–¿Por qué Carter y tú os lleváis tan mal?

–Llevarnos mal es un eufemismo. Me cuesta estar en la misma habitación que él. Creo que es el momento de abandonar todas mis reticencias sobre el tema y contarte lo ocurrido entre nosotros, así comprenderás de una vez por todas de qué clase de persona estamos hablando.

Percibo cómo está atenta a mis palabras, ha dejado de mirar por la ventanilla y ahora se ha vuelto hacia mí. Yo retomo mi explicación.

–Él y yo éramos muy amigos de niños, estoy hablando de la época en que estudiábamos en Eaton. Él era un bribón simpático, irresistiblemente pícaro. Harring, él y yo formábamos un buen grupo de camaradas. Después, su actitud hacia mí cambió inexplicablemente. Cada vez que salía con alguna chica, al poco tiempo él se presentaba en casa de ella y se metía de por medio diciendo: «Soy el mejor amigo de Parker; no debería hacerlo, pero tú eres una chica especial y mereces saber la verdad: Ashford, durante las vacaciones de verano/de Semana Santa/de Navidad, te ha engañado. Tiene una relación con otra», tras lo cual se la camelaba haciendo el papel de paño de lágrimas ayudado por esos malditos de Dire Straits. Ponía el disco de *Romeo & Juliet* y ¡zas! Se la llevaba a la cama. Ha ejecutado esta actuación seis veces. Al principio no entendía por qué todas mis novias desaparecían y no me volvían a dirigir la palabra, luego Harring le pilló con Liza, mi última chica, y todo salió a la luz. A partir de entonces, nuestra relación se rompió y dejamos de vernos, hasta que coincidimos en la misma división del Ejército en Kabul. Durante una misión nos quedamos tirados porque él, cuyo trabajo era revisar el vehículo antes de la salida, no había llenado el depósito de combustible. Nos pasamos un día entero atrapados en el tanque, hasta que por la noche me arrastré como un gusano hasta el campamento base para volver con otro vehículo y recoger al resto del equipo. A él le habría abandonado en el desierto.

—No podía imaginarlo —murmura.

—Tendría que habértelo contado antes.

—No te habría hecho caso —admite.

Se seca una lágrima con el dorso de la mano.

Hay algo más, pero no quiere decírmelo, así que no se lo preguntaré.

—¿Te duele mucho la rodilla?

Se apresura a asentir.

—Sí, mucho.

Capítulo 35

La versión de Jemma

En Denby la servidumbre, que me ve sufrir, me cuida como a una niña pequeña.

Están convencidos de que lloro de dolor y mi rodilla hinchada es la confirmación.

Yo, sin embargo, no hago más que pensar en el cretino de Carter y en todas las cosas horribles que le escuché decir de mí.

Cuando Ashford me contó aquellas historias sobre Carter realmente me di cuenta de que soy una estúpida. No he tenido el valor de contarle lo sucedido y no estoy segura de que se haya tragado la bola de que mi llanto se debe al dolor de la caída.

¡Carter! ¡Me asquea pensar haber podido siquiera creer que me había enamorado de él! ¡Príncipe azul, una mierda!

Y por primera vez me compadezco a mí misma, cuando pienso en cómo se habla de mí. Es verdad, nunca a la cara, pero cada vez que salgo de una habitación el tema principal es mi falta de adaptación.

Para mí ha sido un día miserable, tanto que ni siquiera tuve lo que hay que tener para discutir con Ashford (el gran clásico que clausura nuestros actos sociales).

Se pasea por la casa con un aire extrañamente orgulloso (más de lo habitual, quiero decir) y descorcha una botella de champán para cenar.

Si debo salvarme a mí misma, pido ayuda a la única persona que habla mi lenguaje. Lance.

Parece una reunión secreta: he quedado con él intercambiando notas bajo el plato durante la cena y me he escabullido –en la medida de lo posible, con mi rodilla lesionada– hasta el salón de los escudos, nada más encerrarse Ashford en la biblioteca.

No estoy haciendo nada ilegal ni prohibido, pero es mejor que nadie sepa mis planes, visto que lo único que esperan todos es un pretexto para criticarme. Lance debe de haber oído mis pasos en el pasillo porque antes de posar la mano en el pomo de latón se abre la puerta.

–Su Excelencia, por favor, déjeme que la ayude a tenderse.

–¡Lance! No te ha visto nadie, ¿verdad? –le pregunto, echando una ojeada furtiva para comprobar que nadie me ha seguido.

–No, he actuado con absoluta discreción.

–Me siento como si me tomaran el pelo cada vez que me llaman «Su Excelencia». Tengo veinticinco años, ¡me hace sentir centenaria!

–Lamento que se sienta así, pero es el tratamiento que se debe a una duquesa –dice Lance muy en serio.

–Tendré que acostumbrarme, entonces…

–Absolutamente, porque ya sea el que suscribe como el resto del servicio, y todos los que estén en posición inferior, se dirigirán a usted con tal atributo.

–¿A qué te refieres con «todos los que estén en posición inferior»? –pregunto curiosa.

–«Los que están en posición inferior»… Bien, muy bien, Su Excelencia. Me ha proporcionado un excelente punto de partida para dar comienzo a nuestras clases. Si escucha todo lo que voy a decirle, no tendrá problemas para encajar en la sociedad.

Lance empieza a caminar, con paso imperceptible, a lo largo y ancho de la gruesa alfombra azul mientras yo le observo atentamente tendida en el sofá.

–Aprendo rápido, siempre que las explicaciones sean claras.

–El título de duquesa, como esposa del duque de Burlingham, le concede prioridad sobre todos los demás nobles y aristócratas con títulos de menor categoría. De ello se deduce que será precedida por quienes posean un título más importante. Tiene suerte: como duquesa, se encuentra en el punto más alto de la escala.

–¡Qué chulada! –exclamo con entusiasmo–. ¡Personas obligadas a caminar detrás de mí porque soy duquesa y ellos no!

–Precisamente, Su Excelencia. Una chulada –confirma Lance siempre impasible–. Pero vayamos en orden. Un cortejo oficial se divide en rangos: primero están los duques, luego los marqueses, condes, vizcondes y, por último, los barones. Evidentemente, lo mismo ocurre con las esposas.

–Sophia Skyper-Kensitt, ¿qué título tiene? –quiero saber con impaciencia.

Lance se toma unos instantes antes de darme la respuesta.

—Condesa, mientras permanezca en casa de su padre.

—¡Sí! ¡Esa perra va a besarme el culo! ¿Y Linda Rickson? ¿Qué hay de Julia Bromley? —le apremio.

—Los Rickson, condes; los Bromley, barones —me comunica sin dudarlo.

Aplaudo feliz, a mi pequeña manera, por tener una compensación a la incomodidad del título. De acuerdo, será como tener un par de zapatos de tacón nuevos: al principio duelen los pies, pero vale la pena ponérselos.

—De todas formas, existen títulos más importantes a los cuales debe rendir pleitesía. Ser duquesa la coloca casi en lo más alto, pero no lo suficiente como para entrar la primera. Por delante tiene a la familia real, seguida del arzobispo de Canterbury, a continuación se halla el canciller, el primer ministro, el lord Tesorero y el lord del Sello Privado.

He dejado de escuchar; estoy haciendo una lista mental con todas las personas que deben caminar respetuosamente detrás de mí.

—Entonces, como esposa de un duque de Inglaterra con título hereditario, ¡soy prácticamente la siguiente en la línea sucesoria después de la familia real!

—Y el arzobispo de Canterbury, el canciller, el primer ministro, el tesor...

—Sí, sí, lo he entendido —le interrumpo bruscamente—, quería resumir, nada más.

Lance da una ojeada al reloj.

—Instruirla requerirá mucha paciencia por su parte.

—¿Mañana podemos tener otra lección? —pregunto con ansia.

—Como Su Excelencia desee. ¿Hay algún tema en particular que le interese profundizar?

—No sabría decir... ¿Tan importante es hablar alemán? —pregunto, deseando con todas mis fuerzas que la respuesta sea no.

Lance asiente con la cabeza.

—Y francés, naturalmente.

Me apoyo abatida en el respaldo. ¡Uf, tendría que ser realmente un portento para aprender dos idiomas!

Lance me dedica una sonrisa tranquilizadora.

—Seguro que encontramos algún otro tema del que hablar. Si Su Excelencia me lo permite, la escoltaré hasta sus aposentos. Temo que todavía no esté en condiciones de caminar por sí sola.

–Gracias, Lance.

Le hago un gesto para que se me acerque y le paso el brazo alrededor del cuello.

Me ayuda a acostarme y me coloca la pierna sobre un mullido cojín con aire paternal.

–En los próximos días deberá quedarse en la cama sin moverse. Nosotros nos ocuparemos de sus necesidades.

Cuando está ya en el umbral, dándome la espalda, le hago detenerse con voz tímida:

–¿Y Portia? ¿Qué título tiene?

–El padre es marqués.

–Vaya –se me escapa con desilusión–. Todavía no la he conocido, pero esperaba que valiese menos.

–Pero su familia posee el título solamente desde 1832 –añade él.

Una indescriptible satisfacción me llena el corazón.

–Gracias, Lance.

Capítulo 36

La versión de Ashford

Noto que el puesto en la mesa a mi derecha hoy también está vacío. Jemma lleva encerrada en su habitación desde el día de la cacería. No se mueve porque la lesión en la rodilla le impide levantarse, pero ya han pasado más de diez días.

No quiere verme ni hablar conmigo –no es que me moleste–, pero me gustaría saber si ese canalla de Willoughby ha vuelto a ponerse en contacto con ella.

–¿Hay noticias de la duquesa? –pregunto con voz monótona para que nadie sospeche que estoy ansioso por saber algo de ella. Hablemos claro: el que suscribe no está ansioso por saber de la duquesa, ni creo que lo esté nunca.

–Todavía se encuentra en sus aposentos –responde Lance con celeridad.

–¿Cuántos días hace que no sale? ¿Diez?

–Once, Su Excelencia –me corrige él.

–Once. Me parece exagerado para una simple lesión. ¿Debería llamar a alguien? ¿Un médico? ¿Un sepulturero? ¿Un exorcista?

Precisamente cuando Lance abre la boca para aventurar una respuesta, nos interrumpe un penoso ruido de pasos bajando las escaleras acompañado de un «¡Ha llegado, ha llegado, ha llegado!».

Se trata de la ya conocida voz de Jemma.

–Estaba hablando de un exorcista, ¿cierto? –Mi pregunta se queda suspendida en el aire.

Reconozco el chasquido de la pesada puerta principal al abrirse, justo cuando una furgoneta de mensajería se detiene frente a ella. Pasan unos segundos, la furgoneta se aleja y volvemos a oír los pasos apresurados de Jemma subiendo las escaleras.

–Salvaje –comenta mi madre.

Es evidente que la lesión es agua pasada.

Lanzo una mirada interrogativa a Lance, quien permanece impertérrito al otro lado de la mesa.

–Presumo que le acaba de llegar la serie en DVD de *Orgullo y prejuicio* de la BBC –nos informa.

–Lance, ¿podrías reunirte conmigo en mi estudio? Necesito hablar contigo –le pido, colocando la servilleta a mi izquierda.

–Recojo el desayuno y me reúno con usted.

Me pongo en pie con decisión.

–Quiero decir de inmediato.

Me siento en el escritorio mientras Lance cierra la puerta a sus espaldas.

–Es preocupante que yo no sepa lo que ocurre bajo mi techo. Tengo la sensación de que sabes algo en relación a Su Excelencia la duquesa. Sea lo que sea, seguro que no es nada que pueda comprometer la seguridad nacional, así que ¿te importaría decirme de qué se trata?

–¿Se refiere al motivo por el que no sale de sus aposentos?

–¿Una semana larga de aislamiento? Es una lesión, no la peste bubónica, ¿me está tomando el pelo? –estallo.

–La duquesa ha estado, efectivamente, indispuesta, aunque no es el motivo principal de su prolongado retiro.

–¿Y de qué se trata? –Me hallo incapaz de ocultar mi curiosidad.

–Lady Jemma se ha dirigido a mí para que le imparta lecciones de cultura general y de todas las nociones que se espera que una duquesa domine.

–Algo de lo cual se estaba ocupando mi madre, si no recuerdo mal.

–Si me lo permite, lady Delphina no ha sabido encontrar la clave adecuada para abordar ciertos temas con lady Jemma.

–¿Y *Orgullo y prejuicio*? –insisto.

–En particular, y en respuesta a su pregunta, hemos abordado recientemente el tema relativo a los conocimientos de literatura contemporánea, moderna y antigua que debe tener alguien perteneciente a la alta sociedad. Se trata de un bagaje cultural muy rico y, cuando echamos un vistazo a la biblioteca de Denby Hall, ambos no tardamos en darnos cuenta de que nunca podría leer todos los libros que le sugerí en un tiempo razonable. Lady Jemma necesita nociones que puedan impartirse en un tiempo reducido y que sean de asimilación inmediata. Por eso me he permitido aconsejarle la versión cinematográfica de los clásicos de la literatura.

–¿Las series de la BBC?

–Lady Jemma se quedó muy impresionada al ver la película con Keira Knightley y, cuando se enteró de la existencia de una serie de televisión, no ha podido resistirse a pedir una copia en DVD.

–¿Me estás diciendo que desde hace una semana Jemma está viendo una película tras otra para ponerse a la altura de mi biblioteca?

–Y va bien encaminada –confirma con satisfacción–. *Tess de D'Urbervilles, David Copperfield, Adiós a las armas, La letra escarlata, La hoguera de las vanidades, Cumbres borrascosas...*

–Gracias, Lance –le interrumpo–. Increíble –comento para mis adentros, aunque puede que no haya sido lo suficientemente discreto, porque Lance me oye.

–Es un método poco ortodoxo pero muy eficaz. He adoptado la misma técnica también para la historia y la geografía, sugiriéndole películas de viajes y biografías de personajes importantes.

–¿Y ella te ha escuchado sin protestar?

–Ha sido ella misma quien me lo ha pedido –replica Lance en su defensa.

–Brillante idea, Lance. Mereces un aplauso.

–Me gustaría añadir que lady Jemma posee una extraordinaria capacidad receptiva para los idiomas.

–Explícate mejor –le insto a continuar.

–Es cierto que lady Jemma no habla alemán ni francés, pero ha aprendido italiano con los vecinos de su casa, y De Marcello. Tal vez no haya quedado muy bien con el barón Von Hofmannsthal, pero, cuando algún diplomático italiano intervenga en alguna de sus recepciones, tendrá ocasión de verla lucirse con una seguridad abrumadora. Mientras tanto, le he sugerido alguna película en alemán y en francés. Tiene buen oído y creo que sus progresos en este campo son palpables.

Sacudo la cabeza para aclararme las ideas.

–¿Entonces me estás diciendo que se ha sometido voluntariamente a un curso acelerado de literatura, historia, geografía e idiomas? ¿Y que todo esto está dando resultados?

Lance se limita a asentir con la cabeza.

Yo no doy crédito. Le despido y un segundo después de irse me desplomo contra el respaldo del sillón.

Me siento como un gusano. Una oruga. Una larva. Cualquier invertebrado de su elección, siempre que esté muy abajo en la cadena alimenticia.

Nunca he escatimado en burlarme de Jemma por sus limitaciones, su falta de iniciativa y sus carencias, y ahora descubro que por voluntad propia se ha puesto a estudiar y a afanarse por conseguir algo.

Y lo que es peor, yo, que como marido debería velar por sus intereses y ayudarla a encajar en una realidad que no le pertenece, no solo delegué la tarea en mi madre –a quien no confiaría ni a mi peor enemigo–, sino que la empujé a buscar ayuda en Lance.

Y, para colmo, si pensaba que mientras Jemma se mantuviera firme en sus posiciones yo también podría mantener las mías, ahora las tornas han cambiado. Ella ha tomado la iniciativa para satisfacer mis necesidades, así que la cortesía y la educación requieren que yo también dé un paso hacia las suyas.

Esto es un desastre. Contaba con dos cosas: su terquedad y su pereza.

Pero es la primera vez que, mirándome al espejo, sé que me equivoco.

Capítulo 37

La versión de Jemma

Me he refugiado entre las mantas y las almohadas acurrucada en la cama con dosel como si estuviera en una madriguera. Me estoy protegiendo de un mundo, que, después de la bofetada moral que me dio Carter, me resulta aún más frío.

Creo haberme aprendido de memoria cada renglón de *Orgullo y prejuicio* y cada vez que leo sobre los Bennet, siento el calor del afecto de aquella maravillosa familia. También yo la querría para mí, estoy segura de que me ayudaría en un momento como el que estoy viviendo.

Quiero estar con mi madre.

Bueno, pues ahora mismo la llamo, a lo mejor algún día de estos puedo ir a visitarlos a Londres.

Capítulo 38

La versión de Ashford

Oigo a Lance llamar a la puerta de mi despacho.

—¿Puedo entrar, Su Excelencia?

—Adelante, Lance. —Y, sin siquiera levantar la vista de la correspondencia, le hago señas para que tome asiento.

—No será necesario. Solamente quería comunicarle que la duquesa esta mañana no ha desayunado.

—Mmm —refunfuño distraído. ¿Y?

—Tampoco ha dado instrucciones para que se le sirviera en la habitación.

—Estará todavía durmiendo.

Las costumbres alimentarias de Jemma ocupan el primer puesto en mi clasificación personal de «no-me-puede-importar-menos».

—Claire ya ha limpiado las habitaciones de la primera planta y ha oído que lady Jemma está despierta.

—Bien, pues ahora que sabemos que la duquesa ha amanecido viva hoy también, el día puede dar comienzo. ¿No es así, Lance? ¿O hay algo más que deba saber?

Empiezo a estar realmente molesto. Lance es uno de los bastiones de esta casa, pero su modo de dar vueltas a las cosas a veces me pone de los nervios. Soy consciente de que siempre quiere ir a parar a algún sitio, pero siempre, en lugar de decirme las cosas de manera directa, parte de las guerras púnicas.

—Claire ha oído llorar a lady Jemma de forma bastante convulsa. Creo que un poco de consuelo le vendría bien.

Con la cabeza entre las manos, me apoyo en el escritorio sobre los codos, masajeándome las sienes.

—¿Sabes lo que te respondería mi madre? Que no te pagan por pensar.

—Por fortuna, Su Excelencia el duque no es su madre.

—Ya. No lo soy.

Y me levanto de un salto para salir del despacho.

—Reza para que nunca me vuelva como ella —siseo a Lance antes de encaminarme hacia la habitación de Jemma.

Deambulo unos segundos ante su puerta. Efectivamente, del interior provienen sollozos ahogados. Levanto los ojos al cielo esperando que no se trate de un colapso emotivo debido a la subida de hormonas premenstrual.

O de Willoughby. Por favor, pido que no se trate de Willoughby.

–Jemma. –Hago el esfuerzo de utilizar mi tono más cariñoso–. ¿Puedo entrar?

Silencio.

–¿Jemma?

–Un momento –responde por fin, con voz nasal.

Pasan unos instantes y empiezo a arrepentirme de mi gesto de buen samaritano o, mejor dicho, de la escena de marido amoroso que estoy a punto de protagonizar.

–Entra, Ashford.

La habitación está hecha un desastre, como de costumbre. Jemma está sentada muy formal, como nunca la había visto hasta ahora, erguida como una escoba, y simula estar mirando por la ventana, estratégicamente casi vuelta de espaldas.

–No he podido por menos que notar tu ausencia esta mañana, así que he subido para comprobar que todo está bien.

Sí, es verdad, ha sido Lance quien lo ha notado, pero no queda bien subrayarlo, ¿no?

–Sí, claro, todo está bien. ¿Por qué no habría de estarlo?

Tiene la voz quebrada y suena con una octava por encima de su tono habitual, que ya de por sí es bastante alto.

–Perdona, pero a mí no me lo parece. ¿Me equivoco?

–Te equi… vocas –dice entre sollozos que no consigue reprimir.

–De acuerdo, tienes razón –digo, cogiendo la caja de pañuelos de papel y pasándosela–. ¿Nada, nada? ¿Estás segura?

Jemma traga saliva, pero no emite palabra alguna.

–Vayamos al grano. Toda la casa sabe que estás encerrada aquí dentro llorando. Hay dos cosas: o es algo por lo cual yo, tu marido, debo consolarte, o la culpa de tu llanto es mía. Si yo salgo de aquí y tú sigues llorando, todo el mundo empezará a hablar de lo que falla entre nosotros y, créeme, la larga lista de todo lo que no funciona entre nosotros me gustaría mantenerla en privado.

Jemma da un profundo suspiro.

—He llamado a mi madre porque me gustaría ir a ver a mis padres a Londres. Los echo terriblemente de menos y en este momento me siento fatal, así que me habría gustado pasar unos días con ellos.

—Bien, pues, si estás llorando por eso, que sepas que por mí es algo que puedes hacer como y cuando quieras. ¿No pensarás que yo soy tan canalla como para impedirte que veas a tu familia?

—¡De todas formas no puedo ir con mi familia! El casero ha vendido el edificio en el que vivían a una gran cadena de distribución que está comprando toda la manzana. Ayer recibieron una carta de desahucio. ¡Van a derribarlo por completo para construir un centro comercial!

La observo frunciendo el ceño.

—No veo dónde está el problema. Con la herencia que has recibido estás en posesión de innumerables inmuebles. Podrías acomodarlos un cualquiera de las propiedades de tu abuela…

Ella me mira desolada.

—¡Pero es que no lo entiendes! ¡Ellos no saben que yo he heredado los bienes de la abuela, exactamente igual que tu madre no sabe que estabais arruinados! Piensan que todo ha ido a parar a una rama de parientes lejanos. No son tontos. Si les dijera: «Vamos, venid a una de las casas de la abuela, que todo es mío», se darían cuenta de que hay gato encerrado. La abuela desheredó a mi madre porque no se casó con un aristócrata y luego yo me caso con un duque y heredo todo. ¡No me volverían a dirigir la palabra! Quizá en tu familia el dinero tenga un cierto peso, pero en la mía se valoran más los sentimientos.

Suspira y después se suena la nariz enrojecida con el enésimo pañuelo de papel.

—Perdería toda su estima.

—Lo siento. Suena extraño que lo diga, pero sé cómo se siente uno cuando te van a quitar el techo que te da cobijo.

—Los quiero ayudar. Son mi familia, no puedo dejarlos tirados en la calle.

—Tengo una idea. ¡Cómprales una bonita casa nueva! ¡Puedes decirles que el dinero es mío, nunca lo sabrán!

Jemma levanta las manos en señal de rendición.

—Les he ofrecido comprarles una casa o pagarles el alquiler de otra, pero no quieren aceptarlo. Son demasiado orgullosos para coger mi dinero. Todavía soy su niña, aún sienten que son ellos quienes deben correr a ayudarme, ¡no a la inversa!

Jemma, desesperada, retoma su llanto y se tira encima de la cama sin hacer regada de películas en DVD sobre obras de Shakespeare, las hermanas Brontë, e incluso Dickens. Me acerco a consolarla con una palmadita en el hombro, cuando algo debajo de la almohada llama mi atención. Sobresale la tapa encuadernada en piel de lo que parece un libro. Lo saco con dos dedos: *Orgullo y prejuicio*. Jemma lee. Para ser sincero, no consigo imaginarme a Jemma leyendo, pero así es.

Está estudiando, y todo para ponerse a la altura de una vida que no desea.

Es posible que tenga más fuerza de voluntad de la que yo estoy dispuesto a concederle y ahora, más que nunca, me siento mal por mi falta de interés en ella.

—Ya verás que todo se resuelve —digo sin demasiado entusiasmo saliendo de la habitación.

Mientras bajo por las escaleras, acelero el paso y una repentina conciencia se apodera de mi mente. También yo he pasado de hijo ingenuo a ser el protector de mi madre, a la cual dejo creer que tengo el control de la situación y, sin embargo, solo me encargo de que pase una vejez desahogada. Para que pueda vivir con la seguridad que siempre ha tenido, me he casado con una desconocida, para darle una razón para levantarse cada mañana la dejo creer en una misteriosa e improbable visita real sorpresa. Pongámoslo así, es como cuando de niños nos hacen creer en Papá Noel: es una mentira con un buen fin, porque hay que creer en algo bonito, se necesita tener esperanza en algo.

—Lance, voy a Londres, nos vemos esta tarde.

Si Jemma ha superado sus límites, yo puedo superar los míos.

Ni una sola fibra de mi ser habría pensado en volver a poner los pies aquí, pero encontrarme frente al destartalado edificio donde vivía Jemma me hace reconsiderar la situación.

Llamo al portero automático varias veces, pero luego me acuerdo de que el circuito está desconectado. ¿Estarán los Pears en casa? ¡Bah!

No sé si la buena o la mala suerte está de mi parte, porque en el momento en que le doy la espalda a la puerta, sale uno de los estrafalarios vecinos. Planto el pie en el quicio de la puerta y subo los escalones de tres en tres hasta llegar al apartamento de los padres de Jemma.

El rellano está impregnado de olor a incienso (y de algo más) y del interior proviene el sonido crepitante de un tocadiscos. Llamo con fuerza.

–Señores Pears. Soy Ashford, el marido de Jemma.

–Ya voy –grita una voz femenina desde dentro.

Dios, por lo que más quieras, haz que lleven ropa encima.

–¡Ashford! ¡Qué sorpresa! ¡Mi horóscopo maya no había previsto ninguna visita! –Me abre mi suegra, vestida.

–Habían previsto el fin del mundo en 2012 y todavía estamos esperando. No me fiaría mucho de estos mayas –replico.

–No te quedes ahí parado, entra. Siéntate.

–Estoy bien de pie.

–¿Puedo ofrecerte una taza de *chai*?

–Estoy bien, gracias.

–Vamos, el *chai* siempre sienta bien. Limpia el alma.

Espero que no sea un eufemismo para un laxante.

–Solo un sorbo.

–¿Jemma no está contigo?

–No, en realidad estaba bastante abatida esta mañana. Me ha contado el problema que tienen y he venido para hablar con vosotros. ¿No está tu marido?

–¿Cómo no? Ha vuelto de la radio hace un rato. Está en la azotea regando los ficus. Ya le llamo.

Entonces Carly se asoma a la ventana y grita:

–¡Vaaance! ¡Baja de ahí! ¡Ha venido Ashford!

Vance entra con la regadera todavía en la mano.

–¡Ashford! ¡Qué bueno verte! ¿Te quedas a comer con nosotros?

–Tengo cosas que hacer después. He venido para hablar con vosotros de una cuestión que preocupa mucho a Jemma. –Intento seguir con mi discurso, pero la música casi ahoga mis palabras–. Aunque *All Along The Watchtower* sea una de mis canciones preferidas y Jimi Hendrix sea un artista inmortal, os agradecería si pudiéramos moderar el volumen hasta dejarlo en una música de fondo.

Vance asiente con un gesto, levantando la aguja del tocadiscos.

–Gracias. Seré breve: esta mañana Jemma me ha informado de que el propietario de la casa ha vendido el edificio y que el comprador os quiere desahuciar. Es vuestra hija y está preocupada por vosotros, quiere saber qué planes tenéis y cómo puede ayudaros.

Por primera vez noto cómo los rostros alegres de los Pears se ensombrecen.

Vance se aclara la voz, aunque conserva un tono indeciso.

–Bien, no podemos decir que haya sido una total sorpresa, pero nosotros, en el fondo, esperábamos que quedara en agua de borrajas. Se oyen tantas cosas que luego nunca pasan...

–Este alquiler era muy asequible –prosigue mi suegra.

–¿Dentro de cuánto tiempo tenéis que dejar la casa?

–Una semana.

–¿Una semana? ¡Es absurdo! –protesto.

–El contrato había vencido ya hacía un mes, pero el casero no lo renovó. Siempre decía que no tenía tiempo, pero en cuanto podía nos hacía firmar la renovación. Y en su lugar nos llegó la carta de desahucio. Técnicamente, llevamos dos semanas de okupas en este apartamento.

–¿Y qué pensáis hacer?

Vance y Carly se intercambian una mirada entre cómplice y consoladora que casi me encoge el corazón. He dicho casi.

–De alguna manera saldremos de esta.

–Siempre nos las hemos arreglado, tenemos nuestra furgoneta...

–¡Ahhh, la furgoneta no es un piso! –exclamo sobresaltado ante su afirmación–. Vagabundear a bordo de una vieja California es cosa de veinteañeros. Ya tenéis sesenta años, tenéis vuestras necesidades, no seamos ridículos y hablemos claro. Jemma quiere asegurarse de que estáis bien y de que no os encontráis vagando por quién sabe dónde en un furgón de 1972.

–Nos las apañaremos. ¡Jemma no tiene que preocuparse por nosotros!

Sus afirmaciones me parecen absurdas.

–Si vuestra hija no se preocupa por vosotros, ¿quién debería hacerlo? Ella quiere ayudaros ¡y puede hacerlo!

–¿Pero qué clase de padres seríamos? ¿Pedir dinero a tu propia hija porque te has quedado sin casa? Deberíamos ser nosotros quien la sacara de los atolladeros, ¡no al contrario! –se queja Carly.

–Perfecto. Yo tengo la solución sin que tengáis que pedir ayuda a Jemma: os instalaréis en Denby Hall. El castillo es suficientemente grande como para hospedar a un ejército y estaréis cerca de vuestra hija.

Me miran confundidos.

–Ashford, no nos parece bien, en serio.

–A mí, sí. Soy el dueño de mi casa y estoy casado con Jemma, esto me pone en una posición más que legítima para haceros esta propuesta. Jemma se pondrá muy contenta sabiendo que estáis bien y estará feliz de teneros junto a ella. Personalmente, creo que ningún hijo debería despertarse cada mañana sin saber dónde están sus padres o si se encuentran bien. No me iré hasta que no hayáis aceptado.

–No es una decisión fácil de tomar –titubea Vance.

–Jemma no deberá saber nada de este encuentro. Pasaréis por Denby para visitarla, como si estuvierais de paso. Con toda la naturalidad del mundo os invitaré a instalaros como huéspedes en las dependencias privadas, donde tendréis vuestra intimidad sin que nadie os moleste. Y será un pacto entre nosotros, os quedaréis cuanto deseéis. –Les tiendo la mano–. ¿Estamos de acuerdo?

Vance duda un momento y luego me la estrecha.

–Gracias, Ashford, nunca lo olvidaremos.

–Embalad vuestras cosas. Mandaré a alguien a recogerlo todo.

–Oh, no tenemos mucho. Hemos decidido donar a la beneficencia todo lo que no nos quepa en la furgoneta.

–Excepto los discos –subraya Vance.

–Muy bien. Os espero en Denby Hall, con los discos.

Capítulo 39

La versión de Jemma

Estamos todos «amigablemente» reunidos para tomar el té. No entiendo por qué desde las cocinas nos traen toneladas de comida imposible de comer.

¡En serio! Frente a mí hay una mesa con todos los manjares imaginables: bocadillos, tartaletas, tartas, pasteles, rollos de canela, brioche, y nadie puede tocarlos.

Una vez fui a coger una magdalena y Delphina por poco me echa a los perros.

La comida se mira, está ahí por su belleza o, como dice ella, por si viene alguien.

Como puedes comprender, aquí en Denby el bullicio de gente que va y viene le hace la competencia a una morgue.

Sin embargo, hoy no me llama la atención nada del bufé. Tengo el estómago encogido desde que me he enterado de que van a desahuciar a mis padres.

Cuando hablé con ellos por teléfono la última vez, se despidieron diciéndome «Nos las apañaremos, no te preocupes», pero estoy preocupada, mucho.

–Llevas más de veinte minutos removiendo tu té. ¿No te gusta? –observa Ashford.

Despierto de mi trance.

–No, está perfecto… Es solo que…

–¿No te apetece? ¿Pido que te traigan otra cosa? –me insiste.

–Estoy bien. Gracias.

Delphina vuelve a colocar ruidosamente la taza en el platillo y exclama agitada, señalando con el índice derecho en el aire sin indicar nada:

–¿Qué es esto?

–¿Qué, madre?

–Ese ruido sordo. ¿No lo oyes tú también?

Aguzamos el oído para seguir la corriente a los primeros signos de arteriosclerosis de la anciana.

–Viene de fuera, está llegando alguien por el camino.

En efecto, yo también oigo ahora resoplar un tubo de escape. Y un embrague que rasca cada vez que se cambia de marcha.

–¿Qué diantre es eso? –pregunta Delphina horrorizada, asomando la cabeza por el mirador.

Me reúno con mi suegra en el alféizar, intrigada.

–¡Esa barraca de feria se está acercando hacia nuestra casa! –recalca ella.

Delphina empieza a tocar insistentemente la molesta campanilla para llamar al servicio. Llega Lance, con su habitual aspecto impasible.

–Lance, ¡reúne a los criados, atranca puertas y ventanas, llama a seguridad! ¡Nos invaden los gitanos!

Delphina es una máscara de terror.

La tartana que llega no es otra que la vieja California color melón de mis padres, desde aquí puedo ver el carillón tibetano colgando del retrovisor.

–¡Mi madre y mi padre! ¡Son ellos!

Y salgo corriendo de la habitación.

Lance abre las puertas de par en par para dejarme salir y, justo delante de la escalinata de mármol blanco, se detiene la camioneta en medio de una enorme nube de humo negro.

Se abre el portón trasero y se baja mi madre, envuelta en su sari color morado.

–¡Mamá!

Corro a su encuentro y me sumerjo en su cabellera impregnada de pachulí.

–Como nos hemos quedado sin casa, ¡hemos pensado en venir a hacerte una visita!

Papá se une a nosotras y se funde en nuestro abrazo.

–¡Hay un montón de espacio por aquí! ¡Podemos acampar en cualquier sitio sin molestar a nadie!

–¡Oh, no digáis tonterías, esta mansión tiene centenares de habitaciones vacías! ¡Será maravilloso tenerlos en casa! ¡Buenas tardes, señores Pears!

Ashford aparece en el umbral de la puerta con las manos hundidas en los bolsillos, con toda la tranquilidad del mundo.

–¿Habéis venido a hacernos una visita?

–Resulta que, por causas de fuerza mayor, nuestra antigua casa ha quedado reducida a poco más que un montón de escombros y hemos pensado que sería una ocasión ideal para volver a viajar y, por qué no, ¡empezar por aquí para saludar a nuestra pequeña! –anuncia mi madre con su alegre voz.

–Una idea espléndida –conviene Ashford.

–¡Oh, pero no queremos retenerlos demasiado! ¡A saber qué planes tienen en mente! –interviene Delphina, asomándose por la puerta.

–Bueno, yo… Pensaba… –me demoro sin saber qué decir.

–Lo que mi madre quiere decir es que está muy contenta de volver a verlos y que estaría encantada de tenerlos como invitados hasta que decidan marcharse. En Denby Hall tienen su casa.

–Ashford, ¿te has vuelto loco? –murmura Delphina entre dientes.

Sigo estupefacta con la flema de Ashford; pensaba que tendría que enzarzarme en una guerra a muerte con él para defender el derecho a estar con mis padres.

–¿En serio? –pregunto desorientada.

–Son mis suegros, no puedo negarles una breve estancia para que visiten a mi mujer.

Ashford no se anda con rodeos.

–Lance les enseñará su alojamiento. En la galería del ala oeste hay cómodas habitaciones tranquilas y reservadas con vistas al lago.

Claro, él nunca se contradice: en su educada propuesta entiendo que sí, que mis padres pueden quedarse, pero relegados en un lejano rincón donde nadie pueda verlos, oírlos o cruzarse con ellos.

–¡Ashford, eres un verdadero encanto! –canturrea mi madre, atravesando la puerta principal para saludar a Delphina.

–*Namasté*.

Mi padre la saluda con una inclinación de cabeza, silbando *Satisfaction* de los Rolling Stones.

–Margaret –aúlla mi suegra–. ¡Las sales!

Capítulo 40

La versión de Ashford

Sabía que era solo una cuestión de tiempo que mi madre soltara toda su bilis sobre mí. Se precipita por detrás encaminándose a mi habitación un segundo antes de que pueda cerrar la puerta.

—¿Has perdido el juicio? ¿No creerás que tengo intención de dar cobijo a estos chalados?

La ignoro mientras, mirándome al espejo, me aprieto el nudo de la corbata.

—Sí.

—¿Sí? ¿Sabes lo que estás diciendo? ¿Qué apellido tienen? ¡Estamos en Denby Hall, una de las residencias de más abolengo de toda Inglaterra!

—Y nosotros les abriremos las puertas de esta antigua residencia igual que ellos nos han abierto las de su casa.

Mi madre sacude la cabeza a merced de sus pensamientos.

—No. Esta decisión no es más que una locura y ahora irás a explicarles que ha sido solamente un malentendido…

—No haré nada de eso.

Que quede claro, este no es el enésimo golpe bajo para irritar a mi madre y verla perder los estribos para mi propio deleite.

Jemma se siente sola y aislada, a años luz del mundo en el que siempre ha vivido y tiene derecho a estar junto a las personas que ama, y yo no estoy entre ellas. Me doy un baño de humildad y también un paso atrás: reconozco sus esfuerzos y mis errores, y la que está poniendo de su parte es ella, no yo. Lo mínimo que puedo hacer es esto. Tengo muchos defectos, pero la ingratitud no es uno de ellos. Entre nosotros ya no es una cuestión puramente económica, estoy hablando de una deuda moral. Y quiero demostrarle que no soy nada de lo que Carter Willoughby pueda haberle dicho, porque si le ha hablado de mí ha sido para sacar ventaja, seguro que no ha sido para echarme flores.

—Ya no te reconozco, ¿a dónde ha ido a parar mi hijo? ¡Primero te casas con una doña nadie sin pasado y sin futuro! Luego acoges con los brazos abiertos a esa escoria…

La agarro firmemente por la muñeca, con la que gesticula nerviosa.

–Son personas honradas y de buen corazón. Sí, están un poco fuera de tono, pero no he visto rastro de oportunismo en sus ojos, cosa que no puedo decir de ti. ¿Cuándo ha sido la última vez que has hecho algo de manera espontánea, algo que no haya sido calculado, eh, madre?

–Yo... Yo...

–Dices que no me reconoces, pero ¿me has conocido realmente alguna vez? Fui criado por un ejército de niñeras y luego zarandeado de un internado a otro hasta que tuve edad suficiente para asistir a cenas sin echarme a llorar o vomitar caviar por sorpresa en el salón de baile.

–Ahora me estás echando en cara culpas que no merezco.

–¿Y ahora de quién es la culpa?

–Nunca te ha molestado nada de eso.

–¿Me has preguntado alguna vez si me molestaba? –pregunto visiblemente enfadado.

–Yo...

–No –corto bruscamente saliendo de la habitación.

–Todavía no hemos terminado.

–Tengo una sesión en el Parlamento a la cual ya llego tarde, por lo que, sí, hemos terminado.

Mientras abandono mi dormitorio, la oigo mascullar:

–Si te hubieras casado con Portia, no habría pasado nada de esto.

Asomo la cabeza por la puerta para replicar:

–Si tanto te gusta Portia, ¿por qué no te casas tú con ella?

Capítulo 41

La versión de Jemma

Un día intenso. Denby Hall se está llenando de cajas de ropa donadas por las damas de la alta sociedad para el desfile benéfico y, como la organización es mi responsabilidad, también tengo que clasificarlas.

Mi madre y yo nos zambullimos incrédulas en un batiburrillo de tejidos.

—Tengo la sensación de haber caído en el guardarropa de tu abuela Catriona —dice ella, desdoblando los vestidos.

—¿Qué demonios es esto? ¿Una funda de sofá? —pregunto horrorizada, desenrollando una tela con brocados.

—Me parece que es una capa.

—¿Para hacer qué? —No consigo imaginarme usarla para algo que no sea cubrir un diván.

—Tu abuela tenía una parecida, la usaba como un manto.

Levanto una pesada tela cubierta de pedrería.

—¡Mira, mamá! ¡Una tienda de campaña para tu furgoneta!

—¡Se trata de una extraordinaria pieza de alta costura que lució Chantal Croydon en el bautizo del príncipe Carlos!

Delphina nos interrumpe con voz gélida, asomando por detrás. —¡Deberéis elegir entre todas estas prendas las más adecuadas para el desfile!

—Precisamente mi madre me estaba ayudando a ello…

Delphina levanta una mano como queriendo detenerme.

—Si me lo permites, no creo que sea la persona más adecuada —manifiesta, volviéndose hacia mi madre—, sin ánimo de ofender, Carly.

—No creo que se requiera una licenciatura —objeto.

—Pero un mínimo de buen gusto, sí. ¡Y, además, necesitas una guía, porque tus modelos serán las dueñas de la ropa y tienes que saber qué es lo que las hace destacar!

Mi madre y yo nos desplomamos contra el respaldo del sofá, rendidas ante la petulancia de Delphina.

—Lady Mallory tiene un color de piel muy particular, por lo que hay que evitar los tonos verdes. Lady Sybill es muy alta, así que no debe llevar tacones cuando desfile. Antonia ha engordado un poco en los últimos meses, así que yo evitaría su ropa, mientras que Marjorie tiene un ligero tic, por lo que hay que vigilar la música para que desfile por la pasarela con el compás adecuado; de lo contrario, caminará fuera de ritmo todo el tiempo. Lo mismo todavía tengo fotos de los desfiles de otros años en mi gabinete, ¡deberías verlas!

–No, gracias, creo que me las arreglaré bien sin ellas –digo, negando con la cabeza.

–Oh, pero es que no te estoy invitando.

Chasquea los dedos en el aire.

–¡Vamos, sígueme!

Levanto las manos en señal de rendición, miro desesperada a mi madre y sigo a Delphina.

Me precede por los pasillos parloteando sobre los desfiles de moda de años anteriores, pero mi oído ha dejado de escuchar y mi cerebro envía un SOS imperioso: ¡ponte a salvo!

De hecho, en cuanto encuentro una puerta, con el salto de un felino la abro y me cuelo en la habitación.

Capítulo 42

La versión de Ashford

Jemma irrumpe en la sala de descanso como una furia y al verme se queda de piedra.

–Tengo la impresión de que no esperabas verme aquí –observo.

–Buscaba una vía de escape. Hay que organizar el desfile benéfico ¡y tu madre me está provocando un ataque de nervios! ¿Esto es una casa o un manicomio?

–Jemma, ¡estás malgastando tu energía! Yo tampoco soporto a mi madre y es un tema agotador. ¡He necesitado años de terapia para encontrar paz interior ante esta situación!

Jemma abre los ojos como platos, escéptica.

–¿Terapia? ¿Acudes a un loquero? ¿Como los pirados?

–En este ambiente tener un psicoterapeuta es algo de lo más normal. Es un ritual para pasar a la edad adulta: te sacas el carné de conducir, te permiten votar y fijas tu primera cita de psicoterapia –ironizo.

–¡Como un bar mitzvá! –Y Jemma me da una palmada en el hombro–. En el bar mitzvá de Moshe, el hijo de los Abramovitz, mis vecinos, ¡lo pasamos en grande! Cantamos, bailamos *Hava Nagila* todos en un corro… Un momento, a lo mejor eso fue en la boda de su hermano Shmuel.

Jemma se va por los cerros de Úbeda, como de costumbre.

Ya he aprendido que es inútil intentar detenerla, así que la dejo terminar. Sé que os parecerá increíble, pero ella también necesita respirar.

Por fin se interrumpe y, parándose delante del aparato de música, regula el volumen con aire concentrado.

–¿Estás escuchando la *Primavera* de Botticelli?

–Es Vivaldi, pero aprecio el esfuerzo…

Sus palabras me impulsan a hacerle una pregunta.

–¿Así que no sueltas ni para dormir *Orgullo y prejuicio*?

Ella se ruboriza como si la hubiera pillado en un renuncio.

–¿Qué te pasa? No has hecho nada malo. Te lo pregunto porque tengo curiosidad –digo, intentando que se sienta a gusto.

Se mostraría menos incómoda si le hubiera dicho que había encontrado un vibrador en el cajón de su mesilla.

Jemma se sonroja como si estuviera haciendo una confesión.

–Ya sabes, es que soy una romántica.

–No sabía que te gustase leer.

No me doy por vencido.

–En general no, pero depende de la historia. Todo empezó cuando me lesioné la rodilla. Estaba confinada en la cama y por aburrimiento encendí el televisor. El mando a distancia no tenía pilas y entonces me puse a ver lo que daban en el canal que estaba sintonizado, ya que no podía cambiarlo. Era una película con Keira Knightley, que me encanta, y Matthew Macfadyen, que también me chifla.

Y aquí es donde empieza a apasionarse con sus pensamientos.

–Es una historia preciosa, ¿sabes? Ella, Lizzie, viene de una familia de cinco hermanas y la madre pretende casarlas a todas. En un baile conoce a Darcy, que es Matthew Macfadyen, un presuntuoso aristócrata tan encantador como el papel higiénico reciclado, y, créeme, sé de lo que hablo, ¡es el que usan mis padres en casa! –Hace una breve pausa para asegurarse de que tiene toda mi atención–. Él es un estirado y no quiere trabar amistad con nadie que no sea tan noble y rico como él. Jane, la hermana mayor de Lizzie, y el mejor amigo de Darcy se enamoran, pero Darcy los separa porque ella no procede de una familia lo suficientemente noble. Pero entonces se da cuenta de que está enamorado de Lizzie y le pide que se case con él, pero, como es incapaz de hacer cumplidos como una persona normal, lo único que hace es ofenderla. Luego Lizzie va de vacaciones con sus tíos y terminan visitando un supercastillo y descubre que pertenece a Darcy. Él se presenta allí por sorpresa y se comporta con Lizzie de manera extrañamente amable y gentil, tanto que ella ya no sabe qué pensar, ni si debe tratarle bien o mal. Durante estas vacaciones, su hermana pequeña se escapa con un oficial del Ejército, el que antes le tiraba los tejos. Para salvar el honor de la familia tienen que encontrarlos y casarlos. También Darcy va a buscarlos y, sin decírselo a Lizzie, los encuentra y los obliga a casarse a su costa. Al final, Lizzie se da cuenta de que Darcy es altanero y orgulloso, pero que tiene buen corazón y que la ama y decide casarse con él porque es el único que tiene la cabeza en su sitio.

Los ojos de Jemma brillan animados con el entusiasmo de la narración. Disfruto por un momento de su aire satisfecho antes de admitir:

–¿Te ofende si te digo que ya conocía la historia?

–No, te la habría contado igualmente.

–¿Y cómo ha caído el libro en tus manos? –pregunto, esta vez intrigado de verdad.

–¡Descubrí que la BBC había hecho una serie de televisión y yo quería profundizar en la historia! Me acordé de que *Orgullo y prejuicio* era uno de los libros que mandaban leer en el colegio, pero a mí nunca me interesó. Al menos hasta hace unas semanas, así que pregunté a Lance si lo teníamos en la biblioteca.

–Podrías habérmelo pedido a mí.

–Ya, seguro. Te habrías limitado a tomarme el pelo.

Muevo la cabeza y levanto las manos.

–*Touché.*

–Bien, pues me gustó tanto que he querido leer todos los demás libros de Jane Austen. Y luego, naturalmente, ¡quise ver las películas que se habían hecho de ellos! ¡Así que pedí los DVD por Amazon! –Jemma da un salto hasta la estantería murmurando–: Lance debe de haberlos traído aquí, tienen que estar por algún sitio.

Luego coge los estuches y, orgullosa, me los lanza frente a las narices.

–*Persuasión, Sentido y sensibilidad, Mansfield Park, La abadía de Northanger* y… ¿*Las chicas de Beverly Hills*? –pregunto dubitativo.

–Vaya, perdona, es la versión moderna de esto –dice, dándome el DVD de *Emma.*

Jemma está un poco chiflada, lo admito. Pero es una chiflada de buen corazón.

Unos discretos golpes en la puerta nos interrumpen.

–¡Oh, Dios! ¡Tu madre! –gimotea Jemma.

–No, mi madre no llama a la puerta, mi madre irrumpe como un comandante de las fuerzas especiales.

Lance se asoma por la puerta.

–Lady Jemma, la marquesa Cécile Loxley la espera en el vestíbulo. ¿La hago pasar?

–Si te rodeas de seres humanos no estás contenta, ¿verdad? –le pregunto mientras sale por la puerta.

Ella se limita a murmurar:

–*Arschloch*.[1]

–Te he oído –le grito desde dentro cuando ya está en el pasillo.

No consigo contener una sonrisa divertida.

---

1   «Gilipollas» en alemán *(N. de la T.)*.

Capítulo 43

La versión de Jemma

Cuando vuelvo al gabinete, mi madre y Cécile están hipnotizadas (o narcotizadas) con la perorata de Delphina, quien, hurgando entre las cajas, ha seleccionado unos cuantos vestidos para presentar en el desfile.

Hasta que no dan las cuatro en punto para ir a tomar el té a la veranda de lady Antonia, no nos deja en paz.

Una vez cerrada la puerta a sus espaldas, las tres respiramos aliviadas.

—Preciosas, preciosas —comenta poco convencida Cécile, observando las prendas elegidas por mi suegra.

—No me pondría una de estas ni aunque me fuera la vida en ello, pero son preciosas.

—Demasiado rosa pastel para ti, ¿verdad? —le tomo el pelo.

—Y rosa melocotón, y rosa palo, y lila… —dice mi madre, echando leña al fuego mientras describe las blusas.

Mi madre siempre se viste con caftanes medio orientales de colores vivos, todos estos tonos pastel no van con ella.

—Yo tampoco me pondría ni una sola prenda de estas.

Miro a mi alrededor desconsolada.

—A excepción de esta enagua de satén, que molaría mucho con un bonito corsé vaquero lavado.

—Sí, lástima que venga con ese jersey encima —dice Cécile, apartando la falda a un lado.

—Esta blusa tampoco está tan mal. Si le quitas el encaje del cuello, esta gasa semitransparente quedaría de lo más sexi con un sujetador negro debajo.

Miro todos los vestidos seleccionados por Delphina tendidos en el suelo y me quedo pensando. ¡Tengo una idea! Es mi evento, son mis reglas. —Bien, señoras. ¿Delphina quiere ver estos vestidos desfilando en una subasta? ¡Pues así se hará! Sin embargo, necesitaré vuestra ayuda, vuestro silencio y unas buenas tijeras.

Les explico mi plan y decidimos la suerte de cada prenda, hasta que llegamos a la última.

–¿Y qué hacemos con esta? –pregunta Cécile.

–¿Con ese cadáver, quieres decir? –pregunta mi madre, señalando hacia un abrigo de piel de chinchilla.

–¿De verdad tenemos que presentarlo en el desfile? –pregunto suplicante, esperando un no y una palmadita en la espalda.

–«¡Naturalmente! ¡Este es el abrigo que se puso la bisabuela de lady Vattelappesca cuando se encontró con la zarina Alexandra Romanoff!» –responde Cécile, imitando la voz chillona de Delphina.

La miro desconsolada.

–Pongámosla aparte, ya se nos ocurrirá algo.

Capítulo 44

La versión de Ashford

Como en cada evento del calendario benéfico, no falta nadie de la lista de invitados. No quiera Dios que, al no acudir al acto, te vayan a tildar de tacañería y egoísmo. No, todos están listos para meter la mano en la cartera y ganar el título de «Alma más generosa de la temporada», sobre todo aquellos que deben hacerse perdonar veladas aburridas o cenas desagradables. Mi madre está sentada en la mesa con las patronas de la Union Jack Charity examinando con atención que todos los presentes escatimen lo mínimo para seguir siendo considerados socialmente aceptables.

Puede parecer ridículo para muchos, pero el nivel de tensión es tangible. De modo particular, las familias rivales que compiten históricamente se pelean por el último céntimo para defender el honor de su apellido.

El desfile de moda es algo que gusta mucho a las señoras, en especial a las de cierta edad, que encuentran una manera de lucir en la pasarela los vestidos que se han puesto en esta o aquella célebre ocasión.

Es menos apetecible para el género masculino ver los cuerpos de las señoras en cuestión, que parecen sacos de patatas, moviéndose de arriba abajo con la gracia de una ola de terremotos.

—Cada año digo que será el último y que no volveré a venir y luego, a saber por qué, al año siguiente me encuentro aquí con el talonario de cheques en la mano. Tengo que encontrar la manera de romper este círculo vicioso —se queja Harring mientras apura una copa tras otra de un champán corriente (es una velada benéfica, no podemos brindar con botellas de primera calidad, sería como dar una bofetada a la pobreza).

—¿A mí me lo dices? Con mi madre dentro de la sociedad benéfica, yo tengo el puesto reservado de por vida. Incluso he considerado alistarme en el Ejército para librarme de ella.

—También ha arrastrado a Jemma, ¿no?

—Es inevitable. Todas las damas de la alta sociedad deben contribuir a la gestión de los eventos. Por cierto, esta velada la ha organizado ella.

¿Ves allí a mi madre? Está intentando no dejarse llevar por una crisis de pánico. Para ser sincero, hoy me siento bastante tranquilo y confiado. ¡Jemma no puede meter la pata! Este desfile es de tal banalidad que hasta yo podría organizarlo: coges la ropa de las viejas, haces que se la pongan con la ayuda de un poco de vaselina e imperdibles, acompañas con la habitual recopilación de *Orchite* 1982 y, ¡zas!, las empujas sobre esa plataforma una tras otra, con la esperanza de que con tanto contoneo no se les salga la dentadura postiza o la prótesis del fémur.

—Pobres abuelitas, deja que se den alguna satisfacción, serán sus últimas glorias.

Las luces se atenúan y un punto ilumina la salida.

La música ataca: recopilación *Orchite* como estaba previsto.

En la pantalla se proyecta la foto de lady Danbury en el premio de Wimbledon en 1983 dando la mano a McEnroe. Levanto una ceja, escéptico; lady Danbury, a día de hoy, ha adoptado la forma de un calentador de agua, ¿según qué ley de la geometría pudo ponerse el vestido de la foto? No sé si mirar o no. Es como en una película de terror: no quieres mirar, pero un irresistible instinto masoquista te obliga a mantener los ojos abiertos.

La música cambia de repente, con la voz de Lady Gaga sonando por los altavoces, y la habitación se llena de humo, ni que fuera el cuarto que compartía con Harring en los tiempos de la universidad.

Me doy la vuelta para mirar al pinchadiscos y pienso que no va a durar ni un cuarto de hora.

Me dan un codazo en el pecho y Harring me tira de la manga de la chaqueta.

—¡Mira, joder! ¡Mira eso! —Y me señala la pasarela.

Es la Danbury, sí, pero la nieta de diecinueve años. Y el vestido que lleva puesto no se parece en nada al del premio de Wimbledon de la abuela: lo han acortado y le han arrancado las mangas a la chaqueta.

La sala se ha quedado en un silencio sepulcral: las mujeres por la conmoción, los hombres, en cambio, parecen haber sido sacados del estado de coma neurovegetativo en el que agonizaban hasta hace un minuto. A continuación, la sobrina veinteañera de lord Perry luciendo el traje de campeona de golf de su tía en una versión renovada. Tía a la que, por cierto, nunca quise ver con esos pantalones cortos ni dentro ni fuera del campo. Su sobrina, en cambio, cosecha aplausos entusiastas. Harring, por ejemplo, se está dejando el pellejo de las manos.

Una tras otra, las hijas, nietas y bisnietas de todas las cariátides presentes en la sala salen a la pasarela luciendo las prendas reducidas y entalladas donadas con fines benéficos.

Las señoras son mudas estatuas de cera, mientras que los caballeros nunca han parecido más animados. Así que se inclinan sobre sus chequeras. Harring y Samuel, a mi lado, han formado un jurado improvisado y, a cada salida, levantan un papel en el que exhiben la puntuación de las chicas.

Incluso lord Neville, el duque real, no ha dejado de aplaudir desde el principio.

Los caballeros estarán eternamente agradecidos a Jemma, pero no querría ser ella cuando volvamos a casa.

A lo mejor me quedo providencialmente viudo.

Casi a punto de terminar, sale la última chica a la pasarela: lleva unas enormes gafas de sol de diva de los años sesenta y va envuelta en un abrigo corto de piel de chinchilla blanca. Cuando llega al final del recorrido, se desabrocha el cinturón con picardía, dejando ver lo poco que lleva debajo: un corpiño semitransparente de encaje color arena y un largo collar de perlas que le cuelga hasta las ingles.

–¿Quién-es-esa? –dice Harring marcando cada sílaba con un hilo de voz y la cartulina con el voto estrujado entre las manos.

–Mi –no puedo ni decirlo– mujer.

Como confirmando mis temores, se da la vuelta, se quita las gafas y se deja caer la piel por los hombros. Es Jemma.

Oigo cómo se vuelca la silla de mi madre y cómo se desploma en el suelo, desmayada.

Cuando Jemma desaparece tras la cortina, se hace la oscuridad en la sala.

Estoy casi seguro de que la bisnieta de lady Antonia se pondría algo más bajo el abrigo de piel cuando conoció a la zarina Alexandra allá por 1911.

–Alguien de ahí arriba te quiere, Parker –me dice Harring, todavía con el subidón de la noche.

–No me cabe la menor duda –comento asombrado.

A la mañana siguiente, Denby es el infierno en la tierra.

—¡No voy a quedarme aquí viendo cómo se deshonra el nombre de los Parker! —grita mi madre mientras saca una larga fila de maletas—. ¡Me voy a Bath! —continúa mientras yo la observo con indiferencia desde el umbral.

—¿No te parece que te estás poniendo demasiado melodramática? —pregunto.

—¿Melodramática? Tu mujer hace trizas prendas de moda históricas de las más altas esferas de la sociedad y desfila semidesnuda por la pasarela, ¿y yo soy la melodramática?

—En mi opinión estás exagerando. —Me encojo de hombros y entro.

—¡Te has casado con un bicho raro, te has traído a su absurda familia, este castillo parece un circo y tu mujer no hace más que ponernos en evidencia! Te lo digo alto y claro: la única que conserva la cabeza en esta casa soy yo. Si te parece bien que te humillen y deseas convertirte en el hazmerreír de la alta sociedad, adelante; en lo que a mí respecta, no voy a quedarme aquí viendo cómo se hunde el barco.

Su monólogo apenas me afecta.

—Tal vez se te escape un detalle: yo no te estoy reteniendo, estoy expresando mi opinión sobre tu reacción. Era un desfile benéfico, no el lanzamiento de un misil intercontinental. Si quieres irte a Bath, vete, tienes todo mi beneplácito.

—¡Pues claro que me voy a Bath! ¡Ya no tengo motivos para quedarme aquí! ¡Después del desastre de anoche ya podemos olvidarnos también de la visita real! La reina jamás pondrá los pies en semejante manicomio.

Mientras mi madre está dando lo mejor de su histeria frente al coche listo para salir, Jemma aparece a mi lado, tranquila y sonriente como nunca.

—Tachááán —empieza agitando un fajo de cheques ante mis ojos—. ¡Mira esto! ¡Miles de libras! He hecho las cuentas y, cuando he llamado al banco para hacer el ingreso, ¡me han dicho que nunca se ha recaudado tanto en ningún desfile de la Union Jack!

Miro incrédulo los talones firmados por todos los amigos y conocidos de mi madre.

—¡Sorprendente!

—¡Y mira esto! —Jemma me planta en la mano su teléfono móvil con una página de Twitter. ¡Nada menos que tres diseñadores me etiquetaron en un *post* para felicitarme! ¡Los de verdad! Los que desfilan en París. ¡Todo un éxito!

Ante el regocijo de Jemma, mi madre echa humo como una olla a presión.

—¡Un éxito! ¡Has aniquilado años de orgullo y tradición por tus payasadas!

Jemma mira a mi madre fríamente, abanicándose con los cheques.

—Hasta donde yo sé, no se da de comer a los pobres con el orgullo y la tradición.

—Estoy totalmente de acuerdo —afirmo.

Mi madre patea el suelo y se sube al coche clamando:

—¡Al diablo con los dos!

Y el Rolls se aleja por el camino de entrada levantando una nube de polvo.

—Pero ¿a dónde va?

—Me parece que te debo un favor.

—¿Por qué?

—Se marcha a Bath.

Capítulo 45

La versión de Jemma

Mi estancia en Denby se ha convertido milagrosamente en algo más tolerable sin la presencia de Delphina y de su inquietante dama de compañía.

Ashford y yo seguimos viéndonos poco, solamente durante las comidas, después él desaparece en su despacho o se va a Londres a alguna reunión de la Cámara de los Lores, al club con Harring o a los entrenamientos de polo, pero este equilibrio no me disgusta. Puedo pasear por Denby Hall sin que me molesten y sin tener que andar de puntillas, y debo decir que es un lugar bastante agradable, ya no me parece esa lúgubre y austera mansión que tanto me intimidó a mi llegada. El buen tiempo inunda de luz los amplios pasillos con vidrieras (Lance me ha dicho que es así como se llaman).

¡Y luego está el campo de alrededor! Es inmenso, se podría recorrer a caballo durante días y no pasar dos veces por el mismo lugar.

Mis padres y yo damos largos paseos por la tarde antes de la hora del té, también es una buena manera de que se muevan esos pobres caballos, casi siempre encerrados en el picadero o en los establos.

Ha pasado mucho tiempo desde su llegada, más del que normalmente sería aceptable para una visita corta. Lo noto en la forma en que Ashford me pregunta, en las pocas ocasiones en que hablamos, si mis padres están a gusto en Denby, si les gusta Denby, si el alojamiento en Denby es de su agrado. Demasiado insistente para no estar insinuando algo.

Hoy Ashford volverá antes de Londres para tomar el té conmigo y con mis padres, pero tengo la sensación de que es un pretexto para pedirles que vayan pensando en marcharse. Por culpa de este pensamiento que me ronda en la cabeza, no estoy disfrutando del paseo ni siquiera un poco. Además, el bonito día se ha estropeado con repentinos nubarrones grises y el bosque está inmerso en una semioscuridad, algo que no ayuda a mi estado de ánimo.

–Bichito, ¿a qué viene esa carita? –quiere saber mamá.

–Será el mal tiempo –respondo vagamente.

No quiero alarmarlos con mis sospechas. Por lo menos no de momento.

—Sé feliz, ya tendrás tiempo en la vida para estar triste. Eres joven y guapa, afortunada y amada: ¡para ti sale el sol todos los días!

—Ashford es un tipo realmente agradable, lo cual resulta sorprendente si lo comparamos con tu nivel de exigencia, que, déjame que te lo diga, siempre ha sido bastante preocupante —comenta mi padre, que nos sigue con Westfalia.

—Sí, viene de una familia conservadora y retrógrada, pero lo que cuenta son sus sentimientos hacia ti —presiona mi madre.

Estos son los momentos en los que me siento como una embustera y una impostora: cuando miento a mis padres, que han hecho de la sinceridad su norma de vida, ocultando que me vendí por un título para ganar una herencia.

—Está empezando a llover.

Cambio de tema al notar cómo caen algunas gotas en mis pantalones. Mi madre da la vuelta con Agincourt para regresar a casa.

—¡Es hora de volver antes de que nos sorprenda una tormenta!

Llegamos a las cuadras justo cuando un relámpago rasga el cielo y empiezan a caer goterones de lluvia.

Desmontamos para llevar a los caballos de vuelta a sus establos, pero un relámpago seguido de un trueno ensordecedor sobresalta a Westfalia, que se encabrita y sale galopando hacia el bosque.

—¡No, Westfalia! —grito, soltando las riendas de Poppy y corriendo inútilmente por el camino.

—¡Carly, Jemma, volved! ¡Yo iré a buscarla! —dice mi padre decidido, subiendo de nuevo a su caballo.

Mientras fuera arrecia la tormenta y el viento silba entre las ramas de los árboles, yo camino arriba y abajo por el establo, nerviosa y empapada. Mi madre, en cambio, no para de dar zanahorias a Agincourt, que relincha tan contento.

—¿Quieres calmarte, Jemma? ¡Papá volverá pronto!

—¡Tú no lo entiendes! ¡Westfalia es la yegua preferida de Delphina! Si le pasa algo, sería una tragedia. ¡Lo que nos faltaba!

Mi madre es la calma personificada.

—Me parece de verdad que estás demasiado nerviosa.

—La ansiedad me domina. Aquí me miran con lupa desde el primer día y, para que lo sepas, no soy bienvenida bajo este techo, ni vosotros tampoco. ¡No esperan más que un error, un paso en falso o una simple excusa para poneros de patitas en la calle! –le grito a mi madre y luego vuelvo a sumirme en mi tragedia–. ¿Por qué ha tenido que ser Westfalia precisamente?

–Delphina no está y no tiene por qué enterarse. Por Ashford yo no me preocuparía.

Estallo, olvidándome de todos mis buenos propósitos.

–¡Pues yo sí! Cuando os presentasteis por sorpresa en Denby, Ashford puso buena cara, ¡pero ya veréis cómo se cansa de teneros por aquí en su castillo perfecto!

Mi madre viene hacia mí y me abraza.

–Ahora estás nerviosa, no tienes la mente clara y no puedes razonar. Ve a tu habitación, date un buen baño caliente y cámbiate de ropa.

Cuando vuelvo me cruzo con Ashford, a quien evito por todos los medios, y huyo inmediatamente a mi habitación. Solo oigo que me pregunta:

–¿Y el té?

Pero no le respondo.

Finalmente, al caer la tarde, papá trae a Westfalia a casa sana y salva, le resta importancia al asunto con un «a esta miedosa no le gustan las tormentas».

Durante la cena, estamos solamente Ashford y yo, en extremos opuestos de la larga mesa, e intercambiamos unas pocas palabras insignificantes. Se limita a decir que se alegra de que mi padre haya recuperado a la preciada Westfalia y que mañana estará encantado de tomar el té con mi familia.

Mensaje recibido, gilipollas: ahora que ya no está tu madre para dar la vara con la presencia de mis padres, quieres mandarlos a Londres a vivir debajo de un puente, pero no antes de ofrecerles una taza de tu maldito té.

Después de cenar subo a las habitaciones de mis padres, donde encuentro sobre la mesa el conocido frasco de tintura de belladona sobre la mesa.

Mi madre la usaba cuando estaba enferma para bajarme la fiebre.

–¿Papá? –pregunto a mi madre cuando la veo salir del dormitorio.

—Cabalgar bajo la lluvia helada le ha provocado un poco de fiebre.

Entro en la habitación, donde papá no tiene muy buen aspecto, y cojo el termómetro de la mesilla.

—¿Un poco de fiebre? ¡Treinta y nueve no es un poco de fiebre! —exclamo con enfado.

—Enseguida le bajará —responde mi madre tranquila.

—¡Treinta y nueve no bajará con unas gotas de belladona!

—Ya sabes que no tomamos medicinas.

—¡Yo en cambio sí, así que ahora voy a darle un buen cóctel de aspirina!

—No lo apruebo.

Mi madre se cruza de brazos.

—Pues yo sí —la contradigo decididamente.

Mientras le hago tragar las pastillas a mi padre, mamá mueve la cabeza contrariada.

—Llevas todo el día intratable, no entiendo qué te pasa.

—Ya te lo he dicho, pero por lo que parece no quieres comprenderlo: creo que Ashford se ha hartado de teneros en casa. Lleváis aquí casi un mes, hasta ahora ha puesto buena cara, pero esta noche durante la cena me ha vuelto a repetir que mañana «quiere tomar el té» con vosotros.

—¡Pero se trata solamente de un té, cariño! —objeta mi madre.

—Mamá, lee entre líneas: ¡es una manera como otra cualquiera de mandaros a paseo!

—No —gruñe papá.

—¿Cómo? —preguntamos mamá y yo al unísono.

—No es así, Jemma —masculla él.

—¿Qué no es así, papá?

Me acerco para escuchar mejor sus palabras.

—Nos han invitado —continúa—. Ashford vino a Londres en persona.

—¡Vance! —exclama mi madre con un insólito tono de advertencia.

—No, Carly, déjame hablar. Ashford sabía que estabas preocupada por nosotros, así que vino a Londres, sin que tú lo supieras, y nos ofreció instalarnos aquí en Denby. No nos dio ningún plazo ni fecha límite.

Las palabras de papá me resuenan en la cabeza sin que pueda comprender su significado.

—¿A… Ashford, has dicho?

Mi madre viene a sentarse en la cama junto a mí.

—Ashford no quería que supieras que fue idea suya, por eso nos pidió que no te dijéramos nada y que nos presentáramos aquí por sorpresa como si estuviéramos de paso para saludarte.

No tengo palabras.

—No te preocupes más por ese té —me tranquiliza—. Me da la impresión de que aún le tienes cierto miedo a Ashford, lo cual es comprensible, lleváis poco tiempo casados, pero con el tiempo os descubriréis el uno al otro y también entenderás todas sus formas de demostrarte que te quiere aunque no te lo diga.

Pasé la noche en vela después de enterarme de esto. Tampoco dormí las siguientes noches. Siento que al menos debería darle las gracias, pero no sé cómo.

Capítulo 46

La versión de Ashford

Harring y yo estamos en el vestuario del club tras un reñido partido de *squash*.

–Entonces, ¿qué quieres que te regale este año? –me pregunta.

–¿Regalo?

–Sí, ¡la semana que viene es tu cumpleaños, Parker!

–¡Siempre te acuerdas!

–Tu cumpleaños cae siempre entre finales de julio y principios de agosto, a caballo entre la pausa estival del Gran Premio, imposible olvidarse. Si me preguntas el día exacto, no sabría decírtelo, pero así al tuntún diría que es la próxima semana.

–Aprecio el detalle.

Acepto a Haz con sus virtudes y, sobre todo, con sus defectos.

–Venga, dime, ¿qué quieres que te regale? ¿Una caja de Montecristo Sublime edición limitada? Cada calada es como respirar Cuba.

–¿Puros? ¡No soy como Winston Churchill!

–¿Entonces una cubana?

–Un juego de palos de golf, si quieres –le sugiero.

–De acuerdo, entonces los Montecristo me los quedo yo, y también a la cubana.

–Disfrútala a mi salud.

Sé que lo hará. Haz se arriesga a morir cada vez que se sube en su coche de carreras, así que no se priva de nada en esta vida.

–Hablando de cumpleaños, ¿también este año tendré que tragarme las voces blancas de Canterbury durante toda la noche mientras tu madre te arrastra para que todos los invitados te feliciten?

–¡Tengo una novedad! Mi madre tuvo una crisis de nervios tras el desfile de Jemma. Hizo las maletas y se fue a Bath. Nada de tocapelotas en frac.

–¡Sí! Entonces, ¿sabes lo que hay que hacer ahora? ¡Vuelo privado a Marbella y luego a celebrarlo! –propone mi amigo.

–¿No están ahora tus padres en la villa de Marbella?

Harring replantea sus planes.

—¿Cervecita en algún *pub* del West End?

—Veo que has vuelto a poner los pies en la tierra.

—La mía es una vida difícil.

—No tanto como la mía —puntualizo.

—Ciertamente, no te envidio.

—Pues te diré que tuvo un comienzo un tanto dramático, la historia con Jemma, me refiero. Todo ese lío entre el dinero y la boda, vivir con una desconocida, peleas día sí y día también, por no hablarte de cuando apareció en escena el soplapollas de Willoughby. Pero últimamente Jemma está mucho más calmada. No me monta escenitas a la mínima, no se queja continuamente de todo e incluso se ha puesto a estudiar por su cuenta.

—Sin Delphina alrededor todo de repente es mucho más sencillo.

—Mi madre, desde luego, no le ponía las cosas fáciles. Ah, además, ahora en Denby están también los padres de Jemma: Vance y Carly. Él es pinchadiscos en una emisora de radio y ella terapeuta de animales. Son un poco *sui generis*, *hippies* de los años setenta, pero buenas personas, agradables y afectuosos. Fuman marihuana de forma habitual. Te encantarían.

—No me cabe duda. ¿Cuánto tiempo te queda de estar casado?

—Un año más o menos, eso nos dijo el abogado.

—De todas formas, desde el día del desfile he estado pensando... Jemma no está nada mal, físicamente hablando. Bonitas piernas, buenas tetas. No le he visto el culo, pero con dos de tres es suficiente. ¿Has pensado alguna vez en tirártela?

—¡Haz! ¿Cómo se te ha podido ocurrir ni por lo más remoto algo semejante? —estallo.

—¡Has hecho guardia en peores garitas! —objeta él.

—Esta no es la cuestión. ¿Que tiene un buen físico? ¡A quién le importa! Hay montones de mujeres bellas en el mundo. Después del infierno que me ha hecho pasar con su endiablado carácter, ¡jamás de los jamases podría imaginar tal cosa!

—Tranquilo, tío. Mi pregunta es de lo más normal: tú eres un hombre, ella es una mujer, vivís bajo el mismo techo...

—¿Y entonces para ti la consecuencia automática es irse a la cama?

—¡Bah, sí, no sé, quizá! ¿Me estás preguntando si me lo haría con tu mujer? ¡No puedes acorralarme así!

—Esta conversación no tiene ningún sentido —corto con brusquedad. Bonitas piernas, buenas tetas… ¿Cómo se le ha ocurrido siquiera pensar en ello?

Capítulo 47

La versión de Jemma

–¿Qué piensa organizar para la noche del viernes? –me sorprende Lance al pie de la escalera.

–¿El viernes? –Hago memoria, desconcertada–. ¿Pescado?

Lance niega con la cabeza.

–Es el cumpleaños del señor duque.

–¿Lady Delphina no ha dejado nada dispuesto?

–Se marchó antes de poder organizar nada. Se ha limitado a enviar la convocatoria con tiempo, de modo que los invitados no tuvieran otros compromisos en esa fecha.

Oh-Dios-mío.

–¿Me estás diciendo que el viernes que viene tendremos a un centenar de personas en Denby y que no hay nada organizado?

–Ciento diez –me corrige Lance.

–¿Ciento diez personas y que no hay nada organizado? –repito estupefacta.

Él se muestra impertérrito.

–De hecho, le estoy preguntando con la debida antelación.

–¿Y te parece que una semana es una jodida antelación?

–Debida, Su Excelencia. Debida antelación.

Está claro que no capta mi desconcierto.

–¿No se puede hacer lo mismo que hicisteis el año pasado? –pregunto aterrada.

–El año pasado los invitados disfrutaron del coro de voces blancas de Canterbury.

–¡Perfecto! ¡Llamémoslo y que vengan otra vez!

–El coro hay que reservarlo al menos dos meses antes –responde Lance impasible.

Jadeo y siento que me falta el aire.

–¿Se siente bien, Su Excelencia?

–No –niego con la cabeza.

–¿Ataque de ansiedad?

Lance ya ha aprendido a reconocerlos.

–Sí.

–¿Le traigo las pastillas?

–Por favor –le suplico.

–Sígame hasta la cocina –dice, emprendiendo el camino.

Al cabo de cinco minutos me encuentro sentada en la encimera mordisqueando flecos de un cálido, envolvente y pegajoso algodón de azúcar rosa que me produce un efecto calmante inmediato. ¡Además del té!

–Ahora que Su Excelencia está más tranquila, puede evaluar algunas soluciones para el viernes.

–¿Un baile? –aventuro.

–¿Con qué tema? –pregunta Lance.

–¿Un cumpleaños necesita un tema? –pregunto.

–Para un baile se necesita un tema. Que debe comunicarse a los invitados.

–¿Una cena? –vuelvo a intentar.

–¡Maravilloso! ¡Una cena con baile!

–¿Entonces un baile? –pregunto confusa.

–Si un baile no tiene un tema, entonces es una cena con baile. Si no, se llama baile con refrescos –me explica Lance.

–Nunca se acaba de aprender –murmuro entre dientes–. Pensaba que ser Delphina sería más sencillo.

–Pero no tiene por qué meterse en la piel de lady Delphina.

–Y, entonces, ¿qué hago? –pregunto desconsolada.

–¿Usted cómo celebraría su cumpleaños?

–Ejem, pues, los últimos años, lo he hecho poniéndome hasta arriba de *gin-tonics* con limón de un *pub* a otro en Shoreditch –confieso con un deje de vergüenza.

Lance no parece aprobarlo.

–No creo que sea una posibilidad factible.

–De niña era más fácil. Mis padres me llevaban al parque de atracciones –digo, hincándole el diente al último fragmento de algodón pegado al palillo–. Pero Ashford no lo entendería, seguramente nunca le han llevado al parque de atracciones.

Capítulo 48

La versión de Ashford

Haz y yo estamos regresando a Denby después de un par de días tirando al plato en el castillo de su primo Juni en Inverness, Escocia. Es un deporte que no me vuelve loco y Juni tiene una puntería espantosa, pero Haz insistió tanto durante un día entero que no pude negarme, solo por aburrimiento. Menos mal que la familia de Juni tiene una destilería de *whisky* excepcional en las murallas del castillo, así que al menos mi mano izquierda y mi hígado han estado ocupados cuarenta y ocho horas con un *whisky* de malta doble envejecido en barricas de Madeira.

Hoy es mi cumpleaños y por primera vez en treinta y dos años de vida no tengo previstos fastuosos festejos en Denby. Mi madre siempre organiza celebraciones faraónicas, no para agasajarme a mí, sino para tener el pretexto de tirar la casa por la ventana e invitar a todos y cada uno de los miembros de la alta sociedad, con cenas de once platos y orquestas sinfónicas dignas de tocar en el Royal Albert Hall.

Es una sensación extraña y no sé si me agrada: incluso las malas costumbres siguen siendo costumbres.

Una vez atravesada la verja de Denby, y con Haz al volante recorriendo el camino, diviso una larga fila de Rolls y Bentley en las inmediaciones de la entrada.

¡No, mi madre no puede haber vuelto de Bath a propósito! Me bajo del coche y atravieso Denby Hall sin percibir en los salones ningún signo de festejo; es más, todo el castillo parece desierto.

—Bienvenido, Su Excelencia.

—¡Lance! ¿De quién son todos estos coches? ¿Qué ha pasado aquí? ¿Nos hemos convertido en un aparcamiento?

—Son de los invitados que han venido a festejar su cumpleaños y, por supuesto, reciba mis más sinceras felicitaciones por su aniversario.

—¿Festejar? ¡Creía que mi madre estaba en Bath!

Él no parece darme muchas explicaciones.

—Déjenme que los acompañe a los jardines.

Salimos por el lado oeste del edificio que da al jardín y apenas puedo creer lo que ven mis ojos.

—Lady Jemma se ha tomado la libertad de organizarle una pequeña fiesta.

Aunque ya ha anochecido, el parque está alegremente iluminado por las luces de una docena de atracciones. Sí, Denby Hall está plagado de juegos: hay un carrusel tirado por caballos, una noria, el laberinto de espejos, un futbolín, tiro al plato, el martillo de campana, el *punch* para dar puñetazos, tenderetes con chucherías, carritos de palomitas y perritos calientes, casetas para comer tortitas y puestos de algodón de azúcar.

Y los invitados, vestidos con sus mejores galas, hacen cola para subir a las atracciones o para hincarle el diente a un pepito relleno de crema y recubierto de azúcar, como lord Neville, que tiene uno en cada mano, sin importarle cómo le siente a sus coronarias.

—Feliz cumpleaños, Ashford. Delphina no había dejado nada dispuesto para esta noche, pero con los invitados a las puertas he tenido que inventarme lo que fuera.

Jemma está allí, al pie de las escaleras, con el más deslumbrante de sus vestidos comprados en el mercadillo de Portobello, su cabello fucsia al viento y una sonrisa de oreja a oreja.

—¡Qué pa-sa-da! —exclama Harring junto a mí.

—No me dijiste que él también iba a venir —gruñe Loxley, apareciendo al lado de Jemma.

—¡Harring era parte fundamental del plan! —explica Jemma.

—Loxley, ¿no te ha explicado el loquero que tenemos que convivir en esta tierra y que debes superarlo? —se burla Haz.

—¿De cuál de mis tres loqueros hablas? —replica ella.

—Un parque de atracciones, ¿eh, Jemma? —logro articular, estupefacto, interrumpiendo la discusión entre Haz y Cécile.

—¿Es que de niño nunca te han llevado a…?

—Por eso has traído un parque de atracciones a Denby.

—Exacto —asiente Jemma satisfecha.

—¿Y quieres hacerme creer que ha sido idea tuya en el último minuto o qué?

—Del último minuto no, pero de los cinco últimos días sí.

–Me siento halagado. Tanta pena te daba…

–¡Sí, pero todos me han ayudado: mis padres y Cécile y Lance y Delphina!

–¿Mi madre?

No me parece en absoluto que mi madre haya dado su aprobación para algo así.

–Claro, si no se hubiera ido a Bath, no habría podido organizar todo esto –sonríe ella complacida.

Miro de nuevo a mi alrededor sin dar crédito.

–¿A qué estamos esperando para subir en alguna atracción?

–¿Qué tal la noria? –propone ella.

–Tú ponte a la cola, yo voy a coger palomitas.

Nunca he visto Denby bajo esta perspectiva.

Observo la propiedad desde el punto más alto de la noria.

–Tienes suerte, eres uno de los pocos privilegiados que tienen una vida por encima de todos los estándares. Vives en un castillo, posees una enorme finca para ti solo, estás rodeado de valiosos objetos y obras de arte –enumera ella.

–Jemma, tú tienes una familia que te quiere. Ni en mis mejores sueños habría imaginado ver a mis padres cogidos de la mano en el carrusel de caballos después de treinta años de matrimonio.

–Mi padre también ha ganado un osito de peluche para mi madre en el tiro al blanco.

–Y también ha ganado un osito de peluche para tu madre –puntualizo.

–Entonces, ¿qué te parece? ¿Te está gustando este cumpleaños?

–Jamás he tenido una fiesta como esta y, sí, estoy de acuerdo con lo que ha dicho antes Harring: es una pasada.

–Te tengo que dar las gracias –dice ella con voz sumisa.

–Perdona, ¿por qué razón? ¡Has sido tú quien ha organizado todo esto!

–Por lo de mis padres. Sé que fuiste tú quien los invitó a venir aquí.

Dejé lo suficientemente claro que debía ser un secreto.

–No deberían habértelo contado.

–Mi padre tenía fiebre, de cuando fue a buscar a Westfalia en medio de la tormenta. Se le escapó.

–No podía permitir que tus padres se quedaran en la calle. Al fin y al cabo, tú con tu herencia has salvado Denby Hall –admito por primera vez en voz alta delante de ella.

–Y tú has aceptado casarte conmigo. Si no hubiera sido por tu sangre azul, nunca habría tenido ni un céntimo y a estas alturas seguiría maquillando actores de musical en un teatro de mala muerte.

–¿En paz? –le pregunto, levantando mi enorme cucurucho de palomitas.

–En paz –responde ella haciendo lo mismo con el suyo para brindar por nuestra tregua.

–Por todo esto, como mínimo, tendré que ganar yo también un osito de peluche para ti.

Capítulo 49

La versión de Jemma

Lo mejor de las visitas a Cécile es que no tengo plastas (véase Ashford) ni entrometidas (véase Delphina) alrededor que me estén resoplando en el cogote. Aquí impera la más absoluta libertad, así que no me veo obligada a adoptar posturas incómodas o a limitar mis movimientos y gestos para respetar la etiqueta.

Estamos en el patio y yo me encuentro felizmente recostada en una de las tumbonas redondas. Cécile está en la suya y entre ambas hay un enorme carrito bien provisto de manjares que, ¡atención, atención!, se pueden comer. ¿Me apetece una tartaleta? La cojo. ¿Quiero otra? Me la pongo en el plato. ¿Los rollos de canela me hacen ojitos? Me sirvo los que me da la gana. Y Cécile hace lo mismo.

—Me gustaría que estas tardes durasen para siempre —suspiro.

—Podemos tener cuantas deseemos. Podemos hacerlo todos los días.

—Sí, pero entre una tarde y otra están las espantosas recepciones sociales. Es una tortura para mí tener que pasar un examen cada vez, escuchar las risitas a mis espaldas y toparme con miradas reprobatorias —resoplo—. He hecho cuanto he podido: ¡me he leído las obras completas de Jane Austen! ¡Interrógame, anda! ¡Pregúntame lo que quieras!

—No me hace falta, se nota que has trabajado en ti misma.

—¡Y pensar que fue absolutamente fortuito! Todo empezó con una película, luego me entusiasmé por desarrollar nuevos intereses y ahora estoy ávida y deseosa por descubrir una nueva historia.

—¿Ves? ¡«Fortuito» es una palabra que hace unos meses no habrías utilizado jamás! —enfatiza Cécile, ajustándose las gafas de sol.

—No es suficiente —replico desconsolada—. Siempre soy demasiado esto o demasiado poco lo otro, parezco Don Quijote luchando contra los molinos de viento.

—¡Señoras y señores, las citas literarias continúan! —me provoca Cécile.

—¿Lo ves? ¿Tú también? Me tomas el pelo. ¡Como si, para ti, el hecho de que yo lea y de que me interese por otros temas antes desconocidos para mí fuera algo inverosímil! —protesto.

Cécile se levanta mirando a su alrededor, como buscando algo.

–¿Todo bien? –pregunto dudosa.

–Sí, sí, se me está ocurriendo algo para explicarte el porqué, pero antes debo pensar en un ejemplo apropiado para hacértelo entender.

–¿No puedes probar con tus propias palabras?

–Quédate aquí, vengo enseguida.

Y, con estas palabras, Cécile coge el carrito de las viandas y desaparece por la puerta de servicio. Al poco reaparece con las manos detrás de la espalda.

Primero me entrega un envoltorio de periódico arrugado, con un pastelillo medio deshecho, el glaseado mal repartido y la nata desparramándose por todas partes.

–¿Qué quieres de mí? –le pregunto.

–Petisú de crema y nata *chantilly* glaseado con caramelo.

La observo escéptica. Entonces, con la mano izquierda me tiende un platillo de fina porcelana de Limoges decorada, con un pequeño tenedor de plata. En el centro destaca el mismo petisú, perfectamente intacto y bañado en oro, relleno hasta los bordes con una nube de delicioso *chantilly* y nata cremosa, y minúsculas briznas de caramelo brillante. También hay una margarita recién cortada en el platillo.

La miro aún más intrigada.

–Petisú de crema y nata *chantilly* glaseado con caramelo –repite.

Alargo la mano hacia el plato.

–Si no te importa…

Pero ella aparta mi mano.

–¿Has visto? ¡Eres tú!

–¿Qué soy yo? –pregunto extrañada.

Quiero ese petisú.

–¡El petisú! –exclama Cécile.

–Yo soy el petisú –repito escamada.

–Sí, tú eres el petisú: estás hecha de deliciosa pasta *choux* con aroma de mantequilla, rellena de aterciopelada crema *chantilly* y recubierta por un glaseado dorado que se te derrite en la boca.

–Suena un poco porno –observo.

–Tú eres el petisú, pero te presentas así –explica, señalando el que está envuelto en papel de periódico–. El contenido es exquisito, pero la presentación no es atractiva. El mismo petisú, con una presentación más cuidada, te lo quitarían de las manos.

—Di lo que tengas que decir mientras sigamos siendo amigas, porque después de esto no sé si voy a seguir siéndolo —la advierte.

—No seas tan quisquillosa y escúchame, te lo digo de corazón. Dentro de ti hay un mundo maravilloso; además, has enriquecido tus cualidades ampliando tu bagaje cultural. Pero tu forma de vestir y tu aspecto, si bien yo respeto absolutamente tus decisiones, constituyen un límite para las personas que no te conocen. Yo soy una persona libre de prejuicios, pero la mayoría no lo es, como tú misma has podido comprobar, y para ellos es difícil dar credibilidad a una joven que se presenta en minifalda de cuero, cabellos teñidos de color rosa fucsia, uñas pintadas de verde y que hace globos con el chicle, ¡por mucho que sea una licenciada en física cuántica!

—¡Sé lo que es! —salto como un resorte—. Física cuántica: rama de la física introducida por los estudios de Plank en el año 1900 que describe el comportamiento de la materia y de sus interacciones con las radiaciones como fenómenos ondulatorios de origen particulado consistentes en concentraciones de energía que se miden en cuantos, precisamente, y contrariamente a lo que la física clásica había afirmado hasta entonces —explico de un tirón.

—Ahí voy. Puedes tener un montón de cosas que decir, pero debes ponerte en la posición adecuada para que la gente con la que estás tratando tenga ganas de escucharte.

—Si no te paro, sigue hablando. Eso quiere decir que no estás arriesgando tu vida.

—Esto es un nido de víboras, donde el valor de una persona es directamente proporcional a su título nobiliario. Para una mujer es más complicado, ya que, por ósmosis, asume el título del marido, así que debe trabajar el doble para demostrar que merece ser respetada.

Hace una pequeña pausa y luego continúa:

—Menos yo, pero no es de mí de quien estamos hablando.

La observo mientras se regodea con su propio monólogo.

—Tú has atrapado a uno de los solteros más codiciados, así que solo por eso ya tienes a todas las zorras enfurecidas y deseosas de morderte los tobillos. Además, eres nueva en este ambiente y vienes de un entorno que esta gente siempre ha despreciado. No debes servirles en bandeja de plata argumentos para que se rían de ti, tienes que arrebatárselos y hacer que se mueran de hambre. Sabes que eres muy superior a las personas que has conocido hasta ahora, pero con saberlo no basta. Si quieres jugar en la misma mesa, debes identificarte con un personaje que les haga sentirse a gusto.

–Me estás diciendo que doy una imagen equivocada. ¿Puedo beberme toda la biblioteca de Denby Hall, aprender todas las lenguas del planeta y aun así no ser aceptada nunca? ¡Joder! ¡Sé comer en una mesa con catorce cubiertos y cinco copas distintas!

–Conviértete en un camaleón. No te estoy diciendo que cambies, tú eres la que eres y por dentro siempre serás la misma, ¡pero por fuera tienes que revisar un poco tu apariencia!

–Pensaré en ello –le concedo dubitativa.

–¿No te han humillado ya bastante?

El tono de Cécile se ha enfriado.

Suspiro y miro para otro lado. Sé las cosas que he escuchado miles de veces de Delphina y de Ashford. Es cierto que ellos me han expuesto las cosas de forma diferente, como si yo fuera la que está equivocada, y por despecho hacia sus formas siempre me he opuesto a cualquier cambio. ¿Cómo podía hacer caso a Delphina o a las 6-6-6 que tanto me odian?

Sin embargo, esta vez es Cécile quien me lo dice y solo Dios sabe que hasta ahora ha sido la única persona que se ha interesado por mí en esta jaula de grillos.

¿Valdrá quizá la pena seguir sus consejos?

Tras varios días reflexionando detenidamente sobre la «charla», acudo a la residencia de Cécile justo después de comer. Esta noche es la gran mascarada, un descomunal (y como no podía ser de otra manera) baile de disfraces ofrecido por el mismísimo duque Neville.

Tenemos programada una larga prueba de vestidos. Cécile ha mandado venir a un modisto de París y yo, que no quiero ser menos, le he pedido si puedo aprovecharme de ello. Estaba pensando en algo muy teatral, rojo fuego, plumas, tafetán y lentejuelas… Pero nada podía haberme preparado para lo que me encuentro a mi llegada.

El salón privado de los apartamentos de Cécile está reacondicionado como un centro de belleza, con sillones de peluquería y camillas para tratamientos estéticos.

—Ayyy. —Me recibe un chillido afeminado apenas abro la puerta.

—*Pierre, pourquoi tu cries?* —pregunta Cécile en francés.

—¡Grito de terror! ¡No me habías dicho que era un caso tan desesperado! —protesta el hombre, observándome paralizado.

—¡No exageres! Conozco tus dotes, estoy convencida de que llevarás a cabo una obra maestra —le anima ella.

—Me sobrevaloras, *cherie* —comenta él de nuevo pronunciando con la erre francesa.

Pierre empieza a girar en torno a mí, contemplándome con atención.

—Por lo menos la base es buena, hay algo sobre lo que trabajar. Si encima hubiera estado gorda, me habría largado *tout de suite*.

—Cécile, tu modisto parece un poco cansado —observo.

—No es mi modisto —responde mi amiga.

—Entonces, ¿por qué estoy aquí aguantando insultos gratuitos de un desconocido? —pregunto con una calma forzada.

Cécile se acerca y me coge de las manos.

—¿Recuerdas la conversación de la otra tarde? No te enfades, pero me he tomado la libertad de llamar a Pierre. Tiene uno de los salones de belleza más exclusivos de París y es un verdadero genio con el cabello y el maquillaje. No te arrepentirás. Te prometo que, si no te gusta, te volverá a teñir el pelo de rosa y te dejará las uñas verdes de seis centímetros —me sonríe ilusionada.

Miro a Cécile, luego a Pierre y de nuevo a Cécile.

—Pero pagas tú, entonces.

—¡Con mucho gusto!

Aplaude con entusiasmo, dando brincos por la habitación.

Ya es de noche cuando me dispongo a enfundarme en un vestido espectacular y veo que tengo un número vergonzoso de llamadas de Ashford, coronadas por un escueto último mensaje de texto que dice: «Yo ya estoy en el baile, arréglatelas como puedas». Claro que me las arreglaré, querido Ashford, como siempre y para variar. Hace mucho tiempo que comprendí que en esta historia el príncipe azul soy yo.

Capítulo 50

La versión de Ashford

La mansión Neville está abarrotada de invitados vestidos con los disfraces más sorprendentes. Mi madre no cabe en sí de gozo, hacía tiempo que no la veía tan feliz: hasta ahora nunca había sido invitada por el duque y ahora está que no se lo cree. Ha regresado de Bath a propósito para pavonearse. La perdí, gracias a Dios, un instante después de que atravesara el umbral para mezclarse con las demás arpías disfrazadas de Isabel I. Se distinguen a la legua: pelucas pelirrojas, tres capas de cera blanca, gorguera de pavo alrededor del cuello y faldas de diámetro inverosímil. Ni que decir tiene que los hombres se dividen en dos bandos: Enrique VIII delgado y Enrique VIII gordo. La versión obesa, por motivos obvios, tiene muchos más adeptos.

Estas fiestas son altamente previsibles.

En cambio, debido también a mi escaso incentivo para querer trabajarme un disfraz complicado, he optado por el de Fantasma de la Ópera: máscara blanca cubriendo solo la mitad del rostro, chaqué negro riguroso y capa con forro rojo. Sencillo y práctico.

—¿Quién coño eres? ¿Batman?

Harring me coge por los hombros. ¿Por qué sé que es Harring? Porque va vestido de sí mismo, con su mono de piloto de Fórmula Uno. Hasta con el casco en la cabeza.

—Soy el Fantasma de la Ópera —le explico.

—Solamente llevas la mitad de la máscara, ¿lo sabes? —me indica, señalándome el rostro.

—Sí, el disfraz es así. ¡Tú, más bien, vas más acorde con el carnaval! ¿Sabías que era una fiesta elegante?

—Claro, pero luego pensé: vaya, soy una leyenda, ¡así que me he enfundado el mono y el casco!

—Te acordaste de repente de que era un baile de máscaras y te has puesto lo primero que has pillado por ahí —le corto bruscamente. —Sí, algo de eso hay —admite bajando la voz unas octavas, para luego cambiar de conversación—. Eh, ¿vienes solo esta noche?

—Eso parece. Jemma desapareció a primera hora de la tarde porque había quedado con ese bicho raro de Loxley y no he vuelto a verla.

—Vaya, ¡fiesta de pijamas entre chicas! —exclama entusiasmado—. ¿Qué estamos haciendo aquí? Vayamos con ellas.

—Tu mente retorcida se las imagina en plena pelea de almohadas con lencería sexi rodeadas de una nube de plumas de oca. Esas dos son arpías; si nos echan el guante durante uno de sus aquelarres satánicos, como mínimo nos cortan las pelotas. ¡Así son sus fiestas de pijamas!

—Ashford, explícame por qué siempre tienes que destrozar mis fantasías.

—Explícame por qué tus fantasías últimamente siempre incluyen a Cécile Loxley.

—Debe de ser la aspirina que me he tomado antes con la margarita. Tres margaritas.

—Desde luego, si Jemma no se presenta voy a quedar de pena. Su Excelencia el duque real, por algún extraño motivo, la encuentra adorable y ha requerido expresamente su presencia en la velada, pero ¿dónde diablos está? Como de costumbre, esa egoísta va a lo suyo, sin decir nada a nadie, y yo ahora estoy aquí fingiendo que ha ido al baño.

—Te estás volviendo paranoico. ¿Te traigo una copa de champán que te calme los nervios?

—Toda la botella, gracias.

Harring se confunde entre la multitud mientras yo permanezco al pie de la escalera de entrada esperando a Jemma, observando las máscaras de los invitados que van llegando: Enrique VIII y Anna Bolena con un reguero de sangre en el cuello de muy mal gusto, dos cancilleres Cromwell, una Margaret Thatcher, el arzobispo de Canterbury, aquel no sé quién es, aquella… ¡Espera un momento!

Por un segundo me quedo pasmado mirando el primer personaje no ridículo de la noche que hace su entrada desde lo alto de la escalinata.

Tengo una extraña sensación, como si fuera un *déjà vu*. Todo en ella evoca destellos en mi mente, pero soy incapaz de recomponerlos en una sola imagen.

Me fijo solamente en lo que tengo delante: es una mujer joven (no demasiado mayor como para convertirse en Isabel I, ni demasiado joven como para disfrazarse de princesa Disney), su cabello castaño claro iluminado con reflejos caramelo y mechones cobrizos cae sobre sus hombros en suaves ondas tan sedosas que dan ganas de entremeter los dedos, su rostro es de tez sonrosada y luminosa y está cubierto por un sencillo antifaz de encaje que enmarca unos profundos ojos azules. Desciende por las escaleras con paso ligero, envuelta en un vaporoso vestido de seda color hielo.

Una fuerza desconocida para mí me arrastra hasta situarme frente a ella, casi impidiéndole el paso, y sin dudarlo le digo:

—Has tardado mucho en llegar.

—Aún no es temporada de calabazas. He tenido que hacer autostop.

Debajo de toda esa seda está la mismísima Jemma.

Le ofrezco mi brazo para llevarla hasta el final de la escalinata.

—¿De qué te has disfrazado?

—De como querrías que fuera.

—No era así como te imaginaba.

—¿Cómo me imaginabas? ¿Muda?

—Digamos que superas la más prometedora de las expectativas —admito sin reservas.

Jemma parece perpleja, como si viniera con la escopeta cargada y ahora se encontrase con un arma en la mano sin saber qué hacer.

—Vamos, Ashford, estoy convencida de que puedes hacerlo mejor. Cuando estás en plena forma me obsequias con toda la bilis que eres capaz de escupir. Me esperaba una estocada digna de ti, ¡me has decepcionado!

La observo intrigado.

—Se ve que has puesto un gran empeño, ¿o no?

—Es todo cuestión de fuerza mental. Y, además, ya no sabía cómo dejarte pasmado.

La conduzco al centro del salón, precisamente mientras Harring viene hacia nosotros.

—Champán para ti —invita, ofreciéndome la copa estrecha y alargada, y agarrando la mano de Jemma.

—Y esta encantadora damisela enmascarada que has encontrado, para mí.

Levanta la visera del caso para presentarse.

—Kenneth Harring, heredero al título de vizconde de Westborough.

—Haz. Soy Jemma —le responde ella con una extraña serenidad.

–¿Co... Cómo? ¿Jemma? Que me parta un rayo –exclama Harring en estado de *shock*.

–Estate atento a lo que deseas, Harring. ¡Podría hacerse realidad! –exclama Cécile a sus espaldas, envuelta en capas y capas de tafetán negro.

–¡Loxley! ¡El lado oscuro de la fuerza! ¿De qué vas vestida? ¿De maníaca depresiva con menopausia precoz?

–De menopausia precoz, si sirve para mantener a raya a los cerdos como tú –contesta ella con la acritud que la caracteriza.

–Te sorprendería si supieras la de señoras maduras que aprecian mi compañía. –Y, diciendo esto, guiña un ojo al trío de dentaduras postizas a nuestra derecha.

Cécile hace una mueca y aparta la mirada.

–Me das asco.

–Muy bien, señoras y señores, maníacos sexuales y sociópatas –digo, señalando con un gesto a Harring y Cécile–, yo me iría a bailar, están poniendo una lenta a la que no hago demasiados ascos. Jemma, ¿vienes conmigo?

–Con moderado placer –responde con una amplia sonrisa.

Jemma y yo nos plantamos en el centro de la pista y empezamos a movernos al ritmo de la música.

–¿Y entonces? –le pregunto.

–¿Y entonces qué?

–¿Qué me dices de este repentino cambio? ¿Qué te ha fulminado camino de Damasco?

–He comprendido que necesitaba un cambio de imagen –responde, quitándole importancia.

–¿Y por qué?

–Para poder romperte el culo a ti y a todos estos arrogantes estirados.

–¡Esta es la duquesa que yo conozco!

Después de todo estamos en tregua diplomática y sus contestaciones me hacen gracia.

–¡En serio! Vosotros en mi mundo no duraríais ni un telediario. ¡Me gustaría veros coger el metro en hora punta sin que te aplaste el gentío! ¡O salir ileso del primer día de rebajas!

–Pero no estamos en tu mundo –puntualizo.

–Exacto, soy yo la que está en el vuestro, así que no solo os enseñaré que puedo vivir en él perfectamente, sino mejor incluso que los que habéis nacido aquí.

—Eres presa de delirios de grandeza.

—Puede ser, pero ¿tú no lo has sido siempre? ¿Tienes miedo de que alguien te robe el protagonismo?

—Francamente no.

Por alguna razón desconocida me apetece murmurarle al oído:

—Admito que eres valiente, pero aún te queda mucho por aprender.

—Todavía no has dicho nada —me reprocha.

—¿Sobre qué?

—¡Sobre mí! Sobre mi *look*. ¡Meses de protestas cubriéndome de infamias y, cuando me presento resplandeciente como Harrods en Navidad, no tienes ningún comentario, excepto preguntarme por qué!

—A lo mejor no te has dado cuenta de una cosa, pero yo sí —objeto.

—¿De qué?

—Cuando has hecho tu entrada en el salón…

—¿Qué ha pasado?

—Nada —respondo angelical.

—¿Cómo que nada? —dice enojada.

—Por primera vez desde que tú y yo nos mostramos en público juntos, no ha ocurrido absolutamente nada.

—No comprendo a dónde quieres ir a parar.

—Te lo explicaré: cada vez que entrabas en una habitación, llamabas la atención y atraías todas las miradas. Pero que no se te suba a la cabeza, no era para bien. Todos se volvían a mirarte, alucinados con tus malas pintas. Por primera vez esta noche has pasado desapercibida. Nadie se ha dado la vuelta hacia la escalera asustado como si hubiera entrado una banda de atracadores.

Jemma mira hacia otro lado, bajando la barbilla hasta casi inclinar la cabeza.

—Eh, no te me vengas abajo. Es sinónimo de que tu cambio de imagen ha tenido éxito.

—Si tú lo dices…

Jemma no parece muy entusiasmada con mi explicación.

—Sí, lo digo yo. Y, como esta noche me siento sincero, te diré un par de cosas más. Aprecio el esfuerzo que has hecho, aunque te haya llevado tu tiempo; además, quien quiera que te haya ayudado ha hecho un gran trabajo y te ha quedado muy bien. Así que gracias.

–Son tres cosas.

–¿Eh?

–Que son tres cosas, no dos: aprecias el esfuerzo, estoy deslumbrante y gracias.

–No he dicho que estés deslumbrante. He dicho que te ha quedado muy bien.

–Te resulta imposible hacer un cumplido, ¿verdad?

–No me obligues.

Bailamos un rato, en silencio, luego noto su mirada pasearse por el salón y no puedo resistirme a preguntarle:

–Supongo que entre los motivos de tu cambio de imagen también hay algo más… O, mejor dicho, ¿alguien más?

–¿Quién?

–Llevas semanas rebozándomelo por la cara ¿y ahora te haces la tonta? Willoughby.

Jemma niega con la cabeza.

–No. Willoughby no tiene nada que ver.

–Parece que estás buscando a alguien.

Deja escapar una media sonrisa.

–Buscaba a tu madre. Quería provocarle un desfallecimiento como el de la noche del desfile.

–No creo que consigas llegar a ese nivel, aunque pongas en ello todo el empeño del mundo.

Contengo un suspiro: mi madre me importa un bledo. Si Willoughby ya no está en la carrera, tengo un problema menos.

–¿Quieres relajarte? ¡Me parece estar bailando con la estatua del almirante Nelson de lo rígida que estás!

–Estoy de los nervios. Estoy segura de que, en el momento en que baje la guardia, me soltarás alguna bromita de las tuyas. Estoy preparada para parar el golpe.

–Y, sin embargo, soy la persona en este salón que está más en paz con el universo. No era tan difícil de entender y, sin embargo, remaste a contracorriente hasta el final: lo único que pedía era una persona a mi lado que no me humillara o me pusiera en evidencia.

–¡Lástima! Humillarte es lo único que puede rebajar tu desmesurado ego, y ponerte en evidencia lo único que puede derribar tu arrogancia –rebate ella con una sonrisa angelical pintada en el rostro.

–Entonces, ¿siempre lo has hecho a propósito? –pregunto.

–Continuamente –responde satisfecha.

–Eres una auténtica cabrona.

Nos movemos en silencio al ritmo de las últimas notas de la canción lenta antes de sorprenderme con una mirada triunfante.

–Entonces al final lo has admitido.

–¿El qué?

–Que soy guapa.

Ha ganado. Esta vez ha ganado.

Capítulo 51

La versión de Jemma

Delphina, con su fuga, me ha dejado en una posición complicada. Sí, siempre he considerado a esa mujer como un desperdicio de espacio, pero cada día que pasa la gestión de Denby Hall me involucra más y más. Y, por raro que parezca, me gusta.

Durante años siempre he dependido de alguien, he sido la subordinada, el furgón de cola, mientras que ahora cada decisión, hasta el mínimo detalle, parece requerir mi aprobación.

Lance y todo el servicio son tremendamente amables conmigo y hacen todo lo posible por que yo esté a gusto, aun sabiendo que cada cosa para mí es algo nuevo.

La sociedad benéfica es harina de otro costal: yo soy su experimento y miran todo lo que hago con lupa.

Con el desfile me arriesgué y me fue bien, pero no sé si esta vez la suerte será mi aliada.

He recibido una llamada telefónica de lady Antonia, quien, con un tono tranquilo, más falso que las rebajas de fin de temporada, me ha informado de que tendré que ocuparme de la velada que Delphina se había asignado a sí misma: el concierto del coro gregoriano en el gran invernadero cedido por el Club de Campo.

Yo, de coros gregorianos, no tengo ni idea.

Y, además, ¿dónde voy yo a buscar a estos gregorianos?

Más vale lo malo conocido que lo bueno por conocer, así que, igual que hice para el desfile, también esta vez me veo obligada a improvisar.

Cuando llega el día del acto benéfico, la sala está abarrotada y lady Venetia ya está en el escenario, dispuesta a hacerse cargo del evento que he ideado. No puedo negar que tengo algunas dudas sobre el éxito de mi iniciativa y soy consciente de que la mitad de las personas aquí sentadas se encuentran esperando mi estrepitoso fracaso. Cruzo los dedos para que mi estrella de la suerte, una vez más, obre su magia. —Damas y caballeros, *mesdames et messieurs*, *Damen und Herren*, esta noche el calendario de eventos de la Union Jack Charity Society propone una iniciativa del todo inédita, en sustitución a la exhibición del coro gregoriano, organizada por la duquesa de Burlingham, ¡lady Jemma Parker! ¡Démosle un aplauso!

Lady Venetia hace una breve pausa para centrar la atención en mí.

—Estoy segura de que la iniciativa será un éxito, y me dirijo especialmente a ustedes, las damas del público. Como anuncia la invitación, más tarde se ofrecerá un bufé ligero, seguido de baile, pero antes cada dama ha de elegir a su pareja para la velada.

Entre la audiencia se eleva un murmullo.

—Pues bien, están a punto de presenciar la adjudicación de los caballeros aquí presentes, que serán sacados a subasta. Los señores estarán a disposición de vuestras órdenes y deseos, dentro de lo permisible, por supuesto. Me dirijo especialmente a vosotras, las damas casadas. Mis queridas señoras, escojan bien a su caballero, levanten la paleta numerada, luchen hasta la última puja para ganárselo y no olviden su talonario de cheques. Sean generosas, al fin y al cabo se trata de una obra de caridad, ¿no? ¡La subasta empieza con la cantidad de quinientas libras!

Siento que todos me miran y que alguien en la retaguardia sisea «Qué imprudencia» o «Está loca».

—Partamos sin mayor dilación con el primer lote: lord Havisham, se lo ruego, ¿puede subir conmigo al escenario?

Lord Havisham se aclara la voz mirando a su alrededor, dubitativo, para después dirigirse hacia lady Venetia, empujado por su hermana. Es viudo desde hace más de cuatro años, ya habrá superado el luto.

—Muy bien, entonces: lord Havisham, noveno conde de Twickens, aficionado al ajedrez, maestro de la caza real del zorro, bicampeón con el equipo europeo en la Ryder Cup de golf.

Se palpa la incomodidad en la sala; entonces, la hermana del conde agita su paleta en el aire.

—Mil libras.

—Vamos, Juliet, no querrás quitarle el conde a otra afortunada dama. Puedes disponer de él cuando quieras —la insta lady Venetia.

—Genial, lady Smythe. Menos mal que su marido está en Bélgica. Nadie se lo va a contar, ¿verdad, amigos? ¡Punto en boca!

Se levantan tímidamente otras paletas hasta que lady Smythe se arriesga a adjudicarse el conde.

Una vez puesto en marcha el mecanismo, los siguientes caballeros actúan con más agilidad y, tanto el conde de Clerkenwell como el barón Fansworth, suben y bajan del escenario a la velocidad del rayo.

Los caballeros elegidos son fruto de mi exhaustiva observación de la fauna aristocrática durante estas ceremonias infinitas. He incluido viudas para dar un soplo de aire fresco a sus vidas —nunca se sabe lo que puede pasar—, los casados más autocríticos —no lo parece, pero alguno he conocido: Murray Davenport, por ejemplo— y, naturalmente, los solteros y solterones empedernidos.

Hablando de solteros, aquí tenemos a lady Venetia llamando al escenario a Harring. Ha aceptado de buen grado participar, aunque ha puesto una condición.

—El inefable Kenneth Harring, señoras y señoritas, heredero del vizconde de Westborough. Aficionado al motor y piloto de Fórmula Uno, coleccionista de champán desde 1995, debe su permanente bronceado a su villa marbellí y a su yate de cuarenta metros. Hace tiempo que no se le atribuye una relación estable. ¡Se abre la puja!

Parece una película del Oeste cuando la calle está desierta y solo hay polvo y ovillos de heno rodando. La sala está inmersa en el silencio, podría escucharse el vuelo de una mosca, si las hubiera. Harring se quita la chaqueta del esmoquin, se la echa despreocupadamente al hombro y comienza a pasearse por el escenario.

—Vamos, señoras, no sean tímidas. —Guiña un ojo al público—. Esta es su oportunidad. Solo por una noche.

Silencio. Excepto Ashford.

Se encuentra a mi lado y tiene tal ataque de risa que temo vaya a darle un síncope. Se está retorciendo literalmente, lo juro. Veo horrorizada que me arrebata la paleta.

—Creo ver una paleta moverse —dice por fin lady Venetia—. ¿Duque de Burlingham? Temo que esto que está haciendo sea algo ambiguo… ¡Las ofertas están reservadas a las señoras!

Le hago bajar la paleta con la mano sobre la mesa, con tanta fuerza que las copas de cristal chocan unas contra otras.

Ashford se seca las lágrimas que le han velado los ojos.

–Tengo que tomar aire para no desmayarme –dice, tragando con dificultad para sofocar una última carcajada–. Así se hace, Haz.

Harring sigue en el escenario, enfrascado en su presentación, lanzando guiños a diestro y siniestro en un intento de obtener alguna oferta.

El problema de Harring es su pésima reputación: todas han pasado por su cama, pero ninguna quiere admitirlo en público.

–Una libra. –Reconozco la voz teñida de un sutil sarcasmo proveniente de la mesa detrás de mí: Cécile.

–Lady Loxley, le recuerdo que la cantidad de salida es de quinientas libras. ¡Es por una buena causa! –la estimula lady Venetia.

–Bien. Pues quinientas libras –repite Cécile aburrida.

–¿Nadie ofrece más? Quinientas a la una, quinientas a las dos… –Momento de pausa–. Quinientas a las tres. La marquesa de Hungeford, lady Loxley, se adjudica a Kenneth Harring.

Harring se baja del escenario y se reúne con Cécile, sin perder la sonrisa.

–Lady Loxley, ha hecho un buen negocio.

–Me debes cuatrocientas noventa y nueve libras –masculla ella.

–¡Lady Loxley! Es benéfico –replica Harring.

–No sé si te has dado cuenta de que te he salvado el culo. Si no hubiera sido por mí, nadie habría lanzado ninguna oferta.

–Todas me las han hecho ya.

Se da la vuelta hacia la hija de sir Philip, en primera fila, y le guiña un ojo.

–Eres repugnante –apostilla Cécile.

–Y soy todo tuyo, por esta noche. Quién sabe, a lo mejor consigo hacerte cambiar de idea sobre tu pseudonovio friqui americano.

–Estás haciendo que me arrepienta –suspira mi amiga.

–¿Ves? Te lo dije. ¡Y además los americanos la tienen pequeña!

–¡Me refería a ti, estúpido! Ya estoy lamentando haber pujado por ti en la subasta.

La voz de lady Venetia me distrae de su guerra dialéctica.

–Y, ahora, el último lote; estoy segura de que animará la sala. Gracias a la amable concesión de lady Jemma, aquí tenemos a lord Ashford Parker, duque de Burlingham.

Entonces Ashford, sentado a mi lado, se pone lívido.

–¿Has perdido la cabeza?

–Es por una buena causa –le respondo en tono angelical.

Empuja la silla hacia atrás molesto y se inclina hasta rozarme la cara.

–Tú y yo ya arreglaremos cuentas después.

La condición de Harring para participar en la subasta era que también incluyera a Ashford. La idea de ponerle en un aprieto era tan tentadora que no me lo pensé dos veces.

Lady Venetia se regodea cuando él sube al escenario.

–El duodécimo duque de Burlingham, capitán del equipo de polo de West London, coleccionista de coches de época, dos licenciaturas universitarias y habla seis idiomas. Se abren las ofertas.

Se levantan un aluvión de paletas.

–Mil libras.

–Mil quinientas.

–Dos mil.

–Cuatro mil.

Las voces femeninas se solapan unas a otras y, al volver la mirada hacia el escenario, observo la expresión de satisfacción de Ashford. Si la buena educación no se lo impidiera, estoy segura de que me mostraría el dedo corazón. Estiro el cuello para examinar a las propietarias de las paletas. Están lady Valéry y lady Audrey. Está la mujer de lord Cedric, incluso. Y todas las solteras. Las 6-6-6 se pelean entre ellas a golpe de ceros. Le desean como si estuviera hecho de chocolate.

Veo también a una mujer joven en la puerta de la sala. Cabello oscuro y ondulado, recogido sobre la cabeza, mirada segura y penetrante clavada directamente en Ashford. Nunca la he visto antes, pero me basta una rápida ojeada para darme cuenta de quién es: Portia. Y exhibe su paleta bien alta.

Sin pensarlo siquiera agito el brazo con la paleta.

–Ocho mil libras.

Lady Valéry se ríe por lo bajini.

–Lady Jemma, no hay necesidad de elevar las ofertas.

–Doce –ofrece Portia con firmeza.

–Quince. –Es mi contraoferta.

¿Es una impresión mía o Ashford está conteniendo una sonrisa? ¿Qué es lo que pasa? ¿Espera que Portia gane la subasta? Ah, claro, le encantaría humillarme en público, ¡pero no sabe con quién se la está jugando!

Portia levanta de nuevo la paleta con gesto indiferente.

–Dieciocho.

–Veinte mil –mascullo.

–Veinticinco mil –ofrece Portia, dirigiéndose más a mí que a lady Valéry.

Me pongo en pie y fulmino:

–Cincuenta mil libras.

Luego, antes de que pueda abrir la boca, rebato:

–Sesenta.

Siento su mirada glacial clavada en mí. Camino frente a ella como si estuviera en el estadio, cara a cara con el líder de los ultras del adversario. Le arrebato la paleta y siseo:

–Cien mil libras.

Sí, cien mil. Soy asquerosamente rica y pretendo usar mi dinero para derrotar a una zorra arrogante y ponerla en su sitio.

–Temo no haber oído bien la oferta –pregunta lady Venetia.

–Cien-mil-jodidas libras –repito, recalcando bien las palabras.

–¿Alguna otra oferta?

Me giro y veo que Portia se ha esfumado.

–Cien mil a la una, cien mil a las dos, cien mil a las tres. Lady Jemma se adjudica, bien, a su marido.

Esperaba cogerle por sorpresa, pero Ashford mueve la cabeza sonriendo. Una de sus bonitas sonrisas, de esas que le iluminan el rostro como cuando se abre una gran ventana en una habitación a oscuras y se ve un amanecer sobre el mar... Pero ¿qué estoy diciendo?

Sonríe, se baja del escenario, vuelve conmigo y ¡ya está bien! Dios mío, tengo que dejar de mirarle fijamente.

Capítulo 52

La versión de Ashford

Debería odiar a Jemma por esta historia de la subasta de caballeros, pero no lo consigo.

Soy consciente de que tengo una buena razón para echarle la bronca, pero por algún motivo no me siento tentado a «abrir el fuego». Enfado inexistente. Resentimiento no disponible. Irritación a mínimos históricos.

Como ya es costumbre entre Jemma y yo, los actos públicos siempre terminan con un rifirrafe, pero esta noche carezco de pretextos. Tregua o no, las tradiciones deben respetarse.

Lo que más me sorprende es el empeño que estoy poniendo en encontrar cualquier excusa, como si me negara a reconocer que, por una vez, no voy a discutir con ella.

Y debo confesar otra cosa que he procurado ignorar hasta el momento: cuando bajé del escenario para reunirme con Jemma después de conseguirme con sus «cien-mil-jodidas-libras», en lugar de dirigirle miradas de soslayo llenas de odio, sentí un cosquilleo en los brazos que me impulsaba a abrazarla y tuve que apelar a todo mi autocontrol para no hacerlo. Y el abrazo que imaginaba mi subconsciente no era un apretón cariñoso. Para nada.

Estaba ahí, de pie, con una expresión de triunfo pintada en el rostro, con las manos sobre las caderas envueltas en ese vestido largo de satén gris que le marca un pliegue en las nalgas que mandaría al manicomio hasta a un monje cartujo.

¡Basta!

Sacudo la cabeza como para quitarme esa imagen de la mente y vuelvo a centrarme en la carretera.

Jemma se sienta a mi lado con las piernas cruzadas y mira por la ventanilla.

En la oscuridad de la noche el cristal hace de espejo y puedo ver que todavía lleva aquella sonrisa colgada en el semblante.

—La gente hablará durante meses de tu batalla de cheques con Portia.

—Alguien tenía que hacerle entender cuál es su lugar. Si me ha costado cien mil libras, bien gastadas están.

—¿Entonces esta es la cuestión? ¿Tenías que estar por encima de Portia?

—Sí.

¿Qué es eso que siento en el pecho? ¡Espero y deseo que no sea decepción! ¿Decepción por qué?

—Además de Portia diría que muchas otras señoras han entendido que no se puede bromear con la duquesa de Burlingham.

—Desde luego es alguien con quien pelear con uñas y dientes —comento.

—Y tú qué sabrás.

—Hablo por experiencia.

Ella se da la vuelta y me mira.

—¿Así de terrible soy?

—¿Tengo que ser descaradamente sincero?

—¿Estás de broma? ¡No! ¿Desde cuándo una mujer quiere una respuesta sincera a una pregunta?

—Lo pregunto para salir de dudas, visto que no te consideras una mujer como las demás —me defiendo.

—Entonces sí, puedes ser descaradamente sincero, y yo, para demostrarte que no soy como las demás mujeres, no me ofenderé. Dispara a bocajarro.

Sin pensármelo contesto:

—No eres terrible.

Jemma se queda con la boca abierta.

—Te he pedido que seas sincero.

—No eres terrible. Puede que al principio sí, pero con el tiempo me he acostumbrado y, además, has mejorado una barbaridad, así que diría que no, que no eres tan terrible.

—No estaba preparada para esta respuesta.

—Como ves, soy perfectamente capaz de cogerte por sorpresa aunque seas una peleona que siempre tiene que tener la última palabra.

Cuando regresamos a Denby Hall, todos están ya durmiendo. Nos encaminamos hacia nuestras habitaciones, no sin antes quitarse los tacones para no hacer ruido. Es un edificio de ciento cincuenta habitaciones, Jemma todavía no se ha dado cuenta de que, por mucho ruido que hagan sus zapatos, no podría despertar a nadie.

En algún lugar recóndito de mi mente siento que resuena la palabra «adorable», pero intento ignorarla.

–Está bien, Jemma –digo una vez llegados a nuestras respectivas puertas–. Una vez más tu acto benéfico ha sido todo un éxito. Debo reconocértelo; a pesar de estar fuera de los esquemas, sabes hacerlo.

–Gracias –responde ella mirando al suelo–. Buenas noches.

Mientras me cambio para meterme en la cama siento que llaman a la puerta que tenemos en común. Voy a girar la llave por mi lado y me encuentro a Jemma, todavía vestida.

–Quería decirte que siento haberte incluido a tus espaldas entre los caballeros a competir en la subasta. Tendría que habértelo pedido. Gracias por haberte prestado al juego.

–Era por una buena causa. Una vez superado el golpe inicial, he capeado bien el temporal.

–Bien, pues quiero que sepas que me alegro de haber abatido a Portia en la subasta.

–Eso ya lo sé.

Jemma duda un instante antes de decir con voz suave:

–Cien mil libras bien gastadas.

Me quedo mirándola intrigado sin entender del todo a qué se está refiriendo.

–Entonces, buenas noches, Ashford.

–Buenas noches.

Sale y cierra la puerta a sus espaldas. Poco después oigo entornar la puerta de su lado.

Espero unos segundos y nada. Un minuto y nada.

No oigo girar la llave.

A estas alturas estamos ya acostumbrados a los sonidos familiares y las raras veces en las que abrimos las puertas que comunican nuestros dormitorios estamos muy atentos a echar la llave: el clic de la manilla, el golpe seco de la puerta y el giro de la llave en la cerradura con dos vueltas por lo menos.

Esta noche solamente oigo el clic de la manilla y el golpe seco de la puerta. Ni rastro del giro de la llave. Quizá se haya olvidado.

¿Y si no se ha olvidado? ¿Y si no echó la llave a propósito?

¿Sabrá que me he dado cuenta?

Para deshacerme de los pensamientos confusos que nublan mi mente desde hace una semana, concretamente desde la noche de la subasta de caballeros, decido nadar unos largos en la piscina cubierta y reconciliarme conmigo mismo.

Al abrir las gruesas puertas talladas en roble me percato de que también mi último santuario, el único rincón de paz que me queda en Denby, ha sido profanado.

Jemma está flotando repantingada en un sillón hinchable, con un pie colgando, una copa de champán en la mano y un par de insólitas gafas de sol en la cara.

Estamos a cubierto. De acuerdo, la cúpula de cristal de la piscina tiene efecto de «cielo en un interior» y deja entrar mucha luz, pero os aseguro que no es para ponerse gafas de sol.

Mi tatarabuelo mandó construir esta piscina a principios del siglo XX y, a diferencia de muchas casas, donde las piscinas modernas son una presencia hortera y ostentosa, el hecho de tener sus buenos años le confiere mucho encanto.

—Veo que estás a gusto —observo.

—Intento recuperar el tiempo perdido.

—Yo diría que te acostumbras al lujo más bien rápido.

Jemma se baja las gafas hasta la punta de la nariz y me mira de soslayo.

—Soy yo quien mantiene toda esta choza, ¿no?

—¿No habíamos quedado en que subrayar nuestro acuerdo sería superfluo?

—Por mi parte, estamos a la par —responde ella.

—Nosotros nunca estaremos a la par.

—Ah, ¿no?

Jemma, con los pies en el agua, patalea con fuerza hacia mí, mojándome los pantalones hasta la rodilla.

—Muy maduro, enhorabuena. ¿Estás contenta?

Ella asiente satisfecha. Cuando me doy la vuelta para salir, me fijo en la cubitera con champán que hay junto a la piscina. Lo cojo y saco la botella.

—La Côte Faron, Jacques Selosse... Tienes buen gusto. —La miro de reojo para asegurarme de tenerla a tiro—. Entonces disfruta del lujo.

Y le doy de lleno con el agua helada de la cubitera.

–¿Y ahora quién es el niño? –protesta, deslizándose desde el hinchable hasta la escalerilla–. Ashford, maldito seas. ¡Has estropeado mi momento de recogimiento interior!

Se dirige a la tumbona de mimbre para envolverse en un albornoz, murmurando improperios entre dientes.

Mientras vuelvo a colocar la botella en la cubitera, recibo un violento empujón que da con mis huesos dentro de la piscina. Jemma me ha cogido por la espalda y me ha tirado al agua. Eso me pasa por ponerme en una posición vulnerable. ¡Años en el Ejército y vastos estudios de estrategia tirados por el retrete!

Me agarro al bordillo, sacudiéndome el agua de la cara, mientras Jemma ríe a mandíbula batiente por su triunfo.

Esto no acaba aquí, mocosa.

Al intentar salir, con el impulso, en lugar de poner los pies en el bordillo, agarro el borde de su albornoz y de un tirón acabamos los dos en el agua.

Ella no se da por vencida y, aunque no sé bien por qué, sigue salpicándome, levantando con la mano molestas gotas de agua. La agarro por las muñecas, no me supone un gran esfuerzo, pero me entretengo un instante, lo justo para hacerle creer que su batalla vale la pena.

Ella se pone rígida, intentando soltarse de mis manos, pero lo único que consigue es acercarse aún más a mí.

–¿Y ahora quién manda?

–Déjame, déjame –protesta sin mucha convicción.

Por la forma en que se resiste, veo que patalea como si eso pudiera ayudarla, así que la arrastro hasta la parte más profunda.

–Te he dicho que me dejes –continúa ordenándome.

–De acuerdo.

La suelto y ella se hunde hasta los ojos, sorprendida de no hacer pie.

Me voy nadando hacia la escalerilla, pero siento dos débiles brazos agarrándome por los hombros y rodeándome el cuello.

Jemma intenta hundirme en el agua, pero yo me libero de sus garras.

–Si nos ponemos así, no me quedará más remedio que ahogarte.

Ella nada lo más rápido posible para llegar al sillón hinchable, pero, antes de que pueda subirse, la agarro por las caderas y tiro nuevamente de ella hacia abajo.

Se debate entre el estrecho espacio que queda entre el bordillo y yo, y decido reducirlo aún más.

Estamos apretados el uno contra el otro y jadeando por el forcejeo y, para ser sincero, no creo que a ninguno de los dos nos disguste. Si a ella le molestara, lo dejaría ahí.

Soy consciente de que nunca hasta hoy ha habido tanto contacto físico entre nosotros.

Continúa agitándose cada vez con menos convicción hasta que me rodea la cintura con sus piernas y su forcejeo se transforma más bien en un lento balanceo.

¿Será posible que me esté abrazando? ¿O es un espejismo de mi imaginación?

Tampoco mi agarre es tan firme y la sujeto con delicadeza.

La miro. El agua ha lavado toda traza de maquillaje de su cara y, si bien es verdad que ya no se maquilla tanto como antes, me sorprende verla con la cara lavada, las mejillas encendidas por la agitación y los labios húmedos. A esta corta distancia percibo cuán grandes son sus ojos.

Su rostro parece tan inocente, aún con esa chispa en la mirada y ese rayo de malicia, que no soy capaz de apartar mis ojos de ella.

Su respiración acelerada hace que su pecho suba y baje contra el mío, y esto me está torturando.

–Has… Has ganado –susurra entre sus labios.

–Has peleado bien –le respondo.

En teoría esta sería la situación perfecta para un beso. Solos, en una piscina, aferrados el uno al otro. Un beso de manual.

Pero ella es Jemma y yo soy yo, para nosotros no hay manual que valga.

Se queda ahí, parece no querer hacer otra cosa. ¿Y si está esperando que yo tome la iniciativa?

¡No! No seamos ridículos, sería inconcebible.

Y sin embargo… ¡Al diablo! Voy a intentarlo. Me acerco, a ver cómo reacciona ella.

Inclino ligeramente la cabeza, acercándome a su rostro de modo imperceptible.

Un momento, ¿estoy alucinando? ¿Será posible que también ella se haya inclinado desde el lado opuesto, casi como para favorecer mi encuentro?

Reúno el valor suficiente y me aproximo con la siguiente respiración.

–¿Su Excelencia?

La voz de Lance me llega amortiguada desde el otro lado de las puertas junto con los suaves golpes.

Como por instinto dejo ir a Jemma y retrocedo con dos brazadas.

–Sí, Lance.

Ella aprovecha para correr a las tumbonas y coger una toalla y, en cuanto Lance abre la puerta, se escabulle como un felino, no sin antes detenerse un segundo para dirigirme una mirada enigmática.

Capítulo 53

La versión de Jemma

No me reconozco.

No encuentro la paz desde aquella tarde en la piscina. O desde la noche de la subasta de caballeros. No sabría decirlo exactamente. Lo único que sé es que me invade una sensación de inquietud que va y viene, que me pilla desprevenida y pone mi mundo completamente patas arriba.

No consigo dejar de pensar una y otra vez en el interminable instante en que Ashford y yo nos encontrábamos abrazados.

Desde entonces, no he vuelto a ser dueña de mí misma.

Fue algo instintivo, primitivo, ante lo cual no pude hacer otra cosa que rendirme.

Es como si me sintiera expuesta a un peligro, pero de un tipo nuevo, totalmente desconocido, que por una parte me atrae como un imán y por otra me hace correr despavorida en dirección contraria.

Siento como si rogara por estar sola conmigo misma y luego, de repente, deseara ver a Ashford traspasar el umbral de mi puerta. Y, cuando sucede, son solo mis frenos inhibidores los que me impiden saltarle al cuello y abrazarme a él como aquella tarde.

Mis oídos se tensan cada vez que escucho su voz, parece que me falta el aliento cuando aparece y el corazón se me pone a mil cuando le oigo entrar en su dormitorio y entre nosotros solamente existe esa puerta de separación.

¿Dónde están mis respuestas inteligentes, mis bromas ingeniosas y mis sagaces ocurrencias que daban chispa a nuestras rencillas? Me gustaría liberarme de esta especie de hipnosis, pero al mismo tiempo cada día me rindo más a ella.

Capítulo 54

La versión de Ashford

Enroco —anuncia Harring, colocando su rey junto a la torre.

—No dudes en sorprenderme con una jugada que no lleves haciendo puntualmente cada vez que jugamos al ajedrez durante los últimos veinte años —me burlo de él—. ¡Qué sé yo! Una defensa siciliana en la variante Svešnikov ¡o cualquier estrategia que me permita seguir estimándote como un rival digno!

Haz bebe otro generoso sorbo de *brandy*.

—Piensa en tu mitad del tablero.

—Sigo teniendo todos mis peones.

Un trueno hace vibrar los cristales de la habitación. El verano, que llega a su fin, ha sido excepcionalmente espléndido y cálido este año, pero esta noche irrumpe el mal tiempo con una violenta tormenta atronadora y una temperatura bastante fría para estar en los últimos días de agosto.

—¡Eh, no, mierda! —gruñe Haz—. ¡Acabo de dar cera a mi 911!

—Querrás decir que te has quedado mirando mientras lo hacía alguien por ti…

Lance entra con una bandeja de canapés y un cesto de leña para la chimenea.

—Su Excelencia, lady Jemma ha llamado para informarle de que, debido a la repentina tormenta, pasará la noche en Olstrom House, en casa de la marquesa de Hungeford. Regresará mañana por la mañana.

—¿No te preocupa que Jemma pase tanto tiempo con esa inadaptada de Loxley? —quiere saber Harring.

—Al principio quizá sí, pero, para ser honesto, parece contenta de haber encontrado una amiga, por rarita que sea.

—¿Rarita? ¡Es un caso de sanatorio mental! —comenta Haz.

—Jemma tampoco es muy convencional…

—Bueno, ¡pero es un genio! ¡Aquella fiesta con el parque de atracciones que organizó para tu cumpleaños fue un bombazo! ¡Para su cumpleaños vas a tener que esmerarte al menos un poco!

—¿Cómo? —pregunto atontado.

—Cumpleaños, Ash. ¿Eso que todo el mundo celebra una vez al año?

—Mierda. ¿Cuándo es su cumpleaños?

Haz y yo nos miramos enmudecidos.

Lance carraspea para aclararse la voz.

—¿Sí, Lance?

—Dentro de tres semanas —responde enseguida.

—¿Cuándo? —pregunto alarmado.

—En tres semanas. Si me permite el atrevimiento, es un plazo netamente superior al que tuvo lady Jemma para organizar el de Su Excelencia.

Horror.

—¡No os quedéis ahí mirándome como un par de merluzos! ¡Ayudadme! ¿Qué se hace en estos casos?

—¿La felicitas? —aventura Haz.

—¿Tienes alguna otra estupidez que proponer?

Harring se encoge de hombros.

—¡No te entiendo! Haz lo que sueles hacer siempre en estas ocasiones.

—¿Que es? —pregunto.

—¡Nada!

—Si bien lady Jemma no ha expresado ningún deseo particular para su cumpleaños, creo que algún detalle podría ser de su agrado —añade Lance.

—¿Qué tipo de detalle? —pregunto, de nuevo en pánico.

—Lencería íntima comestible —exclama Harring, como si hubiera encontrado la fórmula para la fusión nuclear en frío—. Cuando salía con aquella actriz… Venga, cómo se llamaba… Esa de la serie de televisión… Aquella donde se morían todos y ella siempre salía medio desnuda… Sabes quién te digo, ¿no?

Le miro petrificado.

—No. No sé quién me dices.

—No importa. Lencería íntima comestible. Encontré un tanga con sabor a piña y coco espectacular, luego ella se echó ron por encima…

—¿Has terminado? —pregunto secamente.

—Sí —ataja Haz, mirando luego al techo—. ¡Vaya nochecita…!

—Jemma se preocupó por organizarme algo original y, se lo espere o no, una buena norma de educación requiere que yo haga lo mismo con ella. No sé: una cena, una caja de bombones, ¿flores?

–Qué soplo de aire fresco, Su Excelencia –comenta Lance impasible.

–No seas sarcástico, Lance –le critica–. Me vais a perdonar, pero ¿qué sé yo de cumpleaños femeninos?

Haz se encoge de hombros.

–Bueno, has salido con muchas mujeres...

–Sí, pero siempre he mantenido la debida distancia con las cosas que pudieran inducirles a pensar que entre nosotros hubiera algo serio.

–¿Como por ejemplo? –pregunta Harring.

–Como por ejemplo esas tres reglas que tú también te sabes de memoria. ¡La Biblia! No invitarlas a dormir nunca en Denby Hall. Jamás invitarlas a comer o cenar con mi madre. ¡Y no celebrar juntos mi cumpleaños!

–Amén, hermano –responde Haz.

–Todo el mundo sabe que hay que hacer estas tres cosas con una mujer, o pensará automáticamente que goza de una relación estable y empezará a pensar en el matrimonio, en los hijos, en las vacaciones en Dorset...

–¿Puedes parar un momento? –cuestiona Harring, interrumpiendo mi monólogo–. A: Jemma duerme aquí todas las noches. B: Jemma ha convivido lo suficiente con tu madre para el resto de su vida. C: ¡Jemma ya es tu mujer!

–¡Efectivamente! –exclamo–. ¿Y sabes lo que más odio de todo esto?

–¿Qué? –interpela Haz elevando el tono casi tanto como yo.

–¡Que tienes toda la maldita razón!

–¡Lance! ¡Trae otro *brandy*! –aclama Harring.

La noche que pasé exprimiéndome el seso con Harring sobre qué disponer para Jemma fue del todo improductiva.

A eso de las dos bajamos a la bodega y jugamos a los bolos con botellas vacías de Château Latour, a las tres pedimos una *pizza* a domicilio, vimos reposiciones de *Top Gear* y a las cinco jugamos a los dardos con el retrato de mi tatarabuelo Walter (nadie llorará por ello, no era precisamente muy querido; y de todos modos murió en 1902).

Resultado: en el folio «Cumpleaños de Jemma» hay solamente una línea ilegible garabateada entre la bruma del *brandy* y Haz duerme desvencijado en el diván.

Yo también me debato entre la vigilia y el sueño en el sofá hasta que me despierta el timbre del móvil.

Mi madre.

—Este es el contestador automático de Ashford Parker, no puedo responder en este momento… —balbuceo con voz gangosa.

—Ashford, estoy volviendo —anuncia telegráficamente.

Sin prestar atención a la hora me vuelvo a dormir y me despierto justo a tiempo para ponerme presentable y recomponer los restos mortales de Harring antes de que mi luciferina progenitora llegue a Denby.

—Esa salvaje de tu mujer, ¿por dónde anda? —Es el cariñoso saludo de mi madre nada más atravesar las pesadas puertas de entrada.

—Ha ido a visitar a Cécile Loxley. Volverá a lo largo de la mañana.

—Perfecto, porque la necesitamos.

La miro sin comprender.

—En Bath me encontré con el duque Neville. Pasó allí unos días para recuperarse de una molesta tos. No hablamos mucho, pero me ha rogado encarecidamente que le envíe la invitación para el cumpleaños de Jemma, quiere venir a toda costa. La adora y jamás le he visto tan entusiasmado por participar en una recepción aquí en Denby. Ashford, es el momento. Estamos acercándonos a la familia real, si lo hacemos bien, apuesto a que recibiremos la visita de la reina antes de fin de año.

Mi madre está eufórica.

—Tú detestas a Jemma —subrayo—. Te fuiste insultándolos, tanto a ella como a su familia.

—Corramos un tupido velo. Si tengo que tragarme a Jemma en pro de la visita real, lo haré —dice, agitando la mano como si quisiera borrar el pasado—. Ni siquiera sabía que fuese su cumpleaños. En cualquier caso, tengo en mente algo grande, elegante y muy refinado…

No he dicho nada. Si hubiera querido organizar algo especial para Jemma, dándole mi propio toque, habría tenido que dar carpetazo a la idea. Será la típica fiesta al estilo Delphina, a la que asistirá de mala gana, apretando los dientes.

Capítulo 55

La versión de Jemma

Me miro en el espejo, satisfecha. Me he dejado algunos mechones de pelo sueltos cayéndome sobre los hombros. El vestido es una síntesis perfecta entre mi auténtico yo y eso que el buen gusto y la elegancia quieren que sea: es un modelo de Óscar de la Renta que me ha costado el sueldo de un año trabajando como maquilladora, con una falda larga y abullonada, de tafetán color fucsia y corpiño ajustado negro. Los zapatos quedan ocultos bajo la falda, pero saber que llevo esas sandalias Caovilla con incrustaciones de brillantes y un finísimo tacón de vértigo me hace sentir sensual como nunca. He puesto especial esmero en el maquillaje, ligero pero impecable. Sí, quizá unos meses atrás no me habría vestido de esta manera, pero, cuanto más me miro, más me gusto.

Me dedico miradas pícaras en el espejo, porque sé que mis desvelos al arreglarme no se han quedado en el vestido y el maquillaje, sino que he llegado a lo que hay por debajo. Llevo un conjunto de lencería bordada de La Perla con sujetador *push-up* sin tirantes. Sé que nadie verá lo que hay debajo del vestido, pero durante todo el tiempo, mientras me arreglaba, no he logrado dejar de pensar en Ashford. Y cuando me he visto en el espejo, solamente en ropa interior, he pensado: «Si me viese ahora, le daría un ataque». Y puede que sea el motivo por el que me he estado paseando en paños menores durante media hora por toda la habitación, con la esperanza de oír llamar a la puerta que tenemos en común. ¿Me gusta Ashford? ¡No! Sin embargo, la idea de provocarle me tienta.

Delphina volvió a Denby especialmente para organizar la recepción de mi cumpleaños, ¿te lo puedes creer? Han puesto toda la casa patas arriba para la fiesta. No sé, tal vez yo no hubiera celebrado así mi cumpleaños, pero el evento es mío, esta noche todos los invitados estarán aquí por mí y es justo que todo se haga como es debido y, aunque Delphina sea un vejestorio peor que un dolor de muelas, toda bótox y huesos, hay que reconocer que sabe cómo se hacen ciertas cosas, y el hecho de que se haya tomado tantas molestias por mí me hace pensar que a lo mejor empiezo a gustarle a pesar de todo.

Cuando las manillas del reloj dan la hora, puntual, me apresuro a salir del dormitorio. No he visto a Ashford en todo el día y esto me produce una ansiedad casi como si me quemara la sangre bajo la piel. Desciendo por las escaleras, entre las miradas de admiración de los sirvientes y de Lance, y llego al salón de baile.

Cuando abro las puertas de par en par me encuentro frente a un auténtico espectáculo: de la galería cuelgan largos velos de organza blanca. La iluminación es suave y la tenue luz de los candelabros se refleja en el suelo de mármol pulido.

En el centro del salón, atento a los últimos retoques, está Ashford, impecable con su esmoquin perfectamente cortado a medida, con las solapas de la chaqueta de terciopelo. Se acerca a mí y no puedo evitar fijarme en cómo sus intensos ojos verdes se clavan directamente en los míos, observo lo bien esculpidos que están sus pómulos y su mandíbula, de fuerte carácter, y su nariz perfectamente recta, y su boca… ¡Basta!

Se para justo frente a mí y me dedica una de sus raras y matadoras sonrisas.

—¿Y bien? ¿Qué te parece?

—Pre… Precioso —balbuceo, perdiendo toda la seguridad que sentía hasta hace un momento cuando me miraba al espejo en mi cuarto.

Y no sé si mi «precioso» se refería a la decoración del salón o a Ashford y, cuanto más lo pienso, más convencida estoy de que no estaba pensando en lo primero.

—No es un parque de atracciones.

El tono de Ashford suena casi a disculpa.

—Ya he tenido suficientes parques de atracciones, no lo echaré de menos este año. Nunca he tenido un baile especialmente dedicado a mí.

Ashford me coge del brazo y me conduce hacia la entrada, donde se reúnen los primeros invitados, haciendo que se me acelere el pulso.

—Podría decepcionarte descubrir que este baile, más que tuyo, sea de mi madre. Ha decidido enterrar el hacha de guerra contra ti y, haciendo de tripas corazón, usarte de ariete para penetrar en la familia real.

Antes de que pueda decir nada, vienen a saludarme mis padres, nunca los he visto así ataviados. Mi madre incluso parece encontrarse en su salsa.

–¡Bichito! ¡Fíjate! ¡No me acicalaba así desde mi decimoctavo cumpleaños!

–Estás espléndida, Carly –elogia Ashford.

Bueno, no puedo negar que, con la dieta sana y todo el yoga que practica, mi madre todavía presume de un físico muy respetable aunque esté cerca de cumplir los sesenta.

–Adivina quién vendrá a celebrar tu cumpleaños –interviene papá.

–¿Quién? –pregunto.

–Sí, ¿quién? –interviene Delphina con su habitual voz de hielo.

–¡Amjad! –anuncian mis padres al unísono.

–¿¡En serio!? –exclamo emocionada.

–Sí, estaba de paso por la ciudad, nos ha llamado por teléfono y hablando de esto y lo otro ¡salió lo de tu cumpleaños! La última vez que os visteis tenías diez años y quería felicitarte en persona, ¡así que le dijimos que se pasara por Denby!

Estoy anonadada.

–¡Qué maravilla!

Delphina no parece compartir mi opinión.

–Disculpad, ¿quién es ese Amjad?

–Es un viejo amigo de mis padres –le explico–. De cuando vivían en la comuna en Wadi Jalal.

–Tiene un talento natural para tocar el *santoor* y sus *falafel* hacían resucitar a un muerto –añade mi padre.

–¿Y está viniendo hacia aquí, ahora?

Delphina parece alarmada.

–Hace una hora estaba en Londres, diría que aparecerá por aquí de un momento a otro. ¡Viene también con su hermano Mansour! –comenta mi madre.

–A esta fiesta solamente acudirán invitados seleccionadísimos, todo se ha organizado con una precisión quirúrgica… ¡Ashford, no podemos permitir que una tribu de beduinos lo arruine todo!

Lance se une a nuestro grupo, con su habitual aire impertérrito.

–Lady Delphina, acaba de telefonear la orquesta. El autobús que los traía hasta Denby se ha averiado a la altura de Winchester. No podrán llegar a tiempo.

–¿Sabes, mamá? Creo que los amigos de los señores Pears son el último de tus problemas.

Ashford parece más divertido que preocupado.

–Margaret –grita Delphina, huyendo despavorida–. ¡Mis sales!

–No os preocupéis. Vuestros amigos serán muy bienvenidos esta noche –nos tranquiliza Ashford.

Los invitados van llegando uno tras otro y Ashford y yo los saludamos en la entrada. Mientras yo recibo sus felicitaciones por mi cumpleaños, Lance y los demás criados se afanan en servir ríos de champán, esperando que nadie note la falta de la orquesta.

–Será un desastre.

Delphina nos sorprende nuevamente por la espalda mientras recibimos a los Davenport.

–He llamado a todas las orquestas de Londres, pero ninguna está disponible. Tendremos que anular la velada.

–Eso es imposible, mamá, ¿no ves que el salón está ya abarrotado? ¡Si quieres que sea un desastre puedes mandar a los ciento cincuenta a casa! –responde Ashford entre dientes–. Por allí viene el mismísimo Neville; si quieres empezar a mandar a casa a todo el mundo, ¡empieza por él!

–¿Quién diablos es esa gente? –pregunta Delphina, señalando el camino de entrada.

Una hilera de diez relucientes Maybach negros, ondeando banderas en sus capós, desfilan frente a la entrada. Según van llegando, otros tantos aparcacoches uniformados se disponen a abrir las puertas y escoltan hasta nosotros a un grupo exótico elegantemente vestido.

–*As-salā̄mu ’alaykum* –nos saluda el más alto y elegante.

–¡Amjad! –llama mi madre con alegría–. *Wa ’alaykumu s-salā̄mu.*

Amjad, mi madre y mi padre se funden en un caluroso abrazo y empiezan a hablar en árabe hasta que los interrumpo.

–¡Amjad! ¿A mí no me das un abrazo?

–¡Por los noventa y nueve nombres de Alá! –exclama Amjad en un inglés con fuerte acento–. ¿No serás la pequeña Jemma?

–¡En carne y hueso!

–¡Eres una belleza! ¡La última vez que te vi te contaba historias de las *Mil y una noches* antes de dormir!

–Amjad, te presento a Ashford Parker, duque de Burlingham. Mi marido. –No puedo ocultar que he sentido un pequeño temblor al pronunciar estas dos últimas palabras–. Y esta es su madre, lady Delphina.

–Mi nombre es Muhammad Amjad Rashid Al Thanyan, primogénito de Hadi Muhammad Kalil Al Thanyan –se presenta él.

Delphina abre los ojos como platos aturdida.

–El je… el jeque Al Thanyan.

–Vamos, Delphina, no sea tan formal. Amjad prefiere ser tratado con familiaridad –la conmina mi padre.

–Estas son Fátima, mi primera esposa, Ora, mi segunda esposa y Lathva, mi tercera esposa. Me acompaña también mi hermano menor Mansour Hadi.

Ashford me susurra:

–¿Me estás diciendo que uno de los jeques más poderosos de los Emiratos es amigo de juventud de tus padres?

–Desde hace treinta años, de los tiempos de la comuna, ¡en aquel entonces no era jeque! Su padre sí lo era, y él quería vivir de manera libre y sin convencionalismos. A partir de ahí siguieron siendo amigos y cada vez que pasa por Londres ¡viene a visitarnos!

–Espero que mi repentina llegada no haya sido una sorpresa inoportuna –se disculpa Amjad.

–De ninguna manera, es un honor, es un placer, está en su casa.

Delphina se inclina haciendo una reverencia.

Mientras mis padres acompañan a Amjad al salón, Delphina parece milagrosamente reanimada.

–¡Un jeque en Denby! Ashford, este evento pasará a la historia. ¡El duque de Neville y un jeque!

–Hasta hace cinco minutos habrías levantado barricadas y desplegado la infantería para repeler a los amigos de los padres de Jemma y, dicho sea de paso, esta es su noche, estamos celebrando su cumpleaños, ¿recuerdas?

Delphina pone los ojos en blanco como la niña de *El exorcista* y sale a perseguir a su ilustre nuevo invitado.

Ashford me mira atormentado.

—Te pido disculpas por mi madre.

—No te esfuerces inútilmente. Tu madre es imperdonable y la acepto tal y como es, de la misma manera que ella está obligada a aceptarme tal y como soy.

—¡Feliz cumpleaños! —Harring hace su entrada en Denby con su acostumbrado paso seguro—. Después del parque de atracciones, esta vez esperaba encontrar como mínimo un toro mecánico, pero me he llevado una desilusión.

Ashford resopla.

—Mi madre se ha encargado de todo. Como puedes ver, su firma es bastante reconocible.

—Champán añejo del 97, un menú más pesado que una mesilla de noche de madera maciza que digeriré pasado mañana y un soporífero cuarteto de cuerda…—recita Harring con aire resignado.

—Nada de cuarteto de cuerda. El autobús que traía a la orquesta los ha dejado providencialmente en tierra —le informa Ashford.

—¡Dios existe! —dice Harring exultante.

Precisamente cuando Cécile atraviesa el umbral, desde el salón de baile llegan hasta nuestros oídos las notas de *Bang a Gong* de los T. Rex.

—¡Esto sí que es música! —exclama mi amiga gratamente sorprendida.

—¡Qué sabrás tú de música si solamente escuchas marchas fúnebres! —se mofa Harring.

—La única marcha fúnebre que me interesa escuchar es la de tu funeral y, si alguien de ahí arriba me quiere, ni siquiera tendré que esperar demasiado.

Su duelo se reanuda.

Nos desplazamos en tropel hacia el salón de baile y veo a mi padre en la galería, con los auriculares puestos, pinchando sus discos.

—Tu padre es un genio —comenta Ashford—. Ha conectado el equipo de música y los altavoces con el tocadiscos.

—Mi padre siempre sabe cómo salvar las situaciones.

—Pero, entonces, corremos un gran riesgo.

—¿Cuál, Ashford? —le pregunto.

—Que esta fiesta se convierta en la mejor de todos los tiempos.

Al principio los invitados se quedan parados, sorprendidos por el giro que ha tomado la velada, pero el *revival* de los años setenta y ochenta no disgusta a nadie, enseguida se anima el ambiente y el centro de la sala se llena.

Mi padre sabe lo que hace y nos regala los éxitos de Jimi Hendrix, The Who, Doors, Janis Joplin, los Beatles y todo lo mejor de su discografía.

Los caballeros me invitan uno por uno a bailar para rendirme homenaje, sirven una tarta monumental y Ashford me pone en el dedo un gigantesco anillo de esmeraldas, una joya de familia, como regalo.

Todo es perfecto, aunque casi duele pensar que todo es una farsa.

Capítulo 56

La versión de Ashford

La velada ha terminado, los últimos invitados también se han marchado. De vuelta en el salón de baile, me encuentro a Jemma sentada en una de las mesas, con el vestido recogido sobre los muslos; se ha quitado los zapatos y está descalza.

Parece cansada pero feliz.

Los criados se afanan alrededor para poner en orden el salón.

—Ha sido una fiesta sorprendente. Parecía que todo iba a ir de mal en peor y, sin embargo, los invitados se han quedado entusiasmados. Lord Neville no paraba de hacerme cumplidos —comenta Jemma.

—Y, tú, ¿estás contenta? —le pregunto, uniéndome a ella—. Es tu cumpleaños, no importa lo que piensen los demás.

—Sí, lo he pasado bien. Gracias por haber prestado a mi padre el equipo de música.

—Ha sido increíble. De verdad lo pienso.

—Sí, él lo es.

—¿Y el regalo? ¿Te gusta?

Se mira la mano en la que luce el anillo de esmeraldas.

—Sí, es bonito. Es un anillo importante, si me tiro a la piscina, seguro que me hundo hasta el fondo como el *Titanic*. Es muy bonito…

—… pero no es de tu estilo —termino yo, percibiendo una ligera incomodidad en su voz.

Jemma se disculpa con un hilo de voz.

—No pretendía…

—No eres de las que dan saltos de alegría frente a un cofre de diamantes, eso lo tengo claro.

—No es la clase de cosa que hubiera imaginado tener, por eso nunca he fantaseado con la idea. Y confieso mi ignorancia: podría ser falso y yo no me daría cuenta. No puedo quitarle los ojos de encima.

—Pero deberías dejarte mimar de vez en cuando. A los hombres les gusta.

Por su mirada pasa una chispa.

—¿A ti también?

—A mí también.

Y luego le tiendo la mano.

—¿Bailamos?

—Llevamos bailando toda la noche.

—Junto con otras cien personas alrededor. —Le indico el centro del salón con un gesto de la cabeza—. ¿Quieres hacerte de rogar?

—No.

Despido a los criados y escojo uno de los discos antiguos de la consola de Vance.

Empieza la música y llevo los brazos de Jemma alrededor de mi cuello, mientras mis manos rodean sus caderas.

—*A Whiter Shade Of Pale*, una elección con clase —observa Jemma.

—Probablemente es el mismo disco que Dios escucha.

—Mi padre y tú estáis muy compenetrados.

—Es una persona con la que es fácil llevarse bien, no como…

—¿Yo? —se anticipa.

—No, estaba a punto de mencionar a mi madre.

—Era más fácil cuando eras previsible, ¿sabes?

—¿Qué era más fácil? —pregunto.

—Odiarte —admite con una sonrisa socarrona.

—Todavía puedo ponértelo más difícil, ¿sabes?

—¿Como por ejemplo?

Acerco mi rostro al suyo de manera muy equívoca y la veo vacilar.

—Mira en el bolsillo de la chaqueta.

Jemma se muestra cautelosa, como si esperara encontrar un cepo dispuesto a saltar, pero finalmente se decide e introduce dos dedos en el bolsillo.

Se queda mirando las entradas durante unos segundos antes de asimilar lo que ven sus ojos.

—¡Entradas en la tribuna central para el primer partido de la Liga de Campeones contra el Barcelona! ¡A Barcelona! Dios mío, ¡no me lo puedo creer!

—Pusiste tanto empeño en organizar algo especial para mi cumpleaños que he tenido que buscar algo igual de único para el tuyo.

—No tengo palabras.

–No las necesitas. Tu expresión revela toda la gratitud posible.

–¿Cómo lo has sabido?

–Seré sincero. Lance me ha tenido informado sobre los sorteos de grupo.

Jemma se encoge de hombros casi avergonzada.

–Ahora sí que tengo problemas.

–Como verás, no soy tan lerdo como para creer que un anillo de brillantes puede hacerte feliz. He aprendido a conocerte, para bien y para mal, y la frivolidad no forma parte de ti.

Jemma baja la mirada hacia el invisible espacio entre su cuerpo y el mío mientras nos contoneamos con la música.

–¿Podrías levantar la cara? ¡Creo que te has sonrojado y no quiero perderme el espectáculo! ¡Esto no ocurre todos los días!

Levanta la cara de repente y ahí encuentro todo lo que puede echarme a perder: esos grandes ojos azules, profundos y límpidos, enmarcados por largas pestañas, su rostro iluminado por la luz ámbar de los candelabros, y sus labios. Dios, esos labios se han convertido en mi obsesión: redondeados, carnosos, perfectamente dibujados y entreabiertos. Me gustaría besarla. Podría besarla.

Y parece que ella lo está esperando. Justo cuando estoy a un milímetro de ella, la música se detiene y los altavoces emiten el brusco crujido de la aguja que se despega del tocadiscos.

Es como si hubiera entrado alguien a separarnos. Nos sobresaltamos tomando las distancias, luego ella va a buscar sus zapatos, me da las buenas noches con voz suave y algo torpe, y sale corriendo del salón.

Nos hemos echado atrás.

Nos hemos echado atrás.

Nos hemos echado atrás.

¡Lo sabía! ¡Se ha arrepentido! ¡Se ha echado atrás!

Así que tú también tienes la sensación de haber dejado algo aquí, ¿verdad, Jemma? ¿Algo flotando en el aire entre tú y yo?

Cuando se da la vuelta de nuevo y se va, es como si una parte de ella se hubiera quedado en la habitación.

Sigo presa de una embriagadora sensación de *déjà-vu*, como aquella tarde en la piscina.

Capítulo 57

La versión de Jemma

Todo se me va de las manos.

Todo está sumido en la confusión más absoluta.

Ese desconcierto que sale del estómago y llega hasta la cabeza.

¿Conocéis esa sensación de vacío que se experimenta cuando uno se precipita en caída libre?

Una vez, en el parque de atracciones, me subí a un carrusel en forma de torre con asientos que llegaban tan alto como un rascacielos y luego la plataforma se soltaba de golpe, provocando la caída de los asientos. He aquí la misma sensación de vacío, con el estómago subiendo hasta el cerebro y arrastrando consigo al corazón.

Me arranco el vestido con violencia tirando de las aberturas del corsé hasta que consigo bajármelo por los tobillos. Me gustaría arrancarme también la piel si pudiera de lo asfixiada que me siento. Tanto que me abraso.

Abro la ventana de par en par, la fresca brisa de mitad de septiembre hace ondear las cortinas, que me rozan la piel como un millar de dedos. Ojalá fueran los de Ashford.

Ahora veo que es verdad. A una parte de mí le gusta Ashford.

Ashford el arrogante.

Ashford el orgulloso.

Ashford el consentido.

Ashford el altanero.

Ashford, que esta noche estaba impresionante, parecía un dios griego. Todavía no consigo hacerme a la idea. Pero no puedo evitarlo.

Le miro y pienso en lo guapo que es, anhelo el momento en que habla para escuchar su voz, incluso me interesa lo que dice. Oigo ruidos en la habitación contigua. Es él. Ya ha vuelto.

Soy presa del pánico. Recorro la habitación con grandes zancadas y acabo frente a la puerta comunicante. No está cerrada con llave. Hace tiempo que ya no la cierro.

Me apoyo contra la puerta con manos, brazos, pecho, vientre, piernas, como si quisiera atravesarla con mi cuerpo. Al entrar en contacto con la madera brillante y fría me percato de lo alta que está la temperatura de mi piel. ¿Cómo han podido cuatro minutos bailando lento rebajarme de esta manera?

Hasta aquí hemos llegado, ya soy una persona adulta, tengo que retomar el control de esta absurda obsesión y ponerle fin.

Necesito algo o alguien sobre quien volcar esta fijación mía de una vez por todas.

Lo primero que haré, desde mañana mismo, será procurar evitar a Ashford lo más posible y dirigirme a él solamente lo estrictamente necesario. He de mantenerle lejos de mis ojos, lejos de mi corazón y de cualquier otra parte de mi cuerpo que reaccione contra mi voluntad cada vez que le tengo delante.

Capítulo 58

La versión de Ashford

Desde la noche de su cumpleaños, desde aquel casi beso frustrado, Jemma está huidiza.

Es una especie de presencia aquí en Denby: está ahí, la percibo, pero no la veo, y en cuanto entro en una habitación ella sale por la otra puerta. Es como un *poltergeist*.

Mi madre, en cambio, se ha convertido en la sombra de Vance y Carly, pendiente de cada una de sus palabras, con la esperanza de que el sultán de Brunei o el emperador de Japón lleguen en cualquier momento, y no hace más que preguntarles cuándo volverá a visitarnos el jeque.

Ellos, amable y educadamente, le llevan la corriente.

Pero su bendita hija está inasequible y os juro que me voy a volver loco.

En ocasiones me darían ganas de irrumpir en su dormitorio, durante la noche, y gritarle: «¡Ahora intenta escapar!», pero no es mi estilo. No me costaría un ápice, dado que desde hace tiempo no cierra su puerta con llave, y también esto me está calentando el cerebro: ¿lo estará haciendo a propósito? ¿Querrá que entre?

Se estaba mejor cuando se estaba peor, cuando entre nosotros existía una guerra abierta, porque por lo menos los límites estaban claros: tú estás allí, yo estoy aquí y, si teníamos que dirigirnos la palabra, era solamente para insultarnos. Ahora no, nos encontramos en este ángulo de sombra entre socios, amigos, cómplices, envueltos en un sutil flirteo (que, no puedo negarlo, he contribuido a crear) en el que no dispongo del guion que me indique cómo desempeñar mi papel.

Hablaría de ello con Harring, pero le conozco y sé que carece de la sensibilidad necesaria para afrontar este tema. La sutileza intelectual no es su fuerte. Esta noche, no obstante, es el estreno en el teatro, así que, quiera o no, Jemma vendrá conmigo a Londres para asistir al evento.

Me asomo a la ventana de mi despacho buscándola afanosamente y la veo dirigiéndose hacia los establos para acicalar a Poppy. Aprovecho la oportunidad y voy a recordarle lo de esta noche, no vaya a ser que haya urdido algún plan para dejarme plantado.

—Te daba por desaparecida —le digo a sus espaldas, cogiéndola por sorpresa.

—Yo… Tengo muchas cosas que hacer —acierta a articular sin mirarme a los ojos.

—En una mansión rebosante de servicio doméstico, encuentro tu justificación poco plausible.

—Perdona, ¿necesitas algo? —resopla con todo irritado.

—Solamente quería recordarte que esta noche tenemos el estreno de teatro en Londres, por si se te había olvidado.

Ella continúa cepillando vigorosamente a Poppy, que, molesta por la rudeza del movimiento, relincha.

—Has hecho bien. De hecho, lo había olvidado.

—De acuerdo, intuyo que mi presencia no es bienvenida, aunque estamos en mi casa y en consecuencia no hay nada que te autorice a tratarme así. No me hagas esperar, a las seis estaré en la puerta de entrada. Que pases un buen día.

Acto seguido, me doy la vuelta y salgo de los establos. ¡Será cabrona!

—¿Qué ponen esta noche? —me pregunta cuando ya estoy en la puerta.

—Shakespeare. *La fierecilla domada.*

Capítulo 59

La versión de Jemma

Estoy tan nerviosa que tiemblo como una hoja. Prefería participar en los eventos sociales en los que Ashford era para mí solamente un arrogante maniquí con título. Me limitaba a estar presente, sin dar importancia a la aristocracia ni a la etiqueta.

Sin embargo, en el caso del estreno de esta noche, no consigo dejar de pensar que, en un universo paralelo, si Ashford y yo estuviéramos casados por amor, sería la salida romántica perfecta: cogidos de la mano en el teatro, mirándonos entre acto y acto, él acariciándome la pierna, entibiando la seda de mi vestido, pudiendo mirarle sin tener que bajar los ojos para no ruborizarme, fantaseando con la línea de sus bien formados hombros que dibuja la chaqueta perfectamente ajustada, perderme en sus intensos ojos verdes llenos de pasión, dejar que la punta de mi dedo recorra su bien perfilada mandíbula, pasar mi mano por las suaves ondas de su pelo y hacer que todas las demás mujeres se mueran de envidia cuando me acompañe al vestíbulo y solo tenga ojos para mí. Pero no, no y no. No puedo quedarme prendada de él, porque tarde o temprano esto terminará y, cuando llegue el momento, tengo el derecho y el deber de marcharme de Denby con mi dignidad íntegra y la cabeza bien alta, no como la admiradora enfervorizada de una banda musical, con lágrimas en los ojos y la nariz hinchada.

¿Que debo ir a este estreno? Pues bien, me pondré el espectacular Zac Posen de gasa y cumpliré con mi deber apretando los dientes.

Mi determinación se hace añicos en cuestión de segundos cuando me encuentro cara a cara con Ashford, escultural y perfecto, vestido de frac.

Esto es un golpe bajo.

Durante el viaje en coche hasta Londres, al atardecer, permanecemos en silencio. Él no parece en absoluto enojado, se le ve tranquilo, plácido y sereno. La que está inquieta soy yo. A lo mejor esta tarde he exagerado un poco: con el afán de querer mantener las distancias he estado incluso maleducada y él no ha podido dejar de notarlo.

Reúno el valor para disculparme.

–Siento lo de esta tarde. He estado un poco borde contigo.

–Gracias. –Es su concisa respuesta–. ¿Eso es todo?

–Estaba nerviosa, tengo muchas cosas en la cabeza y ya conoces mi mal genio. No estoy intentando justificarme, pero te he respondido bruscamente y no te lo mereces.

–No pasa nada. Lo importante es que entre nosotros reine el civismo más absoluto.

Ni siquiera se da la vuelta y tiene los ojos fijos en la carretera, concentrado en la conducción.

–¿De qué trata esta obra, *La fierecilla domada*? –Procuro sacar un tema de conversación para aliviar la tensión.

–¿No te enseñó Lance las obras completas de los principales dramaturgos ingleses?

–Solamente he llegado a la mitad de Shakespeare. Ayer precisamente terminé de ver la película *Marco Antonio y Cleopatra*, la que interpreta Liz Taylor.

–Pues *La fierecilla domada* es una comedia de equívocos basada en el personaje de Catalina, una rica damisela de carácter arisco y temperamental, obstinada y con una inteligencia aguda y sutil, que se casa a regañadientes con Petruccio, un noble decadente en busca de una esposa acaudalada, y que a menudo se burla de ella y la humilla. ¿Te suena?

Hago oídos sordos.

–No, yo diría que no.

–En efecto. Porque Catalina acaba convirtiéndose en una dócil y enamorada esposa –concluye con una sonrisa burlona.

Ya estamos en Londres. Hace tanto tiempo que no pongo un pie en la ciudad que los centenares de luces que iluminan el West End me deslumbran los ojos.

El teatro está atestado y, una vez en el vestíbulo nos entretenemos con algunos pequeños grupos de conocidos de Ashford (y desde hace poco, también míos) para los saludos de rigor.

Por supuesto, los Parker, como todas las familias de la nobleza, tienen su propio palco reservado. Me asalta una especie de pánico cuando Ashford cierra la puerta de terciopelo tras de sí.

Estos habitáculos son un instrumento maléfico del demonio: en un lugar público y lleno de gente como es un teatro, tienen la diabólica capacidad de que dos personas puedan estar a solas, inmersas en la más completa privacidad. Y a oscuras, para más inri.

Y ya sé lo que ha ocurrido las otras dos veces en que Ashford y yo hemos estado demasiado solos, demasiado cerca y con demasiada intimidad. Alejo mi asiento del suyo lo más posible y, para evitar todo contacto, aunque sea solo visual, me pego los prismáticos de plata a la nariz y escudriño a la multitud en el patio de butacas.

Tengo que encontrar a alguien en quien enfocar mi atención.

Embelesada por el espectáculo, las dos horas pasan volando y me encuentro sin darme cuenta aferrada al parapeto acolchado. Al final, me quedo un poco corta con mis buenos propósitos y durante la representación no puedo evitar intercambiar algunas bromas con Ashford sobre las escenas más divertidas. Es innegable: las riñas entre la pareja protagonista y sus malentendidos son un calco de las que hay entre él y yo.

Durante el viaje de vuelta, no puedo evitar notar que, sin motivo aparente, está dando un rodeo para hacer el camino hasta Denby más largo.

—Si pretendes seguir así todo el camino, llegaremos a Denby pasando por Yorkshire —apostillo para intentar comprender lo que tiene en mente.

—No tengo sueño —responde brevemente—. Conducir ayuda.

—Tengo una idea.

Tal vez pueda dar el paso y encontrar mi propia cura para este enamoramiento que tengo. Un clavo se saca con otro clavo, dicen...

—Jamás me oirás decir algo semejante, así que aprovecha la ocasión: di lo que tengas que decir.

—Vamos a un club —propongo.

—Mi club es solo para caballeros, no te admitirían.

—No pretendía ir a tu santuario del machismo. Me refería a una discoteca. A beber algo, a bailar. Como dos treintañeros normales. Bueno, el treintañero eres tú. Yo solo tengo veintiséis.

—Ni que fuera una diferencia abismal.

—Si yo tuviera doce años y tú dieciocho sí lo sería —objeto.

—Si tú tuvieras doce años y yo dieciocho, sería ilegal —rebate él.

—Seguiré subrayando la diferencia sempiternamente.

—¿Sempiternamente? —pregunta él incrédulo—. Tengo que decir a Lance que lo deje ya. Era mucho más divertido poder ejercer mi superioridad cultural burlándome de tus limitaciones.

–¿Mis limitaciones? ¿Superioridad cultural? Ashford Parker, debes saber que no solo he alcanzado tu supuesta superioridad, sino que existen amplias probabilidades de que la haya superado.

–No me desafíes, perderías.

–Hablando de desafíos… Siempre hemos jugado en tu campo. Tendrías que jugar en el mío, si es que no tienes miedo de perder.

–¿Por ejemplo? –pregunta.

–Yo me he visto obligada a asistir a tomar el té, fiestas de jardín, almuerzos, cenas, *tableau vivant*, subastas, torneos de polo… Siempre has jugado en casa. No estaría de más que ahora te midieras en mi terreno.

–Soy un caballero y debo admitir que tienes razón. Adelante, elige el terreno.

–Estamos en Londres, ¡vayamos a una discoteca! No sobrevivirás ni media hora.

–Me subestimas. Crees que un duque nunca ha hecho vida nocturna.

–Lo considero poco probable –disiento yo.

–Muy bien, tendrás la oportunidad de reconsiderarlo. ¿Cuál es el reto?

–A ver quién liga más.

Ashford se echa a reír a carcajadas.

–¿Cómo has dicho, disculpa?

–Lo estoy diciendo muy en serio. Entramos en una discoteca, flirteamos con alguien y al final vemos quién ha obtenido más puntos.

Ashford asiente.

–Acepto.

–Las fotos que documenten un beso valdrán el doble –aumento la apuesta.

Por otro lado, si tengo que encontrar a alguien que me ayude a despejar el cerebro de los pensamientos enfermizos que lo invaden últimamente, besar a un desconocido me parece lo mínimo.

–No puedo entrar en un local y empezar a besar mujeres al azar. ¡Soy el duque de Burlingham! Acabaría en todos los periódicos. Y esto también va por ti, duquesa –protesta él.

–Si no aceptas, significará que tienes miedo a perder.

Él suspira, dándose por vencido.

Todos los hombres se rinden ante esta sentencia.

—¡Adelante! Después de estos meses de etiqueta y palabras amables nos merecemos una noche con algo de espontaneidad; además, nunca se sabe si alguno se llevará a casa algún trofeo para un buen revolcón y adiós.

—¿Estás de acuerdo con una infidelidad?

Él se muestra cada vez más incrédulo.

—Somos una pareja abierta, ¿no? —pregunto, más para recordármelo a mí que a él.

—Absolutamente —afirma.

—Entonces, ¿aceptas?

—Escoge el club y vamos para allá —me ordena escuetamente.

Cuando llegamos frente al local en Shoreditch, Ashford aparca con seguridad de una única maniobra. Siempre pienso que si fuera un coche me gustaría que me condujera él, porque sus gestos son seguros, rotundos, sin un ápice de vacilación. No le rascan las marchas, toma las curvas con precisión dando un ligero giro al volante, acelera sin dar tirones y frena con suavidad. Y cada maniobra la realiza con el mínimo esfuerzo, como si estuviera dotado de un sensor natural para aparcar, incluso en las situaciones más complicadas.

Procuro distraerme de estos extraños pensamientos sobre la manera de conducir de Ashford. ¿Qué sandeces se me ocurren?

—No podemos entrar así vestidos.

Me quedo observando nuestra ropa.

—¿Así, cómo? ¡Somos todo elegancia!

—Para el teatro quizá… ¡Pero para una discoteca vamos horteras!

—¡Desde luego no pienso volver a Denby para cambiarme! —suelta él, empezando a perder la paciencia.

—Por supuesto que no… Veamos. —Me quedo pensando un instante—. ¡Ya está! —digo, quitándome el vestido y quedándome con la carísima enagua de seda y encaje rojo geranio de Stella McCartney. Separo el cuello del vestido y me lo enrollo como si fuera un chal.

—Ahora te toca a ti —digo, estudiando a ver qué puedo cambiar del *look* de Ashford—. Chaqueta fuera —ordeno.

—No me cabía la menor duda —comenta.

—La pajarita también.

Tamborileo con los dedos sobre el reposabrazos, meditabunda. Me falta algo, pero no sé el qué.

—Mmm, a ver, el chaleco no está mal, pero… Ya lo tengo —digo, enrollándole las mangas de la camisa hasta mitad del antebrazo y despeinándole el cabello para darle un aire desenfadado del tipo «soy demasiado guay para peinarme aunque haya estado media hora delante del espejo».

—Ya está. Ahora sí que estás realmente se… —Me detengo un segundo antes de completar la palabra por la que podría condenarme yo sola. ¿Estaba a punto de decir que Ashford es «sexi»? Oh, Dios mío, necesito encontrar a alguien como sea.

—¿Realmente qué? —me incita él.

—Ejem… A la moda.

—¿A la moda? —repite poco convencido.

—¿Y bien? ¿Vamos o no? —digo bruscamente, bajándome del coche. Mientras camino hasta la entrada abro y cierro la mano intentando que desaparezca la sensación de hormigueo que se me ha quedado en los dedos cuando le he tocado el cabello.

Capítulo 60

La versión de Ashford

Sigo a Jemma, que entra con paso seguro en el local lleno de gente.

—Se abre la veda.

Ella me tiende la mano para dar inicio al desafío.

Se la estrecho de vuelta, aunque debo admitir que tengo sentimientos encontrados: el afán de ganar y el querer controlarla. Sí, es inútil ocultarlo: la mujer, cuando quiere, siempre encuentra con quién ligar en sitios como este. Es como pescar con dinamita: cualquier hombre que atrape estará encantado de darle su número de teléfono, besarla, llevársela a casa y lo que surja. Ha ganado antes de empezar. Y no estoy seguro de que me guste.

Jemma se ha escapado de mi campo de visión, así que me dirijo a la barra. Necesito alcohol.

Me siento en un taburete para estudiar la situación y valorar mis posibles conquistas.

Esa es demasiado bajita.

Aquella tiene una nariz enorme.

Esa otra tiene la mandíbula demasiado cuadrada.

Vaya culo tiene aquella de allá.

—¿Buscas a alguien? —pregunta una voz a mi izquierda.

Me doy la vuelta: junto a mí se ha sentado una chica. Es mona. Para empezar, me vale.

—He venido con alguien, pero no importa. Ya nos encontraremos luego.

Ella me mira y me sonríe.

—Yo estaba con mis amigas, pero se han ido al baño y debe de haber mucha cola. ¡Me he hartado de esperarlas!

—Supongo.

—Me llamo Ellie. —Me tiende la mano—. Encantada.

—Ashford.

—¿Vienes mucho por aquí?

Mi mirada vaga por la pista de baile intentando avistar un vestido de seda rojo con una banda de encaje acariciando los muslos.

–Ashford, ¿me has oído? –repite.

–Hum, ah, sí. ¿Decías?

–Te he preguntado si vienes mucho por aquí.

–En realidad no, en absoluto –respondo distraído.

¡Allí está! Vestido rojo que se dirige hacia los baños.

–Discúlpame. –Me levanto y voy hacia Jemma.

Juraría que Jemma esta noche llevaba el cabello recogido, pero a lo mejor se ha soltado el peinado.

–Jemma –la llamo.

Pero no es ella. Está claro, no podía ser más distinta.

–No me llamo Jemma, pero si quieres me cambio el nombre –responde la chica con aire provocativo.

–Perdona, te he confundido con una persona que conozco.

–No importa. Soy Ashley.

–Yo Ashford –respondo, examinando la cola del baño. Ni rastro de vestidos rojos.

–¡Qué mono! ¡Nos llamamos casi igual! Ashley y Ashford.

La corto antes de que empiece a enumerar los nombres de nuestros hipotéticos hijos.

–Sí, bueno… Tengo que… ir a hacer algo. Nos vemos.

Y vuelvo a la sala.

No sé por qué, pero encontrar a Jemma se ha convertido en un imperativo. Necesito comprobar si ya se ha liado con alguien.

Me dirijo hacia la pista avanzando entre las mesas y me topo con una chica que se acaba de levantar del sofá.

–Oh, disculpa –dice ella, echándose el pelo sobre los hombros con un gesto no muy natural.

–Ha sido culpa mía –me excuso.

–¿Estás en nuestra mesa? –me pregunta ella.

–¿Cómo?

–Sí, ¿tú también has venido al cumpleaños de Faye?

–No, a decir verdad, no.

¿Quién es esta Faye?

–Vaya, me parecía haberte visto antes, me habré confundido.

–Me debes de haber confundido con algún otro.

Nada de vestidos rojos, al menos en estas mesas.

—Me llamo Tamara, por cierto. Encantada.

Me extiende la mano.

—Ashford.

—Entonces, ¿te quedas con nosotras?

Allí está. Es Jemma. No me lo puedo creer, está subida en la plataforma junto a la cabina del pinchadiscos, en medio de una pandilla de chicas igual de desenfrenadas.

¡Qué exhibicionista!

Tamara me da golpecitos en el hombro.

—¿Te quedas con nosotras?

Miro a Jemma con una mezcla de rencor y venganza.

—¿Por qué no? —contesto con la mirada fija en la cabina.

Capítulo 61

La versión de Jemma

Desde aquí veo mucho mejor. Nada más entrar, me he lanzado directamente a la pista. Ashford no me ha seguido y le he perdido. Le he avistado en la barra, pero, cuando iba a buscarle, se ha levantado y se ha ido. He tardado un montón en verle de nuevo entre el mogollón de gente en la cola del baño. Luego se ha zambullido en la muchedumbre y le he vuelto a perder.

No está mal para ser el duque de Burlingham, ¡no me lo esperaba tan desenvuelto en una discoteca!

Me he subido a la plataforma junto a la cabina del *disc-jockey*, desde aquí seguro que consigo encontrarle. Quién sabe y con… ¡Allí está! ¿Le he visto! Está sentado en uno de los sofás de terciopelo ¡con una rubita que lleva un vestido superajustado!

–¡Otra! ¡Qué desfachatez!

Sí, ¡porque primero en el bar estaba con una morenita menuda que parecía estar pendiente de cada una de sus palabras!

¡Después en la cola del baño estaba en un rincón con una tía que llevaba un escote demasiado vulgar para ser de su tipo! ¡Está desenfrenado! ¡Y encima era él quien no quería aceptar el reto! ¿Qué es esto? ¿Piensas que eres el único con un cierto *sex appeal* para atraer al sexo opuesto como un imán? ¿Quién te crees que eres? ¿Casanova?

De repente, me entran ganas de empezar a contonearme como una bailarina profesional. Me suelto el pelo, que lo llevaba recogido, dejando que los bucles ondeen sobre la espalda como una bandera al viento.

Capítulo 62

La versión de Ashford

¡Mírala! No, en serio, mírala. ¡Está ahí, subida en esa tarima moviéndose como una bailarina del Crazy Horse!

Ya sé que comparándola con las del Crazy Horse me estoy pareciendo a Harring, pero la imagen sirve para hacerse una idea.

Además, se ha soltado la melena, que ahora le roza los hombros desnudos con cada movimiento. Por no hablar de la franja de encaje de la enagua, que sube y baja por los muslos de manera enervante.

Tamara, a mi lado, sigue sirviéndose de la botella y continúa hablando de vete tú a saber qué.

Me ha visto. Sé que Jemma me ha visto. Su mirada se ha cruzado con la mía durante una fracción de segundo aunque se ha hecho la loca.

Capítulo 63

La versión de Jemma

¡Qué manera de pegarse la de esa rubia insulsa! ¡Y luego se queja de lo que yo hablo! Desde que los he visto, esa no ha callado ni un segundo. Seguramente ya le ha contado toda su vida. ¡Y él ahí, escuchándola! No me puedo creer que la encuentre interesante.

Capítulo 64

La versión de Ashford

Jemma se pone manos a la obra. En la pista de baile, justo debajo de la tarima, ha conseguido reunir a un nutrido grupo de pretendientes que, apostaría Denby Hall, intentan fisgonear por debajo de su vestido.

Apuesta que ganaría al cien por cien. Sé perfectamente en qué piensan los hombres.

Y a ella, por cómo sonríe, parece que le gusta. Y sabe que yo la estoy observando. Ya ha mirado varias veces en mi dirección y cada vez se mueve de manera más provocativa. Al menos eso creo. Al menos eso es lo que me parece.

Capítulo 65

La versión de Jemma

¡Qué canalla! Cuanto más me muevo aquí arriba, más se enrolla en ese maldito sofá con esa rubia descolorida que le mira con adoración. ¿Pero qué quieren todos estos tíos de aquí abajo?

Capítulo 66

La versión de Ashford

Pero qué me está contando esta... ¿Cómo se llama...? ¿Tanya? ¡Epa! Un tío se ha subido a la tarima donde está Jemma y la está cogiendo por la cintura.

Capítulo 67

La versión de Jemma

No es que el tipo que se ha subido a la tarima me guste especialmente. Es que tiene las manos un poco largas.

Sí, desde luego, ¡se está pasando! Musculado de una forma casi artificial, bronceado, con el pelo engominado y la ropa demasiado ajustada para ser hombre. Es vulgar, no cabe duda. ¡Pero Ashford desde aquí me puede ver bien! Bueno, ¡pues que me vea! Hasta ahora ha sido él quien ha estado ligando con esa rubita insignificante. ¡Chúpate esta! ¡Fíjate bien!

Capítulo 68

La versión de Ashford

Al diablo Tamara y al diablo el desafío. ¡Jemma no se irá a casa con ese tío!

Capítulo 69

La versión de Jemma

Me retuerzo intentando quitarme de encima las manos del tío ese, no me apetece nada que me toque, pero cuando me doy la vuelta me quedo de piedra al ver a Ashford subido a la tarima justo entre medias del desconocido y yo.

—No quiero montar una escena, pero aparta las manos de mi mujer —le oigo decir.

—¿Tu mujer? —responde el tío sin creérselo.

Ashford, como respuesta, levanta mi mano izquierda mostrándole el anillo de casada.

—¿Lo ves?

—Tranquilo. Yo que tú no dejaría sola a tu esposa —protesta el tipo, bajándose de la tarima.

—Puedes estar seguro. —Es la respuesta de Ashford.

—«Aparta las manos de mi mujer». ¡Qué frase tan posesiva! —le hago notar.

—No me agrada que otros toquen mis cosas.

—No soy nada tuyo y, además, este no era el espíritu de la velada —protesto sin demasiada convicción.

—El espíritu ha cambiado.

Su tono se vuelve serio.

—¿No estarás echando de menos a tu rubita del sofá?

Algo en mi interior desea indagar sobre lo que me ha parecido un flirteo en toda regla y que ha hecho que me hirviera la sangre hasta hace un minuto.

Ashford me atrae hacia sí como si ni siquiera hubiese oído mi pregunta.

—Baila conmigo.

—¿Cómo?

Mi sorpresa no habría podido ser más auténtica.

—Baila conmigo.

Ashford me hace bajar de la tarima cogiéndome por la cintura.

Me agarra de la mano para llevarme hacia el centro de la pista.

—Ahí arriba me sentía un poco expuesto —observa.

No sé qué responderle. Aquí, entre la multitud, estamos más cerca que nunca el uno del otro, por no decir pegados.

—¿Sabes lo que me gustaría? Que te movieras como lo hacías hace un momento.

Nada, en mi mente solo existe la nada. Apenas consigo despegar mis ojos de los suyos y lo hago solamente para seguir los movimientos de sus labios.

—¿De qué me hablas?

—De esto. —Me agarra por la cintura y me atrae hacia sí y, acompañando su vaivén, mi cadera empieza a contonearse junto a la suya con un movimiento lento y suave.

No doy crédito.

—Ashford, ¿cuántos *gin-tonics* te has tomado?

Sus ojos se clavan en los míos con una expresión de seriedad absoluta.

—Ni siquiera uno solo. Nunca he estado más sobrio. ¿Y tú?

Niego con la cabeza. Le creo. No huele a alcohol. Percibo el perfume de Agua de Parma en su cuello, velado por el sudor. Nada de ginebra. Solamente Ashford.

Me estrecha contra él y mueve las manos de arriba abajo, guiándome con gestos lentos y pausados, con un tacto que jamás había visto en él.

No puedo ignorar las palabras explícitas de la canción que está sonando, parece estar hablándome a mí directamente y, si Ashford tampoco las está pasando por alto, podría decirse que estamos a un paso del abismo, nos encontramos a un tris de lanzarnos en caída libre. ¡Ya estamos otra vez!

«...*I want your bite. Wanna feel your teeth on my neck. Wanna taste the salt of your sweat. Gonna rock your body all night. It's lust at first sight...*».

Deseo que pare, pero también que continúe.

Su comportamiento me ha privado de toda capacidad para formular pensamientos coherentes, pero no puedo callarme una pregunta.

—¿Qué estás haciendo? Podrías conseguir cualquier mujer que desees...

—La tengo justo delante. —Y con estas palabras hunde la cabeza en el hueco de mi cuello. Inspira profundamente y luego, para sorpresa mía, sube con la lengua en una caricia húmeda desde la clavícula hasta la oreja. Cada vez me cuesta más respirar.

—Esta noche estás bastante dócil, Jemma —murmura.

Estoy abrumada. No puedo describirme de otra manera. Ashford no se ha limitado a coquetear conmigo. Sus avances son explícitos. Y esto me hace condenadamente feliz.

¿Pero son de verdad o me está tomando el pelo?

Solo hay una forma de averiguarlo: poner de mi parte y lanzarme. Deslizo mis manos por su pecho, por sus hombros, por detrás de su cuello, hasta entrelazar mis dedos en su pelo. Me aprieto contra él, con mi mejilla a un soplo de la suya.

Aquí estoy, duque. O se queda o sale corriendo. O lo toma o lo deja.

Y lo toma. Me toma toda.

Me besa como si quisiera sorberme el alma; yo, como si quisiera recuperarla.

El tiempo pasa y la música continúa, mientras ambos nos movemos de modo envolvente y explícito. Solo la ropa que nos separa mantiene esa frontera difusa entre el pudor y el escándalo.

Y él me tortura, porque sabe que estamos en un lugar público. Sus manos suben por mis muslos y apenas se detienen por debajo del borde del vestido, rozando el encaje del liguero. Sabe que le invitaría a continuar.

—Hola, esposa mía —susurra entre besos.

Jadeo, como si toda la sangre de mi cuerpo se me hubiera subido a la cabeza. Nunca pensé que una frase pudiera ser tan excitante.

—¿Eres consciente de lo que acabamos de iniciar? —me susurra entre besos.

—Vámonos de aquí —acierto a pronunciar.

—No podría estar más de acuerdo.

Me coge de la mano con firmeza y avanza abriéndose paso entre la multitud, en dirección a la salida.

Irrumpimos en Denby envueltos en una pasión desenfrenada, sin apenas ser capaces de separarnos para subir las escaleras, tanto que Ashford me coge en brazos.

—Ashford —protesto mientras sube con la boca en mi escote—. ¡Tu madre! ¡Delphina está aquí en Denby!

—Delphina está de Valium hasta la médula —responde sin dejar de besarme—. Hay ciento cincuenta habitaciones. Es imposible que nos oigan.

Sin más reparos, dejo que me levante la enagua hasta la cintura, mientras le saco la camisa de los pantalones.

Una vez en la puerta de nuestros aposentos, Ashford me mira con picardía.

—¿En la mía o en la tuya?

Capítulo 70

La versión de Ashford

Está ahí tumbada, recostada sobre su lado izquierdo y yo detrás de ella, abrazándola. Hundo el rostro entre sus cabellos para besarle la nuca. Su piel tiene un perfume único y podría reconocerlo en cualquier lugar: dulce, azucarado, cálido y envolvente. Inspiro con avidez y le rozo el cuello con otro beso. Si pienso en la noche que acabamos de pasar, nada de lo ocurrido me parece real. Y, sin embargo, todo es verdad. Cuando volvimos anoche no parecíamos las mismas personas.

No es para nada una de esas mañanas del «día después», en las que te despiertas con una manta de lana a cuadros en vez de lengua y el regusto a vodka aún en el paladar, entonces te miras, te ves desnudo con una desconocida enroscada en tu cuello y piensas: «¡Joder!».

No, estábamos sobrios y, para estar seguros del todo, nos lo repetimos más de una vez. Ambos acabamos entre los brazos del otro como adultos conscientes y deseosos.

Y ha sido increíble. No hemos pegado ojo hasta el amanecer. Jemma no tenía la mínima intención de dejarme dormir y yo otro tanto. Ha sido como descargar todas las emociones que teníamos dentro: en las escaleras, en el suelo, en la cama.

Incluso después de estas escasas horas de sueño, que para mí han sido más una especie de trance, siento que mi deseo no se ha aplacado aún y estoy dispuesto a reavivar el suyo.

Ella rueda sobre su espalda y nos encontramos cara a cara, con mis labios rozando los suyos.

—Buenos días. —Su voz es un susurro bajo.

—Hola, esposa mía —dejo escapar estas tres palabras mágicas que anoche desencadenaron la explosión.

Permanecemos en silencio, robándonos caricias poco inocentes para ser nuestra primera mañana, y en cada punto de mi cuerpo que Jemma acaricia con los dedos se despiertan todas las sensaciones de la pasada noche. Jamás me lo habría imaginado, pero… todavía la deseo. Aún más.

–Me quedaría aquí durante todo el día y toda la noche siguiente –suspira extasiada.

–Podemos. Pide y se te concederá. No en vano, eres la duquesa de Burlingham. Puedes quedarte en la cama cuanto desees.

–Me gustaría quedarme en la cama todo el día. Con el duque de Burlingham –susurra, deslizándose sobre mí para robar todo el contacto posible entre nuestros cuerpos; yo la estrecho contra mí.

–¿Podría proponerte un delicioso desayuno en la cama, Jemma? –le pregunto, señalando al carrito que han dejado los criados en la antecámara.

Hace un gesto de desgana.

–No sé. No soy muy partidaria de desayunar en la cama.

La miro sorprendido.

–¿Cómo? ¡No conozco a nadie a quien no le guste desayunar en la cama!

–Tengo la impresión de que es para los enfermos. En el hospital te dan de comer en la cama.

La sujeto firmemente por los costados y la tumbo de nuevo sobre el colchón, quedando aprisionada bajo mi peso.

–Ahora te invito a desayunar en la cama, a ver si te hago cambiar de opinión sobre lo del hospital.

Se me queda mirando entre curiosa y divertida mientras acerco el carrito lleno de exquisitos manjares junto a la cama.

–¿Qué me hace pensar que tienes algo en mente?

–Efectivamente lo tengo –le contesto con un tono de lo más inocente.

Deslizo la bandeja de plata sobre las inmaculadas sábanas de algodón egipcio y empiezo a dejar un fino reguero de miel entre sus senos para después lamerla con una lentitud enervante.

Y a succionar delicadamente la mermelada de su cuello.

Y a mordisquear el cruasán colocado en su vientre, acariciándola con los labios.

Capítulo 71

La versión de Jemma

Si me lo hubieran dicho hace un mes, habría apostado mi fortuna a que esto jamás habría podido suceder. Y habría perdido. Ashford y yo.

Somos anormales. Normales nunca lo hemos sido, el número de nuestros defectos supera con creces el de nuestras virtudes. Pero las virtudes… Estamos embrujados y fuera de control.

O, mejor dicho, control tenemos, al menos de cara al público.

Hemos acostumbrado tanto a las personas que nos rodean a vernos siempre tan dignos, comedidos y distantes que ahora sería chocante que nos intercambiáramos palabras de cariño y que nos hiciéramos arrumacos y efusivas demostraciones de amor en público, así que seguimos mostrándonos como la habitual e impasible pareja Parker, enamorada pero muy controlada.

Esta contención no hace más que acrecentar la tensión y la atracción entre nosotros, hasta el punto de que, en cuanto surge la oportunidad, nada más cerrarse una puerta a nuestras espaldas, nos lanzamos el uno en los brazos del otro devorándonos salvajemente.

Caminamos en un precario equilibrio entre la obsesión adolescente y la ninfomanía.

Al acostarnos, en la privacidad de su dormitorio, tenemos toda la noche para dar rienda suelta a nuestras fantasías.

Si su cama pudiese hablar… Y la sala de música. Y su despacho. Y la armería. Y la bodega. Todavía tengo el vestido manchado de Borgoña… ¡Y a quién le importa! Ashford me lo arrancó hace media hora y sigue por ahí tirado en el suelo. Solamente quiero tener encima las sábanas de su lecho. Y a él, naturalmente.

Me doy la vuelta hacia él, con el rostro a un suspiro del suyo, y cada vez me asombro de lo increíble que es mirar esos imponentes ojos verdes. Es guapo. No sé si antes estaba ciega o si lo estoy ahora. Desde luego, antes estaba cegada por todos mis prejuicios y mi resentimiento, pero siempre ha habido un nutrido grupo de chicas dispuestas a arrebatármelo de las manos, empezando por las 6-6-6 y esa Portia. Portia.

La he borrado, en parte, pero no del todo, y no sé si hago bien en ignorarla. —¿Eres feliz? —me pregunta, recolocándome un mechón de pelo detrás de la oreja.

—Mucho.

—Entonces, ¿qué quieres preguntarme?

—¿Yo? —remoloneo.

—Sí, te lo veo en la cara. Hay algo de lo que quieres hablar.

Asiento y reúno el valor.

—Creo que ha llegado el momento de que me hables de Portia.

—¿Portia?

Me mira estupefacto.

—Derek, tu madre, Harring, todos la han nombrado por lo menos una vez excepto tú y, dado que es a ti a quien concierne, me gustaría que me pusieras al día sobre la situación al completo.

—No hay nada que contar —divaga.

—Todos estaban dispuestos a apostar que os casaríais. Está claro que algo había...

Para hacerle entender que no estoy en pie de guerra, restriego mi cara en su cuello, inhalando su perfume mezclado con el olor a sexo que acabamos de tener.

—De acuerdo, pero ten siempre bien presente que todo lo que te voy a contar forma parte del pasado.

—Anotado.

—Portia es una de las muchas personas invitadas con asiduidad a los eventos habituales, nos conocemos desde hace años, y subrayo «conocemos», no que seamos amigos o algo más. Era la típica relación cordial entre personas que frecuentan los mismos ambientes. Entonces, cuando ella, al igual que sus amigas, entró en la llamada «edad casadera», me la encontraba cada vez más en todas partes. Se servía ella sola en bandeja de plata, como suele decirse. Harring y yo nunca hemos sido especialmente partidarios de sentar la cabeza precipitadamente y yo siempre he preferido mantener mis aventuras al margen de las relaciones habituales, para no dar pie a demasiadas «habladurías».

Ashford hace una pausa para asegurarse de que le estoy prestando atención.

—No obstante, siempre hay un «pero»: Portia es una mujer guapa y yo, pese a todo mi autocontrol, no soy un santo. Bastó una copa de vino y un empujón por su parte en los avances para que cediera.

Así estuvimos durante bastante tiempo, quizá se me fue de las manos cuando creía saber manejar la situación. Me aprovechaba de su disponibilidad por pura diversión, además de que ella parecía estar bien así, ¡por lo menos eso decía! En cualquier caso, siempre estábamos juntos en las fiestas y eventos, y por un motivo u otro siempre acababa siendo su acompañante. Por no mencionar que mi madre alentaba nuestra unión y entenderás que Portia debió de hacerse a la idea de que estaba en el buen camino para llevarme al altar. Y es posible que se lo metiera en la cabeza a los demás. Yo jamás le di pie para pensar que esta fuese una posibilidad, pero estoy convencido de que ella tenía su propia estrategia: hacer creer a todo el mundo que éramos pareja, aunque nunca lo hubiéramos sido. Consideraba que si todos empezaban a decirme «Qué bien se os ve a Portia y a ti juntos», «Portia es una mujer para casarse», «¿Para cuándo la boda con Portia?», quizá habría terminado creyendo que era verdad. Esperanzas que se desvanecieron cuando se enteró de que me había casado con otra.

En realidad, no sé si me agrada lo que siento. Tal vez no estaba preparada, pero pensar que Portia y él, a fin de cuentas, tuvieron realmente una relación me perturba.

—¿A qué viene esa mala cara? —me pregunta Ashford, levantándome el mentón con los dedos.

—Imaginarme a Portia en tu cama no me pone muy buen cuerpo —admito.

—Si puedo hacer algo para que te sientas mejor, te diré que nunca hemos tenido tanta intimidad como para compartir cama.

Me pasan por la mente imágenes de armarios, trasteros, establos, pasillos, ellos dos de pie contra la pared y lo que haga falta.

—No, no me hace sentir mejor.

—¿Y el hecho de que ahora esté aquí contigo y que no quiera estar en ninguna otra parte cuenta algo?

—Tal vez un poco —respondo vagamente.

—¿Algo más? —me pregunta, tirando de mí para que me suba a horcajadas.

—Entonces, ¿no echas de menos a Portia?

Ashford aprieta mis caderas contra las suyas. Percibo su excitación.

—¿A ti qué te parece?

Desciendo sobre él arqueando la espalda hasta acercar mi pecho a su rostro.

—Que te gusta lo que estás viendo.

—Déjame demostrártelo —murmura con voz áspera antes de sumergirse en mí.

Capítulo 72

La versión de Ashford

–Pareces otro.

Es el comentario de Harring mientras lanza su florete a la tarima.

–A lo mejor es porque últimamente se me ha ido un poco la cabeza.

–¡Ya era hora! ¡Bienvenido al club!

–Me siento raro, pero de manera positiva.

–Las drogas tienen ese efecto al principio.

–Eres un idiota –le digo de mala manera.

–Dime algo que no sepa –rebate.

–Aparte del hecho de que parece que tengo las prioridades de un quinceañero, diría que todo está más o menos en orden.

–Estás hablando con alguien que aún no ha dejado atrás el capítulo de la pubertad, así que no dudes en desahogarte.

–Deseo estar siempre en la cama con Jemma y, cuando no lo estoy, solo puedo pensar en cuándo lo estaré. Estoy constantemente pensando en lo mismo.

–¡Te has casado con un bombón de escándalo! Lo raro sería que no quisieras meterle mano a cada momento del día.

–Al principio era distinto –intento justificarme.

–Al principio tú estabas escayolado como una pieza de la National Gallery y ella siempre a disgusto con la expresión de «Oh, Dios mío, qué estoy haciendo aquí» pintada en la cara. No me sorprende.

–Las cosas han cambiado.

–Sí, ella parece más integrada y segura de sí misma. Y tú por fin has empezado a escuchar también a tu mitad inferior –dice Harring, apuntándome con el florete debajo de la cintura–. No te ocultaré que últimamente empezaba a temer que quisieras meterte a monje y, sin embargo, con Portia nos hiciste creer…

Al escuchar el nombre de Portia lanzo el florete al suelo.

–Portia –murmuro para mis adentros.

–¿Qué te pasa ahora?

–Todos tenéis el corazón partido con Portia. Portia por aquí, Portia por allá. ¿Me he acostado con Portia? Sí. ¿Quería casarme con ella? Absolutamente no. ¿Hemos sido pareja oficialmente? ¡Ni se me pasó por la cabeza! ¿Cuánto tiempo tendré que seguir justificándome por habérmela tirado alguna vez?

—Parker, tranquilo, ¡nadie te está pidiendo que te justifiques! Y mucho menos yo. Era por ponerte un ejemplo. ¿Qué te preocupa?

Me siento en uno de los bancos a los lados de la sala y me quito la máscara protectora.

—Ayer Jemma me preguntó por Portia. Es un tema que no habíamos sacado nunca, pero ayer quiso saber qué había pasado y, mientras se lo contaba, me sentí a disgusto. Ella estaba allí, junto a mí, desnuda y preciosa, y lo único que quería era hacer el amor con ella otra vez, pero no sabía si, con lo que le estaba contando, iba a seguir deseándome.

—Eres un hombre, es normal que hayas tenido otras historias antes que ella.

—No lo entiendes. No quiero que me vea como un canalla, como alguien que se lleva a la cama a las mujeres por diversión y luego las deja plantadas.

—Alguien como yo, en pocas palabras —resume Harring.

—Exacto.

Me da una palmada en el hombro.

—¡Yo también te quiero, hermano!

—En fin, es lo que hay. Si todo el mundo tuviera la amabilidad de archivar el caso Portia os estaría muy agradecido.

—Caso cerrado.

—¿Te das cuenta? Estoy aquí, contigo, debería estar enfrascado en nuestro aguerrido duelo con una estocada tras otra y, en cambio, lo único que tengo en la cabeza es dónde se encontrará Jemma, qué estará haciendo, qué llevará puesto y cuánto tardaré en quitárselo de encima…

—Es normal, eso significa que aquí todo funciona —dice Harring, apretándose la entrepierna.

—¡Pero también sería capaz de pasarme un día entero solo contemplándola! ¡Incluso tengo celos de Loxley, solamente porque ahora mismo está con ella!

—¡Hablando de Loxley! —salta Harring de repente—. ¡Vaya un carácter que tiene! Estoy empezando a preguntarme cómo será en la cama. En mi opinión debe de dar ciertas satisfacciones…

–Loxley es asexual y además está con ese estúpido de Palo Alto.

–Bueno, nunca digas nunca…

–¿Me estás confesando de manera implícita que pretendes hacer avances con Loxley? –pregunto desconcertado por lo que creo haber oído.

–¿Quién? ¿Yo? ¿Eso parece? –Harring entrecierra los ojos–. No, solo hablaba hipotéticamente.

Capítulo 73

La versión de Jemma

Otra plácida mañana en Denby. A duras penas dejo que Ashford abandone el lecho para ir a ducharse y, sin embargo, no me privo del espectáculo de su escultural cuerpo desnudo mientras se encamina hacia el baño.

Me estiro, hundiéndome aún más en las almohadas de plumas. ¿Cuántas noches hace que no duermo en mi habitación? No sabría decirlo con exactitud: ¿dos semanas?, ¿tres?, ¿un mes?

No lo sé, he tomado la decisión de no contar los días, en parte porque todo ha sucedido muy de repente y de manera un tanto confusa, y también por superstición. Antes siempre contaba las horas, los días, las semanas, y no me fue demasiado bien; al final, a menudo resultaba que, de los dos, yo era la única realmente enganchada, por eso esta vez disfruto cada día como si fuera el primero.

—¡Podrías venir a hacerme compañía! —me invita Ashford desde debajo del chorro de la ducha.

Me uno a él en el baño y me siento en la enorme silla de mimbre con cola de pavo real.

—¿Qué haces ahí? —quiere saber.

—Tengo una vista espléndida —confieso maliciosamente—. Si te giraras un poquito más hacia mí, sería perfecto.

Él acata, divertido.

—Estoy a tu merced.

—¿No lo encuentras humillante? —le pregunto.

—Te diré que siempre he pensado que las mujeres que se entregaban al matrimonio con hombres mucho más ricos que ellas para ascender en la escala social tenían poco respeto hacia su amor propio.

—¿Y en lo que a ti respecta?

—En lo que a mí respecta, el haberme casado con una mujer mucho más rica y estar a su merced… —sale de la ducha y viene hacia mí, me separa las piernas, que tenía cruzadas, y me besa el interior de los muslos— es lo más excitante que me ha pasado en la vida. ¿Y sabes qué más pienso? –me susurra en la piel–. Que lo mejor que puedes llevar encima es mi nombre y nada más, lady Parker.

Mientras me abandono de nuevo a sus deseos, su teléfono empieza a sonar con insistencia. Tras intentar ignorarlo sin éxito, Ashford decide contestar.

Desaparece en el dormitorio, tiene una breve conversación y luego vuelve conmigo.

–Era Derek –me informa–. Pregunta si hoy podemos reunirnos con él en su despacho.

No he hecho más que darle vueltas, pero, para ser franca, no me imagino cuál puede ser el motivo de esta convocatoria; solamente espero que no haya problemas con mi dinero.

–Cuando te llama un abogado, no suelen ser buenas noticias –observa Ashford mientras subimos en el ascensor.

Derek no sabe nada sobre el desarrollo de los últimos acontecimientos porque, lo mismo que en casa, no queremos airear nuestra relación.

¡Por Dios! ¿He dicho relación? Es tan extraño…, pero, en efecto, ¿qué otra cosa puede ser, si él, solos en el ascensor, me tiene contra la pared durante todo el trayecto, con la barbilla apoyada delicadamente sobre mi frente?

Dado que pretendemos mostrarnos distantes e independientes como al principio, antes de que suene la campanilla del ascensor, Ashford me besa la punta de la nariz y me deja salir.

–He intentado imaginarme el motivo de esta convocatoria, pero no se me ocurre nada –suspiro.

–El abogado los recibirá en breve –anuncia la secretaria, acompañándonos hasta su despacho.

–¡Jemma, Ashford, tomad asiento! –nos saluda Derek cálidamente–. Jemma, te encuentro cambiada desde la última vez que te vi. Déjame decirte que estás espléndida. Al final has sacado provecho de la herencia de tu abuela.

–Gracias. Me lo he trabajado.

–Pues déjame decirte que has hecho un trabajo excelente. A ti también, Ashford, se te ve estupendo. No tener problemas con los bancos debe de haberte devuelto muchas horas de sueño.

–Sí, pero no demasiadas. Me gusta mantenerme ocupado. –Al pronunciar estas palabras, Ashford me lanza una mirada cómplice–. Sin embargo, Derek, debo reconocer que tu llamada ha sido del todo inesperada.

–No obstante, se ha producido un verdadero milagro, así que no podía dejar de llamarte.

–¿Un milagro? ¿No eras tú quien decías que en el ámbito legal no existen los milagros, sino las estrategias? –pregunto escéptica.

–Sí, tienes toda la razón. Permíteme que me corrija: ha ocurrido un evento extraordinario.

–Vamos, continúa –le animo a explicarse.

–Sí, por supuesto. Entonces quedamos en que vosotros dos habéis arreglado vuestros temas económicos y de herencia con el matrimonio.

–Hasta aquí, eso lo sabemos todos… –empiezo a perder la paciencia.

–Como no podía ser de otra manera, no he dejado de analizar el rastro financiero de los Parker y hasta hace unas semanas encontraba algunas de las inversiones de tu padre arriesgadas, si no ridículas…

–¿Cómo por ejemplo?

Ni siquiera Ashford parece tolerar los preámbulos de Derek.

–Como por ejemplo patrocinar a un estrafalario artista ruso semidesconocido en una ruinosa escuela de Chipwick. Este artista, Goran Tretiak, murió hace no más de quince días, por sobredosis o suicidio, aún no está claro, y el valor de sus obras se ha disparado por las nubes. En Nueva York, en Christie's, se subastó una por cinco millones de dólares. Por tanto, el duque Henry Parker, tu padre, en calidad de mecenas suyo, es propietario de un buen número de sus obras, así que ahora, Ashford, tú eres el beneficiario. Una importante casa de subastas londinense ya se ha interesado por dos de sus obras del último periodo.

Derek hace una pausa para dejar que Ashford lo asimile.

–¿Y?

–¡Pues que con la venta de las obras de Tretiak podrás devolverle a Jemma todo lo que ha ingresado en los bancos para saldar tus deudas! No tendrás que continuar con esta farsa del matrimonio fingido, ¿no estáis contentos? Además, las rentas de tus propiedades están mejorando ostensiblemente, sin los agujeros en tu cuenta que cubrir; en consecuencia, podrás disfrutar de un estilo de vida más que digno. ¡Parece que la pantomima que os habéis visto obligados a protagonizar será más breve de lo previsto!

—¿Entonces lo que estás diciendo es que podemos anticipar el divorcio? —pregunto para comprender si he interpretado bien sus palabras.

Derek levanta las manos en signo de rendición.

—Ahora que todo está en orden, ¡no veo por qué no!

En su semblante se enciende una sonrisa triunfante.

—Sí, lo sé, todas las veces que os he convocado ha sido para comunicaros una noticia desagradable o para someteros a acuerdos incómodos, pero esta vez no hay necesidad de dar la enhorabuena. ¡Tomadlo como la oportunidad de un nuevo comienzo para ambos!

No me atrevo a mirar a Ashford. Me encantaría poder leer en sus ojos lo que piensa, pero no tengo el valor.

—Imaginando que para vosotros podría ser una buena noticia, me he tomado la libertad de emprender los procedimientos lo más rápido posible y estoy preparando los papeles del divorcio. Cuanto antes recuperéis vuestras vidas mejor, ¿no?

—Ejem… Claro —comento con escasa convicción.

—Sí…, es fantástico.

También el tono de Ashford denota a mi entender poco entusiasmo.

La verdad es que ha sido un jarro de agua helada. Estábamos tan absortos en nuestra «luna de miel» que nos habíamos olvidado por completo de la cuestión del matrimonio con fecha de caducidad y esta historia del divorcio me ha caído encima como una bomba atómica.

Soy consciente de que debería estar dando saltos de alegría, pero no es eso lo que siento. Cuando pienso en divorciarme de Ashford, mi cabeza responde «no, por favor, no».

No se inició como una historia de amor, nos casamos por conveniencia y hemos convivido a la fuerza hasta que algo ha cambiado. Nosotros hemos cambiado y ahora no me imagino renunciar a él. No quiero y punto.

—Dad por sentado que esta vez haré todo lo posible para que el asunto no trascienda al público.

Ashford asiente inexpresivo.

—Por supuesto.

Oh, Dios mío, ¿a él le parece bien? Horror, horror, no puedo ni tragar saliva.

—Jemma, ¿tienes algo que decir? –me pregunta Derek.

Niego con la cabeza, tengo la boca tan seca que no soy capaz de articular palabra.

—Bien, entonces le digo a Jane que proceda con vuestro expediente. ¡No sabéis qué aliviado me siento de haber resuelto vuestra situación!

—Derek, creo hablar en nombre de los dos si te digo que esta noticia nos ha cogido por sorpresa. No estábamos preparados y, como podrás imaginarte, sabiendo que teníamos por delante algo de larga duración, ambos nos habíamos organizado la vida para que funcionara de la mejor manera posible. En este momento, quizá, necesitamos tiempo para dar este paso adelante.

¿Por qué temo cada palabra que pronuncia?

—A lo que me refiero, Derek, es que aprecio el hecho de que te hayas puesto manos a la obra para reorganizar este desaguisado con tanta diligencia, pero perdónanos si no te damos una respuesta directa de buenas a primeras.

Derek parece desorientado, pero procura que no se le note.

—¡Claro, por supuesto! Jemma necesitará tiempo para mudarse a una de sus propiedades; además, seguro que tenéis algún compromiso social que despachar… ¡Natural! De todas formas, era mi deber informaros. En cualquier caso, no seguiré con el proceso hasta que no obtenga una confirmación oficial, por tanto, espero vuestras indicaciones aunque imagino que no tardarán en llegar.

Cuando salimos de su despacho, apenas consigo esperar a que se cierren las puertas del ascensor para que se me salten las lágrimas. Le doy la espalda a Ashford porque no quiero que me vea. No quiero que piense que estoy disgustada.

—No sé qué decir.

Esas son las primeras palabras de Ashford.

—Entonces no digas nada –le contesto, intentando controlar el temblor de mi voz y parecer lo más fría posible. En cuanto el ascensor llega al piso cero salimos como dos furias. Camino a toda prisa y Ashford sigue mis pasos.

—Entonces, se acabó –le digo.

—Eso parece.

—Es lo que queríamos, ¿no?

Intento insuflar algo de ánimo en mi tono, pero mi voz suena como la de un robot.

—Desde el primer día.

—Y nunca nos hemos planteado cambiar de idea —afirmo poco convencida.

—Absolutamente no.

—Bien.

—Bien —repite él.

Joder. Volvemos a ser los de antes.

Capítulo 74

La versión de Ashford

¿Qué diablos te pasa? ¡No parece que te alegres! ¿Y ahora por qué hablas como si el tema del divorcio anticipado hubiera caído como maná del cielo?

No entiendo nada.

La historia del artista ruso me ha cogido por sorpresa y, a decir verdad, no era una posibilidad que hubiera considerado.

Siempre supe que llegaría el momento del desenlace, pero no esperaba tener que afrontarlo en breve y confiaba en el tiempo para consolidar lo que había nacido entre Jemma y yo para poder tomar una decisión meditada; sin embargo, Derek ha puesto las cartas boca arriba, desbaratando la partida.

No estoy contento, no, porque debo reconsiderar un montón de cosas, para empezar que no estoy preparado ni tengo ganas de que Jemma se marche.

Por otro lado, no puedo negar que me siento aliviado: mis deudas con los bancos se han solventado con un chasquido de dedos, permitiéndome recuperar mi dignidad.

Pero ¿y Jemma?

Enamorarme de Jemma no entraba en mis planes.

¿Enamorarme? ¿En serio he pronunciado esta palabra?

No, me refería a que me gusta, me atrae, me parece sexi, divertida y, en definitiva, sabe desempeñar el papel de duquesa mejor de lo que pensaba, lo que la hace más tolerable de lo esperado. Además, no creo que jamás hubiera encontrado a nadie como ella. Si tuviera que definirla, usaría una palabra solamente, mejor dicho, dos: *big bang*. Un caos maravilloso y perfecto. Una explosión devastadora, pero que pone todo en su lugar. Con Jemma a mi lado, todo vuelve a su sitio.

Sin embargo, ahora se muestra tan enigmática y distante que daría mi título y todas mis posesiones por saber dónde se encuentra. Porque desde luego que no es aquí junto a mí, en el asiento del copiloto. Está presente, pero solo físicamente. Pasamos el resto del día separados: ella montando a caballo con su madre, yo vagando por el castillo sin rumbo fijo, buscando algo en lo que concentrarme, pero sin conseguirlo.

Durante la cena no cruzamos ni una palabra y noto que apenas prueba bocado. Hay alitas de pollo fritas, y eso no es buena señal.

Cuando cada uno se retira a sus habitaciones, algo que no ocurría desde hacía tiempo, la rabia supera el umbral de la tolerancia, hasta tal punto que me liaría a puñetazos con cualquier cosa.

Escucho un sollozo proveniente del otro lado de la puerta. Es Jemma y tiene toda la pinta de ser un llanto sofocado, sin demasiado éxito, añadiría.

Que lo ponga como quiera, puede intentar que me trague la mentira de que está más que encantada con el divorcio anticipado, pero eso son lágrimas y, diga lo que diga, ella está igual de disgustada que yo. Me armo de valor y decido poner fin a este juego del escondite. Abro de par en par las puertas comunicantes entre nuestros dormitorios y la estrecho entre mis brazos. Está acurrucada en la cama, con la cara hundida en una montaña de almohadas.

—No tenemos que hacer nada que no queramos —le digo—. Yo no quiero divorciarme, pero, si es lo que tú quieres, debes decírmelo alto y claro.

En respuesta, sus sollozos se hacen más fuertes.

—Jemma, Derek nos ha informado sobre los últimos acontecimientos, pero divorciarnos sigue siendo prerrogativa nuestra. Si no queremos, no tenemos que hacerlo. Yo no quiero, Jemma. ¿Y tú?

—No —susurra entre lágrimas—. No quiero. No ahora que soy tan feliz.

—Entonces esto es lo único que importa.

Capítulo 75

La versión de Jemma

No nos divorciaremos. Nos hemos pasado toda la noche hablando. No seremos una pareja perfecta, nuestras bases no son tan sólidas como las de otros, no está escrito a fuego que duraremos para siempre, pero, por otra parte, ¿quién puede estar seguro de ello?

Sin embargo, estamos aquí y ahora, somos reales y somos felices, por tanto, no tiene ningún sentido cambiar el estado de las cosas.

No sé si sentirme más tranquila, pero haber aclarado el tema me permite afrontarlo todo de un modo más maduro.

Para empezar, ignoré deliberadamente el hecho de que nuestro matrimonio tuviera una fecha de caducidad, pero ahora soy consciente de que ambos, a pesar de todas nuestras limitaciones, intentaremos manejar nuestra relación.

Aunque la temporada social está llegando a su fin, esta noche estamos invitados a otro espectáculo más: la nueva iluminación de los invernaderos de Kew Gardens.

He llamado a Cécile para preguntarle qué se va a poner y pedirle consejo sobre cómo ir vestida, pero no me ha parecido que estuviera muy presente y me ha despachado rápido, alegando que no pensaba ir. Últimamente la noto bastante distraída, pero su personalidad voluble es uno de los rasgos que la caracterizan y, por tanto, no me hago demasiadas preguntas. Hace unos meses, saber que no me haría compañía en el foso de las serpientes me habría dejado hecha polvo, pero hoy ya no.

Por aquel entonces solía pasarme todo el tiempo evitando a Ashford, pero esta vez me agradaba la idea de pasar toda la velada firmemente agarrada a su brazo.

¡Qué bonitos son los Kew Gardens, con todas estas plantas de colores bajo las cúpulas de cristal! He vivido toda mi vida en Londres, pero reconozco que nunca he estado aquí. Con los ojos como platos, intento captar cada detalle, cada pétalo, cada tonalidad.

—Esta noche estás radiante —me susurra Ashford.

—Me miras con otros ojos –respondo.

—Puede ser, pero irradias luz.

—¿Cómo los residuos radiactivos?

—No me provoques para que te lance una de mis pullas, sabes perfectamente de lo que soy capaz.

—Solamente quería comprobar que no habías perdido tu chispa.

Ashford acerca sus labios a mi oreja.

—Te lo demostraré más tarde. –Y me roza el lóbulo con los dientes.

De repente, me quedo helada al divisar un perfil conocido. Solamente la he visto una vez, pero ese rostro lo tengo grabado en la mente.

—Portia –anuncio secamente–. Ahí está Portia –repito, haciendo un gesto con la cabeza.

Como si hubiera percibido mi presencia, Portia se gira hacia nosotros y, aunque está al otro lado del invernadero con un montón de plantas exóticas de por medio, me devuelve la mirada y luego me dirige una sonrisa afilada como una cuchilla.

—No hay motivo para que estés tan nerviosa –me susurra Ashford.

—Mmm –refunfuño, poco convencida.

—Es inevitable que acuda a este tipo de eventos, pero no tienes por qué lidiar con ella.

—¿Tenemos que quedarnos hasta muy tarde esta noche? –pregunto, haciendo lo imposible por soportar esa mirada glacial.

—No, Jemma. Volveremos a Denby cuando tú quieras –me responde con un tono comprensivo.

Capítulo 76

La versión de Ashford

Se quedó de piedra cuando la vio.

Estoy en los boxes del club de polo y, mientras preparo mi caballo para la final, le estoy contando a Harring lo de la noche en Kew Gardens.

–No puedo culparla. Portia tiene ese extraordinario poder de transformar a las personas en piedra solo con la mirada, como Medusa.

–Jemma reaccionó como si estuviera obligada a pasar un examen que no está capacitada para afrontar, como si fuera una rival cuya altura no puede alcanzar. Además, yo solamente tengo ojos para ella, a las demás ni las veo.

–¿Estás seguro de no haberle dado una impresión equivocada? –me cuestiona Harring sin despegar los ojos del móvil.

–¡No! ¡Qué va! –Luego me quedo pensando un instante–. En fin, bueno, puede que al principio sí, a lo mejor no estuve muy acertado, quizá me pasé un poco criticando su manera de vestir y su modo de comportarse, ¡pero ahora es distinto! Es perfecta, le sobra carácter y personalidad ¡y ella sola vale por diez de esas escobas estiradas! ¡Incluida Portia!

Una tercera sombra se extiende por el pavimento del box.

–Hace unos meses no pensabas lo mismo.

Mierda.

Es Portia. Se planta entre Harring y yo, que nos quedamos atónitos. Harring, maldito sea, se apresura hacia la puerta.

–Yo, ejem, tengo cosas que hacer, me he dejado el horno encendido y… ¡Que Dios te coja confesado, Parker!

–El caballero de brillante armadura de siempre, este Harring – comenta Portia una vez se quedan solos.

–¿Qué te trae por aquí? –pregunto, intentando parecer lo más desenvuelto posible.

–Mi hermano juega en el equipo contrario, ¿no lo recuerdas?

–Por supuesto.

–¿No me vas a preguntar qué tal estoy?

–¿Qué tal estás?

–Bien.

Ella es indescifrable.

–Me alegro.

–Oh, se te nota un montón.

–Siento lo de antes. –Es todo lo que consigo articular–. Me expresé…

–Oh, ¿te estás disculpando por las palabras de antes? Debo de haberme perdido algo porque no recuerdo la disculpa de cuando te esfumaste de repente y reapareciste con un anillo de boda en el dedo y una esposa de Lewisham. Ah, no, esas disculpas ahora que lo pienso nunca las he recibido.

Portia es una maestra a la hora de enmascarar el rencor; a pesar de sus palabras, su semblante es una incógnita.

–Amor a primera vista –explico.

–¿Tú? No pensarás que me voy a tragar un pretexto tan patético.

–¿Qué quieres de mí, Portia? –la urjo exasperado.

–Al principio buscaba venganza, luego solo hacerte sentir como un gusano. A estas alturas ya no quiero nada. Soy una mujer, estoy acostumbrada a los caprichos de los hombres que, aunque pasen de los treinta, siguen siendo niños caprichosos y mimados. Sin embargo, espero que no hayas pensado que conmigo iba a ser como si nada, ¿de verdad crees que iba a pasar por alto esta afrenta sin decir esta boca es mía?

–Tal vez habrías preferido que yo hubiera puesto las cosas en claro antes, pero tú y yo nunca hemos sido pareja.

–Y por eso no lo has considerado necesario. Por mí está bien. Solo para que lo sepas: no me has quitado ni el sueño ni las ganas de comer.

¡Es desquiciante! Es como una boa constrictora, que envuelve a su presa antes de asfixiarla entre sus anillos.

–Hagamos las paces.

De repente, su expresión cambia y exhibe una sonrisa civilizada y distendida.

–Somos adultos y como tal debemos convivir en el mismo ambiente. Hagámoslo en un clima relajado y libre de complejos. –Me tiende la mano–. Ahora que ya se ha roto el hielo, no hay motivo para andar evitándonos a toda costa. Podemos respirar el mismo aire. Te deseo toda la felicidad y que trates a tu mujer mejor de lo que me has tratado a mí.

Yo también le estrecho la mano.

–Bueno, hasta la vista, Portia.

–Me voy. No quiero perderme la entrada en el campo. Te deseo buena suerte, pero no esperes que esta vez te apoye.

–Igualmente –me despido.

Al poco de salir Portia, es Jemma la que entra en el box.

–¡Un rayo de sol! –la saludo, cogiéndola del brazo.

–Creía que estabas con Harring.

–De hecho, acaba de irse hace un momento.

–La que ha salido hace un momento ha sido Portia, no Harring –manifiesta con voz insegura.

–Su hermano es uno de mis adversarios. Ha pasado para saludar. Y para aclarar las cosas.

–¿Aclarar el qué? –inquiere Jemma con tono inquisitivo.

–Todo. Que entre nosotros no había ninguna historia, que nunca había tenido en mente casarme con ella y que no sentía la obligación de justificarme con ella por haberme casado contigo. Ahora que todo está claro como el agua, podemos incluso ir a los mismos sitios sin peligro de quedar atrapados en el fuego cruzado de los misiles antitanque.

–¿Le has dicho que somos felices?

Le doy un beso para intentar despejarle cualquier duda.

–¿Para qué? ¿Es que no salta a la vista?

Capítulo 77

La versión de Jemma

Desde el domingo en que vi a Portia salir del box de Ashford me encuentro en un estado de alarma constante. Tengo el estómago tan cerrado que no consigo probar bocado.

Me vuelven a la cabeza las palabras de Ashford y, aunque no hayan estado juntos verdaderamente, pensar que entre ellos ha habido algo me parte el corazón. Y Portia... Cada vez que me ve, leo en sus ojos que querría estar en mi puesto, como esposa de Ashford, como duquesa de Burlingham. Ya no consigo encontrar las agallas de aquella Jemma que en la subasta de caballeros despedazó a Portia con una seguridad aplastante. Tal vez porque entonces, en aquella época, no sentía por Ashford lo que siento ahora, no tenía nada que perder y lo único que me importaba era salvar las apariencias. Ahora me siento vulnerable e indefensa, en alerta continua, como si hubiera una peligrosa amenaza externa a punto de para minar nuestro delicado equilibrio. Portia.

—Cariño, sé positiva. ¡Se te está desvaneciendo el aura! —comenta mi madre mientras le describo a Portia por millonésima vez.

—¿Cómo puedo serlo si cada una de las relaciones que he tenido en mi vida han acabado siempre con engaños y traiciones y con mi corazón hecho trizas? Tengo miedo de que se repita la película.

—Ashford no es así —salta papá—. Contigo he visto de todo, ¡no habría dado un céntimo por ninguno de tus ex!

—¿Por qué tenéis que marcharos precisamente ahora?

Los miro con ojos implorantes, con la esperanza de hacerles desistir.

—Martha y Hollister se han comprado una granja en Matlock Meadows y nos han pedido que les echemos una mano para ponerla en marcha. Somos amigos desde hace más de treinta años, no podemos decirles que no. Entre establos, pajareras, conejeras y apriscos, hay muchos animales a los que atender. Una vez esté en marcha no nos necesitarán. ¡Solamente será un mes! —me tranquiliza mamá, besándome en la frente. ¡Malditos sean Martha y Hollister! ¡Deberían haberse quedado en Lewisham vendiendo cristales y velas en su tienda *new age*!

—¡A lo mejor voy a visitaros!

—A Ashford y a ti os vendría realmente bien cambiar de aires.

—Vamos a ir a Barcelona.

Tengo los billetes del partido que me regaló por mi cumpleaños, pero, tal y como están las cosas, el partido no será la prioridad del viaje.

—Marchaos y dejad todo atrás. Dedicaos solamente a vosotros dos. ¡Ya habéis tenido suficiente entre bailes y recepciones! —me insta papá.

—Pero esta noche no podemos faltar. Es la clausura de la sociedad benéfica. Somos invitados de los Davenport.

La velada no pudo ser más apoteósica. Los Davenport abrieron la gran galería gótica para exhibir las espectaculares bóvedas de abanico y las majestuosas vidrieras historiadas que llegan hasta el techo.

—Cada vez que pongo el pie en esta sala, pienso que en cualquier momento podría encontrarme en mitad de una singular contienda a capa y espada —empieza diciendo Harring, que hace su entrada con nosotros.

—No te preocupes, no hay peligro. En la Edad Media solamente se batía en duelo quien tenía un honor que defender. Tú careces irremediablemente de ello, eres la última persona en esta sala que corre ese riesgo —comenta una voz femenina detrás de nosotros.

—¡Loxley! ¡Deja de aparecer de repente por la espalda! ¿Cuántos años tienes? ¿Tres? —suelta Harring.

—Ojalá. Estaría mucho mejor. ¿Entonces? ¿Para qué buena causa vamos a firmar cheques esta noche? ¿Pozos en África? ¿Escuelas en Bolivia? —interrumpe abruptamente mi amiga.

—Para reinsertar a los inadaptados en la comunidad —replica Ashford.

—¿Has oído, Harring? —Cécile le da un codazo—. ¡Es nuestra noche!

—Habla por ti, Loxley. Yo no quiero reinsertarme en ninguna parte.

—No logro entender por qué toda la alta sociedad ha ignorado durante meses mi presencia ¡si vuestro comportamiento en público es aún peor! Tú, Cécile, pareces sacada de *El resplandor*, mientras que tú, Harring, ¡tienes una reputación vergonzosa! Sin ánimo de ofender. Os quiero a los dos, pero es un hecho y sois los primeros en reconocerlo.

Harring se enorgullece.

—Déjame que te explique algo: nací cuando mis padres aún no se habían casado. En su momento fue un escándalo, pero mi padre era el hijo menor y el título de vizconde debía pasar al hermano mayor, mi tío. Por desgracia, murió hace unos años en un accidente de tráfico sin dejar descendientes y mi padre se encontró siendo vizconde de Westborough. Eso me convierte en heredero al título, así que para la mayoría soy un bastardo con suerte. Pero es un derecho de nacimiento, así que se lo tienen que tragar y besarme el culo.

—Mi historia, en cambio, ya la conoces. Mitad francesa desde hace generaciones, misántropa, atea y heredera del título de mis padres. Estoy en posición de odiar a quien me plazca, porque nadie, ni siquiera un marido, puede arrebatarme mi título —añade Cécile.

—¡No vengas ahora alardeando de ser un bicho raro! —le reprocha Harring.

—Para que lo sepas, vizconde Harring, como marquesa, estoy por encima de ti.

—¿En serio? —Harring guiña un ojo.

—Cécile… ¡Se lo has servido en bandeja de plata! —le advierto.

Ashford se alegra del patinazo de mi amiga.

—Sí, Loxley, esta vez te has metido un gol en tu propia portería. ¡Vamos a beber algo y hagamos que esta noche merezca la pena!

—De todas formas te felicito, Cécile. Esta noche he presenciado la conversación más larga jamás tenida con Harring. Un auténtico récord.

—Tienes razón, no estoy muy en forma. He de volver a mis antiguas costumbres: insultos relámpago en menos de cuatro segundos —refunfuña ella.

—Acéptalo: más sabe el diablo por viejo que por diablo —le tomo el pelo.

—Volviendo a lo de antes, cuando has dicho que nos quieres a Harring y a mí, no será de la misma manera, ¿verdad? O sea, que a mí me quieres más, ¿no es así?

—Vamos a ver: si yo fuera lesbiana, serías mi primera opción.

—Si yo fuera lesbiana, mi primera opción sería alguno de los ángeles de Victoria's Secret. Lo siento, Jemma, pero apunto alto.

—Vete a la mierda, Cécile. —Me doy la vuelta hacia la entrada del salón y me quedo aterrada—. Vete a la mierda.

—Con una vez es suficiente, te he oído —protesta Cécile.

—La segunda no era para ti. ¡Acaba de llegar esa mantis religiosa de Portia!

—¿Y qué te importa? ¡Viene acompañada! Está con… ¿Cómo se llama? ¡Alopecia! —exclama Cécile, señalando al tipo que va con ella.

—¿Quién?

—¡Con el que ha venido! ¡Alopecia! Mira, no me acuerdo de su nombre, pero recuerdo que en la universidad los exámenes le causaban tanto estrés que se le caía el pelo a mechones, tenía la cabeza a manchas. —Cécile entorna los ojos para enfocar mejor a la pareja—. Ahora no sabría decirte si todavía lo sufre, se ha afeitado la cabeza, pero estoy segura de que es él. Extraña elección para alguien que apuntaba a un duque, ¡mira que presentarse con eso!

—Alopecia o no, su presencia me fastidia. Solo pensar que Ashford y ella están bajo el mismo techo me provoca…, puaj. —No puedo terminar la frase.

—Sí, para serte despiadadamente sincera, de un tiempo a esta parte se te ve con mala cara. Estás tensa, con la mirada cansada, la tez apagada… ¿Comes bien?

—Poco. No me apetece. Tengo muchas cosas en la cabeza, se me cierra el estómago y la comida es la última de mis preocupaciones. Cécile, soy una cornuda en serie y encontrarme frente al fantasma de la ex de Ashford despierta mis peores miedos.

—Solo nos queda esperar que Alopecia tenga una grúa en los calzoncillos, así Portia tendrá que trabajar menos para mantenerse ocupada.

—¿Pero tú no decías que el sexo te daba asco? ¿Cómo es que ahora te pones a analizar las aptitudes de los presentes?

—Me limito a valorar los diferentes escenarios.

—Mientras tú valoras los escenarios, yo me voy al baño.

Capítulo 78

La versión de Ashford

Loxley está para que la encierren. Para arrojarla en una de esas celdas con las paredes acolchadas y tirar la llave –farfulla Harring.

–¿Pero por qué le contestas cada vez que te habla? ¡Ignórala! –le recomiendo.

–¡Estamos en una velada benéfica! ¡Tengo que ser generoso con quien no es tan afortunado como yo!

–La generosidad y tú sois dos líneas paralelas. No están destinadas a encontrarse.

–¡Hablando de encuentros! ¿Qué quería Portia el día del partido?

–Explicaciones. O, mejor dicho, primero humillarme y luego aclarar las cosas. Nos ha señalado con el dedo a nosotros, los hombres feos y malos que rompemos el corazón de las jóvenes doncellas inocentes.

–¿Inocente ella? ¿Que se despatarró sin bragas sobre tu mesa de billar?

–No debí contarte aquella historia.

–Ni las demás tampoco: en el establo de Leigh, en el invernadero detrás del ficus de tu madre, en la sala de trofeos del club de polo…

–Haz, ¡no necesito que me hagas un resumen de los episodios pasados!

–¡Soy tu memoria!

–¡Eres una china en el zapato! En resumidas cuentas, al final Portia llegó a la conclusión de que, ya que estamos obligados a frecuentar los mismos lugares, más nos valía echar tierra al asunto y seguir con nuestras vidas.

–Qué raro… Conociendo a Portia, habría jurado que te habría echado la tierra encima después de lanzarte al Támesis en una brumosa noche de febrero.

–Teniendo en cuenta de quién estamos hablando, no descarto que se le haya ocurrido en algún momento –comento distraído mientras miro a mi alrededor–. No veo a Jemma. Estaba con Loxley.

–Ni idea de dónde puede estar.

Entonces a Haz le suena el teléfono, lee un mensaje y apresuradamente me da una palmada en el hombro.

–Tengo que marcharme. Que te diviertas, Parker. Hasta luego. Quizá.

Dejo a Haz con sus galanteos y decido ir a buscar a Jemma. Recorro todo el salón, pero no la encuentro, así que me adentro en el laberinto de pasillos de Greer Hall.

Estas fiestas tienen algo de diabólico: cada vez que buscas a alguien, encuentras a todo el mundo excepto a la persona que quieres.

Por este orden, me interceptaron Murray, sir Robert, el duque Neville, lady Venetia y lady Augusta.

Mientras bajo la escalinata para volver al salón de baile, diviso una figura sentada en el último escalón, apoyada en la barandilla de mármol, hundida en una nube de tul. Cuando me doy cuenta de quién es, es demasiado tarde para darme la vuelta y marcharme. Ya se ha girado hacia mí.

–¡Ashford!

Su tono es vagamente cordial.

–Portia.

–¿Huyendo de la loca multitud?

–Tú tampoco estás en el corazón de la fiesta –observo.

Se levanta el bajo de la falda para mostrar su pie desnudo.

–He tropezado y me lo he torcido. Espero que el mármol frío me alivie el dolor. Por desgracia, mi acompañante no es muy caballero y creo que ha desaparecido en la sala del *brandy*.

–¿Quieres que vaya a buscarle?

–Para serte sincera, no. Mejor sola que mal acompañada y Lewis es la enésima confirmación.

–¿Todavía sufre alopecia?

–Solamente en los cambios de estación –dice, como sin darle importancia–. Es uno de los rasgos que le hacen fascinante.

Desciende sobre nosotros el habitual silencio incómodo. Sé que tendría que decir algo, pero al mismo tiempo querría encontrar un modo amable de decirle que, al margen de la torcedura del tobillo, tengo que irme.

Ella me mira con una sonrisa conciliadora.

–Vamos, ¿no acompañarías a la pobre Portia a la terraza? Por lo menos allí estaré más cómoda y podré disfrutar del jardín iluminado.

Remoloneo.

–Yo...

–Venga, ni que estuviera pidiéndote la luna.

333

Antes de que vuelva a apelar a mi culpabilidad, le ofrezco mi brazo para ayudarla a levantarse. Dios, aparta de mí este cáliz.

–¿No encuentras extraño que estas fiestas estén abarrotadas, que todo el mundo se desviva para ser invitado y que luego muchas de estas personas busquen cualquier excusa para apartarse y tener un momento de paz? –observa–. Lewis, tú, yo…

–Ah, yo en realidad estaba buscando a mi mujer.

–¿Se te ha escapado tu adorable esposa?

–Estaba en el salón con Loxley. Se fueron a pedir algo de beber y cuando me quise dar cuenta habían desaparecido las dos.

–Loxley es una mala persona. Nadie que yo conozca la soporta.

–Es especial, pero Jemma y ella se llevan a las mil maravillas.

Es cierto que Cécile no está en el *top ten* de las personas más simpáticas del mundo, pero no por ello voy a hablar mal de ella con Portia.

–También Harring y tú sois buenos amigos, pero no os parecéis en nada.

–Nos complementamos. Nos conocemos desde hace veinticinco años.

–Y nosotros, ¿cuánto hace que nos conocemos? –me pregunta.

La ayudo a sentarse en uno de los bancos de piedra del gran balcón rodeado de hiedra.

–No sabría decir.

–Te conocí durante el primer partido de mi hermano en el campeonato juvenil de polo, hace quince años.

–¡Vaya, dos dígitos!

¿Debería importarme?

–Incluso entonces destacabas entre todos los demás. Siempre has tenido ese don natural.

No respondo al cumplido con el que ha intentado halagarme, así que Portia se encoge de hombros y cambia de tema.

–¡Vosotros, los hombres, tenéis mucha suerte! Con vuestro esmoquin siempre estáis bien abrigados, mientras que nosotras, envueltas en estos velos de seda y tafetán, ¡pasamos las fiestas muertas de frío! –comenta, frotándose los brazos con las palmas de las manos–. Te pediría la chaqueta, pero entonces serías tú el que pasara frío.

Con un resoplido imperceptible me quito la chaqueta y se la paso. ¿Por qué cada palabra suya me suena como un chantaje, como si le debiera algo por haberla dejado plantada? Si no me sintiera obligado a ser educado, al menos en público, la habría dejado aparcada en el escalón.

—¡Vamos, siéntate, no te quedes ahí parado! ¡Antes o después Harring, Loxley o tu mujer pasarán por aquí! Tienes más probabilidades de encontrarlos si los esperas que no buscándolos por toda Greer Manor.

Me siento para complacerla y decido ponerle las cosas en claro de una vez por todas.

—No querría que alguien, viéndonos aquí sentados, empezara a elucubrar o a meter ideas extrañas en la cabeza de Jemma.

—¿Sabe lo nuestro? ¿Se lo has contado a Jemma?

—Sí. Como bien te podrás imaginar, no le ha hecho mucha gracia y no puedo culparla.

—Si ella te quiere tanto como dice, te debería creer a ti, no a las habladurías que lleguen a sus oídos.

—Ya sabes que vivimos en un ambiente complicado.

—¡Uy, mira! ¡Una pestaña! —exclama, pasándome un dedo por el pómulo—. Sopla y pide un deseo.

Antes de que pueda apartar su mano de mis labios, oigo un zumbido procedente de la sala de fiestas y veo que los invitados se han arremolinado justo delante de una de las ventanas abiertas a la terraza.

Capítulo 79

La versión de Jemma

Cuando abro los ojos todo me da vueltas. Me deslumbran los candelabros y siento el frío del mármol contra mi espalda mientras un número indefinido de rostros se inclinan sobre mí.

—Jemma. Es Ashford.

Se arrodilla a mi lado y me levanta contra su pecho.

—¿Qué le ha pasado?

Audrey Davenport me trae un vaso.

—Toma querida, agua y azúcar. ¡Oh, Ashford, ha sido horrible! Vimos que de repente se ponía pálida como la cera y que le faltaba el aire y, antes de poder decir nada, ¡se desplomó en el suelo!

—Permíteme que te lo diga, Ashford, tu mujer tiene un aspecto espantoso —gruñe Neville—. Mañana mismo enviaré a mi médico particular a Denby Hall.

—Lady Audrey, tenga la amabilidad de mandar que nos preparen el coche. Jemma necesita descansar. Es posible que el vino y la aglomeración la hayan aturdido.

Yo no emito palabra alguna; no sé qué decir. Es verdad, me siento como un trapo, pero no creo que sea por culpa del vino ni del gentío. Cuando salí para tomar una bocanada de aire fresco vi por la ventana a Ashford y Portia en el balcón, a la luz de la luna, en actitud de inequívoco flirteo. Él me daba la espalda, pero no tenía pinta de estar rechazando los avances de ella. Luego le acarició el rostro y ahí la cabeza empezó a darme vueltas. A partir de ese momento ya no recuerdo nada.

Me quedo muda fingiendo un estado de semiinconsciencia hasta que llegamos a Denby. Dejo que me metan en la cama como una muñeca de trapo —en mi cama, en mi habitación— y en cuanto me quedo sola me abandono a las lágrimas hasta quedarme dormida. A la mañana siguiente me siento sola en el comedor, donde me sirven todo tipo de manjares para ayudar a mi restablecimiento, pero no me apetece nada. Estoy destrozada.

Ashford, impecablemente vestido con uno de sus jerséis de cachemira que tan bien le sientan, viene hacia mí para darme los buenos días.

—¡Me tienes preocupado! ¡Quería desayunar contigo en la cama y en cambio te encuentro ya en pie!

En cuanto se dispone a besarme, me asalta una tremenda oleada de náuseas y me levanto a toda prisa hacia la puerta.

No me tocará con las mismas manos que han tocado a Portia. La escena de anoche, con ellos dos en la terraza, la tengo grabada en mi mente y, cada vez que pienso en ella, me sube la misma sensación de malestar que me ha provocado el desmayo.

Ashford me coge del brazo.

—¿A dónde vas? ¿Se puede saber qué te pasa?

—Déjame, Ashford —le ordeno.

—No, hasta que no me digas cuál es el problema.

—Si no quieres que vomite en el reluciente suelo de tu castillo centenario, te aconsejo que me sueltes el brazo inmediatamente.

—Jemma, no me hablas desde ayer por la noche. Ni siquiera sé si estás bien o no. ¿Recuerdas que te encontré desmayada en el suelo? ¡Tengo derecho a estar preocupado por ti!

—No, Ashford, no estoy bien, si es esto lo que quieres saber. Y, no, no tienes derecho a estar preocupado.

Me suelto de un tirón.

—Me voy a casa de Cécile.

Capítulo 80

La versión de Ashford

Es enervante. Cuando Jemma se pone así, me consume toda la energía. Me gustaría poder entrar en su cabeza para leer todo lo que no me dice.

Existe una hipótesis siniestra que me ronda por la cabeza, pero que no me atrevo a pronunciar: es posible que me haya visto con Portia o, aún peor, que alguien le haya dicho que me vio con Portia, seguramente agigantando la escena con detalles inventados.

Yo estoy más que en paz con mi conciencia.

Estoy en mi despacho, intentando concentrarme en las valoraciones de los cuadros del desafortunado artista ruso que, al morir, me ha devuelto mi bienestar económico, pero no lo consigo.

Además, me preocupa que Loxley pueda fomentar que Jemma se ponga en mi contra.

Lance llama a la puerta.

—La señorita Portia pide ser recibida.

—¿Cómo? —pregunto atónito.

—Acaba de llegar.

Si no la recibo yo, estoy seguro de que se las arreglará para ver a mi madre, que la invitará a quedarse a comer, y quiero evitar que hagan equipo. La recibiré, seré breve, luego la acompañaré personalmente hasta la puerta y le rogaré que no vuelva jamás a tomarse la libertad de presentarse en Denby sin ser invitada.

—Hazla entrar.

Cuando entra en mi despacho, no despego los ojos de mis papeles.

—¿Molesto? —pregunta jovialmente, cerrando la puerta tras de sí sin hacer apenas ruido.

—¿Qué necesitas?

Mi tono es seco y distante.

—He venido a traerte tu chaqueta —responde ella, balanceando la percha con la prenda envuelta en celofán—. Anoche, con el ajetreo, te fuiste sin que pudiera devolvértela.

—Podías habérsela dejado a Lance.

–He aprovechado para pasar a saludarte y darte las gracias por tu caballerosidad de anoche.

–Veo que tu tobillo está mucho mejor.

No puedo pasar por alto su perfecto caminar, y con tacones.

–El hielo obra milagros –responde con naturalidad–. ¿Y tu mujer? ¿Se ha recuperado?

–Ya ha salido de casa por su propio pie, así que diría que sí. Necesita algo más que un desmayo para dejarla fuera de combate.

Portia se acerca al escritorio por mi lado para echar un vistazo a mi trabajo.

–La gestión del patrimonio debe de ser bastante aburrida… Si quieres, puedo decirle a mi padre que te eche una mano. Es un consultor financiero muy capaz.

Cierro precipitadamente el expediente.

–Portia, tu juego empieza a fastidiarme y no me gusta.

–¿Qué juego? –pregunta con aire de no haber roto un plato.

–¡Esto! Ese dar vueltas a mi alrededor, ese buscarme, ese darme la lata con cualquier excusa. ¿Qué pretendes, cuál es tu propósito?

–¿Sabes lo que te digo? Si realmente estuvieras tan enamorado como dices, no te dejarías amedrentar por esto que tú llamas «juego»… ¡Si es así como te sientes, debo asumir que una parte de ti teme ceder!

–¿Ceder a qué? ¿De qué estás hablando?

–De mí, de nosotros. Siempre he creído que el capítulo entre nosotros dos no se había cerrado y, después de lo de anoche, estoy más que segura. Jemma es un paréntesis pasajero, pero «siempre» he estado y estaré ahí.

–Eso no es cierto. ¿Y sabes por qué? Te revelaré un secreto sobre los hombres: si de verdad queremos algo, no lo dejamos escapar. Si yo hubiera querido que fueras mi mujer, no te habría dado evasivas durante tanto tiempo.

Portia no parece inmutarse lo más mínimo por mis palabras.

–Te revelaré algo sobre vosotros, los hombres: no sabéis lo que queréis. Nunca lo sabéis. Pero yo he sido paciente y seguiré siéndolo. Al final te acabarás cansando de Jemma y echarás de menos lo que hubo entre nosotros.

–Entre nosotros no ha habido nada, Portia.

–Déjame que te refresque la memoria.

Se inclina sobre mí para darme un beso.

Jamás habría pensado experimentar repulsión por una mujer, pero en este momento sí: me da asco. La aparto de mí sin miramientos.

—Estás loca y la idea de casarme contigo nunca se me pasó por la cabeza, ni se me pasará jamás.

Mientras recoge su bolso con mirada hostil, noto con horror que la puerta del despacho está abierta.

Capítulo 81

La versión de Jemma

L e está besando. ¡Le está besando!

Portia tiene las manos sobre sus hombros y los labios sobre los suyos. Siento de nuevo que me falta la respiración, como cuando los vi allí anoche, en la terraza.

Con el corazón palpitando a mil por hora, salgo corriendo. No sé qué parte de mí, una fracción hasta hoy desconocida, está tomando las riendas de mi lado más melodramático, ese que normalmente, en una situación como esta, me habría impulsado a irrumpir en la habitación gritando y arrojando lo primero que tuviera a mano. Algo dentro de mí busca en algún lugar una cálida manta con la que envolverme después de esta ducha helada, como un trocito de chocolate tras este amargo bocado. No siento rabia, tal vez esta llegue más tarde, o quizá nunca. En mi mente, la venganza no parece haber sido llamada y la violencia yace en estado de coma en algún rincón oscuro.

Si no hubiera vuelto, jamás habría presenciado aquella espantosa escena. ¿Por qué volví?

A mitad de camino para ir a casa de Cécile, me sentí culpable por lo que le había dicho a Ashford, di media vuelta y regresé a Denby para disculparme, para hablar con él. ¡Y voy y me lo encuentro con Portia! Sentimientos de culpa, ¡una mierda!

Me arrastro hasta mi habitación, pero antes de desplomarme en la cama voy hasta la puerta que comunica con el dormitorio de Ashford, que últimamente siempre estaba abierta, y la cierro con llave girándola dos veces.

Es el instinto de protección el que actúa. Una vez más, después de haber bajado la guardia y haberme mostrado vulnerable, recibo un golpe por la espalda. Nunca me había sangrado el corazón tanto como hoy. Por mi mente pasan destellos confusos de los mejores momentos de los últimos meses, cuando parecía haberse hecho realidad un cuento de hadas secreto entre Ashford y yo, solo nuestro, intercalados abruptamente con la imagen victoriosa de Portia abrazándole o de ellos dos intercambiando un beso, lejos de miradas indiscretas, como la mía.

No puedo hacerlo. Me gustaría desahogarme con uno de esos desplantes que me salen tan naturales en estos casos, pero no hay manera. Soy incapaz de reaccionar. Como cuando los vi en la terraza. No intervine para dar mi opinión, sino que me batí en retirada con mi orgullo herido y con las piezas rotas por pegar.

Ni siquiera me atrevo a abrir los ojos, porque temo que las paredes se cierren sobre mí.

¿Por qué ha tenido que volver a pasarme? ¿Por qué ha ocurrido con Ashford?

Me asusto cuando de repente veo el picaporte de la puerta comunicante bajar en vano, una vez, dos veces, antes de escuchar la voz de Ashford llamándome.

—Jemma, ¿estás ahí?

Si no respondo, pensará que la habitación está vacía y que los criados habrán cerrado la puerta por error. Así puedo ganar tiempo.

Ashford deja de llamarme y se va.

Pero no se va, ahora está llamando a la puerta principal y no puedo seguir simulando que no oigo nada. Seguro que Lance le ha dicho que he vuelto a mi habitación y ambas puertas cerradas con llave son un mensaje bastante claro, incluso para él.

Le abro a regañadientes, consciente de que no soy capaz de fingir que todo va bien.

Ashford entra e intenta abrazarme.

—Jemma, ¿por qué te has encerrado?

Respiro profundamente antes de lograr articular una frase con sentido.

—Os he visto. A Portia y a ti, mientras os besabais, en tu despacho.

Un relámpago de pánico atraviesa el semblante de Ashford.

—No sé qué has visto.

—¿Me vas a hacer creer que estoy ciega? ¿Que me lo he imaginado? ¿Vas a negar que eras tú?

Silencio.

—Tu silencio habla por ti.

—Todo lo ha hecho Portia: ha llegado con una excusa, luego ha empezado a avanzar cada vez con más insistencia, pero yo la he rechazado.

—¡Mi héroe! —grito con exasperación.

—La he rechazado —repite.

—Eso no es lo que yo he visto.

—¿Pero se puede saber de qué estamos hablando?

—De ti, de nosotros, de amor y de verdad, de eso es de lo que estamos hablando. De la relación que tienes con Portia, precisamente en el momento en que creía que había nacido algo entre tú y yo.

—¡No tengo ninguna relación con Portia!

—¡No me mientas! Muy a mi pesar, tengo demasiada experiencia en cuanto a engaños como para no reconocer una mentira.

—Jemma, estás completamente equivocada.

¿Por qué sus argumentos son tan débiles?

—Déjalo ya. Tú no me quieres, nunca me has querido, por lo menos al principio no ocultabas tu desprecio ante a mí, ¡pero esta farsa que has montado no ha podido ser más cruel!

—Por Dios santo, Jemma, ¿a qué farsa te refieres?

—¡A esta! ¡Primero me cortejas, me dices que te sientes atraído por mí, me aseguras que me amas! ¡Y luego me la pegas con Portia a mis espaldas! ¡En los establos del club de polo, en la terraza de los Davenport, incluso aquí en tu propio despacho!

—No quiero a Portia y nunca la querré.

—Eso ve a contárselo a quien tenga ganas de creérselo.

—¡No sé qué puedo hacer para que me creas!

—No es la primera vez. ¡También os vi en el baile, cuando estabais en la terraza! Ella estaba encima de ti como si le fuera la vida en ello.

—¡Se había hecho un esguince en el tobillo!

—Eres patético, ¡ni siquiera eres capaz de inventar una excusa mejor! Os vi juntos y se me heló la sangre en las venas. Me desmayé y cuando volví en mí tú estabas a mi lado. Incluso pensé que era una mala pasada de mi imaginación, ¡pero lo que he visto hoy solamente viene a confirmar el hecho de que no me he inventado nada!

—Jemma, ¿estás buscando algún pretexto para acabar con todo? ¡Que sepas que no lo necesitas!

—¡Vaya, no me cabe la menor duda de que estarías encantado de volver otra vez a tu estado de libertad, con esa larga lista de mujeres que babean por donde pisas! ¡No estaré aquí para obstaculizar tu vanidad!

—Y tú tampoco ves la hora de volver a Londres para ir de discotecas a exhibirte.

—No soy una de esas esposas florero, ciegas y sordas a las que estáis acostumbrados los señoritos. ¡Tengo una pizca de amor propio y ten por seguro que no voy a dejar que me lo arrebates!

—Eres libre de no confiar en mí; por lo que se ve, no estás dispuesta a escuchar razones que no sean las tuyas. Testaruda e intratable. ¡Siempre lo has sido! ¡Y ten por seguro que darte un repaso y ver una película de Keira Knightley no te ha cambiado el carácter!

—¿Sabes lo que pienso? Que esto era un tren destinado a pararse.

Me arranco con rabia la alianza del dedo y la lanzo al otro extremo de la habitación.

—Ahora mismo hago las maletas, no me quedaré ni un minuto más para que me deje en ridículo un engreído vanidoso mentiroso y traidor como tú. Nunca me ha asqueado tanto mi vida como estos últimos meses que he pasado contigo.

—¡Haz un examen de conciencia, bonita! ¡Vivir contigo llevaría al más sensato de los hombres a una clínica psiquiátrica! Pregúntate por qué todos con los que has estado te han traicionado. ¡Casarte con un duque ha sido lo mejor que te ha pasado nunca! Has tenido más fidelidad en estos seis meses que en toda tu vida entera.

—Pero qué duque ni qué duque. Un bastardo es lo que tú eres.

—¿Encima pretendes insultarme después de las calumnias sobre mí que te has inventado? ¡Adelante! Dios sabe que soy lo bastante señor como para permitírtelo.

—Entonces sé un señor y sal de mi habitación.

—Es mi castillo, así que esta es «mi» habitación y me quedaré cuanto desee, contigo dentro o sin ti.

—Tranquilo, no me quedaré mucho tiempo –gruño.

—Perfecto.

—Perfecto.

—Me largo, pero no porque tú me lo ordenes. Tengo cosas mejores que hacer.

Sale dando un portazo tras de sí y por una milésima de segundo deseo que se desdiga de todo lo que había dicho.

No me quedaré ni un minuto más de lo necesario.

Me dirijo al armario para vaciar todos los estantes, cojo ropa, pantalones, jerséis y quién sabe qué más porque tengo los ojos nublados por las lágrimas y ni siquiera puedo ver lo que estoy haciendo.

Capítulo 82

La versión de Ashford

Juro que me tiemblan las manos de lo cabreado que estoy. Estoy cabreado con Jemma porque no me deja explicarme; ya ha escupido su sentencia y no tengo manera de poder defenderme.

Estoy cabreado con Portia porque está claro que, con su comportamiento hacia mí, acariciaba la esperanza de que Jemma y yo lo dejáramos. Es una fanática calculadora y debería haberme imaginado que tramaría alguna estrategia para conseguir sus objetivos, como ha hecho siempre. No respeta nada ni a nadie, excepto sus propios planes. Sus planes sí.

Y estoy cabreado conmigo mismo porque, por mucho que quiera exculparme de cualquier cargo, soy un auténtico gilipollas, eso no me lo quita nadie.

Soy un gilipollas porque en mi superficialidad no he sido claro con Portia, guardando las distancias. He querido tratarla con toda la amabilidad que la etiqueta requiere y esto lo único que ha provocado ha sido favorecer sus propósitos. Si hubiese dejado a un lado las buenas maneras y le hubiera dado un portazo en las narices, habría evitado cualquier equívoco.

Soy un gilipollas por no haberle transmitido señales claras de que no me interesa, no me interesa compartir la vida con ella ni me interesará nunca.

Soy un gilipollas porque era un polvo fácil y me aproveché de ello, sin definir nunca el hecho de que no fuéramos una pareja.

Soy un gilipollas porque, una mano tras otra, le he repartido las mejores cartas para que jugara su propia partida.

Y Jemma y yo nos hemos metido de por medio.

Jemma está llena de defectos.

Está a años luz de la que creía que debía ser la mujer de mi vida.

Pero por desgracia es la única que deseo.

He dormido en la biblioteca, tirado en el sofá, sobre el que me desplomé después de haber cogido y dejado en su sitio al menos diez libros sin lograr leerme ninguno. No sé qué hora será, pero el caso es que nadie ha venido a buscarme.

Experimento una punzada de decepción. Jemma y yo hemos tenido discusiones de todo tipo, hemos utilizado todos los tonos de nuestra gama vocal, y una pequeña parte de mí deseaba, o al menos confiaba, que, una vez pasado el enfado, ella viniera a buscarme para pedirme explicaciones y razonar juntos como adultos.

Tengo la conciencia tranquila.

Oigo ajetreo por los pasillos.

El castillo ya está despierto.

Salgo del despacho y me asomo por la barandilla para ver a qué se debe el alboroto. Todo el mundo está ocupado en un ajetreo silencioso: puertas que se abren, puertas que se cierran, gente que sube las escaleras, gente que las baja, mozos que se pasan las maletas de uno a otro. Entonces Claire anuncia con un hilo de voz:

–Ha llegado el taxi.

¿Quién diablos ha llegado?

Me dirijo hacia el salón privado que da al camino de entrada para espiar al misterioso invitado.

Paso por delante del dormitorio de Jemma; la puerta está abierta y ella no está en la habitación.

No suele levantarse tan temprano, son solamente las ocho y cuarto.

Me detengo en el umbral con cautela.

–Jemma –la llamo suavemente.

No obtengo respuesta.

Avanzo unos pasos y percibo un detalle inquietante: todo está en perfecto orden. No hay nada fuera de su sitio, todo está limpio y despejado, los sillones están todos vacíos y los cajones cerrados, sin nada que sobresalga.

Un terrible pensamiento cruza mi mente, pero primero voy al vestidor para confirmarlo.

Está vacío.

Con paso ligero llego al salón privado que da al camino de entrada y veo un taxi frente a la puerta: el taxista está listo para partir y en el asiento de atrás se divisa una figura inmóvil con la mirada fija al frente, mientras los criados alrededor se afanan en cargar las maletas.

¡Se marcha! ¡Se va de verdad!

–¡Se marcha! –grito incrédulo mientras bajo por las escaleras enloquecido.

Atravieso la entrada justo cuando el taxi está dando la vuelta en dirección hacia la verja de entrada, levantando una nube de polvo.

Todos los criados me miran estupefactos.

Capítulo 83

La versión de Jemma

Esperaba noticias vuestras de un momento a otro. Es verdad que habéis tardado más de lo previsto, pero, en cualquier caso, aquí estás —observa Derek, apilando varios expedientes en su escritorio—. ¿Cómo es que no ha venido Ashford?

—¿Es necesaria su presencia? —pregunto asépticamente.

—No, pero como los hechos conciernen a ambos…

—Tenía cosas que hacer —respondo con brusquedad—. Quería acelerar los trámites por mi parte.

Derek aplaude.

—¡Entonces procedamos!

Me da un bolígrafo y gira una pila de papeles en dirección hacia mí.

—He puesto una nota al lado de todas las líneas en las que tienes que firmar.

Empiezo a rubricar una página tras otra como un autómata. Sé que debería leerlo todo, pero no tengo fuerzas. La idea de que, mientras yo estoy aquí, Ashford y Portia estén en algún lugar de parejita feliz me hace hervir la sangre en las venas.

—¿Te alojarás en la casa de tu abuela Catriona en Mayfair, pues?

—No.

—¿Entonces te quedas todavía en Denby? —me apremia Derek.

—No.

—Pareces triste, apagada… Perdona que te lo diga, pero no tienes buena cara.

—Te lo agradezco, Derek. Son justo las palabras que toda mujer desea escuchar.

—No pretendía ofenderte, pero te he visto en mejor forma.

—Ya se me pasará. A propósito de la casa de mi abuela, lo he estado pensando y quiero venderla. No me veo en un palacete victoriano de cuatro plantas viviendo sola, porque mis padres no pueden poner un pie ahí. Te firmaré un poder para que te encargues de la compraventa en mi lugar.

–De acuerdo. El mercado no está en su mejor momento, pero es un inmueble de lujo y donde hay dinero hay negocio. Puedo hablar con algún banco. Siempre tienen clientes con posibles en busca de propiedades de valor.

Dejo el bolígrafo sobre la mesa.

–Entonces, ¿ya estoy divorciada?

–Debe firmar Ashford también, pero me atrevería a decir que estás en el buen camino para conseguirlo.

–Bien –digo, levantándome desganada.

–Ya te diré algo de la casa –me confirma Derek, despidiéndose con la mano.

Mientras vuelvo en taxi al hotel en el que me hospedaré una temporada, decido parar en Godiva para abalanzarme en cuerpo y alma sobre una caja de trufas de chocolate. Quizá aproveche también el servicio de habitaciones. He cogido una *suite* en el Mandarín, con terraza panorámica sobre Hyde Park, bañera de hidromasaje y pantalla gigante. Si tengo suerte, encontraré una película lacrimógena del tipo *El diario de Noa* o *Love Story*. Perfecto: chocolate, lágrimas y una película de amor. La tríada del síndrome premenstrual.

¡Un momento! ¿Por qué no he marcado nada en mi agenda?

Nada de regla el mes pasado.

¡Es imposible! ¿Cómo he podido olvidarlo?

¡Una farmacia! Pido al taxista que pare.

Capítulo 84

La versión de Ashford

Imposible de encontrar. Parece que se la ha tragado la tierra. La he llamado un millón de veces, pero no contesta al teléfono. «El número marcado no existe», dice la voz de la grabación. Debe de haber cambiado de número.

Derek no sabe nada, desconoce su paradero. La vio por última vez la semana pasada.

Fue a firmar los papeles del divorcio.

Cuando se ha pasado hoy por Denby Hall para traerme los documentos, no daba crédito.

He intentado localizar a los padres de Jemma en la granja de Derbyshire.

Fui hasta allí en coche, pero ellos ya se habían ido.

La ingenua pareja que me recibió me contó que Carly y Vance se habían marchado a toda prisa para reunirse con su hija, pero no supieron darme una dirección.

No tengo ganas de ver a nadie.

Ni siquiera a Harring.

Hablé con él por teléfono, pero estuve muy parco.

Haz, que no destaca precisamente por tener mucho tacto, me ha ofrecido consuelo enviándome una caja de Armagnac.

No lo consiguió. Incluso vino a Denby un par de veces, pero yo no estaba de humor y, mientras él intentaba distraerme con apasionantes relatos sobre sus últimas carreras, yo miraba al techo completamente anonadado.

Soy el fantasma de mí mismo. Me arrastro de una estancia a otra intentando percibir su presencia.

He entrado en su dormitorio, he quitado las llaves de la puerta del pasillo y me he quedado con la de la puerta comunicante. De vez en cuando paso y me la imagino ahí, donde la he visto tantas veces, leyendo sus revistas sobre la cama.

Pero se ha ido y en la habitación ni siquiera percibo su perfume. No queda rastro de ella. Quiero encontrarla, obligarla a escuchar mi versión, hacerla razonar, pero por otro lado pienso que debería respetar su elección y dejarla marchar. Sí, esa es la forma correcta de hacer las cosas. Ya no tengo ningún derecho, si es que alguna vez lo he tenido.

Capítulo 85

La versión de Jemma

El invierno solamente tiene un color: gris.

Todo está apagado, todo está empañado por la niebla y la lluvia, incluso los olores son grises.

Sentada frente a la ventana, recorro con el dedo las gotas de lluvia que discurren por el cristal.

No sé cuánto tiempo llevo aquí. Si no fuera por mi madre, que me trae una bandeja con la comida o la cena, no sería consciente del paso de las horas.

—Anímate, Jemma, tienes que comer algo.

—No me apetece, mamá —digo, alejando el bol de quinoa.

—No puedes estar en ayunas. Si quieres seguir adelante con este embarazo, debes hacerlo de modo responsable.

Entrelazo las manos sobre mi vientre, que está tomando una suave curvatura.

—Ni siquiera sé si estoy haciendo bien.

—Yo no tengo la respuesta correcta. Debes comprenderlo por ti misma, pero, ya que me lo preguntas, me vuelve loca la idea de convertirme en abuela. Y también a tu padre.

—Estoy sola.

—No lo estás. —Mamá me acaricia el cabello—. Nos tienes a nosotros.

Me hice tres test de embarazo y los tres dieron el mismo resultado: positivo.

La interrupción no la he considerado ni siquiera un segundo. He pensado que, por una vez, alguien de ahí arriba me ha dado una oportunidad de ser amada incondicionalmente y para siempre.

Ya nunca estaré sola. Sí, tal vez para mí y para este niño sea más difícil que para los demás, yo solo le tendré a él y él solo me tendrá a mí, pero tendrá todo mi amor, ese afecto que todos han rechazado siempre.

Ashford nunca lo sabrá. No permitiré que él y toda la negatividad de su mundo entren en mi vida.

Busco la fortaleza para seguir adelante, pero no es fácil. No consigo dejar de pensar en todos los buenos momentos que he vivido con él, cuando parecía real, cuando tenía la sensación de que me estaba ocurriendo a mí.

Y, sin embargo aquí estoy, viendo cómo pasan los días en una casa que he alquilado para mí y para mis padres, que me cuidan con esmero.

Es bien distinta a mi oscuro semisótano o al apartamento destartalado de mis padres. Al final, presa del cargo de conciencia, y no sin cierto apuro, le confesé a mamá y papá que había recibido la cuantiosa herencia de la abuela Catriona (omitiendo el pequeño detalle del vínculo matrimonial con Ashford para poder tomar posesión de ella).

Al principio esto los dejó bastante impactados, no lo niego, pero la palabra «rencor» no viene en su diccionario.

El estar en casa esperando que pasen las horas sin hacer nada que me mantenga ocupada me ha caído como una bomba atómica. En Denby siempre estaba atareada preparándome para algún evento, o intentando evitar a Delphina, o disfrutando de las maravillosas lecciones de Lance.

En cambio, aquí, nada. Este perenne *dolce far niente* me atormenta. La semana pasada volví al teatro, a preguntar si me necesitaban para lo que fuera, incluso para limpiar el polvo del escenario gratis, con tal de tener una ocupación. Pero el teatro ha cerrado y la compañía, tal y como predije, se ha disuelto.

Así que volví a casa, pero antes paré en una librería de segunda mano para buscar un ejemplar de *Orgullo y prejuicio* y de *La fierecilla domada*.

He hecho todo lo posible para apartar a Ashford de mi vida, he cambiado mi número de teléfono, he cortado lazos con Cécile e incluso he privado a Derek de mis datos de contacto. También las entradas para el partido Barcelona-Arsenal se pudren olvidadas en algún cajón, pero irremediablemente él reaparece en mis pensamientos y, cuando se me empiece a notar el embarazo, tendré constantemente ante mis ojos cada recuerdo de nuestra breve y falsa aventura.

Capítulo 86

La versión de Ashford

No ha venido para verme a mí, pero la dejo pasar igualmente. Llevo días con un torbellino en la cabeza de pensamientos contradictorios y no sé con cuál quedarme. Ver a Cécile en la puerta casi me ha proporcionado una sensación de alivio.

Es como cuando te tomas una desagradable medicina de sabor amargo, pero te alegras porque sabes que luego te encontrarás mejor.

Cécile entra en el salón con paso seguro, se sienta en el sillón junto a la chimenea y apoya los codos en los reposabrazos. Los rayos de luz que se filtran por la ventana a sus espaldas dibujan su figura, confiriéndole una inquietante aura mística.

—Estás que das asco, Burlingham.

Una frase de presentación al perfecto estilo Loxley. No hay ningún matiz ofensivo en su tono, solo sinceridad despiadada. Y es verdad, tengo un aspecto horrible, yo también lo pensé esta mañana.

—Nunca des rodeos a las cosas, Loxley.

—Es tan evidente que pretender que aquí no pasa nada sería de hipócritas. No te veía así desde aquella vez en el colegio cuando te hicieron ver *La lista de Schindler*.

Suspiro, pero no le contesto. Quiero que sea ella quien empiece la conversación. Dios, qué ganas tengo de que hable.

—¿Dónde está Jemma? Ayer volví de Brujas y la he llamado para invitarla a mi casa, pero el teléfono está desconectado. Luego Lance me ha dicho que no está y tú me dejas entrar, inexplicablemente. Y, además, tienes un aspecto de mierda.

—¿Sabes algo? —le pregunto con brusquedad.

—¿Qué debería saber? —me pregunta a su vez.

—Se ha ido. Jemma se ha marchado.

Al pronunciar esas escasas y breves palabras, de indudable significado, se me entrecorta la voz en la garganta.

—¿Ido... Ido?

Me desplomo exhausto en el sofá frente a ella.

–Hizo las maletas con todas sus cosas y se marchó.

–Me parece un poco precipitado. ¿Así, de repente? En mi opinión es un gesto demasiado impulsivo.

–Tuvimos una pelea –admito un poco avergonzado–. Nos dijimos cosas horribles, nos quitamos las alianzas, ella… ¡Ella está convencida de que yo mantengo una relación con Portia!

–¿Y es cierto? –pregunta Cécile, directa como un disparo de fusil.

–¡Por Dios, no! Jamás podría… No hay…

–No hay comparación, estoy de acuerdo –concluye.

–¿Has hablado con ella? Con Jemma quiero decir.

–Obviamente, no. Si lo hubiera hecho, no estaría aquí. ¿Sabes dónde puedo encontrarla?

–No tengo la menor idea. En Londres –aventura.

–A lo mejor está en Dover o en Devonshire.

–No digas estupideces, Burlingham. Jemma no es de las que se lamen las heridas en un castillo aislado en mitad de la nada. ¡Solo puede estar en Londres!

–¡Si estuviera en la ciudad, lo sabría! ¡Derek me habría dicho algo!

Al menos eso creo.

–Tendré que encontrarla yo –dice Cécile en tono práctico.

Se pone en pie y se dispone a marcharse.

–¿Y cómo crees que lo harás?

–Conozco a mucha gente en los bajos fondos londinenses que sería capaz de encontrar una aguja en un pajar. También la encontrarán a ella. Por Dios bendito, Burlingham. Nunca has sido santo de mi devoción, pero verte así me rompe el corazón.

–Si la encuentras, habla con ella, dile que has estado conmigo, que nunca he estado con Portia.

–Ya sé que nunca has estado con Portia. Jamás podrías, después de conocer a alguien como Jemma. Es la única que ha conseguido hacer de ti un hombre de verdad. Durante un tiempo, por lo menos.

–¿A qué te refieres? –pregunto ofendido.

–A que si fueras un hombre de verdad irías tú mismo a Londres para buscarla y decírselo en persona.

–Nunca pierdes la ocasión de ponerte un escalón por encima de los demás.

–Porque lo estoy –replica orgullosa Cécile, dándome la espalda mientras se dirige a la salida.

–Te acuestas con Harring, ¿verdad?

Ante mi pregunta se queda bloqueada como un tiovivo encasquillado. Cécile, en el fondo, es una buena chica, una de las mejores que he conocido, pero de vez en cuando necesita que le den una lección.

–Có...

Se ha quedado boquiabierta.

–¿Desde cuándo os acostáis? Desde hace un mes por lo menos, ¿no es así? Puede que incluso más.

Ella se da la vuelta intentando recomponerse.

–No entiendo por qué te inventas esas cosas.

–No creo estar inventándome nada.

Me quedo mirándola fijamente.

A Cécile se le pone la cara colorada, leo la turbación en sus ojos.

–Harring es mi mejor amigo, Jemma te quiere. Tu secreto está seguro conmigo. Solo Dios sabe que Harring necesita una mujer que le meta en cintura y, si existe alguien en el mundo que pueda hacerlo, esa eres tú. Tu actitud de superioridad a mí no me afecta. Sé muchas más cosas de las que crees. Ahora espérame mientras me cambio. En cuanto esté listo, tú y yo vamos a peinar hasta las alcantarillas de Londres para encontrar a Jemma.

Por una vez, Cécile se traga su arrogancia y se limita a asentir.

Fuimos al teatro, visitamos al antiguo propietario del apartamento de sus padres, estuvimos en la que fue residencia de su abuela Catriona, que, no te lo pierdas, se vendió hace unos días.

Fuimos a interrogar a Derek, pero ni siquiera él sabe dónde está Jemma. Está en la ciudad, pero ella se guarda muy mucho de que conozca su paradero.

Está en cualquier parte, ahí fuera, y no quiere saber nada de mí.

Debo aceptarlo.

Capítulo 87

La versión de Jemma

Soy un tonel. Ya no me veo la punta de los pies y tengo que hacer pis cada media hora.

Anoche me desperté a las dos de la mañana con antojo de mango. Ya no entro en mi ropa y zanganeo de la cama al sofá embutida en los caftanes impregnados de pachulí de mi madre. Hoy he estado en el ginecólogo para mi última visita y él, con aire bonachón, dándome palmaditas en el hombro, me ha felicitado por mi buen estado de salud, por no haber cogido demasiados kilos (uf, no veo mucha diferencia entre un paquidermo y yo) y ha intentado infundirme entusiasmo porque, según él, «estamos en la recta final».

Qué frase más estúpida. Solo un hombre sería capaz de ironizar sobre una mujer próxima a la rotura de aguas.

Capítulo 88

La versión de Ashford

Hace meses que creo estar viviendo en el infierno de Dante.

A mi madre se le ha metido entre ceja y ceja que tiene que seleccionar en persona a la próxima duquesa de Burlingham, porque considera que mi juicio no es fiable, dados los últimos «contratiempos».

Efectivamente, considera a Jemma como un mero contratiempo en sus planes estratégicos.

Desde que Jemma se marchó, ha sido un ir y venir de aspirantes al título, que me ha impuesto en cenas, eventos, y veladas fuera del calendario organizadas *ad hoc*.

En más de una ocasión hemos tenido invitadas en Denby a la sobrina de, la hija de o la prima de, todas curiosamente huyendo de Londres bajo el pretexto de necesitar «un poco de aire puro» y «la agradable compañía de mi madre». Y se esperan que yo me lo crea. Ni el diablo en persona buscaría la compañía de mi madre.

Incluso ha intentado volver a proponerme a Portia, pero aquella noche no me presenté y las dejé colgadas como dos ristras de ajos, creo que el mensaje les llegó alto y claro.

Obviamente, luego llegó el turno de Sophia y sus clones. Me limito a hacer acto de presencia, sumido en la apatía más absoluta.

Ya no me importa nada de nada y, cuanto más tiempo paso sin Jemma, más me parece Denby un mausoleo triste y vacío.

La única persona a la que veo y con la que hablo de buena gana es Harring, aunque ahora que ha empezado el Gran Premio solamente podemos vernos entre una carrera y la siguiente.

Como hoy. Dentro de unas horas volverá de Azerbaiyán. Para matar el tiempo y huir de los diabólicos planes de mi madre, ensillo a Agincourt y me voy a dar una buena cabalgada por el parque.

Sin embargo, cuando vuelvo, me encuentro con un preocupante número de llamadas perdidas de Haz.

−¿Haz? ¿Veintitrés llamadas? ¡No me reclamabas con tanta insistencia desde que te arrestaron en la aduana cuando volvías de Bangkok!

–Tú también habrías sido insistente si un inspector de policía estuviera a punto de cachearte con un guante de látex en una mano y lubricante en la otra.

–¿Esta vez en qué debo emplear mis contactos?

–¡Puedes enterrarte con tus contactos! ¡Te llamo por Jemma!

Solo con oír su nombre siento como si me golpearan la cara con una sartén.

–¿Je… Jemma?

–¡Sí! ¡La he visto! ¡Sé dónde vive!

–¿En Azerbaiyán?

–¡No, en Londres! Egerton Gardens.

–¿Y cuándo has regresado a la ciudad? –quiero saber.

–Ayer, pero eso no importa ahora. Bueno, la vi entrar por la puerta de una de esas casas victorianas de ladrillo rojo. Justo enfrente del Hotel Egerton.

–¿Y por qué no te paraste a hablar con ella?

–Ah, ahí está el tema, yo no estaba en la calle. Estaba «dentro» del Hotel Egerton. Segunda planta. Suite Supreme. Hermosas vidrieras.

–Pero pudiste… –Entonces, un momento de nauseabunda lucidez frena mis pensamientos–. ¡Oh, Dios mío! ¡Haz!

–Eh… Tenía las… ejem… manos ocupadas.

Pongo los ojos en blanco. Es Haz. Hay que aceptarle tal y como es.

–¿Estás seguro? Podrías haberte confundido…

–También estaban sus padres. Se los reconoce a la legua.

–¿Y ahora dónde estás?

–Aquí todavía –responde con voz teñida de autocomplacencia.

Mientras me paro a pensar, oigo que mi amigo empieza a canturrear por el auricular.

–Como se te ocurra cantar *Sex Machine*, te cuelgo.

–So, so, para el carro. ¡No te he dicho lo más importante!

–El número de la calle –le insisto.

–¡No! ¡Que está embarazada!

Casi se me cae el teléfono al suelo.

–¿Embarazada? –Se me hiela la sangre en las venas. Siempre tuve la muda sospecha de que habría rehecho su vida, pero esta confirmación me cae como una sentencia de muerte. Seguramente habrá encontrado a un hombre, uno al que amar de verdad, estarán viviendo en una bonita casa cálida y acogedora y van a tener un hijo.

—¡Sí! ¡Embarazada! ¿Sabes cuando alguien está esperando un bebé?

—¿Pero estás seguro? —pregunto desconsolado.

—O está embarazada o ha engordado una barbaridad, pero, a juzgar por mi experiencia, ¡aquello no parecía gordura!

—¿Experiencia en embarazos? —observo escéptico.

—No sabes cuántos he evitado.

—Jemma está embarazada.

No sé si me lo estoy repitiendo a mí mismo o a Harring. La idea de que ella vaya a tener un hijo con otro hombre me hunde en la miseria.

—Pues sí.

Mudo, llevo a cabo un breve cálculo mental.

—¿De cuánto?

—¿De cuánto qué?

—¿De cuántos meses está embarazada? —le repito.

—Ah, ¿y yo qué sé? ¡No soy licenciado en obstetricia!

—¡Por la barriga! ¿Cómo era de grande? ¿De seis, siete meses?

—Ash, disculpa si entro en detalles, pero en ese momento estaba en mitad de un orgasmo clamoroso y el hecho de que estuviéramos frente a la ventana, te lo aseguro, fue puramente casual. Tendrás que perdonarme si no he profundizado en el estado de gravidez de tu exmujer. ¿De cuántos meses está? ¡Cómo se te ocurre preguntarme una cosa semejante!

—Que te jodan, Haz —estallo en el auricular.

—Si no estaba de nueve meses, estaba de ocho y mucho, o poco le faltaba.

A lo lejos oigo una voz femenina al otro lado del teléfono.

—¿Qué dices, cariño? —pregunta Haz a la voz femenina.

—Tenía un buen bombo. O son gemelos o está de nueve meses.

Haz se dirige a mí de nuevo.

—La directora me está diciendo que o eran gemelos o que está a punto de parir.

Nueve meses. Voy hacia atrás en el calendario. En el lago, en los establos, en la pequeña capilla del bosque, en el coche… La lista es larga, pero si Jemma está embarazada de nueve meses, el bebé solo puede ser mío.

–Haz, voy para allá de inmediato. Quédate ahí.

–¿Quién pensaba moverse?

–Ah, ejem… Saluda a Cécile. ¡«Cariño»!

Aun alterada a través del teléfono y atenuada por la distancia, reconocería la voz de esa mosca cojonera en cualquier parte.

Empujado por el frenesí, me precipito por las escaleras para llegar a Londres lo antes posible.

–Gracias, Lance –digo, arrancándole las llaves y metiéndome en el coche–. Justo a tiempo.

Nada más ponerme en movimiento, me sorprende una voz a mis espaldas:

–¡Pero Ashford! ¡A dónde diablos me llevas!

Mi madre.

Cuando llego al Hotel Egerton llamo de nuevo a Harring, quien, tras unos minutos, sale por la puerta despeinado, con la camisa mal abotonada y a medio meter por los pantalones.

–Entonces, ¿dónde está ella? –le pregunto.

–En una de esas casas de allí.

–Disculpad, ¿ella quién? –se entromete mi madre, bajando la ventanilla de atrás.

Harring me mira sin entender nada.

–¿Tu madre?

–No ha querido bajarse –respondo secamente.

La ignoramos y nos precipitamos hacia la fila de puertas oscuras todas iguales. Ninguna tiene el nombre de Jemma, así que decidimos llamar al portero automático de todas.

Casas vacías, nadie en casa, criados que no saben nada. Parece que no tenemos suerte, hasta que una señora mayor sale de una de las puertas.

–¡Señora! –Nos abalanzamos sobre su casa–. ¿Conoce a una joven llamada Jemma?

–¿Jemma? No, no me suena de nada… –niega con la cabeza.

–Está embarazada –me apresuro a decir–. De nueve meses.

–¡Ah, sí, Jane! –exclama la señora.

–Es Jemma, no Jane –la corrijo.

–Estoy completamente segura de que se llama Jane.

—¡Haz, no era ella! —le digo decepcionado con la certeza de que la ha confundido con alguien más.

—¡Cómo que no! Estaba con Vance, con su coletilla, y Carly, vestida de color naranja. ¡Estoy absolutamente seguro de que era ella!

—Oh, sí, Carly —replica la anciana—. ¡Hace unos pasteles de ruibarbo y jengibre deliciosos!

Haz y yo nos miramos.

—¡Es ella! ¡Ha utilizado otro nombre!

—Señora, ¿esta Jane tiene marido? ¿Novio?

—Oh, no, pobrecita mía. Está sola, ¡pero vive con sus padres! Tres puertas más allá, a la izquierda...

Harring y yo salimos disparados como dos atletas.

—¡Pero no la encontraréis! Ha salido hará una hora. Iba camino del hospital... Ha llegado la hora.

—¿Al hospital? ¿Cuál?

—Creo que iba al St. Mary's...

—Vamos. —Le hago señas a Haz para que se suba al coche.

—Conduzco yo, soy piloto de Fórmula Uno.

—Ni pensarlo. El coche es mío y conduciré yo.

Harring me extiende la mano para que le dé las llaves.

—Si conduzco yo, llegaremos antes.

—Si conduces tú, nos matarás a todos —protesto.

—¡Venga ya! ¡Es un Rolls Royce Phantom! Por favor, por favor, por favor. ¡Siempre he querido llevarlo!

—No.

—Estás en deuda conmigo —se empecina Harring.

—¡Que te den! —Le lanzo las llaves.

—¿A dónde vamos? —pregunta Cécile, ya sentada en el asiento del copiloto.

—Ella no viene con nosotros —le advierto a Harring.

—Intenta tú convencerla de lo contrario.

—Siéntate detrás, Loxley —gruño.

—Yo tenía que ir a la reunión de la sociedad benéfica —alega mi madre.

—En este momento no puede importarme menos, madre. Jemma está a punto de dar a luz. A nuestro hijo.

—¡Mis sales! —lloriquea—. Me encuentro mal.

–¡Si se te ocurre vomitar en los asientos, te juro que te hago bajar del coche! –la amenazo.

Haciendo caso omiso de las prohibiciones, dejamos el coche aparcado en doble fila e irrumpimos en el hospital St. Mary's. Nada más llegar a la recepción de la maternidad declaro en tono ansioso:

–Soy el padre.

La enfermera sacude la cabeza un momento, intentando localizarme:

–¿El padre de quién?

–Jemma Parker.

–No hay ningún paciente con el nombre de Jemma Parker –manifiesta.

Debe de haber dado su nombre de soltera, ¡maldita sea!

–¡Pears! Jemma Pears.

La enfermera se muestra cada vez más incrédula.

–Francamente, ¡me parece demasiado joven para ser el padre de la señora Pears!

–¡No, no de Jemma, del niño que está pariendo! ¿Está Jemma dentro? ¿Ha nacido ya? ¿Puedo entrar?

Intento pasar por encima de ella, pero me corta el paso.

–Entonces, usted es el señor Pears, ¿correcto?

–Parker, ¡soy Ashford Parker!

Parece absolutamente decidida a ahondar en el tema.

–¿Entonces es su marido?

–Sí.

–No –rebate mi madre.

–¿Es el marido sí o no? –pregunta otra vez la enfermera.

–Soy el marido, aunque luego nos divorciamos y ella después descubrió que estaba embarazada –le explico en pocas palabras.

–Es una larga historia, pero es fácil de entender –comenta Cécile.

–¿Y ella quién es? –quiere saber la enfermera, irritada.

–Alguien que habla demasiado y que tiene opiniones para todo –la despacho.

–Yo sé cómo hacerla callar –se entromete Harring.

–¿Y este qué tiene que ver? –pregunta la enfermera, refiriéndose a Harring.

–Yo, nada, me acuesto y nada más. –Se encoge de hombros.

La enfermera se muestra cada vez más confundida.

—Entonces usted es el marido de quien se ha divorciado y aquel el que se acuesta con su mujer. ¿Pero quién es el padre?

—Yo —estallo.

—Él —gritan Cécile y Harring.

—Eso hay que demostrarlo —objeta mi madre.

—¿La señora está con ustedes?

—Es la abuela —afirmamos todos al unísono.

—¡Vamos a poner orden! ¡Yo soy el duque de Burlingham, por Dios santo! Ella es mi madre, o sea, la abuela, yo soy el marido de la parturienta y el padre del niño, y estos dos se acuestan y no tienen una mierda que ver en esto. Y, ahora, ¿puedo ver a Jemma?

—Preguntaré al médico. Esperen aquí.

Cuando regresa la enfermera, me dispongo a seguirla, pero me detiene nuevamente.

—Lo siento. La paciente no desea que usted entre.

—¡No es posible! —protesto.

—En cualquier caso, le aconsejo que se siente y espere.

Su tono no admite réplicas, así que, resoplando, me siento en una de las sillas del pasillo, con los brazos cruzados, aunque estoy fuera de mis casillas.

Ni Harring, ni Cécile, ni mi madre se atreven a decirme nada porque ven que no está el horno para bollos.

Oigo pasos que vienen hacia mí y alguien se me sienta al lado.

—¿Recuerdas que te dije que si algún día hacías sufrir a mi hija lo pagarías caro?

Me doy la vuelta y me encuentro cara a cara con Vance.

—¿Me creerías si te dijera que ya lo estoy pagando?

Su semblante es indescifrable.

—El hecho de que estés aquí, precisamente hoy, me dice que hay algo que Jemma desconoce. Esa mujer, Portia, no significa nada para ti, ¿cierto?

—La única mujer con la que he estado ha sido Jemma. Pero no me ha dado la posibilidad de explicárselo.

Tras una breve pausa, le pregunto:

–¿Por qué nadie me ha dicho que Jemma estaba embarazada?

–Ha sido decisión suya, Carly y yo la hemos respetado. Yo, personalmente, no la comparto. Opino que asumir la responsabilidad de ser padre es tu derecho y tu deber. Una alegría inmensa, pero también una preocupación constante. Mírame a mí, mi hija tiene veintiséis años, está casada, está a punto de dar a luz, pero para mí siempre será mi niña, necesitada de cariño y protección. Y eso nunca cambiará.

–No hay nada que desee más –murmuro con la mirada fija en el suelo.

Vance me da una palmada en la espalda y comprendo que lo ha entendido. Permanecemos en silencio, a la espera, durante horas. Ya es de noche cuando Carly viene hacia nosotros y nos anuncia:

–Van a hacerle una cesárea, en breve la llevarán al quirófano.

Al escuchar la palabra «cesárea» me asusto.

–¿Quirófano? ¿Hay algún problema?

Ella niega con la cabeza.

–El feto está bien colocado y las contracciones son muy seguidas, pero la dilatación no es suficiente. Le han roto la bolsa, pero a pesar del gotero no ha dilatado más que cinco centímetros. El médico ha decidido proceder con la cesárea, pero no lo he visto preocupado.

–¿Desde cuándo lleva de parto?

–Esta mañana me pidió que la acompañara a hacerse la manicura y allí empezó con los dolores. Cuando volvimos a casa, poco después de las once, las contracciones se hicieron más intensas y más frecuentes, así que la trajimos al hospital y tras reconocerla la han ingresado porque ya estaba de parto. Hace dos horas la acompañé al paritorio, pero nada. Ahora vuelvo con Jemma, ya estarán preparados para la intervención –dice, mirando el reloj–. Ashford, me alegro de que estés aquí.

Capítulo 89

La versión de Jemma

Me voy a morir, lo sé. No hay ser humano que pueda soportar este dolor.

La comadrona no parece compartir mi opinión.

–Todo va bien, a partir de ahora, cuando sientas una contracción, intenta empujar, ¿de acuerdo?

Para ser sincera, ya no soy capaz de distinguir cuándo tengo una contracción y cuándo no.

–No puedo máááás.

No sé cuánto tiempo llevo así, despatarrada, con los pies en los estribos, sin hacer ningún progreso.

Y me he quedado sin fuerzas.

Solo me faltaba Ashford.

En efecto, de repente se acerca una enfermera a mi madre diciendo que ha llegado un tal Ashford Parker, afirmando que era el padre.

Miro a mi madre entre lágrimas y lo único que puedo hacer es sacudir la cabeza para decir que «no», antes de que me venga otra contracción que me hace gritar de dolor.

Entonces el médico anuncia:

–No pasamos de los cinco centímetros y, llegados a este punto, las contracciones son demasiado seguidas. Que preparen el quirófano, vamos a hacer una cesárea.

Mi madre va a informar a papá y cuando vuelve no tiene más que mirarme a los ojos para responderme.

–Sí, Ashford está fuera con papá.

–No debería estar aquí.

Me aprieta la mano mientras la comadrona empuja la camilla hacia el quirófano.

–Ahora no pienses en eso. Preocúpate solamente de hacerme abuela.

Es increíble. Miro a mi bebé en la cuna transparente junto a mi cama, hipnotizada. Es perfecto.

Estoy hecha puré, pero, cuanto más lo miro, más convencida estoy de que volvería a hacerlo.

Cuando se lo dije a la enfermera me replicó:

—Hablaremos cuando se te haya pasado el efecto de la anestesia.

—Hola, mami. —Es la voz de Cécile, que se asoma por la puerta—. ¿Se puede?

Le hago señas para que entre. Me siento culpable. Ella se portó muy bien conmigo y yo desaparecí sin despedirme, sin decirle una sola palabra. Estaba tan desolada, tan enfadada con Ashford y tan harta de todo y de todos que también la enterré a ella junto a mi pasado.

—He querido llamarte mil veces, Cécile. Pero no lo he hecho.

Ella me hace callar levantando la mano.

—Lo sé todo. No quiero tus explicaciones, no me debes nada. —Se inclina sobre la cuna, curiosa—. Menos mal que se parece a ti.

—No te quiero ni contar lo que he sufrido. En algunos momentos he creído morir.

—Imposible. Te he visto sobrevivir a cosas peores —replica ella—. A Delphina, por nombrarte una.

—Por favor, no me la recuerdes.

—Ella también está ahí fuera. Ha estado dando por saco a todo el personal sanitario para asegurarse de su profesionalidad y eficiencia. No me explico cómo no la han echado los de seguridad.

Cécile extiende un dedo para tocar la naricita del pequeño.

—Hola, soy la tía Cécile.

—¿Quieres cogerlo en brazos? —le ofrezco.

Abre los ojos de par en par con expresión de horror.

—No, no, no. Podría romperlo. Soy de esas personas que carecen totalmente de instinto maternal.

—¿Y qué harás cuando tengas uno hijo propio?

—Nunca lo tendré. No quiero que un comité de barones de la medicina me vea desnuda, con las piernas abiertas, esperando que salga algo del tamaño de un melón de mi vagina.

Cécile siempre consigue arrancarme una carcajada.

—Me alegro de verte. Te he echado de menos.

—¿Solo a mí? —me pregunta.

—¿A qué te refieres?

–A Ashford.

–No, por favor. No lo hagas –le suplico.

–Escúchame, si me tomo la libertad de hablarte de él, que como bien sabes no es santo de mi devoción, tal vez sea porque lo que tengo que decirte merece la pena ser escuchado.

–Solo si pretendes insultarle.

–Ashford está locamente enamorado de ti, desde que te marchaste es la sombra de sí mismo y no hace más que pensar en ti.

–¡Tú no le viste! ¡«Yo» sí! Besó a Portia –rujo.

La rabia ha despertado en mí una fuerza que creía haber agotado durante el parto.

–Fue esa perra de Portia la que lo besó, él la rechazó. ¿No te das cuenta de que no quiere a esa loca psicópata? Te quiere a ti.

–Ha sido incapaz de demostrármelo.

–Porque eres una maldita cabeza de chorlito y no le has dado la oportunidad. Solamente ves lo que quieres ver y, si no te hubieras ido con tanta prisa y tan furiosa, cortando lazos con todo el mundo, quizá no estaríamos teniendo esta conversación.

–Conversación que no tengo ganas de mantener.

–Tu hijo tiene derecho al afecto de un padre y déjame decirte que jamás he visto a Ashford tan preocupado por algo en toda su vida. Has obrado un milagro, ¡le has convertido en humano! Y, encima, no me irás a decir que tú no lo amas, ¿verdad? Porque, si no lo quisieras, nunca habrías tenido un hijo suyo, ¿cierto?

Aparto la mirada sin contestar y ella, antes de salir, me acaricia el pelo.

–Estaré aquí fuera si me necesitas.

Debo de haberme adormilado, aunque brevemente, y me despierto al oír el llanto del pequeño.

En la habitación hay alguien de pie, delante de mi cama, y de espaldas a mí. Reconozco esa silueta. Es Ashford. Cuando se da la vuelta hacia mí, siento que me falta el aire.

Sostiene entre sus brazos a mi pequeñín y le contempla embelesado.

–Tu madre me ha dejado entrar –dice sin despegar los ojos del bebé.

Me quedo mirándolo sin saber qué responderle.

—Es un niño. Si ha heredado tu carácter, probablemente gobernará el mundo. —Luego me mira—. ¿Qué nombre te gustaría ponerle?

—Brandon —contesto—. No deberías estar aquí.

—Yo, en cambio, creo que sí. De todos los lugares de la tierra, creo que este es el único en el que debería estar en este momento. —Luego viene, se sienta junto a mí y me entrega al bebé—. Hemos hecho un buen trabajo.

—¿Hemos? Yo lo he hecho. Tú has llegado después de nueve meses, ¿y encima quieres llevarte todo el mérito?

—Me parece que se te olvidó contármelo.

Pero ya no le escucho, extasiada con esa carita de labios pequeños y perfectos, nariz diminuta. Acaricio el pelo fino y alborotado que cubre su cabecita.

—Nunca he visto nada más bonito.

—Yo tampoco.

—Podrás visitarlo de vez en cuando, si quieres —concedo a Ashford, ablandándome.

—¿Estás hablando en serio? —él se muestra confundido.

—Más de lo que pensaba, teniendo en cuenta que nunca habría querido que lo supieras.

—Jemma, yo no quiero ver a nuestro hijo «de vez en cuando». Yo quiero verlo crecer y quiero hacerlo contigo. No somos perfectos, nunca lo seremos, pero lo único que sé es que tú eres la única en el mundo con quien deseo pasar el resto de mi vida. Las personas normales suelen enamorarse, casarse y tener un hijo y luego, en el peor de los casos, empiezan a no soportarse y se divorcian. Tú y yo lo hemos hecho todo al revés: nos hemos odiado, nos hemos casado, luego nos hemos enamorado, nos hemos divorciado y ahora tenemos un hijo. Nunca hemos sido normales. ¿Por qué pretender ahora hacer las cosas según las normas?

—¿Enamorado? —pregunto.

—Sí, enamorado. O, al menos, yo sí me he enamorado de ti.

—¿Cuándo te diste cuenta?

Ashford sonríe.

—Creo que todo empezó la noche del desfile benéfico, cuando delante de toda la alta sociedad te paseaste semidesnuda sobre la pasarela. Entendí que no existe nadie como tú.

Me muerdo el labio de abajo intentando reprimir una sonrisa espontánea.

—Mira que te estoy viendo, se te escapa la risa.

Me levanta el rostro con una mano para que le mire a los ojos.

—¿Y tú desde cuándo?

Trago saliva, confesándome avergonzada.

—Quizá desde aquella primera noche en el restaurante, cuando me confundiste con la camarera.

—Me comporté como un auténtico gilipollas —admite.

—Ni que lo digas.

Después no consigo aguantarme la pregunta.

—¿Y Portia?

—Portia ha sido un malentendido, y estoy seguro de que tú sabes perfectamente que no es a ella a quien quiero, solo que no quieres reconocerlo. Te cuesta admitir que, por una vez en tu vida, alguien te elija a ti. Tienes miedo de sufrir y por eso no quieres hacerte ilusiones de que las cosas puedan salir bien, pero déjame que te diga que estos meses sin saber nada de ti los he pasado buscando tu fantasma entre los muros de Denby y tengo el corazón completamente destrozado.

—¿Crees que yo no lo he pasado mal?

—¿Entonces por qué nos dejamos?

Niego con la cabeza sin convicción.

—Confiar en cualquier otro es siempre un salto al vacío.

Ashford me coge de la mano.

—Pero yo salto contigo.

La puerta se abre de par en par estrepitosamente y Delphina irrumpe en la habitación gritando:

—¡Un heredero!

Capítulo 90

La versión de Delphina

Si no fuera por mí, esta casa estaría manga por hombro. Espero que Dios me conceda aún muchos años de vida porque nadie es capaz de hacer las cosas como yo.

Hoy es un día crucial.

Y todo debe llevarse a cabo con minuciosa precisión.

Una boda y un bautizo, juntos, el mismo día, con los ojos de toda la aristocracia puestos en mí, pero yo he estudiado cada detalle sobre la mesa con Margaret.

Mi hijo se vuelve a casar. Con Jemma, otra vez. Sale por la puerta y entra de nuevo por la ventana. Por lo menos ha mejorado notablemente su aspecto. No sus modales, pero con la boca cerrada puede pasar.

A sus padres podría definirlos como folclóricos, siendo amable, pero Jemma y sus padres son un paquete completo, lo tomas o lo dejas.

¡Me pregunto cómo semejantes bárbaros pueden tener amistad con el jeque Al Thanyan! Les he reservado todos los aposentos del ala oeste en la segunda planta, con vista panorámica a toda la propiedad. Espero que sea suficiente, porque se han presentado con un séquito de cincuenta y seis personas.

—Hoy en Denby recibiremos a trescientos invitados. Margaret, ¿tenemos todo bajo control?

—Sí, lady Delphina —responde ella, diligente.

—¿El personal de seguridad está ya en sus puestos?

—En la verja, en la entrada, en el parque y en la capilla.

—¿Cómo van en las cocinas?

—Están ultimando los postres.

—¿El desfibrilador para lord Neville?

—Está al alcance de la mano por si hace falta. —Ya le han colocado dos baipás, hay que tenerlo vigilado. No quiera Dios que tengamos una muerte real en esta casa. ¿El bromuro para Harring? Este maniaco hará que nos denuncien por exhibicionismo.

—Ya los he sacado a él y a lady Loxley del invernadero. Dos veces.

—Encuentra algo que tenga ocupada a Loxley y mantenla a distancia de ese obseso sexual. Ve a ver cómo está Jemma. Yo iré a buscar al pequeño Frederick Brandon Ashford Philip para que todos los invitados vean que nadie ha tenido jamás un nieto tan precioso como el mío. Es igualito que mi Ashford cuando era bebé, ¡con esas mejillas sonrosadas y esos enormes ojazos!

¡No se parece a Jemma ni de lejos!

—Es el bebé más bonito que he visto nunca, lady Delphina.

—Has dispuesto que le vistan con el faldón de cristianar de la familia, ¿verdad? ¿El de encaje de Flandes con el escudo de los Burlingham bordado? —la amenazo.

—Sí, lady Delphina.

—Excelente, puedes irte —la despido.

La ceremonia sale a las mil maravillas. Jemma consigue recorrer toda la nave de la capilla familiar sin que se le caiga la diadema de la cabeza, lo que ya es un éxito.

Después le llega el turno al bautizo y el pequeño Frederick Brandon Ashford Philip no ha emitido ni un solo gemido cuando el sacerdote le ha echado el agua bendita en la frente. ¡Qué porte, ya se ve que ha nacido para ser duque!

—Vosotros dos me vais a matar —me dirijo a Jemma y Ashford.

—Este es el plan original —contesta mi hijo.

—No tiene gracia —protesto, vaciando la enésima copa de champán.

Estoy muy estresada, me merezco todo el alcohol que corre por esta mesa.

—No la subestimemos, Ashford. Hasta ahora no lo hemos conseguido.

—Jemma —digo, quitándole la copa de vino—. Estás amamantando, no deberías beber.

—¿Tú en cambio sí, mamá? ¿Con todos los ansiolíticos que te tomas?

—Como comprenderás, llevo tantos años tomándolos que no me haría efecto ni una bomba atómica. ¿Queda todavía algún trozo de la maravillosa tarta de Carly? —pregunto.

—Por favor, Delphina, sírvase lo que quiera.

Mi consuegra me pasa un platito con un buen pedazo de tarta.

Carly posee una única virtud: hace una tarta de ensueño. A cada bocado me siento más ligera. Realmente tienen razón cuando dicen que hay alimentos que nutren la mente.

–Ejem, Delphina, ya vas por el tercero… No querríamos que terminara como aquella famosa cena en casa de mis padres… –me advierte Jemma.

–Disculpa, ¿qué estás diciendo?

Ashford tose azorado.

–Mick Jagger…, París…, los Rolling Stones.

Qué tiempos aquellos…

–¡Ah, París! Si no recuerdo mal, aquel fin de semana también estaba Led Zeppelin. ¡Robert Plant estaba como un queso! No recuerdo bien si le conocí antes o después de la noche con Lou Reed. ¿O era Rod Stewart? Vance, ¿tienes su disco? ¿Podrías poner *Do You Think I'm Sexy?*

Jemma se inclina sobre la mesa en dirección a mí.

–¡Quitadle la tarta!

La música se interrumpe bruscamente y me levanto contrariada.

–¡Vaya! ¿No probamos el sistema anoche? No habrá habido un cortocircuito, ¿verdad, Margaret?

Me mira consternada.

–Lady Delphina…

–¡Dios salve a la reina! ¡Dios salve a la reina! ¡Dios salve a la reina! –vitorean los invitados.

–¡Sentaos! –Hago un gesto con la mano–. ¿Arreglamos la instalación? ¡En breve los testigos tienen que dar su discurso!

Una voz me sobrecoge a mis espaldas.

–Si no me equivoco, suelo ser yo quien concede el permiso para sentarse, pero no me sorprende. Había oído que las costumbres de la familia Parker habían cambiado ligeramente en estos últimos tiempos. Sin embargo, no imaginaba hasta qué punto.

Me giro para responder y la veo a «ella», vestida con su inconfundible traje de chaqueta y falda color pastel y sombrero a juego, guantes blancos y bolsito colgado del brazo.

Mientras todos los invitados se inclinan en una profunda reverencia, no consigo más que pronunciar:

–¡Margaret! Mis sales.

Epílogo

No vivieron todos felices ni comieron perdices. Delphina nunca se recuperó del *shock* de la visita real y se autoexilió en la remota propiedad de los Parker en Yorkshire, ante el inmenso regocijo de Ashford y Jemma, que ya no se sienten acosados por su presencia. Ahora Jemma puede ir al estadio y Ashford está haciéndose hincha del Arsenal.

Vance ha convertido en huerto una buena parte del parque de Denby para cultivar verduras ecológicas.

El pequeño Frederick Brandon Ashford Philip no tiene niñeras y está siendo criado por mamá y papá, que, por cierto, llevan meses sin pegar ojo.

Harring todavía no ha reconocido que su historia con Cécile va en serio, aunque haya borrado todos los números de teléfono de las modelos participantes en la New York Fashion Week. Sigue yendo a su sastre todos los miércoles por la mañana.

Cécile ha reducido sus psicoterapeutas de tres a uno y ya no se viste únicamente de negro, también va de azul oscuro.

Carly ya no hace sus tartas con peyote.

Agradecimientos

Para empezar, quiero darte las gracias a ti, lector, que has dedicado tu tiempo a las páginas que he escrito y que has confiado en mi trabajo.

Si te ha gustado, me alegro de haberte regalado unas horas de entretenimiento y diversión; si no te ha gustado por cualquier defecto mío, me disculpo con toda mi humildad por haberte aburrido.

Le doy las gracias a Jane Austen, la madre de todas las escritoras románticas, de cuyas obras he tomado inspiración sin la pretensión de querer imitarla.

Le doy las gracias a Elisa, amiga psicóloga, muchas veces amiga, pero en muchas otras ocasiones psicóloga. En realidad, no espero que lea los agradecimientos; si así fuera, podría empezar a mandarme su minuta.

Gracias a Silvia, porque es una persona muy especial y todo el mundo debería tener a alguien así a su lado.

Katia goza de toda mi gratitud por la paciencia dedicada a cada correo electrónico mío pidiéndole socorro, a los que ha respondido con toda su buena disposición, en lugar de desviarlos a la bandeja de correo no deseado.

Les doy las gracias a mis padres, por todo su apoyo en cada cosa que hago.

Y, por último, a todos aquellos que han hecho posible esto, una nueva vida para *Matrimonio de conveniencia*: todos los blogueros que, a raíz de mi primera autopublicación, dieron una oportunidad a la obra de una desconocida; a la editorial Newton Compton y en particular a Martina Donati y Alessandra Penna, que con paciencia me han puesto en el buen camino para poner orden entre las líneas de *Matrimonio de conveniencia* y para verlo desde otra perspectiva.

Playlist

Querido lector, la música forma parte de mi vida tanto como la lectura, la escritura y pintar, y la redacción de esta novela ha estado siempre acompañada por mi infatigable MP3.

Comparto contigo algunas de las canciones que han encendido una lucecita en mi inspiración, sugiriéndome algunas de las páginas que acabas de terminar de leer.

All You Need Is Love, de Los Beatles
Sharp Dressed Man, de ZZ Top
Just A Gigolo, de Louis Prima
All The Right Moves, de One Republic
Romeo & Juliet, de Dire Straits
Bang A Gong (Get It On), de T. Rex
That Don't' Impress Me Much, de Shania Twain
A Whiter Shade Of Pale, de Procol Harum
Can't Pretend, de Tom Odell
Crazy For This Girl, de Evan and Jaron
What Would Happen If We Kissed, de Meredith Brooks
I Want Your Bite, de Chris Crocker
Delilah, de Florence + The Machine
Cupid's Chokehold, de Urban Strangers
Speaking Of Truth, de Laleh
Stolen, de Dashboard Confessional

Índice